KB112373

외야석

외야석

발행일 2015년 8월 7일

지은이 김 학 규
펴낸이 손 형 국
펴낸곳 (주)북랩
편집인 선일영 편집 서대종, 이소현, 이은지
디자인 이현수, 윤미리내, 임혜수 제작 박기성, 황동현, 구성우, 이탄석
마케팅 김회란, 박진관, 이희정, 김아름
출판등록 2004. 12. 1(제2012-000051호)
주소 서울시 금천구 가산디지털 1로 168, 우림라이온스밸리 B동 B113, 114호
홈페이지 www.book.co.kr
전화번호 (02)2026-5777 팩스 (02)2026-5747

ISBN 979-11-5585-700-7 03810 (종이책) 979-11-5585-701-4 05810 (전자책)

이 도서의 국립중앙도서관 출판예정도서목록(CIP)은 서지정보유통지원시스템 홈페이지(http://seoji.nl.go.kr)와
국가자료공동목록시스템(http://www.nl.go.kr/kolisnet)에서 이용하실 수 있습니다.
(CIP제어번호 : CIP2015020902)

김학규 장편소설

외야석

시작하는 말

성인이 되고 마음껏 술을 마시기 시작한 20대 어느 날, 글을 쓰고 싶다는 생각을 했었다. 삶의 어떤 계획도 없던 철딱서니 고등학생이 선택한 공학은 너무 복잡한 학문의 세계였고 아무래도 자신이 없었다. 돌이켜 보니 그 스무 살에 전공은 뒤로 미루어 놓은 채, '문학'이란 단어가 들어간 교양 과목을 찾아 수강했었던 기억이 어렴풋하다.

그렇다고 독불장군 꿋꿋한 성정도 아니다. 주변과 적당히 타협하며 결국 수출업계로 사회의 첫 발을 딛게 된 것이다. 그 이래로 꽤나 긴 시간이 흘렀다. 무역부 수출 영업부에서 오랫동안 경쟁에 훈련되어 그동안 감성이 무뎌졌다. 그럴 만도 하다. 숨이 턱턱 차오르는 압박을 어깨에 이고, 그래도 무너지지는 않고 버텨냈다. 15년이 넘는 직장 생활 동안 좌절한 적이 한두 번이 아니다. 살갗이 찢어지는 것만이 어찌 상흔이랴…….

고통은 희열을 동반한다. 막내에게 그런 말을 근래 했다. 무너져 내려 무기력할 때, 가물가물한 내 의지를 그들이 고사리 같은 작은 손으로 보듬어 주었다. 흡사 바람 부는 거리에 놓여 있는 촛불, 흔들리는 불빛을 꺼뜨리지 않으려는 듯 혼신의 힘으로 감싸 주었다. 내 곁의 그들은 울며 웃고 있었다. 울며 웃는다는 이야기가 얼마나 가슴을 에는 이야기인 줄 그때 알았다. 묵묵한 그들에 반해, 내가 의외로 할 수 있는 것들이 많이 없다는 것에 마음이 쓰렸다. 그 모든 것을 받아낸 어느 날 심장 뛰는 밝음을 보았다. 그래서 희열이 있음을 마흔이 넘어서야 비로소 깨달았다.

그래서 당신에게 나도 마지막 손을 내밀어 줄 사람이 되고 싶다. 모두가 당신을 외면해도 끝까지 나는, 적어도 나는 여러분의 손을 잡아 줄 수 있는 사람으로 남고 싶다. 밟아 온 시간의 두께만큼의 힘으로 내가 힘이 될 수 있는 사람이라면, 그 길을 기꺼이 가야겠다고 다짐했다.

사랑한다.

2015년 여름 어느 새벽

차례

출근

1월 22일 수요일

추운 밤의 매서운 기운이 땅으로 스며 내려앉았다. 한강의 수심 얕은 곳은 얼음이 얼어붙었고, 주변 둔치의 나뭇가지들은 보기 안쓰러울 정도로 앙상하다. 동쪽 하늘이 붉은 빛으로 물든다. 어둡던 회색 도시의 아침이 해와 함께 밝아진다. 일출의 해를 받는 검정색 세단이 천호대교를 부드럽게 건너간다. 다리 남단의 지하 차도를 넘어 신호등 세 개 지나면, 서울의 동쪽 끝자락이다. 주택 지역 안에 우뚝하니 7층 건물의 회사가 넓게 자리하고 있다. 회사의 건물 앞면과 앞 화단의 나뭇가지에 수많은 전구들이 친친 감겨 있다. 매해 12월이 되면 연말 분위기를 돋우려는 시설 관리 팀에 의해 조경은 치장을 당한다. 저녁이 되어 전구들이 색색이 빛을 발하면, 여러 문구와 형상들이 번갈아 가며 나타난다. 가장 큰 벽면에 파란 로고와 함께 회사 이름이 번쩍이며 드러난다. 신성 인터내셔널. 신성 인터내셔널은 그룹 매출 1조 2,000

억 원의 수출 및 국내 내수 브랜드 사업을 하는, 규모가 큰 대기업이다. 고학구는 신성의 수출 본부 소속 영업 팀장이다. 2006년 대리 끝물의 경력사원으로 입사했고, 지금은 9년 차의 차장 팀장이다.

그는 우여곡절이 많은 팀장이다. 사실 과장까지는 수월했지만, 차장과 팀장의 직책을 얻기까지 험난한 과정을 거쳐야만 했다. 경영진이 요구하는 성과 및 잠재적 성장력의 두 가지가 모두 충족되지 않았기 때문이다. 성장 가능성으로 본다면 고 차장도 승승장구했겠지만, 팀장의 직책은 성과를 요구하는 자리다. 결국 치열한 경쟁을 해야 했고, 그 과정에서 상처를 많이 받기도 했다. 성과를 지속적으로 내는 경쟁자들, 그리고 잠재력을 가지고 있던 고 차장. 그 양극 사이에서 회사의 임원들은 무던히도 인내를 했다. 결국 지난 해 매출을 인정받은 고 차장은 팀장으로 임명받아 자신의 팀을 꾸리게 되었다. 신생팀. 신생 팀 팀장. 새로운 직책은 그에 맞는 역량을 요구하기 마련, 고 팀장은 그 힘을 길러 내기 위한 몸부림 중이다. 도전을 마다하지 않고 실행 능력이 탁월하다고 평가받는 성격은 새로운 바이어 개척의 업무에 적합하다. 하지만 때때로 불거지는 고집스러운 성정이 회사 조직의 궁극적인 방향과 흐름에 걸림돌이 되고 있다.

"출근이 날씨와 같이 맵고 춥네."

바깥의 날씨가 고 팀장의 마음으로 전이되어 씁쓸하게 내뱉는다.

지난 해 2013년, 고 팀장이 새로 개척하여 이루어낸 수출 1부 3팀의 매출 실적은 300억이었다. 근래 신규로 이루어 낸 매출이라는 것을 감안한다면, 큰 성과라 할 수 있었다. 더구나 전사적인 회사의 지원이 없었다. 고작 신입사원과 계약직 사원 몇 명을 달래가며, 포대기에 갓난아기를 업고 땡볕 잡초를 매듯 버거운 압박을 견뎌 낸 것이다. 전 팀원이 주말도 휴일도 없이 업무에 매달렸다. 고 팀장은, 문제나 사고가 발생하는 경우, 거의 모든 경우에 심플한 업무 방향 지시로 일관했다. 경상이익을 헤아릴 겨를이 없을 정도로 업무가 팽팽하게 진행되었기 때문이다.

"현재 상태를 가장 빠르게 마무리할 수 있는 방법으로 처리합시다. 그것이 원 부지재 추기기 되든, 원 부자재 에어 선적(Air Shipment)이 되든, 심지어 제품 에어 선적으로 연결된다 하더라도 상관없습니다. 가장 조속한 마무리를 해야만 우리가 살 수 있습니다. 발생된 문제를 조속히 마무리 짓고, 산적해 있는 정상 업무에 집중하도록 하십시오."

그는 신생 팀으로 두 마리 토끼를 잡기엔 무리가 있다고 판단했다. 즉 매출과 경상 이익의 갈림길에서 '매출'을 택하는 정책으로 집중, 일관했던 것이다. 상식적으로 보면 기대 이상의 매출 성과로 인한 팀원들의 사기가 높고, 서로를 응원하며 새로운 2014년을 패기로 준비해야 옳다. 그렇지만 역설적으로, 조직은 무너지기 일보 직전이다. 숫자에 익숙한 경영진에게는 매출의 성과보다 경상 이익의 소폭 적자가 더욱 신경에 거슬리는 것이다. 설상가상으로, 뚜렷한 결격 사유도 없는 팀 내 대리가 진급에 누락했다. 유 대리는 진급의 결격 사유가 없다. 과장 진급에 필요한 재무제표 및 원가관리 교육도 이수했고, 사내 교육도 규정 학점 이상 이수했다. 어학 점수도 토익 700점을 넘겼으며, 인사 평가도 3개년 평균 A 등급이다. 간혹 승격 대상이 된 이후에도 과장급에서는 50% 이상 누락이 되기도 하지만, 타 부문 및 팀의 동급 대리 진급과 비교해 볼 때 인사는 공정치 않았다. 유 대리의 누락은 팀 차원으로 볼 때 차별이며 홀대였고, 인사권자의 횡포가 분명했다. 조직원이 승선한 배가 암초에 만나자, 분위기는 급격히 차가워졌다. 팀장의 신경이 날카로워졌고, 팀원들의 사기도 함께 떨어졌다. 영업 1부 3팀은 동일 부서의 1팀이나 2팀에 비해 업무 강도가 상당히 강하다. 바이어의 구매 구조가(Sourcing Tool) 벤더에게는 비효율적인 것이 많아, 물건을 제조하고 판매하는 해당 팀의 입장에서는 꽤 일이 고된 것이다.

또한 그만큼의 실적을 이루기가 어려웠다. 절대적으로 경상 이익만으로 조직을 비교 및 평가하는 것은 옳지 못하다는 것이 팀 구성원의 전반적인 입장이었다. 팀 구성원에게 부정적으로 퍼져 있는 자괴감의 결과는 참담했다. 진급에 누락된 유 대리 외에도 이탈자가 발생했다. 불만이 가득한 얼굴을 한 채, 두 명의 팀원이 사직서를 고 팀장에게 내밀었다. 또 다른 사원 한 명은 사내 전출이 결정되어 소싱 팀으로 보내야 한다. 붕괴 위기의 상황으로 조직이 가파르게 위태로워진 것이다. 퇴사하는 직원의 형식적인 사유는 건강이다. 빈번한 두통과 위궤양 등으로 인한 휴식이 절대적이라는 의사의 진단이 표면에 드러나 있기는 하지만, 종국은 업무의 강한 압박에 의한 스트레스, 또한 자괴감이 주 이유임을 모르는 사람은 없다. 기껏해야 8명뿐인 팀원 중 절반이 곧 떠난다. 날씨만큼 마음도 추운 아침 출근을 고 팀장이 하고 있는 것이다.

고 팀장의 차가 회사 지하 주차장으로 돌돌 감기며 들어간다. 신성인터내셔널에 경력으로 입사하면서 무리하여 저지른 검정색 중형 자동차는 그래도 꽤 말썽 없이 고 팀장을 8년 넘게 받아 주었다. 썩어도

준치라는 생각. 범퍼를 돌아가며 잔 상처가 무성한 자동차지만, 아직도 차는 조용하고 쌩쌩하다. 그의 차가 지하 주차장의 가장 넓은 자리로 흘러들어 멈춰 선다. 그의 사무실은 4층이다. 지하의 싸늘한 기운에 비해 사무실은 이른 아침인데도 훈훈하다. 벌써 몇몇 부지런한 직원들은 자리를 차지하고 앉아 업무에 열중이다. 고 팀장은 그들에게 간단한 인사를 건네며 자리를 향해 복도를 가로지른다. 굳은 얼굴로 자리에 도착한 고 팀장의 팔이 책상 위로 향한다. 이내 익숙한 손길로 노트북을 열며 검지로 전원을 누른다. 어제 조직도를 그려 놓은 엑셀을 펼쳐 놓고 고민하다가, 전원도 끄지 않고 닫아 버린 노트북이다. 전원 키에 보일 듯 불이 들어오고, 조용한 소리로 구동을 시작하던 노트북은 금세 팀 조직도를 화면에 띄워 낸다. 새로운 사람의 충원은 목구멍에서 손이 튀어 나올 정도로 급하다. 성격이 급하고 쉽사리 주변과 타협하지 못하는 옆 팀의 경상도 출신 홍 대리와 이제 경력 1년을 겨우 넘긴 김보람 씨가 27일 팀으로 합류한다. 타 회사로부터 입사가 확정된 또 다른 두 명의 경력 사원도 설 연휴가 끝난 후 출근하기로 절차가 마무리되었다. 추가로 신입사원 두 명의 면접이 계획되어 있다. 한 명은 일주일 후 대전인가 대구인가에서 대학 졸업을 앞두고 있다 하고, 또 다른 한 명은 이미 졸업한 사회 새내기다. 그녀는 섬유 센터에서 일정 기간 이수한 이력이 있다고, 중요한 비밀이라도 되는 양 인사과장이 말했다. 경황없고 삐쩍 마른 채 얼굴에 수심을 가득 품고 돌아다니는 인사과장이 제대로 된 인력을 수소문해 찾아왔는지 의심이 들지만, 이것저것 따질 경황은 아닌 것이다. 컴퓨터의 조직도를 뚫어지게 쳐다보던 고 팀장이 의자를 빙글 돌려 뒤에 꽂혀 있는 노란 파일을 뽑아낸다. 파일을 펼쳐 이력서를 훑어보는데, 고 팀장의 머리 위로 맥 빠진 소리가 흘러 지나간다.

"차장님, 일찍 나오셨네요?"

박 과장도 마음이 편치 않다. 편치 않은 심정이 말투와 행동에 드러난다. 유 대리의 누락 건이나 팀 내 퇴사 등의 직접적인 업무 타격은 박 과장이 고스란히 받아내야 한다. 사실 그런 업무적인 압박은 경험할 만치 했고, 이겨 낼 만큼 뱃살도 두껍다. 그렇지만 팀이 외면당하고 있다는 정신적인 소외감은 견뎌 낼 수가 없다. 심지어 모욕을 받은 것이라 확대하여 과장한다.

"응. 일찍 나왔네."

인사에 대꾸하고 나서 고 팀장은 노란 파일을 무심하게 덮으며 자리에서 일어난다. 뒤로 밀려난 의자에 대충 걸쳐져 있던 오리털 점퍼를 다시 꺼내 올리며, 주섬주섬 꺼내 놓았던 담배와 라이터를 챙긴다. 매일 아침의 업무 순서라도 되는 양 서로 익숙하다. 예상했다는 듯이 박 과장은 아예 점퍼를 벗지도 않고 기다리고 있다. 다만 자신의 자리에서 허리를 쑥 기울여 어제 밤부터 죽어 있던 컴퓨터를 살려 놓는다.

"커피 한 잔 하자."

"네. 옥상 가실래요?"

원래부터 뚱뚱한 편인 고 팀장도 그렇지만, 박 과장도 결혼 후 만만치 않게 살이 붙었다. 간혹 윗사람이 지나가며 업무가 편해 살이 찐다며 농담 같지도 않은, 핀잔 같지도 않은 애매한 말을 할 때도 있지만, 하여간 두 사람 모두 체형이 보통 이상이다. 두 덩치가 꽉 찬 느낌으로 나란히 사무실 복도를 지나 옥상으로 향하는 엘리베이터로 향한다. 7층이면 걸어가도 좋으련만, 둘은 약속이나 한 듯이 엘리베이터 앞에서 문이 열리기를 기다린다. 청소 용품인 듯 아침마다 풍기는 엘리베이터 청소 약품 냄새가 엘리베이터 안에 가득하다. 어떤 꽃향기를 내려고 한 듯 가지가지 화공 약품이 섞인 싸구려 향이다. 박 과장은 옥상 자판기에 다다라 주머니를 그제야 뒤적이며 동전을 꺼내 기계에 밀어 넣는다. 세 번의 동전 쩔그럭 소리에 자극 받은 자판기의 밀크커피 버튼에 희미한 불빛이 들어온다. 망설임 없이 버튼을 누른 박 과장이 오른쪽 주머니에서 담배와 라이터를 꺼내며 무심하게 내뱉는다.

"차장님, 저 예산에 돼지 키우러 가야 할 것 같습니다."

자판기에 커피 떨어지는 것을 보며 담배 한 가치를 붙여 물고, 다 떨어지지도 않은 커피 입구에 성급하게 손을 넣고 기다린다. 담배 한 모금을 들이켰다가 내쉰다.

"아무리 생각해도, 전 섬유 체질이 아닌 것 같습니다. 저도 와이프와 아들 생각하면, 서울에서 직장 생활 더 해야 하겠지만……."

툭 떨어진 종이 커피 잔을 고 팀장에게 건네주며,

"사실 제 첫 직장이 여기잖아요. 아니 차장님보다 더 여기 오래 다녔는데요, 왜 이렇게 회사에 배신감이 드는지 모르겠어요. 정말 의리 때문에 다니지, 요즘 텔레비전 광고처럼, 정말 '으리' 때문에 다닙니다. 같이 일하는 사람들 아니면, 정말 그거 아니면 벌써 어찌되었든 결정을 했을 것 같습니다. 치사해서 말이죠. 사실 근래 아버지도 부쩍 힘에 부치시는지, 저보고 내려와서 돼지 키우라 하시는데요, 제가 장남이잖아요. 아버지도 일흔이 다 되셨고. 이젠 내려가야 할 때가 드디어 됐다는 생각이, 불쑥불쑥 하루에 열두 번도 더 듭니다. 요즘은요, 애들 보기도 그렇고."

억울한 심정을 여과 없이 표출한다. 이야기를 듣는 고 팀장도 마음이 편치 않기는 매 한가지다. 감정이 울컥하고, 그로 인해 치우쳐서 그런 말을 한다는 것을 고 팀장도 알고 박 과장도 안다. 더구나 서로 8년간 같이 소 팀으로 묶여 일을 했기 때문에, 눈빛, 몸짓으로도 어렵지 않게 서로를 이해한다. 고 팀장은 어제 부서장과의 면담에서 이야기했던 부분을 천천히 마음속으로 정리한다. 담배 연기를 한숨 쉬듯 뱉어내며,

"강 상무가 얘기하더라고."

이야기를 꺼내 놓고는 침묵한다. 끝까지 타들어가는 담배를 비운 종이 커피 잔해에 묻혀 끈다. 고 팀장과 박 과장은 고개를 들고 텅 비다시피 한 옥상의 주차장을 한동안 바라본다. 아침 해가 비추어지는 옥상은 주차장으로도 사용된다. 넓게 트여 있고 주변에서는 가장 높은 건물이라, 날 좋을 때는 직원들이 옥상에서 담소를 나누기도 한다. 서울의 동쪽 끝의 사무실이지만, 옥상의 경치는 좋다. 북쪽으로 남산 타워도 보이고, 그 왼쪽 방향으로 무역센터도 보인다. 근래 말도 많고 탈도 많은 잠실의 그 큰 빌딩도 우뚝하니 공룡같이 가깝게 보인다. 아침 일찍이긴 하지만 출근하는 직원들이 제법 있다. 출퇴근 시간에는 차량을 올리고 내리는 두 대의 엘리베이터가 건물에서 가장 분주하다. 입구 쪽 차량 엘리베이터가 '징'하는 소리를 내더니, 천천히 문을 올려 열어 낸다. 조그만 흰색 차량이 컨테이너에서 나오듯 미끄

려져 나온다. 내수 브랜드 디자이너인지 누구인지, 털모자를 눌러쓰고 차량에서 빠져 나온다. 수염이 더부룩한 모습을 고 팀장은 마뜩치 않게 바라본다. 다른 사람에게 쉽게 읽히는 그의 표정과 태도는 다소간의 솔직함을 내포하고 있지만, 사회생활에 그리 유리하지는 않다. 특히 고 팀장은 유독 당혹한 표정을 쉽사리 감추지 못한다.

지난 해 고 팀장은 TCP란 바이어로 매출 성과를 이루었다. 그렇지만 그진 고 팀장은 거의 조직에서 밀려나는 분위기였다. 고난의 길은 안정적인 바이어의 오더를 진행하던 자리를 선뜻 포기하면서 시작되었다. 공격적이고 도전적인 그의 성향으로 인한 성급한 판단 결과는 여파가 컸다. 신규 일본 바이어를 공략하겠다며 뒤늦게 학원을 들락거리며 일본 시장에 발을 담그기도 했었고, 새로운 에이전트를 뚫어보려 동분서주하기도 했다. 그러나 아무래도 결과는 신통치 않았다. 그렇게 낭인 같은 생활을 2년 넘도록 하면서 결국 조직에서 밀려난다는 좌절감에 쌓여 있을 때, TCP 란 바이어와 오더와 인연이 닿은 것이다. 좌절의 바닥을 친 그는 팀원 누구보다 열정적이고 과감했다. 그런 그의 행보와 회사 전체의 상황과 맞물린 것도 부인할 수 없다. 누가 보아도 무리라 할 수 있는 수량과 가격으로 바이어와 줄다리기를 했고, 어마어마한 물량의 오더를 받아 내기 시작했다. 때마침 해외 생산 공장의 라인 공백이 없었으면 한 시즌 메뚜기 뛰듯 반짝하고, 회사에 어마어마한 손실을 남긴 채 고 팀장은 쓸쓸히 물러났을지도 모르는 일이다. 그렇지만 그에게 어떤 운天運이 돌기 시작했는지, 무리했던 수량은 해외 봉제 라인의 생산 공백을 메울 수 있는 빼어난 오더로 둔갑했고, 그로 인해 가격 협의도 유리하게 이루어졌다.

그렇게 오더의 앞뒤는 맞물렸지만, 아무래도 새로 구성된 팀의 조직은 오더를 수행하기에 준비되지 않았고 뒷받침해 주지 못했다. 경력이 부족한 팀원들로 이루어진 조직의 약점은 고 팀장을 끈질기게 괴롭혔다. 당시의, 당시라고 해도 기껏해야 일년 반 전이지만, 무리한 도전을 함께 했던 팀원 중 세 명만 남게 된다. 그 중 한 명이 앞에서 담배를 피우는 박도준 과장이고, 또 하나는 근래까지 흐트러진 감정을 어렵사리 추스르고 있는 여직원 김인경 씨, 그리고 항상 웃음 띤 얼굴로, 분위기를 밝게 해주는 작은 체형의 박성은 씨다.

그렇게 옹색한 모양새로 순식간에 변해 버린 것이다. 조직으로부터 떠나는 직원들은 수동적이고 방어적이었으며, 활기찬 에너지를 느낄 수 없다. 타 팀으로 전출을 명령받은 남직원은 업무 시간을 채우는 것에만 충실하고, 승급 누락자 유 대리는 업무의 집중력이 급격하게 떨어졌다. 압박에 무너져 떠나는 두 명의 여직원은 병원을 수시로 드나들기도 했지만, 불만에 가득 찬 모습으로 조직의 분위기를 무겁게 했다. 이런 저런 사유로 팀을 떠나는 팀원들도 그렇지만, 팀장도 조직 관리의 책망에서 결코 자유로울 수 없었다. 부서장인 강 상무가 결국 무거운 분위기로 꿍해 있던 고 팀장을 호출했다. 마음이 올곧지 않아 태도도 거칠고 버릇없이 굴었던 고 팀장임을 감안하면, 강 상무도 무던히 참아내 주긴 한 셈이다.

상무이사가 되면 독립 공간의 소유자가 된다. 조직에서 떨어져 나와 외로운 방에서 홀로 고군분투해야 하는 것이다. 그 안에서 임원은 중요한 전략이나 결정을 심각하게 고민하고 외롭게 다룬다. 고독한 자리다. 그 몇 명의 임원 중에서도 강 상무는 회사의 규율에 스스로 엄격한 사람 중의 한 명이다. 흐트러진 모습을 보여주는 일이 거의 없다.

"상무님, 찾으셨습니까?"

노크를 한 후 밀고 들어간 방은 마른 다시마를 연상시킬 만큼 건조했다. 생수 병을 거꾸로 꽂아 놓은 가습기가 수증기를 쉴 새 없이 위로 뿜어 대지만, 방의 습도를 유지하기에는 역부족이었다. 창을 등진 큰 의자에 앉아 있는 강 상무의 안경 속 표정은 흔들림이 없다. 2주간 나름의 거리를 유지하며 감정의 흐름을 조절했던 고 팀장도 공간의 압박을 무겁게 느낀다. 굳건해 보이는 강 상무에게 경계심을 갖는다. 어설픈 위로나 섣부른 핑계를 동반한 화해의 손길은 단호히 거절할 태세로 불손하다. 직장을 다니는 태도로는 물론 부족하지만, 고 팀장은 그렇게 어이없이 버티는 뚝심은 있다. 분명 문을 열고 들어올 때부터 인지하고 있었겠지만, 컴퓨터에서 눈을 떼지 않은 채 답하는 강 상무, 그는 노련하다.

"앉아라."

6인용 회의 테이블의 가장 안쪽, 강 상무의 자리에 가까운 쪽의 의자를 빼 고 팀장은 방어 태세로 일관한다. 강 상무는 컴퓨터로 숙여져 있던 고개를 들며, 왼손으로 안경을 벗어 왼쪽에 놓아둔다. 두 손으로 얼굴을 감싸며 얕은 숨을 내뱉는다. 잠깐 고 팀장의 시선을 맞받고는,

"음. 차 한 잔 할까? 뭘로 할까? 녹차 괜찮나?"

"네. 녹차 주십시오."

자리에서 일어나 포트의 전원을 켜고 물이 끓기를 기다리며, 익숙하게 녹차 티백의 윗부분을 찢어 실을 잡아 종이컵에 던져 넣는다. 흰

색 실이 종이컵에 댕강 매달린다.

"3년 전이던가?"

툭 던진다. 그의 기억 더듬이가 순식간에 곤두서며 3년 전으로 거슬러 올라간다. 안경 너머 강 상무의 눈매가 날카롭다. 3년 전이면 고 팀장이 과장에서 차장으로 진급했을 때다. 고 팀장의 표정이 무너지며 당혹스러운 모습으로 흔들린다. 별안간 주도권을 빼앗긴 셈이다. 당시 강 상무의 직급은 이사였고 부문의 인사권자였다. 당해 연말 영업부는 매출 및 경상이익 달성에 실패하여 굉장한 곤욕을 치러야 했었다. 전사적으로 승격 제한이 강하게 걸렸고, 이에 따라 전체 차장 승격 대상자의 25% 만 승격이 가능했던 것이다. 본부 전체의 차장 승격 대상자가 네 명, 따라서 대상자 팀 간 로비와 경쟁이 피 튀듯 치열했었다. 그 중에서 고 팀장만 뚜렷한 성과가 없어 불리한 상황에 오롯이 놓여 있었다. 당시 본부의 최종 인사 결정권자인 허 전무와 강 상무는 세력 줄다리기를 팽팽하게 하고 있었다. 허 전무는 본인의 존엄과 자리에 대하여 한 치의 침범도 허락하지 않는 강한 권위의식의 소유자였고 강 상무 또한 깐깐하고 오더에 대한 강한 의지로 업무와 태도를 일관했기 때문에, 전략적 방향에 대해서 항상 마찰이 있었다. 임원 회의를 비롯하여 팀장 회의, 주간 회의, 모든 출장 및 업무에 대하여 깊숙이 관여했던 허 전무는 본인의 방법에 대해 한사코 완고했다. 허 전무는 비전과 전략에 누구보다 뛰어난 혜안이 있었다. 30년을 넘게 영업의 통에서 살아남았고, 그로 인해 확고한 입지를 구축했기 때문인데, 사실 그를 견제할 만한 임원이 없기도 했다. 그런 그의 업무 방향에 정면으로 부딪쳐 꿋꿋이 감당해 낸 것이 강 상무였다. 강 상무는 영업의 전략보다는 생산을 기반으로 한 안정적인 시스템 관리, 조직 관리에 굉장히 능한 재질이 있었다.

생산과 영업은 대체로 그렇지만, 강하게 대립한다. 영업은 생산이 밑바탕 돼주어야 가능하고, 생산은 영업의 부산물로 생존한다. 영업과 생산의 괴리. 악어와 악어새. 공존해야 하지만 또한 대립해야 하는 관계. 그런 팽팽한 관계의 균형이 맞아야 조직은 건강하게 성장한다. 영업이 생산을 기반으로 하지 않고 앞서 나가면 생산은 무너진다. 생산이 제대로 받쳐 주지 못하면 영업 또한 순조롭게 흘러갈 수가 없다. 생산에 대한 기반이 탄탄한 강 상무, 시스템을 중요시한 영업을 하는 강 상무. 수년에 걸쳐 영업 통 허 전무의 견제를 기꺼이 받아 낸 강 상무. 그런 강 상무가 그날 허 전무에게 고개를 숙였다.

나중에 밝혀진 것이지만, 진급 최종 발표 전 날 밤, 강 상무는 자존심을 뒤로 하고 허 전무의 집으로 찾아갔다고 했다. 누구도 쉽사리 예상하지 못한 그런 강 상무의 파격적 접근으로 인해, 고 팀장은 유일한 25%의 승진자 명단에 이름을 올릴 수 있었다. 실적으로 판단하자면 당시 고 과장의 누락은 자못 당연하게 보였으나, 조직의 일은 결국 또 다른 정치판이었던 것이다. 강 상무는 지난 과거를 꺼내며 고 팀장이 취약할 수밖에 없도록 경계를 무너뜨린 후, 선언하듯 이야기한다.

"이제 TCP의 3기를 이끌어 나가야지."

생각이 순식간에 현실로 복귀한다. 고 팀장의 얼굴이 일그러진다.

"TCP를 처음 시작한 것은 너와 박 과장, 그리고 이번에 그만두는 그 친구. 이름이 뭐더라? 됐고, 그렇게 오더를 시작했던 너희를 TCP 1기라고 보자. 이후 작년에 합류한 친구들, 그렇게 고 팀장 포함한 여덟 명이 이루어 낸 그 기간을 TCP의 2기로 보고. 그동안 새로 발굴해서 키워 온 것은 누가 뭐라 해도 인정받아야 할 조직적인 기여라고 생각한다. 그렇지만 또 우리가 이루어 나가야 할 일들이 산더미처럼 쌓여 있어. 고 팀장도 잘 알다시피 기업은 이윤 창출이 가장 기본적인 목적이며 당위잖아. 금년에도 마찬가지로 어려운 한 해가 될 것인데, 고 팀장이 중심이 되어 주어야 하고. 그렇게 고 팀장이 중심을 잡고 TCP 3기를 꾸려 봐라. 떠나는 친구들에겐 또 행운을 빌어 주고. 이제 타 팀에서 두 명 합류하잖아. 그 친구들 다음 주 월요일 출근이지? 또한 다른 두 명의 경력 사원, 그리고 조만간 있을 면접까지 한 번에 여섯 명 충원이면 새로이 3기라 칭할 수 있는 조직을 꾸려갈 바탕으로 충분하지 않겠니?"

묵직하게 바이어 및 팀 구조의 핵심을 건드리며 찌른다. 당장 강 상무의 조직 이해 방법에 고 팀장은 할 말이 딱히 없다. 반박할 근거가 없을 땐 어떤 말도 섣불리 성급하게 꺼내서는 안 된다. 지금은 사실 감정적으로 마음이 불편할 뿐, 그래서 어린아이의 투정과 같이 이유 없는 대립 각을 세우는 것이기 때문이다. 강 상무는 고 팀장의 답을 기다린다. 진득하니 참을 줄 안다. 다소간의 침묵 끝에, 숱 부족한 머리를 왼손으로 쓱 한 번 넘긴 고 팀장은,

"전……."

한 박자를 쉬며 공허하게 가습기의 흰 수증기에 시선을 둔다. 흐트러지는 수증기에서 시선을 돌려 강 상무의 안경 위 흰 새치 머리를 바라보며,

"전 팀장의 자격이 없는 것 같습니다. 순식간에 팀원의 절반을 잃어

버리는 팀장이 어떤 리더의 자질이 있겠습니까? 남아 있는 팀원들 또한 어떤 동력을 다시 받아 갈지 모르겠습니다. 정말 일하다 죽을 수도 있겠다 하는 느낌으로 벅차게 1년을 견뎌 왔습니다. 매출이 살아야 수익도 따라 가능한 것은 상무님께서도 잘 아실 겁니다. 우리 팀이 타부문처럼 공장의 라인 지원을 받았습니까? 아니면 인원 지원을 충분히 받았습니까? 그나마 새로 시작해서 키워 낼 수 있는 바이어란 한 가지 목적으로 숨 막히는 시간과 싸우고 스스로 버텼습니다. 떠나가는 친구들을 잡을 수 있는 그 어떤 명분도 이제는 없습니다. 팀원 모두, 저를 포함하여 자괴감에 빠져 있습니다. 그만두는 유 대리가 도대체 어떤 근거로 진급에 누락되었는지 그 근거를 설명해 주십시오."

팀장의 자격 운운하는 것은 단순한 배수진에 불과하다. 열심히 한 것에 대한 인정을 받지는 못할망정, 조직의 손발 다 잘리는데 당신은 무엇을 하는가? 하는 느낌을 표현하느라 일년을 요약하여 강 상무와 대책 없이 맞선다.

"고 팀장, 너의 색깔이 뭐니?"

"색깔이요?"

강 상무의 명분과 조직적 이해, 그리고 핵심의 접근. 고 팀장의 방어적이고 감정에 치우친 불만. 사실 이번 강 상무의 호출은 전투의 성격이 아니다. 상처 난 감정의 치료일 뿐이다. 그것을 서로 알면서도 대화는 진행되는 것이다. 강 상무가 말을 이어간다.

"조직을 이끌면 개성이 뚜렷한 사람들의 조합을 잘 맞추어야 하는 거야. 이번에 누락된 유 대리의 색깔을 생각해 본 적이 있는지 물어보고 싶다. 고 팀장은 너만의 색깔이 확연하다. 네 밑의 박 과장도 마찬가지야. 나 또한 허 전무 또한 그렇다. 자신의 색깔을 보여줄 수 없다, 그것은 조직에서 말이야, 치명적일 수밖에 없는 거다. 과장이란 것은 관리자가 되는 것이다. 단순히 시간이 흘러 진급이 되고, 윗사람이 될 수는 없어. 업무를 성실하게 한다고 해서 관리자가 될 수는 없단 말이야. 조건을 갖추었다고 진급이 되어야 하겠니? 우리 후배의 장단점을 파악하고 약한 점을 보완 해 주는 것도 우리의 일이겠지만, 당사자 또한 정확하게 본인의 위치를 판단하고 강점을 부각시켰어야 하는 거다. 냉정해야 하는 거야, 조직은."

말투가 편안하다. 고저가 일정하다. 위 입술 아래 입술이 일정하게 붙었다가 떨어진다.

"유 대리는 본인의 색깔이 희미하다."

"……."

꼼짝없이 들을 수밖에 없다. 반박할 수가 없다.

"즉 오더를 받는 영업 담당자로도, 받은 오더를 관리하는 중간 관리자로도 아직 이르단 말이야. 그것이 내 판단 기준이었다."

가습기의 수증기 뒤에 희미하게 가려져 있던 강 상무의 안경이 반짝인다.

"고 팀장도 스스로 냉정해야 해. 감정에 휩쓸리는 팀장은 자격이 없는 거야. 조직은 너를 위해 존재하지 않아. 조직은 구성원 모두를 위해 존재하는 거야. 구성원 개개인을 감정 배제하고 판단할 수 있는 능력을 갖춰야 하고, 동시에 구성원을 성장시켜 줘야 해. 남아 있는 팀원에 집중해라. 그 친구들에 대한 최고의 예의를 갖춰. 흔들리지 말고 중심에 다시 서라. 얘기했듯이, 그렇게 TCP 3기를 끌어가 봐."

고 팀장도 종내는 강 상무와의 고집스럽고 비이성적인 농성을 접을 수밖에 없었다. 그렇게 어쩔 수 없이 수긍하며 방에서 나온 것이 어제다. 공연히 심술 부리는 듯한 심정이었고, 어차피 조직 자체는 불평한다고 해도 쉽사리 흔들리지 않는다는 것을 잘 안다. 더구나 논리에서 철저히 밀렸다. 결국 떠안고 가야 하는 영업 팀. 신성 인터내셔널 수출 1부 3팀.

어세 강 상무와의 대화 내용을 박 과장에게 솔직하게 이야기한다. 그 요약 내용 전달이 끝날 즈음에, 두 번째 담배도 다 태워지고 꽁초가 된다. 고 팀장과 박 과장은 마음 한켠이 찜찜하다. 옥상 주차장은 그새 더욱 분주한 모습이다. 차량 엘리베이터는 쉴 새 없이 직원들의 차량을 끌어 올리고, 옥상의 빈 주차 공간은 채워진다. 여느 겨울날과 다름없이 맵고 추운, 출근의 옥상 전경이다.

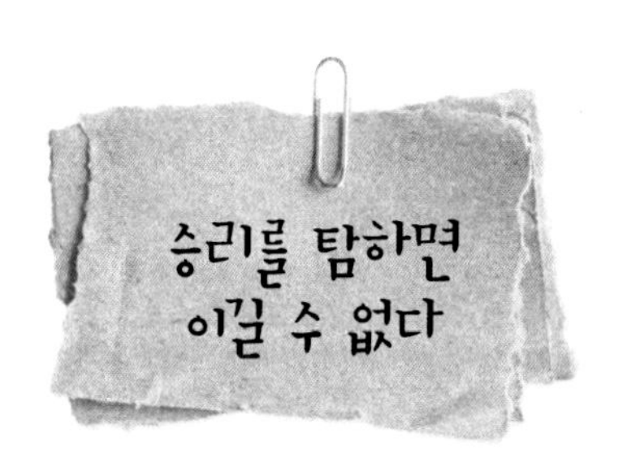

2월 6일 목요일

조직에서 Job Interview(면접)의 자리에 앉는 것은 권위의 상징이다. 구직자는 '약자'의 입장에서 최대한 좋은 인상을 보여주려 노력하기 마련이고, 면접자는 '강자'의 입장에서 최대한 살피고 가늠한다. 구직자가 면접의 자리까지 올라오게 되면 합격과 불합격은 또 다른 문제가 된다. 단순히 보면, 이기고 지는 게임의 중간에 놓이게 되는 것이다. 비전과 실력으로 무장하여 꼭 취직하고 싶은 구직자는 거의 찾아보기 어렵다. 비전과 실력이 출중한 것처럼, 사회생활 준비가 된 것처럼 가장한 구직자가 대부분이다. 그렇기 때문에 더욱 긴장되고 부담스러운 자리가 되는 것이다. 신입사원의 경우 더욱 긴장한다.

절차에 민감한 인사과 김 과장은 사전에 벌써 회의실 예약을 해두었고, 면접 시간에 맞추어 신입사원 두 명을 자리에 앉혀 놓았다. 맞은편 고 팀장의 자리에는 이력서가 구직자의 순서에 맞추어 놓여 있다. 면접을 들어오기 이전에 이미 검토한 이력서이지만 구색은 철저하다. 구직자도 마음이 급하겠지만, 고 팀장도 인원 충원이 시급했다. 당장 회사 주변에 어슬렁거리는 고등학생이라도 데려다 자리에 앉혀 놓을 심정이다. 구직자 두 명이 고 팀장과 인사과 김 과장 앞에 허리를 꼿꼿이 세우고 긴장감을 겉으로 드러내며 미소 짓고 있다. 이력서와 실제의 모습을 번갈아 보며, 의자에 앉아 등을 뒤로 편다. 고 팀장의 무게를 싣고 의자는 뒤로 한껏 젖혀졌다가 다시 되돌아온다.

'이주희.'

'김양희.'

면접을 목적으로 예약한 4층 화상 회의실에 들어오기 이전 인사과장은 멈칫하며 고 팀장을 불러 세웠다. 호리호리한 체형의 김 과장은 "요즘 수출 업계에선 어린 남직원이 꽤 드물어요. 일부러 성별을 가려 이력서를 받고 하지는 않는데요. 그, 심리학 전공한 1팀장 있잖아요? 그 팀장님이 언젠가 그랬어요. 수출 업무 성격 상 꼼꼼하고 디테일에 강해야 하는데, 역시 남직원보다는 여 직원이 더 성격상 업무에 맞기 때문이라 하더라고요."하고 마치 면접 대상자가 여직원임을 어쩔 수 없이 변명하듯, 조용하고 비밀스럽게 고 팀장에게 언질을 했었다. 사실 고 팀장에게 성별은 중요하지 않다.

자리에 앉아 정해진 시간이 되자 인사과장이 이주희를 먼저 소개한다. 대학교 4학년이며 이번 달 중순경 졸업이라는 간략한 설명이다. 자유로운 대학의 여유를 뒤로 하고 치열한 경쟁에서 살아남을 수 있을지, 앉아 있는 모습이 단아하고 꼿꼿하며 옷차림이 맵시 있다. 길고 치렁한 머리에 뽀얗게 화장한 모습, 흰 블라우스와 빨간 입술이 잘 어울린다. 3팀 내의 김인경 사원이 문득 대비되며 떠오른다. '인경이처럼 헐렁하고 편안한 바지에 티셔츠, 그리고 질끈 묶어 똥 진 뒷머리로 원단을 나를 수 있을까?' 모습이 대입되지 않는다. 만족스럽지 않은 고 팀장의 표정이 굳다. 차라리 은행 창구의 직원으로 더 어울리지 않을까, 그렇게 쉽게 여겨 버린다. 질문 차례.

"이주희 씨, 꿈이 뭐죠?"

포부나 각오, 언어실력 등은 상투적으로 면접에서 쉬 나오는 질문이다. 꿈이라는 말에 움찔 빨간 입술의 좌우 균형이 무너진다. 습관인 듯 오른손으로 머리 결을 뒤로 쓸어 넘기며,

"아, 네."

대답을 서둘러 해놓고 생각을 더듬는 모양새다.

"저는 제 전공이 의류인데요. 어릴 때부터 디자이너가 되고 싶었는데요, 디자이너가 되는 것이 꿈입니다."

고 팀장의 입술이 단단하게 다물어진다. 첫 술부터 입맛이 쓰다. 눈 밑 가는 근육들이 부르르 떤다. 동시에 고개를 두어 번 살짝 끄덕인다. 고 팀장은 표정이나 감정을 감추는 것에 서툴다. 그 스스로도 서툴다는 것을 알기 때문에 들키지 않으려 노력한다. 이주희를 직시하지 않으며 무언가 면접 카드에 끄적거린다. 옆에 놓여 있는 휴대폰이 진동을 한다. 언뜻 보니 광고 스팸 전화라고, 똑똑한 휴대폰이 창을 띄워 알려준다. 몇 번 키를 적당히 눌러 통화를 거절한다. 어찌나 똑똑한 휴대폰인지, 이번 전화를 포함하여 받지 못한 전화번호의 목록 띄워 보여준다. '지난주 최문한이가 전화했었네……' 미팅 중이라 받지 못한 전화였는데 잊고 있었다. 급하면 다시 몇 번이고 통화 시도

를 했으려니 하고 미련을 지운다. 휴대폰에서 시선을 거두어 이주희를 다시 바라보며,

"어려움을 겪거나, 그런 어려움을 이겨 낸 경험이 혹시 있습니까?"

"학교 다닐 때 아르바이트로 했던 예식장 도우미가 가장 힘들었습니다. 일생에 한 번뿐인, 그분들에게 좋은 인상을 심어 줘야 하는 것, 그 일로 인해 내가 힘들어도 웃어야 한다는 것이 어려운 것이구나 느꼈습니다."

화목한 가정에서 자라 성실히 대학까지 이수한 평범한 이력. 특기가 '미래 일기 쓰기'. 학점은 3.6. 연수 경험이 필리핀 두 달. 자기 소개서 내용 또한 단순하고 특색이 도드라지지 않는다. 고난을 겪었을 리 만무할 것이라는 예상도 그대로이다. 그럼에도 불구하고 무엇인지 고 팀장의 고개를 갸웃하게 하는 분위기가 있다. 그런 분위기를 이주희가 뿜어 내는 것과 같은 느낌이다. 생경한 경험이다. 언뜻 훑어본 얼굴에 '오기'라고 할 수 있을까, 집요한 끈질김이 순간적으로 빠르게 스쳐간다. 빨간 입술의 꼬리가 좌우 다르게 올라가며 하얀 치아가 드러난다. 고 팀장은 이주희의 자조인지 쑥스러움인지 분간하기 어려운 돌출에서 쉽게 시선을 거둔다. 김양희에게,

"김양희 씨, 감당하기 어려운 스트레스를 받아 본 적이 있습니까?"

이주희의 두 번째 질문을 옆에서 들으며 준비를 한 듯, 순간 눈이 작게 가늘어진다. 동요가 없다. 이주희보다는 작은 체구지만 팀 막내 박성은보다는 큰 듯 하며 평범한 인상이다. 미간이 약간 넓고 눈꼬리가 편안하게 자리 잡힌 것으로 보아 성격은 무난해 보인다. 화려한 이주희보다는 생소한 환경에 적응하는 데 무리가 없겠다 여긴다.

"네. 저는 아직 꿈을 찾고 있는데, 그 꿈을 찾아 내는 것이 스트레

스입니다."

펜을 손에 잡은 채 면접 카드를 응시하다가, 눈만 치켜뜨며 고 팀장이 재질문한다.

"추상적인 것 같네요. 사실 꿈을 찾기가 어려운 나이일 수 있습니다. 그래서 직장을 구하고 일을 시작하는 것에 대해 스트레스가 있었다는 얘기네요. 그런 것 말고, 물리적인 어려움은 없었습니까?"

인사과장은 면접자를 힐끔거리며 무언가 계속 적느라 분주하다. 큰 화상 회의실에 네 명만 덩그러니 앉아 있는 공기가 무겁다. 무거운 공기에 울림을 주며,

"아버지께서 사업을 하시는데, 썩 좋은 상황은 아닙니다. 어릴 때부터 외동이었지만 스스로의 길을 개척해야만 했습니다. 대학 입학과 학기 등록금도 그렇고, 졸업 후 무역협회에서 인턴으로 지낸 것도 제 스스로의 결정이었습니다. 가만히 앉아 면벽을 해서는 이루어지는 것이 없다는 것을 근래에 깨달았으며……."

회상에 잠기는 듯, 목소리가 부드럽다. 이어서,

"그 매순간의 결정과 실행이 제겐 큰 압박이었습니다."

고 팀장의 눈을 직시한다. 고통을 이겨 낸 듯한 맑은 눈빛이다. 긴장감을 찾아볼 수 없다.

"인생을 흔히 바둑에 비교하곤 합니다. 바둑 한 판이 인생이라면, 매 수는 결정이라 생각합니다. 첫 돌이 놓이고 바둑이 끝날 때의 300수까지 모두 고민의 결정체이며, 그 결정은 쉽지 않은 것이며, 그 자체가 힘든 것이라 생각합니다. 몸이 고단하고 힘들 수 있지만, 그것은 궁극적인 어려움이나 스트레스는 아니라 생각합니다. 부득탐승不得贪勝,

승리를 탐하면 이기지 못합니다. 매순간 수의 결정, 최선을 다해야 하는 그 결정, 탐하지 않고 현재에 충실해야 하는 겸손함, 저는 제 스스로 충실한 삶을 살아 왔으며, 또 앞으로도 살아갈 것이라 항상 다짐합니다."

잔잔한 전류가 목 뒤에서 뇌를 감싸듯 흐른다. '부득탐승'. 바둑을 좋아하는 친한 동료와 한때 심취해서 나누었던 이야기, '매 수 결정의 스트레스'. 이창호 프로 9단이 쓴 책의 제목이다. 그 내용에 인생을 대입하여, 섣부르게 철학적으로 이치를 판단하려 했었던 기억이 생생하다. 어릴 때부터 아버지에게 바둑을 배우고 실력을 키워 왔던 고 팀장의 동료는 현재 '한설무역'에서 기술 지원 팀 업무를 하고 있다. 섬유를 전공하여 전문적인 섬유 지식이 높았으나, 괴짜 기질의 동료였었다. 같이 과테말라에 근무할 당시, 무척이고 많은 바둑을 두고, 철학을 이야기하고, 술 한 잔과 인생을 논하고는 했었다. 고 팀장은 이력서를 빠르게 훑어본다. 바둑에 관한 이력이 있는지, 또한 혹시 최문한과 어떤 연관이 있는지 집중해 본다. 아무런 단서도 찾지 못한다. 연관성이 없어 보인다.

고 팀장과 인사과장의 형식적인 질문 몇 가지가 추가적으로 오간 후, 면접이 마무리된다. 인사과도 700명이 넘는 조직의 인사와 입사자와 퇴사자, 회사 간 전출 및 부서 및 팀 이동, 무척 바쁜 부서임을 고 팀장도 잘 알고 있다. 인사과장은 면접자의 최종 의견을 고 팀장에게 물어 온다. 웬만하면 두 명 모두 받아 주기를 바라는 눈치다. 당장 고 팀장의 의견이 틀어지면 인사과장은 또 새로운 구직 공고를 올려야 하며, 이력서를 받아 검토하고, 인사 팀장, 경영 지원 본부장, 황 사장까지 까다로운 결재 절차를 겪어야 하니, 충분히 상황은 이해가 된다. 마찬가지로, 새로운 절차를 거친 구직은 시간이 걸린다. 인사과장과 고 팀장은 어렵지 않게 같은 면접 결과를 도출해 낸다.

면접은 마무리되었지만, 무언가 계속 고 팀장은 골똘하다. 자리로 돌아와서는 2014년의 다이어리를 대충 펴놓고 무언가 계속 눌러 쓰고 있다. 한자漢字인 모양이, 김양희가 면접에 이야기한 부득탐승不得贪勝이다. 한자에 익숙하지 않은 그는 컴퓨터 화면에 한자를 띄워 놓고, 그리듯 쓴다. 마음의 갈피가 잡히지 않아 그리 무심코 끄적거리는 듯하기도 하다. 어찌 김양희가 일깨워 준 그 단어가 고 팀장에게 꼬여버린 2014년 초반의 실마리를 줄 수 있을까, 근거 없는 기대를 한다. 자못 비장하다.

부득탐승不得贪勝.

고 팀장에게는 이제 물러날 곳이 없다. 무너진 조직을 살려 내려면 명분이 필요하다. 명분은 소리 없는 칼이다. 명분이 무디면 제 역할을 할 수가 없고, 명분이 부족하면 큰 힘으로 조직이 뭉쳐지지 않는다. 명분이 날카로우면 한 칼에 피를 철철 흘리도록 치명적인 상처를 만들 수 있고, 명분이 강하면 상대를 난도한다. 조직적인 명분을 만들기 위한 어떤 방법이 필요할까. 고 팀장의 고민이다. 며칠 전 팀원을 앞에 두고 오기 서린 일장 발언을 했었다. 유 대리를 포함 네 명이 떠나 간 빈자리로, 새로 다른 영업 팀의 홍 대리와 김보람 씨가 합류한 직후였다.

"전 확고히 믿습니다. 우리 영업 3팀은 2013년 굉장히 큰 일을 해냈습니다. GAP의 오더가 빠지는 수출 본부의 절체절명의 순간에 우린 회사에 큰 기여를 했다고 생각합니다. 누가 뭐래도 이렇게 팀의 규모를 키워 온 것에 대하여, 저도 그렇지만 여러분 스스로 긍지를 가져도 좋다고 생각합니다. 회사가 순항할 수 있었던 것도 저희가 공장의 손실을 최소화했기 때문에 가능했던 것입니다. 누구도, 그 얘기를 꺼내지 않지만, 스스로를 높게 평가하시기를 기대합니다. 물론 어려웠습니다. 조직적으로 피 철철 흘리는 고통이 있었습니다. 그렇습니다. 여러분들 모두 잘 아시겠지만, 다들 떠나갔습니다. 그렇지만, 그렇지만 우리가 이룬 것이 같이 떠나가는 것은 아닙니다. 아직 네 명이 남아 있습니다. 또한 새로운 두 명의 힘이 보태졌습니다. 이로써 다시 기본을 잡았다고 생각합니다. 여러분, 우리 여섯 명, 분명히 부족해 보이지만, 그래도 만족할 만한 성과를 이루어 낼 수 있다고 전 믿습니다. 새로 밝아온 2014년은 또 다른 많은 도전과 과제를 던져 줄 것입니다. 저, 고학구, 팀장으로서 그 무수한 도전을 정면으로 받아내기로 결정했고, 다짐했습니다. 올해 또한 피하지 말고 부딪쳐서, 만들어 보자고, 말입니다. 여러분, 더 힘을 내봅시다!"

이 꽉 깨물고, 그렇게 2014년을 시작해 보자 하는 절규였지만, 조직의 리더가 팀원을 잃어버린 자리, 조직의 힘이 약해 구성원이 피해를 보는 그 리더의 자리, 궁색하고 설득력이 약해 보일 수밖에는 없었다. 또한 조직적으로 명분이 부족함에도 불구하고 확신 운운하는 것은 다소 역효과로 팀원들에게 작용하기도 했다. 핑계의 느낌이 드는 오기 서린 연설, 그의 방법은 세련되지 않았고 서툴렀다. 정리되지 않은 어설픈 조직에 신입사원 김양희, 이주희가 2월 17일자로 3팀에 배정되었고, 팀은 고 팀장을 제외한 여덟 명의 구조로 다시 만들어졌다.

서슬 푸른 냉기

2월 10일 화요일

2013년 12월의 실적 마감이 되어 각 팀장에게 공지된 것은 지난 달 24일이다. 경영 기획실의 빈틈없는 업무 처리로, 매 전월의 정 마감은 (팀별 실적 마감) 여지없이 25일 이전에 마무리된다. 마감 자료는 곧바로 임원 및 해당 팀장에게 공지된다. 아무런 감정도 실리지 않은 정 마감 실적 관련 메일과 첨부 파일은 영업 팀장 및 부서장에게 도끼와 같이 무거우면서도 시퍼런 날카로움이다. 고 팀장은 매달 고통스럽다. 전월 실적이 마감된 다음 주 월요일의 주간 회의는 더 괴롭다.

주간 회의는 매주 월요일 오전 8시에 어김없이 진행된다. 수출 본부, 관리 본부, 경영 본부 산하의 모든 본부장, 부서장, 팀장 급까지 참석해야만 한다. 당해년도 누적 매출 실적 및 손실 보고, 예상 오더 수주 및 중점 관리사항 보고, 팀별 특이사항 등 내용을 공유하며 협조 및 공지사항을 전달받는데, 간혹 회장님이 출장일 경우는 본부장인 허 전무가 회의를 주관하기도 한다.

회장님을 포함, 주간 회의에 참석하는 경영 본부의 황 사장, 양 상무, 이 상무. 관리본부의 박 전무, 신 이사 그리고 회의의 사회를 보는 백이사, 그리고 수출 본부의 허 전무를 비롯한 3개 부문의 부서장 및 10개 영업 팀 팀장들 모두 만만한 사람은 하나도 없다. 현업에서 뛰고 있는 영업 팀장의 직급은 차장, 부장급이다. 평균 사회생활 연수가 15년 이상 되는, 여우같이 재빠르고, 고양이처럼 움츠릴 줄 알며, 간혹 늑대의 이빨을 보이기도 하는 카멜레온 같은 고수들. 그들은 동기들 선배들을 하나씩 쓰러뜨린 후 그 자리를 스스로 차지하고 앉았다. 함께 시작했던 수많은 동기들, 그리고 비슷한 또래의 선배, 후배들. 그들의 자리는 없다. 어느 곳에서 어떤 일을 하며 인생을 즐기는지 모르지만, 이곳, 이 회의실에 살아남은 고수들의 자리는 있지만, 떠나간 그 동료들의 자리는 없다.

각 10개의 영업 팀 규모는 다양하지만, 팀장을 포함해서 대략 6명에서 18명 선으로 유지된다. 큰 바이어를 하는 1부 1팀이나 2부 3팀의 경우는 팀원이 18명씩이나 되는 큰 팀이며, 알짜배기 1부 2팀의 경우는 6명이 간결하게 오더를 진행하고 굉장히 큰 수익을 남긴다.

영업 팀의 팀장뿐 아니라 관리본부, 경영본부의 모든 수장들. 소속되어 있는 팀이나 부서에 영향력이 막강할 뿐 아니라 독점된 지위를 누린다. 그런 지위의 바탕은 승리의 부속물이다. 태생적으로 혹은 사회생활을 시작하면서부터 후천적으로 그들은 승부에 노출되어 있었고, 그렇게 훈련 받았다. 비슷한 능력과 성격의 소유자들과 경쟁해야 했으며, 그들을 눌러 이기며 살아남아야 했다. 능력이 부족한 부분은 처세로 대처하거나, 밑의 직원을 활용하기도 했으며, 그마저 여의치 않을 땐 속임수를 쓰는 한이 있어도 싸움에 이겨야만 했다. 승부사는 색깔이 짙어야 유리한 고지를 점령할 수 있다. 경영자의 단기 혹은 장기 정책에 맞춘 팀 운용, 그리고 지속적인 연결성과 대처. 더듬이를 세우고, 본인 스스로를 인정받기 위한 처절한 몸부림을 통한 색깔의 극대화. 그들의 생존 본능은 처절하다. 허 전무는 회장님을 간혹 태양에 비유하기도 했다.

"회장님은 태양이다. 너무 가까이 가면 네가 녹아 버린다. 그렇다고 멀리 떨어지면 너무 춥다. 그 적당한 간격을 유지하며 일희일비하지 말고 오래 가야, 그래야 이길 수 있다. 그 간격은 네 스스로 유지하기도 해야겠지만, 회장님이 결정하기도 한다. 너를 버릴 수 없는 카드로 만들 강력한 무기를 만들어라."

오늘은 설 연휴로 늦어진 2013년 정 마감 이후 첫 주간 회의다. 회장 주관의 회의다. 고 팀장은 회의 시작 시간보다 10분 먼저 정해진 자리에 착석하여 회장의 등장을 기다린다. 연초 강 상무가 언급했던 '색깔'이 마음을 무겁게 짓누른다. 고 팀장은 그의 색깔이 회장에게 어필 되고 있는지 궁금하다.

"본연의 색깔이 분명해야 과장이 되는 거야. 과장은 관리자거든. 팀장과 부서장, 본부장까지 색깔이 짙어야 승부가 걸리는 거지, 술에 물 탄 듯, 물에 물 탄 듯, 이도 저도 아닌 본성은 조직에서 생명을 유지하기 가장 어려운 존재, 즉 확실한 스스로의 포지션을 만들 수 없는, 그런 조직 구성원밖에는 될 수가 없다는 거지. 고 팀장의 경우, 본연의 색깔이 확연해. 예를 들어 회사의 매출 규모 확장이 절대적으로 필요한 상황이 온다면, 아마도 고 팀장은 오너에게 중용을 받을 가능성이 크다. 담대함과 추진력만을 기준으로 한다면 열 영업 팀장 중에는 고 팀장이 그 색깔의 농도가 가장 짙으니까. 회사의 입장에서 정책에 가장 필요한 사람을 뽑아 쓴다는 거지. 그렇지만 만약에 회사의 정책이 선택과 집중, 그래서 선별된 바이어에 집중해야 한다고 하면, 고 팀장의 자리는 낙동강 오리알이 될 수도 있는 거지. 1팀의 김 팀장이 고 팀장보다도 더 많이 시스템이나 규정, 제도와 관리에 능하기 때문이야. 1팀장 또한 색깔이 확연히 있는 거지. 김 팀장보다도 더 시스템에 강한 사람 찾아볼 수 있겠어? 그 친구 앉아서 그런 거 정리하는 것은 누구보다도 찐득찐득 잘할 것 같다는 생각 들지? 회사는 모두 똑같은 도토리를 원하지 않아, 도토리 중에 밤 같은 녀석을 원하고, 그런 녀석이 일단은 함께 뭉뚱그려져 조직 내 머물기를 원하는 거야. 결국 회사가, 아니 오너가 필요한 시점이 되면, 그 밤은 순식간에 선별되어 도토리와의 차별성을 가지게 되고 선택이 되는 거지. 밤이 되어야 하는 것, 그것이 바로 색깔인 거야. 물론 영업 팀장이라면 영업 자질에 대한 최소한의 구색은 갖춰야 하겠지만."

회의실 문이 열리며 세미 캐주얼을 한 회장이 모습을 나타낸다. 숱이 별로 없는 머리는 정갈하게 고정되어 있으며 옷이 세련되다. 이마가 다소 좁아 보이는 느낌이지만, 전체적인 코와 입의 균형이 잘 맞으며 눈이 매섭다. 안경이 걸려 있는 귀는 뺨을 덮을 정도로 크다. 고개를 다소 숙인 채 들어오는 순간, 모든 회의 참석자가 일제히 기립한다. 의자 밀리는 소리만 일제히 소란스럽고, 주위는 적막하다. 제일 안쪽 상석으로 들어가며 손으로 이제 앉으라는 듯 두어 번 흔들지만,

아무도 미동하지 않는다. 회장이 자리에 앉으며,

"회의 시작하지."

하는 말과 동시에 모든 참석자가 그제야 자리에 앉는다. 백 이사는 다시금 자리에서 일어나 30분 전에 준비되어 있고 몇 번이고 재확인했던 수출 주간회의 자료의 첫 페이지를 레이저 포인트로 짚어 가며 흐름을 탄다. 각 영업부의 2014년 사업 계획을 월별로 쪼갠 자료를 실제 매출 및 경상 이익과 비교하며 설명한다. 영업 팀별 실적, 1부 1팀, 2팀, 3팀의 매출에 대하여 이야기할 즈음,

"거기!"

회장이 말을 끊는다.

"그래서 지난 달 매출이 얼마라는 거야?"

백 이사가 얼른 답변한다.

"그런데 음……, 3팀 매출은 나쁘지 않은 것 같은데, 경상이익이 왜 쟝 벌써부터 개판이야? 경영기획팀, 뭐가 문제인 거야? 이 팀은? 누구야? 팀장!"

말이 떨어지기 무섭게 본부장과 부서장이 긴장한다. 정자세로 앉아 있었음에도 허리를 더 꼿꼿하게 세우며 흐트러짐이 없다. 회의 분위기가 팽팽하게 경직된다. 회의실에 서슬 푸른 냉기가 중앙을 관통한다. 각 부서에서 나름 싸움에 능하고 정치와 처세에도 밝은 관리자들 집단, 그들을 회장이 단번에 압도해 버린다.

영업 본부의 팀 보고는 팀장이 주도적으로 진행한다. 고 팀장이 자리에서 일어난다. 회장은 매의 눈으로 일어난 고 팀장을 쏘아보며,

"지난 해 경상이익 마이너스는 새로운 바이어를 시작했으니 그렇다

손 쳐! 올해까지 이어지는 이유가 뭐야? 우리가 자선 집단이야? 봉사 단체야? 공장에 썅, 몇 백억씩 돈 집어 쳐넣고 바이어 좋은 일 시키자는 거야 뭐야! 누가 이 삼십 프로 마진 보자는 거야? 공정하게 하자는 거 아냐, 공정하게!"

압박의 강도가 세다. 모든 사람이 아무 말도 없다. 해외법인 관리의 주체는 화살을 피해 바짝 엎드려 미동도 없다. 공장 라인 공백으로 인한 오더 진행으로 원단과 부자재의 상당 부분이 에어 진행되었고, 이 부분이 영업 손실의 주원인임을 그들은 외면한다. 누구라도, 어떤 직위도 지금의 강한 압박을 감당해 낼 수는 없다. 일부는 고개를 내려 자료를 쳐다보고 있고, 일부는 움직임 없이 정면을 응시한다. 단 한 명도 회장의 시선을 받아 내는 참석자가 없다. 정면을 바라보며 일어나 있던 고 팀장이 잘 매인 넥타이를 어색하게 매만지며 회장의 시선을 조심스럽게 감당해 낸다.

"네. 회장님."

눈가가 미세하게 떨린다. 고 팀장의 나름의 방법이 있다. 바로 말을 받지 않고 시간의 차이를 둔다. 팀장이 된 후 고 팀장 나름의 회장의 창을 피하는 방법을 고심했었다. 옹색하긴 하지만 침묵으로 시간차를 두는 것이 그나마 효과가 있다고 생각했었고, 그는 그렇게 티 나지 않는 대응을 시작하는 것이다. 빨간 줄무늬 넥타이의 고 팀장에게 모두의 시선이 쏠린다.

"신규 바이어 발굴이라는 미명하에 핑계를 대지는 않겠습니다."

죄송하다는 말을 교묘하게 피해 서두를 끊는다. 죄송하다는 말이, 열심히 하겠다는 말이 상황에 따라 경영자에게는 짜증을 유발하기

쉽다는 것을 고 팀장은 안다. 해외 생산 라인의 손실을 최소화하기 위하여 팀 내부적으로 겪었던 지난 해의 과거는 변명이 된다. 구차해지고, 품이 작아지며, 결국 통할 리 없기 때문이다. 조직은 숫자로 모든 것을 판단한다. 숫자로 나타나지 않는 것은 눈에 보이지 않고, 눈에 보이지 않는 것은 함구하는 것이다. 그것이 조직의 생리며, 생존의 암묵적 법칙이다. 그래서 결국 모든 것을 숫자로 나타내기 위해 경쟁하고, 싸우고, 타협하고, 손을 잡는 것이다. 정치적인 부분에 대하여는 상당히 둔한 고 팀장이지만, 묵직하게 진군할 기세가 있다. 고 팀장의 '핑계'가 또박또박 회의실에 퍼진다.

"연초 경상이익 손실이 3팀의 경쟁력을 나타낼 수는 없다고 생각합니다. 분기별 종합 사업결과를 바탕으로 팀이 판단되어야 한다고 생각합니다. 영업을 하면서 수익을 발생시키지 못하는 팀은 의미가 없다는 것을 잘 양지하고 있습니다. 팀 존재에 의미가 없다는 것은 팀이 해산될 수도 있다는 것이며, 저희 팀 구성원의 자리가 없을 수 있다는 말과 동일할 것입니다. 이를 치열하게 각오하고 있습니다."

눈 한번 깜짝이지 않고 노련하게 준비했던 말을 뱉어 낸다. 회장의 강한 시선을 짧게 받아 낸다. 주간회의에 참석한 모든 참석자들은 마치 굳어 버린 인형처럼 움직임이 없다. 숨소리 조차 들리지 않는 침묵 속으로 자신들을 감추는 보호 본능에 충실하다. 고 팀장은 암시적으로 팀 해체를 비추었다. 고 팀장은 안다, 지키려 하면 잃을 것이요, 모든 것을 걸고 싸우면 승산이 있다는 것을.

"다음!"

회장의 오른쪽 입가가 보일 듯 미세하게 살짝 올라갔다 되돌아온다.

회장은 고 팀장의 성장 가능성을 가늠하고 있다. 조직의 성장 동력이 될 수 있는 인재인지를 파악하고 있는 것이다. 그 부분을 어렴풋이 고 팀장은 짐작하고 있다. 수도 없는 큰 압박 속에서 절대 결정권자의 작은 미묘한 변화까지도 더듬이로 짚어 내야만 한다. 그래야 전략이 생기고 적절한 대비를 할 수 있다. 2014년 그룹 매출 1조 5천억 중에 수출본부 3400억, 그 중 영업 3팀의 매출 400억 목표. 어찌 보면 그 작은 손실은 논의할 필요도 없을지 모른다. 그들에게는 작다. 그렇지만 고 팀장에게는 전부다. 그 400억의 손익에 목숨을 걸어야 한다.

머리카락 한 올 움직이지 않고 멈춰 있던 백 이사가 순식간에 다시 사회자로 복귀한다. 순서에 맞춰 회의를 계속 진행한다. 화면의 레이저 빨간 포인트가 거슬린다. 이것이 마지막이 아니다. 다시 지난 달의 실적을 경영기획실 팀장이 추가 발표를 진행할 것이다. 경영기획실 팀장은 어린 나이에 꽤 분석적이고, 핵심을 캐내는 데 능해서 대항하기가 굉장히 버겁다. 그렇지만 해내야만 한다. 고 팀장의 어깨가 매주 월요일 무거워 보이는 이유다. 각 영업 팀의 주간 업무 요약 발표가 마무리되고, 관리 본부의 주간 선적 현황을 마무리로 백 이사의 레이저 포인트는 꺼졌다. 경영기획실의 팀장이 일어서며 다른 레이저 포인트를 화면에 쏘며 말을 시작한다. 각 영업 팀의 속이 드러난다. 옷이 벗겨지고, 부끄러운 실체가 드러난다. 수익을 많이 남긴 팀은 타 회사와의 비교로 긴장하고, 수익이 없는 팀은 그 핵심이 드러나 괴롭다. 영업 3팀을 이야기한다.

"영업 3팀의 경우는 평균 단가가 $1.85, 한화로 2,000원도 되지 않습니다. 다시 거꾸로 말씀드리면, 옷의 숫자가 많다는 것입니다. 또한 지난 해 종합 분석한 결과, 64% 이상이 제품에 프린트, 자수 등 추가

공정이 들어갑니다. 매출 원가에서 차지하는 프린트, 자수 등의 임가공 원가 비율 10.1%를 차지할 정도로 상당합니다. 이로 인하여 관리 인원이 많이 들어가, 판매 관리비용 중 인건비의 비율이 1.3%로 전체 영업 팀 중 가장 높습니다. 2014년에는 이 비율을 타 영업 팀 수준인 0.8%선으로 맞추어야 추가 0.5%의 경상이익이 발생을 할 것이며, 그래야 수익을 낼 수 있는 원가 구조가 될 것입니다."

비교와 통계, 그것을 숫자로 나타내면 그래서 대항하기 어렵다. 고 팀장이 자리에서 일어난다. 다시 싸워야 하는데 무기가 없다. 한 줄기 오기가 눈빛으로 발산된다.

"팀 매출 및 원가 구조 비교 분석 감사합니다. 인건비에 관한 부분은 말씀하신 바와 같이, 굉장히 많은 스타일과 복잡한 제품 구조를 감안한다면, 인사과와 세운 2014년도 인원 계획이 필수적으로 지켜져야 한다고 생각됩니다. 0.5%의 경상이익이 팀 내 절실한 수치라는 것 잘 알고 있지만, 그렇지만 인원을 줄여서는 절대 팀의 궁극적인 목표를 이루어 낼 수 없습니다. 바이어의 구매 구조, 오더 진행 방법에 대한 전반적인 분석이 영업부 자체적으로 필요할 것이며, 금번 시즌이 마무리되는 시점에 구체적인 안을 마련하도록 하겠습니다. 이 부분은 결과를 경영기획실과 공유하도록 하겠습니다."

그렇게 과제를 떠안는다. 경영기획실이 없어도 숨겨진 부분에서 0.5% 이상의 이익을 더 낼 수 있는 부분을 찾아야 한다. 이는 고 팀장의 생존과 직접적인 관계가 있다. 허 전무가 보이지 않는 한숨을 쉰다. 그렇게 회의가 마무리된다. 고수들이 다이어리와 펜을 챙겨 회장의 퇴장에 걸림돌이 되지 않도록 눈치껏 조절하며 회의실을 빠져 나간다.

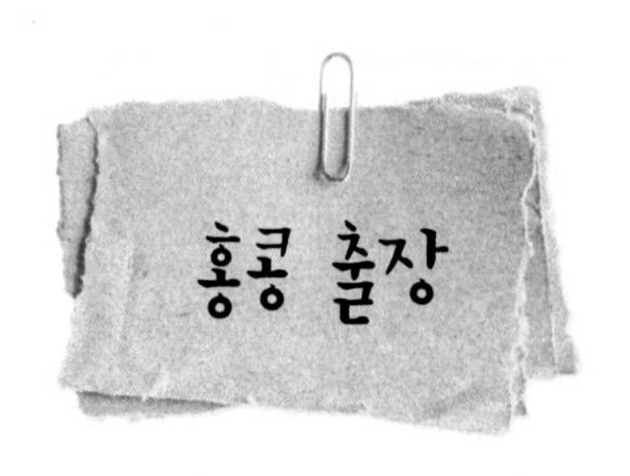

3월 8일 화요일

여권 뒤에 홍콩 자동 출입국이 가능한 바코드가 여전히 붙어 있는지 박 과장은 다시 확인한다. 고 팀장은 새로운 바이어 Carter's를 하겠다며, 벌써 이틀 먼저 홍콩에 도착해 있다. 비행기에서 내려 통로와 이민국을 거쳐가는 박 과장의 모습이 익숙해 보인다. 작년에 여덟 번. 올해 한 번. 홍콩을 두 달에 세 번 꼴로 드나든다. 그래서 빈번한 출입자의 편의를 위하여 만들어진 이지패스, 그 표식 바코드로 서류 심사 없이 이민국을 빠져 나갈 수 있다.

박 과장은 비행기에서 먹은 밥이 소화가 안 되어 생목이 올라오는지 인상을 찡그린다. 공항에 나오자마자 오른쪽 끝의 편의점에서 콜라 한 캔을 사 배낭에 성의 없이 쑤셔 넣는다. 짐 가방을 밀고 공항 흡연 장소로 향하는 모습에 기력이 빠지고 힘이 없어 보인다. 추운 한국에서 출발할 때 걸쳤던 겉옷이 배낭에 매달려 박 과장의 걸음걸음마다 움찔움찔 땅에 닿을 듯하다. 콜라는 흡연 장소에 다다라 담배를 피우며 마실 요량이다.

혼자 홍콩에 도착하면 대부분 시내까지의 전철을 이용하지만, 오늘은 다르다. 택시 대기 장소에 줄을 선다. 택시를 타면 심사추이까지 홍콩달러 대략 260불, 전철을 타고 난 후 시내에서 택시를 이용하면 대략 160불이다. 한국 돈 15,000원에 번거롭게 몸을 혹사시킬 하등의 이유가 박 과장에겐 현재 없다. 집사람은 시장에서 단 돈 1000원을 아끼려 집까지 헉헉대며 걸어온다고 하지만, 자신은 비즈니스를 하는 사람 아닌가. 곧 택시에 오르고 오른쪽 운전석의 기사에게 주소를 보여준다. 출발과 동시에 눈을 감는다. 맥없이 보이는 모습은 비단 비행 때문은 아닌 듯하다. 홍콩 정도면 세 시간 반, 이륙하고 영화 한 편 정도 보고 나면 내릴 정도의 거리라 부담이 적기 때문이다.

박도준 과장. 사실 매일 하는 업무는 그렇다 치고, 박 과장은 개인적으로 우울한 감정의 늪에서 헤어나오지 못하고 있다. 일도 바쁜데, 의욕이 사라져서 근래 너무 고통스럽게 시간과 싸우고 있다. 왠지 온몸의 기가 다 빠져 나간 듯이 무기력하기도 하고, 갑자기 겁이 더럭 나며 가슴이 철렁 내려앉기도 한다. 봄이라 하지만 사춘기, 주변인의 시기도 아니고, 지난 해 조직 불안이 아직도 이어지고 있다고 할 수도 없고, 박 과장 자신도 답답하다. 그런 심란한 마음이 홍콩에 도착해서도 수그러들지 않고 있다. 조직 생활도 안 좋은 흐름을 타고 있다. 눈치 없고 밀어붙이는 업무 성격의 팀장도 팀장이지만, 팀원들도 마음에 꼭 안 찬다. 오더를 받는 것도 어렵지만, 오더를 진행하는 것도 절대 쉬운 일은 아니다. 근래 받은 오더도 많거니와, 오더의 모든 절차상 진행을 주도하는 박 과장의 업무량은 지나치게 방대하다. 새로 합류한 홍남규 대리와 김보람 씨, 그리고 경력, 신입사원들이 있지만 눈만 멀뚱멀뚱 뜨고 있을 뿐, 업무를 휘어잡고 주도하기엔 아직 부족하다. 이런 아사리 판에 더더군다나 새로운 바이어를 개척하다니, 고 팀장은 제정신인지 도무지 분간이 안 된다. 연초에 조직적 홍역을 거창하게 치르고 신입사원을 포함, 팀 이동과 경력 사원까지 끊임없는 인원 충원이 되고 있는 것을 감안하더라도, 쉽사리 이해가 되지 않는 부분이다. 감정적으로는 고 팀장과 술자리를 하며 마음을 수차례 추스르려 노력도 했지만 허사였다. 출장 떠나기 전 박 과장은,

"차장님, 아직 새로운 바이어는 시기 상조예요. 저희 조직 생각해 보세요. 이제 새로운 팀원들 막 합류하고 있다 치더라도, 신입사원까지 모두 가르쳐서 역할 제대로 할 수 있으려면 적어도, 아무리 적어도 1년은 되어야 합니다. 작년 생각해 보세요. 너무 무리하는 바람에 조직 흔들리고, 반 이상 허무하게 무너져 내려 얼마나 고생 만발했습니까. 그게 불과 한 달도, 한 달도 안 된 일이라고요."

조직이 안정되어야 새로운 바이어를 시작할 수 있고, 또 밀어붙일 수 있는 거라고 수차례 설명했었다. 다 떠나갈 수 있다고 협박도 했었다. 그러나 고 팀장은 막무가내로 듣지 않았다. 그런 그가 홀연 새 바이어와 약속을 잡고 홍콩으로 날아와 바이어와 미팅을 하고, 물론 오더의 연결은 바로 어렵겠지만 또 다시 무리한 시도를 하고 있는 중이다.

그런 잡념에 빠져 맥없이 고개를 뒤로 하고 택시에서 몸을 의지한 박 과장. 30분 정도 되는 시간 동안 내일의 미팅을 그려 본다. 공항에서 마신 콜라 때문인지 터지는 트림을 소리 없이 단도리하느라, 표정

이 일그러진다. 평일 정오 근처에는 홍콩 시내 차가 그렇게 막히지는 않는다. 시계를 보니 오후 1시가 다 되어 간다. 택시에서 내려 습관적으로 호텔 로비를 거쳐, 방 호수를 알아내 짐을 끌고 올라가 초인종을 누른다. 부스럭거리는 소리. 문이 열리고 방에 들어가 보니, 고 팀장은 너무도 태연하게 휴대폰으로 음악을 듣고 있다.

"차장님, 저 왔습니다. 오늘 계속 호텔 계셨던 거예요?"

"응, 왔냐, 밥은 먹었냐, 배 안 고프냐?"

"콜라를 좀 마셨더니, 생목이 올라와서."

거리낌 없이 트림을 하는 박 과장, 휴대폰을 곁에 두고 침대에 누워 있는 고 팀장, 서로 동문서답이다. 한참 짐을 풀고, 휴대폰에 와이파이 정보를 입력하고, 옷을 풀어 옷장에 넣어 두고는,

"그나저나 어제 Carter's 상담은 어떻게 되셨어요? 오더는 할 수 있는 상황이에요?"

속옷 차림으로 세면도구 파우치를 든 채, 궁금한 것을 물어보고야 만다.

"박 과장, 누가 잡아가냐? 먼저 씻어."

"……."

"지들도 방법이 없어. 아마도 달려들 거야, 재주 없이."

욕실로 향하는 박 과장의 고개가 기우뚱하다. 다른 동종 업계에 있는 친구들에게 주워들은 얘기와 고 팀장의 기대는 완전히 다르다. 폭풍 성장하던 그 업체들에서도 지금 오더가 없어 전전긍긍한다고 들은 터인데, 무슨 오더가 집 강아지처럼 달려든다니. 어떤 뇌 구조를 가지고 있는 팀장인지, 8년이나 같이 했으면서도 찜찜하다. 혹시 여자

바이어 중에 하나를 잘 구워삶아 여자친구로 두었는지, 이내 고개를 저으며 될 대로 되라지 혼자 뇌까린다.

1부 3팀의 경우는 에이전트를 끼지 않고 직접 바이어와 오더를 하기 때문에 출장이 상당히 잦다. 출장 경비도 만만치 않아서 구색을 굳이 갖추지 않는다. 적당한 호텔, 그리고 방도 같이 쓴다. 한 방에 두 개의 침대면 충분하다. 그런 점에서 고 팀장과 박 과장은 서로 장단이 맞는 편이다. 서로 크게 불편을 느끼지도 않고, 신경도 굵어 예민하지 않다. 박 과장이 씻고 침대에 올라서자 고 팀장이 다가와 자료 한 장을 성의 없이 툭 던지듯 건넨다.

"박 과장, 지금이 절호의 찬스야. 두 가지로 설명이 된다."

눈빛이 형형하다.

"첫 번째는 바이어의 헤게모니가 서울, 상해 등지에서 홍콩으로 집중되어 모이고 있어. 이제 굳이 에이전트를 두고 커미션을 쓰지 않아도 될 만큼 수출 기업의 인적 능력이 그만큼 올라왔다는 얘기야. 우리 팀에서 누구 영어 안 되는 사람 있니? 누가 메일 하나 제대로 못 읽고, 회신 못하는 친구가 있느냐고."

굵은 목줄기에서 또렷하게 음성이 흘러나온다.

"그럼 왜 도대체 홍콩이냐 하면, 제조의 메카가 동남아시아이기 때문에 지역적으로 가깝고, 홍콩 자체가 영어를 쓰기 때문에 중국이나 한국처럼 언어적 제약이 덜하기 때문이야. 막상 베트남으로 옮기고 인도네시아, 방글라데시, 인도로 옮기기엔 인터넷 사정을 비롯한 기본 인프라의 제약이 많아지니까 당연히 홍콩으로 몰릴 수밖에 없잖아. GAP도 한국 지사 철수한다고 하고, Wal-mart는 훨씬 이전에 한국에서 철수했잖아. Target은 시스템을 통한 다이렉트를 한다고 무지하게 한국 직원 줄이고 있다고 하던데……. Celia는 잘 있는지 모르겠다. 하여튼 그런 상황인 거야. 아마도 모르긴 몰라도 생산 기지로 바이어 소싱 기능(Sourcing Function)이 넘어가긴 어려울 거고, 그렇다면 홍콩은 뭐 어쩔 수 없는 소싱(Sourcing)의 허브가 되는 거지."

박 과장의 얼굴에 지루함이 묻어난다. 업계의 흐름이야 누구보다 잘 알고 있는 부분인데, 강조하는 것이 새삼스럽다.

"더욱 중요한 것은 중국이 2000년도부터 10년간 정점을 찍었던 제조의 경쟁력을 잃어가고 있다는 사실이야. 1995년부터 단계적으로 쿼터(Quota, 수입 제한)가 없어지잖아. 그 10년 동안 중국의 제조는 전 세계를 먹여 살렸어. 하다못해 이쑤시개부터 칫솔, 면도기, 복잡하게는 전자 부품, 완제품 할 것 없이 메이드 인 차이나(Made in China)가 아닌 것이 있었느냐고. 그렇게 제조의 기반이 무너진 가장 큰 이유는 중국의 인건비 상승이야. 한국의 인건비가 지금 얼마인지 아니? 올해가 시간당 5,210원이야. 하루 8시간에 주 5일 곱하면 833,600원이야. 환율 1,050원으로 계산하면 고작 793불. 대한민국의 인건비가 800불이 안 되는데, 중국이 500불이면 게임 끝난 거지."

이야기가 다른 곳으로 샌다. 변설을 늘어놓는 고 팀장은 거침이 없다. 목소리의 울림이 크고 강하다. 한때 바이어와의 미팅에서 새빨간 거짓말을 눈 한번 깜짝이지 않고 토해 내던 고 팀장을 보며 혀를 내두른 기억이 떠오른다. 사실이 어떻든 간에 상관없이, 무뚝뚝한 고 팀장의 말은 설득력이 좋다. 작두를 타듯 술술 흘러나오는 말에 콕 집어 반박할 거리를 찾지 못하는 박 과장은 듣는 데만 집중한다.

"그런데 거꾸로 애들 옷의 미국 내 점유율이 얼마인지 아니? 전체 의류 생각할 것도 없어. 우리가 가장 잘할 수 있는 것만 집중하자고. 그 애들 옷 점유율이 37%가 넘는다는 거야. 그 무지막지한 점유율 37%의 애들 옷이 중국에서 전부 다른 나라로 빠질 거란 얘기야 내 얘기는. 그렇다면 애들 옷을 가장 많이 하는 바이어를 찾아야 하겠지. 당연히 우리가 일 년 동안 숱하게 밤새 이루어 냈던 TCP가 매장 수로는 미국 내에 가장 크고. 그렇지만 매출로는 Carter's가 훨씬 더 크다는 말이지. TCP가 1조 7천억 년 매출 규모인데, Carter's는 2조 6천억이야."

박 과장은 머릿속으로 Carter's의 연 매출을 FOB(납품단가)로 환산해 본다. 미주 시장 다이렉트 오더의 평균 마진율을 50%로 대략 본다고 해도 연 규모가 13억 불이다. 니트와 우븐, 스웨터와 신발, 액세서리를 나눈다고 해도 니트로 5억 불(한화 5,000억, 환율 1,000원 기준) 이상을 소싱하는 어마어마한 규모다. Carter's 매장 수 대비 소싱 규모에 속으로 놀란다.

그렇지만 회사 정책적 도움, 전사적인 도움 없이 새로운 바이어를 고 팀장이 독단적으로 이루어 낼 수는 없다. 어떤 전략을 가지고 바이어에게 접근하고 있는지 설명이 뒷받침되어야 한다. 혹여 개인적으로 아는 바이어가 있어 오더가 시작될 수도 있다. 고 팀장의 경력으로 보면 가능성이 없다고 할 수 없었다. 박 과장이 끼어들며 물어본다.

"그런데 누가 아는 사람이라도 있거나, 아니면 회사 차원에서 어떻게 접근을 하든가 해야 하는 거잖아요. 아무런 연줄도 없이 하늘에 떠 있는 구름을 잡을 것도 아니고요. 말씀하신 상황이야 뭐 알고 있는 얘기지만서도."

"Carter's가 2002년에 Oshkosh를 먹었잖아. 그 Oshkosh의 아틀랜타 VP(Vice President, 부사장)가 정말 우연히도 아는 사람이야. 이전에 GAP 샌프란시스코 본사에서 GAP 마이애미 지사로 전출되어, 과테말라에 작업 관리하러 넘어오던 중국계 미국인 낸시(Nancy)라는 친구인데, 우연히 페이스북(Facebook) 하다가 연락이 되었어."

박 과장의 입이 반쯤 벌어진다. 상황을 인지하고 접근한 것이 아니다. 어떤 우연한 접근을 통해 상황을 판단한 것이고 그로 인해 명분과 당위를 만들어 낸 것이다. 닭이 먼저인지 달걀이 먼저인지 굳이 따질 필요는 없지만, 배신감이 드는 것은 사실이다. 박 과장의 눈밑이 살짝 파르르 떨린다.

"물론 내가 낸시를 안다고 해도 오더가 되겠어? 얘네들도 지금 다급한 거야. 중국 단가는 나날이 치솟고 있는데, 그것을 대신해 줄 업체를 찾아야 하는 난관에 봉착한 거지. 또 다른 중국 내 수출 제조업체는 의미가 없고, 방글라데시나 캄보디아는 자국 노동시장이 불안하고. 기억나지? 작년 4월에 방글라데시 라나플라자(Rana Plaza) 무너진 거. 그 무너진 건물 안에 TCP 제조하는 업체도 있었는데, 그것 때문에 TCP도 당장 방글라데시의 점유율을 줄여야 하는데, 새로운 중국의 대체 국가가 될 수가 없는 거야. 그러면 봉제를 생산해야 할 나라는 이제 딱 그냥 쉽게, 심플하게 정해져 버리는 거지. 우리 회사의 메인 봉제 생산 국가가 어디니? 인도네시아, 베트남이잖아. 최적의 조건인 거야."

침대 옆의 생수 병을 돌려 따며 박 과장이 갸우뚱한다. 한국에서 수출을 하는 유수의 경쟁 업체들도 신성과 마찬가지로 베트남이나 인도네시아 제조 기반이 있고, 심지어 중미에도 공격적으로 투자하는데, 과연 Carter's에서 신성에 우선적으로, 그것도 팀 레벨의 고 팀장에게 오더를 밀어 줄 리가 만무하기 때문이다. 생수를 두 모금 벌컥벌컥 들이켠 후, 박 과장은 의심스러운 질문을 던진다.

"근데, 그렇다 쳐도요, 낸시가 신성에 오더를 밀어 주겠대요? 빵빵한 다른 벤더 제쳐두고요? 한새, 새아, 한설. 하다못해 노블랜드, 약신, 강림 등등. 아시잖아요, 쉽지 않다는 거요."

고 팀장이 박 과장의 생수 병을 가로채 가져가 입을 대고 물을 마신다. 생수 병을 내려놓으며,

"Carter's는 원체 큰 바이어인데, 그동안 오더를 어디서 했는지 아니? 바로 리앤풍을 통해서 했었어. 이 무식한 자식들이 리앤풍을 통하면서 생돈으로 엄청 커미션 줘가며 오더를 15년 동안 했다니, 리앤풍만 노 났던 것이고 말이야, 이제서야 그 진실을 알아 버린 것이란 말이지. 너무나도 우리에겐 좋은 기회 아니겠냐!"

논리로 무장하여 윽박을 지르듯 생기가 느껴진다.

"어제 만난 낸시는 CGS(Carter's Global Sourcing)을 통해 오더를 진행하자는 거야. 지난 해 FOB로 리앤풍을 통해 8억 불, CGS를 통해서 4억 불. CGS는 Carter's의 지사이기 때문에 커미션이 없어. 또 동시에 한새, 한설, 새아, 특히 강림 등 Carter's 오더를 기존 리앤풍 통해서 진행하는 업체는 CGS의 벤더가 될 수 없는 거야. 당장 리앤풍의 8억 불을 CGS에서 받아내 오더를 진행할 수가 없고, 당분간 유지해야 하기 때문에 리앤풍 비즈니스가 없는 우리가, 우리 회사가 중심으로 단

숨에 올라갈 수 있는 절호의 기회라고!"

머릿속이 하얘진다. 논리가 정연하고, 반박할 근거가 없다. 결론적으로는 Carter's 오더를 바로 진행할 수준인 것이고, 한국 내에는 경쟁 상대가 없고, 고 팀장을 확실히 밀어 줄 바이어도 있고. 그럼 조직은 어떻게 해야 할까, 어떻게 정비를 해야 할까, 지금이 올바른 시기일까, 박 과장은 현실적으로 생각을 추스른다. 그래도 다시 정리할 필요가 있다.

"차장님, 그럼 리앤풍을 하지 않는 신헌이나 위비도 경쟁에 뛰어들텐데요?"

한 바탕 생각을 말로 쏟아낸 이후라 그런지, 차분해진 고 팀장은 잠깐 시간을 두고 말을 이어 간다.

"우리 여덟 명이 이루어낸 작년 3,000만 불(300억)의 매출의 핵심이 뭐라고 생각하니? 그건 우리의 절실한 업무 하나하나의 결실이라 볼 수도 있지만, 다른 측면으로는 주변 여건이야. TCP 오더를 하면서 프린트나 자수, 부자재, 특히 꽃술이나 레이스 때문에 얼마나 우리 힘들었니. 그 경쟁력 있는 단가를 맞추기 위해 우린 절망적으로 소규모의 업체를 찾았고, 그 업체들이 우리 오더로 같이 성장해서 지금 전폭적으로 팀을 지원해 주며 우리 곁에 있잖아. 그 업체들이 신성의 다른 팀보다도 경쟁력 있는 단가와 납기를 우리에게 주는데, 신헌이나 위비가 그런 절망적으로 시작된 관계를 만들어 낼 수 있을까? 그들은 모든 것을 걸고 절박하게 승부하는 우리의 경쟁 상대가 될 수도 없고, 설사 된다고 해도 우리와 상대가 되겠니. 안 돼. 걔네 우리 못 이겨!"

사실 TCP 오더를 시작하면서 프린트의 지원이 절대적이었다. 고 팀장은 절체절명의 순간에서 생존을 위한 핵심을 찔러야 했다. 프린트 업체를 두고 일년의 오더를 걸고 승부를 했다. 프린트 업체의 경우 매 시즌에 안정적인 오더 유지가 안 되는 것이 가장 큰 고민거리였다. 이를 고 팀장은 정면으로 받아 딜(Deal, 가격 협상)을 이루어 냈다.

"사장님! 모든 사업에는 성수기와 비수기가 있습니다. 사업이 매한가지겠지만, 성수기에는 당연히 돈을 벌어 놓아야 하고, 비수기에는 손실을 최소화해야 하는 것 아니겠습니까? 수영복이나 스웨터처럼 시즌에 반짝 돈 벌어 비수기에 손가락 빨며 까먹는 것은 사업이 아니지 않습니까? 그런 시즌별 오더가 명확한 것처럼, 오늘을 삭둑 잘라 본다고 해도 매한가지입니다. 깔아 주는 오더가 있고, 돈 벌어 주는 오더가 있지 않습니까? 간단히 어떤 매장에 가도 잘 안 팔리지만 구색이 필요해 갖추어 놓은 돈 안 되는 옷이 있는 반면에, 동시에 어떤 것은 굉장히 마진 좋은 옷도 있는 것 아니겠습니까! 우린 애들 옷 하지 않습니까, 그것도 면 티로 말입니다. 저희는 성수기 비수기가 크지 않습니다. 매 시즌 애들 옷은 어떻든 사야 하는 거니까요. 제 자리를 걸고 말씀드리겠습니다. 제 오더는 시즌별 확실히 밀어 드립니다. 올해 전체 1,800만 장 중에서 1,200만 장이 프린트 작업입니다. 제 오더를 밑에 깔아 놓고 기계 가동률을 95% 이상 맞추십시오. 그리고 다른 좋은 돈 되는 오더로 돈 버십시오. 제 오더는 손실을 최소화하는 수준으로 여기시고 공장 운용을 해보십시오. 이 업계에서 저도 짬 좀 됐는데, 치사하게 간 보고 양아치 짓 안 하겠습니다. 믿고 한번 해보시지요. 대신, 저희 오더는10% 낮은 가격으로 진행해 주십시오. 일년 수량을 전부 걸고 한번 해보시겠습니까?"

프린트 업체의 입장을 보더라도 사실 쉽지 않은 결정이었지만, 영업 사원으로서의 진솔한 제안은 프린트 업체 사장의 마음을 움직였고, 결국 비즈니스의 필요와 맞아 떨어졌다고 할 수 있겠지만 좋은 결실을 이루어 낼 수 있었다.

또한 수많은 중국 수작업으로 비싸게 진행되던 코르사주(Corsage)류들도 한 부자재 업체와 전혀 다른 접근 방법으로 단가 인하를 이루어 냈었다. 당시 한국에서는 단가가 맞지 않아 비싸게 구입하던 코르사주를 소규모 부자재 업체와 함께 본질적 소싱 절차를 파고들었다. 코르사주는 손으로 꽃 모양을 접는 의류 부자재인데, 그 종류가 다양한 반면에 수량이 크지 않았다. 그래서 단가가 상당히 높았는데, 의류 벤더들은 어쩔 수 없이 그 단가를 수용하며 오더를 진행했었다. 고 팀장과 박 과장은 전체 코르사주의 수량을 가늠하여 부자재 업체 사장에게 색다른 제안을 했다.

"사장님, 코르사주 중국의 광저우에서 접죠? 광저우의 의류 부자재 시장에만 의존하지 말고, 그들이 하는 방법을 따라 해보시죠. 우리가 한국인이라 못 할 것도 없는 거잖아요. 중국에 지사를 두는 거예요. 어차피 중국 사람이면 어때요, 직원을 쓰는 것은 똑같은 관리 차원인 것이죠. 다시 말해 현재 코르사주의 경우, 사장님이 개발을 광저우의 중국 부자재 업체에 요청하면 샘플 및 단가 등이 정해져 오더가 진행되고, 우리가 납품을 받잖아요. 개발은 광저우에서 하지만, 사실 본 오더는 내륙으로 들어가잖아요? 각 담당들이 농촌 등을 찾아가, 한 부락에 통째로 수작업을 주고, 우리 한국에서 예전에 부업하듯이 쫙 풀었다가 수거해 가고 그런 거잖아요. 우리가 그 방법을, 그들의 방법을 직접 하자는 거예요!"

손해 볼 것도 없는 부자재 업체 사장은, 수차례 출장 및 시장 조사를 했다. 내륙으로 들어가는 업체 담당 직원을 물색하고, 설득하여 결국 직원으로 쓰기에 이르렀다. 처음의 직원은 믿음을 버리고 돈 몇 푼을 받아들고 사라져 버렸다. 포기하지 않고, 다시 공을 들여 구한 두 번째 직원은 보물과도 같이 일을 깔끔하고 정직하게 수행해 주었고, 중국 기반이 잡히기 시작했다. 중국 내륙의 부업의 단가는 어마어마하게 경쟁력이 있었고, 기존 광저우 중국 부자재 업체들이 가져가던 20% 이상의 마진이 고스란히 부자재 업체 사장에게 되돌아왔다. 그는 그 중국 기반을 바탕으로 공격적으로 타 벤더와도 영업을 했고, 순식간에 코르사주 시장에서 가장 경쟁력 있는 업체로 부각되었다. 그 기반을 바탕으로 고 팀장은 타 벤더보다도 20%나 저렴한 원가로 코르사주를 공급받아, 소량이긴 했지만 부자재 단가에서도 혁신적인 단가 인하를 이루어 냈었다.

그런 지난 해의 업무적인 파격적 혁신은 다른 영업부의 관성적인 그것과 확연히 달랐다. 하지만 그런 방법이 성취도가 높기는 해도, 담당자의 업무 강도 및 업무량을 굉장히 증가시킨 것도 사실이다. 그런 경쟁력을 바탕으로 새로 시작하는 바이어를 잘 수행해 낸다고 해도, 타 벤더와 싸워 이길 수 있다고 가정해도 문제는 있었다. 한정된 조직 인원으로 바이어를 개발해야 하는 내부적인 인원 조직의 맨 파워 부족이 그 문제 중 하나였다. 새로운 바이어 개척에 대한 자료를 충분히 정리하고, 인원 보강 요청을 하여 받아들여지면 어찌해 볼 수도 있겠다는 생각은 든다. 하지만 현재의 바이어의 원가 구조 개선이 급선무다. 프린트나 부자재 등 여러 부분에서 경쟁력을 만들어 낸 것은 사실이지만, 관리적인 로스, 봉제료의 경쟁력 등은 여전히 부족하고, 아직도 난관을 헤쳐 나가야 할 부분이 상당히 많다. 그 부분을 이야기하기도 이전에 고 팀장은 침대 옆 생수를 벌컥벌컥 들이켜더니,

"박 과장, 나 1팀에서 혼자 떨어져 나왔을 때 기억나니? 첫 번째가 바이어의 상황이라면, 두 번째는 우리의 준비야. 작년에 박 과장 고생한 거, 또 우리 조직 무너졌던 것, 내 관리가 미흡했던 것 나 다 받아들이기로 하고 다시 시작하는 거야. 강 상무가 얘기한 TCP 3기, 그렇게 Carter's 1기를 만들어 내야 해. 다시 돌아가서, 1팀에서 떨어져 나와 했던 Dyan Importer 오더, Meijer, TJ Max, 심지어 일본 오더까지 신규에 미친 듯이 쫓아 다녔잖아. 그런데 그것이 내 의지와 열정만으로 이루어지는 것이 아니더라고. 혹자는 TCP 오더를 단기간에 키울 수 있었던 것이 그런 신규의 경험이 있었기 때문이라 하는데, 다소간 동의하지만 전부는 아니야. 모든 것에는 리듬이 있어. 리듬에 맞춰 올라가기도, 내려가기도 하고, 춤을 추기도 하지. 그 리듬은 기회를 동반하는데, 그 기회는 쉽게 오지 않아. 신규의 틈바구니에서 허우적거리며 헤어 나오지 못했던 그때 절실하게 느꼈어."

자못 비장해진다.

"이건 기회야. 기회는 올 때 잡는 거야. 기회를 이런 저런 이유로 미룬다면, 우린 아무것도 이루어 낼 수가 없어. 난, 난 그 기회가 내게, 또한 우리 팀에 결국 지대한 힘을 실어 주리라 확고히 믿어. 박 과장, 이건 운명 같은 거야!"

박 과장에게 홍콩의 밤은 더욱 심란하기만 하다.

4월 9일 수요일

성내동 안쪽 골목 한적한 중간 즈음의 간판 집 3층에 이주희는 방을 얻었다. 느낌이나 예감은 옳을 때가 많다. 이주희는 입사가 최종 결정날 것을 미리 감 잡고 있었다. 왠지 모르게 가슴이 뛰고, 신성 인터내셔널에 합격할 것만 같았다. 대한민국 경기가 어렵고 청년 실업이 사회의 큰 문제로 대두되고 하는 일들 따위는 그녀와는 거리가 멀었다. 학교에서 같이 어울리며 다니는 친한 친구들, 그리고 남자 친구, 수업과 스스로를 가꾸는 일만 해도 이주희는 충분히 분주했다. 사회가 어떻게, 세계가 어떻게 돌아가는지는 정치인이나 기업인들이 신경 쓸 문제였고, 그런 진흙탕에 이주희의 뽀얀 발을 살짝이라도 담글 수가 없었다. 대학 4학년, 그리고 졸업을 앞두고 취업도 매한가지, 기초 화장을 하고 마스카라를 하듯이, 취업은 당연히 아무런 문제 없이 될 것이라 그녀는 믿었다. 대학을 졸업하니 당연히 취업해야 하는 것이 절차라고 단순하게 여겨 버렸다. 몇 번 친구들에 휩쓸려 이력서를 내기는 했지만, 신성과 같이 느낌이 좋은 적은 없었다. 이력이라고 해보았자 대학과 필리핀 두 달 놀러 다녀온 것밖에 특이한 것은 없었지만, 그러나 신성은 꼭 그녀의 첫 직장이 될 것만 같았다. 그런 촉은 전화를 통해 '합격'이라는 소식을 물고 왔고, 이제 당장 사회생활을 시작해야 하는 것이다. 이주희는 처음으로 본인의 집이 애초부터 서울이면 좋겠다는 생각을 했다. 한번도 집에서 떨어져 본 적이 없는데, 이제 홀로 떨어져야 하는 것이다.

이주희의 아버지도 딸의 취업으로 한편으로는 대견하고 기쁘지만, 다른 한편으로는 헤어짐과 독립에 따른 불안함으로 걱정이 가득했다. 충분히 알아보고 준비하고 할 시간도 없었거니와, 서울에 어떤 연고도 없었기 때문이다. 아버지는 합격 통보를 받자마자 이주희와 서둘러 회사 근처로 올라왔다. 이주희의 아버지에게 서울은 생경한 곳이다. 대전의 차들이 부드럽게 흘러간다면, 서울은 차들이 막혔던 물줄기가 터져 쏟아지듯이 툭툭 끊기며 리듬이 급하다. 도로나 골목의 너비 등도 대전이 더욱 여유 넉넉하다. 같은 크기의 건물이라면, 대전은 한 층에 대략 두 곳의 사무실이 입주해 있는데, 서울은 몇 군데인지 알 수 없을 정도로 다닥다닥 건물을 혹사시킨다. 숨 막히게 답답하다. 그런 곳에 딸을 이제 보내야 한다. 강동구 회사 건너편, 길동 사거리에서 이주희의 아버지는 목을 빼고 두리번거린다. 먼 곳을 응시하며 딸의 회사 위치를 가늠해 본다.

"큰딸! 어차피 신호등 건널 필요 없이, 가까이 얻으려면 둔촌동 쪽으로 얻는 것이 낫지 않니?"

부동산 중개업자의 성의 부족한 응대도 그렇거니와 주변의 환경이 아버지는 못마땅하다. 특히 회사의 대각선 맞은편, 천호동은 그 정도가 심하다. 한낮인데도 유흥가의 흥청거림이 눈에 훤하게 그려진다. 밤마다 술 취해 비틀거리는 난봉꾼들이 넘쳐 흘러나는 곳에 딸을 떨어뜨려 놓을 수 없다. 이주희의 아버지는 고개를 세차게 가로 흔든다.

"그래도 아빠, 전철하고도 가깝고, 뭐 나가서 사먹으려면 조금 번화한 쪽이 나은 것 같은데. 그런데 천호동 쪽은 너무 술집만 많고, 건너편 성내동이 더 나은 것 같아. 거기 롯데리아 근처면 더 좋을 거야. 어차피 뭐 신호등 하나 건너면 되니까."

주름 많은 늙은 부동산 중개업자가 성의 없이 소개한 방 중에 하나를 이주희는 결국 얻었다. 성내동의 골목 안쪽 간판 집 3층이다. 급하게 얻은 집 치고는 가격도 나쁘지 않다. 아침 해가 들어오지는 않지만, 남쪽으로 창이 있어 낮 동안에는 해가 비춰지는 조용한 방이다. 건물이 오래되어 낡기는 했지만, 그런 것은 따질 겨를이 없다. 본인은 옷가지와 화장품, 신발 등을 챙겼고, 이주희의 엄마가 이불과 간단한 조리기구 등을 대전에서 공수하도록 준비를 해주었다. 그렇게 며칠 사이에 이주희의 근거지가 마련되었다. 그녀의 방은 그렇게 서둘러 꾸며졌지만, 한 달 반이 지나도록 더 살림이 보태지지는 않았다. 전신 거울은 처음 맞는 일요일에 사둔 물건이고, 화장대의 화장품과 이불이 전부다. 심지어 텔레비전도 아직 없다. 구형 아이폰으로 몇 가지 뉴스 및 동영상을 보기는 하지만, 주희의 한달 반 동안의 생활 패턴으로는 그리 급한 도구는 아니다. 회사에서 거의 모든 시간을 보낸다.

4월이 되었지만 벚꽃이 어디 피는지 마는지 이주희는 알고 싶지도 않고 알 겨를도 없다. 날이 따뜻해진 것은 봄이기 때문이란 것을 막연히 느낄 뿐, 오직 하루하루 주어진 일을 해내는 데 집중하느라 여유가 없다. 그렇게 하루가 쉽게 양분된다. 아침부터 시작되는 업무, 그리고 방에서의 수면. 4월이긴 하지만 아직 아침 공기까지는 차다. 온기 느껴지는 이불 속에서 이주희는 게슴츠레 눈을 뜬다. 어제 잠자기 전에 던져 두었던 휴대폰을 당겨와 동그란 하단 단추를 눌러 본다. 화면 반응이 없이 꺼져 있는 휴대폰을 이불 속에서 잠결에 몇 번이고 터치한다. 화들짝 놀라 허리를 세워 벽시계를 본다. 시침은 8시에 거의 다 도달해 있다. 어제도 늦어 홍청거리는 거리 아저씨들을 눈치껏 피해가며 집에 온 시간은 12시였다. 화장을 지우고 옷 정리를 조금 하고 새벽 한 시 정도에 하품을 하며 잠깐 눈이 감긴 것 같은데.

오전 7시 59분.

이불을 걷어 발밑으로 밀어 버리며 상체를 후다닥 일으킨다. 고개가 좌우로 빠르게 움직이며 자리에서 벌떡 일어나 욕실로 다가가 문을 세차게 잡아당긴다. 서두르는 폼이 경황이 없다. 세면기에 수도꼭지를 돌리며, 폼을 눌러 듬뿍 눌러 짜 문지른다. 이마에서 턱까지 빠르게 문지르며 거울을 본다. 뺨과 이마에 오돌도돌 잔 피부 트러블이 빨갛게 펴져 있다. 눈가 밑에는 기미도 거뭇하게 펴져 흩어져 있다. 부은 얼굴에 까칠한 얼굴이 마음에 차지 않는지 이주희의 얼굴에 짜증스러움이 묻어난다. 피곤하면 더욱 피부 트러블이 심해져 신경이 날카로워진다. 마음 바쁜 이주희의 손이 수건을 낚아채고, 뚝뚝 떨어지는 물을 방에 흩뿌리며 옷장으로 향한다. 이주희는 아무리 바쁜 상황이라도 아무 옷이나 입지 않는다. 그녀의 짧은 인생 동안 만들어져 버린 엄격한 규율과도 같다. 이주희는 옷장 문을 열어 놓은 채, 이불을 밟고 서너 발걸음을 옮겨 창가로 다가선다. 잠긴 문을 열어젖히며 밖을 살핀다. 아침의 서늘한 기운이 맑은 햇빛과 함께 이주희의 방으로 훅 쏟아진다. 창을 열어 둔 채 이주희는 빠르게 옷장으로 되돌아온다. 수많은 옷 중에 단번에 하늘색 무늬 스커트와 흰색 블라우스를 꺼내 든다. 전신 거울이 스커트와 블라우스를 입은 맵시 좋은 이주희를 비추어 준다. 만족스런 미소가 이주희의 안면으로 빠르게 스쳐간다. 시계를 흘끔 쳐다본 이주희는 옷장 밑에서 가장 큰 가방을 꺼내 화장대로 가 화장품을 쓸어 담는다. 화장대에 앉아 화장할 시간이 없다. 서둘러 현관 앞에 서서 밤색 단화를 신으려다가 멈칫 다시 거슬러 돌아간다. 다시 전신 거울을 보며 옷매무새를 다듬는다. 8시 22분에 집에서 출발하면 충분하고, 8시 25분에 출발하게 되면 신호등에 따라 뛰어야 할 수 있다. 다행히 뛰지 않아도 될 것이라 안도하며 마음의 여유를 얼굴에 다소 머금은 채 집을 나선다.

오전 8시 25분.

기운이 싸늘하지만 하늘이 맑다. 아파트 건물들이 사거리를 둘러싸고 빽빽하다. 하남 방면의 대로가 트인 방면으로 뜨는 해가 길동 사거리를 밝게 비춘다. 햇살이 차가운 기운을 어루만지듯 부드럽다. 어디서들 출발했는지, 신호등에는 같은 회사 동료 또는 고참으로 보이는 사람들이 귀에 이어폰을 꽂은 채 서 있다. 왼쪽으로 힐끗, 오른쪽으로 힐끗. 세 명의 여직원 중에 주희의 옷매무새나 몸매가 가장 돋보인다. 아무것도 바르지 않은 오른쪽 입매가 누군가를 비웃기라도 하듯 비죽 올라간다. 보행자 신호등이 녹색 사람 모양으로 바뀌며 차들이 흐름을 달리한다.

신호를 건너는 이주희의 발걸음이 빨라진다. 제대로 된 공지도 없이 고 팀장과 박도준 과장은 홍콩인지 어딘지 사라지고 없고, 주희의 사수인 박성은은 인도네시아로 어제 출장을 갔다. 중간에 홍남규 대리만 남아 앉아 있는데, 당분간 홍 대리의 업무 지시를 받아야 한다. 홍 대리는 경상도 태생이라 그런지 타고난 성격이 급한 것도 그렇지만 업무도 산만한 것 같고, 시키는 것도 중구난방 무엇을 제시간에 해낼 재간이 없다. 이주희의 엄마도 경상도 출신인데 아직도 사투리를 못 고치도록 촌스러운 것을 생각하며, 지역적인 태생이 원래 그런가보다 무심하게 여겨 버린다. 경상도고 전라도고 간에, 지금 자신이 제일 불쌍하고 안쓰러운 상황이다. 그녀의 눈으로는 다른 사원들이 부럽다. 다른 사원들은 다들 여유롭게 자신들의 일을 묵묵히 하는 것 같은데, 자신만 전전긍긍 시간이 모자라고 버거움을 느끼기 때문이다. 입사 당일 팀장이 불러 이것 저것 이야기한 것들을 곱씹어 본다.

"나는 바이어에게 회사의 능력을 판다. 각급의 과장과 대리는 경험을 바탕으로 한 업무 능력을 판다. 너희 둘은 이제 무얼 팔아야 하는지 곰곰이 생각해 봐라. 어설픈 영어, 자신감, 열정, 이런 시답잖은 말 집어치우고. 팔 것이 마땅히 없을 거다. 이제 너희들은 일 년 동안 '영혼'을 팔아라."

고 팀장의 경직된 얼굴도 그렇지만, 굳세게 고개를 끄덕이던 김양희가 사실 더 놀라웠다. 대학 때가 문득 그리워지며 심란한 느낌이었는데 그 생각을 고 팀장이 읽은 것인지, 아니면 홍수방구였는지,

"학창 시절에는 누구나 자신이 마음에 맞는 사람과 어울린다. 대인

관계의 폭이 좁고 협소하다. 그런 성정이 지속되면 성격도 편협해지는 거다. 학창시절과 직장 생활과 단적으로 다른 것은 본인의 의지와 상관없이 전혀 나와 다른 사람과도 어울려 일을 해야 한다는 것이다. 사람 가리지 말아라. 너희들은 그런 권한이 없다."

작게 죽 찢어진 눈매가 강한 고 팀장은 마주 대하기도 껄끄럽다. 더구나 굳은 표정으로 이주희의 눈을 직시하며 암묵적으로 긍정을 요구했다. 자신을 애송이 취급하는 듯한 말투가 서슬랐고, 오기가 솟아올랐다. 이주희는 사회생활이 처음이긴 하지만, 여느 조직과 다름없다 여겼다. 살아오면서 어느 곳에 속해 있어도 평균 이상은 찍었던 그녀였다. 그렇지만 아담한 박성은과 짝을 이루어 업무를 배워 가며 이주희의 막연한 자신감은 무너지기 시작했다. 야무진 박성은의 업무 능력도 그렇지만 그녀의 위로 홍 대리, 박 과장, 고 팀장까지 그녀가 챙겨야 할 것은 업무뿐만이 아니었다. 같이 입사한 김양희는 그런 점을 사전에 배우고 온 듯이 익숙한 것도 이주희에게는 무시할 수 없는 부담감이었다.

오전 8시 29분.

출근 기계에 오른쪽 검지를 올려놓는다. 지문 인식 기계는 이주희의 검지손가락을 이주희로 인지하고 기계음을 울려 댄다. 오른쪽 손으로 출입문을 열고 사무실로 들어간다. 입사를 한 직후에 이주희의 출근은 일렀다. 회사에서는 요일에 따라 간단한 먹을거리를 준비하는데, 그런 간단한 것에도 회사에 대한 자긍심이 생겨나기도 했다. 사실 김밥이나 샌드위치, 햄버거 등을 막상 가져온다 해도 버리는 경우가 허다했다. 정해진 시간에 해내야 하는 일들로 아침을 챙겨 먹을 여유도 없었거니와 뱃살 관리를 해야 하기 때문이다. 아침 제공은 꼬박꼬박 아침을 챙겨 먹는 뚱뚱한 박 과장이나 게걸스럽게 먹을 것을 밝히는 홍 대리에게나 필요한 것일 뿐이었다.

오전 8시 35분.

4층 정문을 밀어 젖히며 들어온 이주희가 그녀의 자리에 다다른다. 책상 위에 올려놓은 컴퓨터 본체의 전원 키를 누르며 파티션 너머를 흘끔 본다. 홍 대리는 움직임 없이 모니터를 가까이 들여다보며 제대로 인사도 안 받는다. 블라우스 위에 걸친 양장 겉옷을 벗어 의자에 걸어 놓으며 컴퓨터의 전원이 들어오기를 기다린다. 모니터에는 컴퓨터 쪽지에 해야 할 일들을 빼곡히 적어 놓는다. 구동을 마친 모니터가 두 번 깜빡이며 바탕화면에 어지럽게 흩어져 있는 쪽지를 띄워 낸다. 가장 큰 쪽지 화면에 '프린트 챙기기'란 단어가 두꺼운 빨강색으로 표시된다. 이주희가 번뜩 하며 자리를 박차고 일어난다. 어제 밤까지 끈질기게 머릿속에 남아 있던 잔해에 순식간에 불이 붙는다. 머릿속이 뜨겁게 달아오른다. 컴퓨터의 메일을 선 채로 열어 놓고 급하게 출입문으로 향한다. 계단으로 뛰듯 내려간 3층 샘플실 재단반의 박 과장에게 이자를 받으러 가는 기세로 달려간다. 제대로 인사도 없이 뜬금없이,

"과장님, 어제 말씀드렸던 4380222 재단 물 됐어요?"

재단 테이블의 박 과장은 외계에서 온 생명을 보는 듯한 표정으로 움직임이 없다. 물끄러미 이주희를 쳐다본다. 너 같은 사람 처음 본다는 듯, 넌 도대체 무엇 하는 사람이냐는 듯한 시선이다. 재단 과장의 뚱한 대응을 대수롭지 않게 받아 넘기는 이주희의 목소리 톤이 올라

가며 갈라진다.

"어저께 제가 4380222 핑크 칼라 재단해 달라고 말씀드렸었잖아요. 그때 어제 재단하고 퇴근하신다고 그랬는데, 왜 아직 안 됐어요? 안 됐으면, 지금이라도 빨리 잘라 주시라고요!"

팩 하고는, 재단 테이블을 돌아 원단을 쌓아 놓은 곳으로 성큼성큼 향한다. 말이 없는 재단과장은 재단 테이블에 허리를 기대고 팔짱을 낀 채 서둘러 허둥대는 이주희를 뚱하니 바라본다. 잎지락뒤치락 원단 더미를 뒤지던 이주희의 얼굴이 빨갛게 달아오른다. 잘 정리된 원단 더미가 흐트러져 있는 것에 박 과장은 얼굴을 찌푸리고, 이주희는 무언가 깨달은 듯 허리를 펴며 미간을 좁힌다. 급한 건이라며 하도 채근을 하는 바람에 서두르기는 했는데, 원단 전달을 해주지 않은 것이다. 화장을 하지 않은 민낯의 이주희 미간에 조바심과 짜증, 신경질이 묻어난다. 당장 원단을 찾아 가져와야 하는 것도 일이지만, 재단을 마무리하고 프린트를 보내야 하는 일련의 업무가 압박으로 다가온다. 이주희의 심경은 뒤로 한 채 미싱의 모터 소리가 샘플실에 가득 차 울려 댄다. 날카로운 봉제 실장의 성난 듯한 목소리가 미싱 소리를 뚫고 이주희의 귀에 따끔하게 날아와 꽂힌다.

"이주희 씨! 전화 받아!"

재단 테이블의 박 과장도 그렇거니와 흩어 놓은 원단 더미를 그대로 놔둔 채 이주희는 몸을 움직인다. 급하게 다가가 수화기를 오른손으로 건네받아 귀에 댄다. 신경질적인 음성이 전파를 타고, 이주희의 귀속으로 그대로 파고든다.

"니 어디노! 먼데, 핸드폰도 없이 움직이노! 빨리 몬 올라오노!"

홍 대리는 화가 난 것인지 원래 그런 것인지, 당최 차분하지 않다. 매번 급하고 큰 목소리로 누구에게나 윽박을 지른다. 화장기 없는 이주희의 얼굴이 샘플실 창에 비춰진다. 이주희의 마음은 조급하기만 하고 편치 않다. 큰 사단이라도 난 듯한 모습의 이주희는 수화기를 던지 듯 내려놓고는 급하게 들어왔던 샘플실을 또 그렇게 급하게 빠져나간다. 이주희의 모습을 재단의 박 과장이 물끄러미 쳐다본다.

오전 8시 48분.

4층 사무실의 복도를 이주희가 뛰듯 걷는다. 흰색 블라우스 위로 긴 머리카락이 팔랑대며 흩어진다. 홍 대리의 자리에는 늘어진 듯 김양희도 이주희를 기다리고 있다. 머리를 뒤로 쓸어 넘기며 자리로 향하는 이주희를 보고 홍 대리는

"됐다. 그냥 와라."

하며 다이어리를 챙기려는 이주희의 모습을 꿰뚫고 이주희를 부른다. 컴퓨터 화면을 손으로 가리키며,

"둘이 다 같이 바 바라. 이거 보이나?"

이주희와 김양희를 왼쪽으로 번갈아 돌아본다. 홍 대리의 모니터에는 간략한 설명과 함께 스타일 번호가 길게 나열되어 있다. 온통 핑크색의 잡다한 사무실 도구로 치장된 홍 대리의 자리는 유치하기 짝이 없다. 초등학생 여자 아이도 아니고, 시커먼 서른 중반의 기혼자의 자리라고는 상상할 수가 없다. 변태의 기질이 있거나 관심받고 싶어 자학을 하거나, 둘 중 하나일 것이라고 팀장이 지나가는 말을 하긴 했었다. 씩 웃기만 하던 홍 대리는 아랑곳하지 않았다. 명확한 업무 지시가 이주희와 김양희에게 주어진다.

"여 스타일, 마 오늘 새로 다시 온 개발이니까, 양희랑 같이 준비해라. 작지 끊고, 원단 찾아서 알아서 진행하고. 알았나? 납기가 다음 주 금요일이니까, 시간은 충분히 될 끼다. 됐다. 일봐라."

오전 9시.

아침에 서둘러 오기도 했지만, 이것 저것 해야 할 일들이 머릿속에 뒤섞여 혼란스럽다. 그래도 박성은 씨 없는 기간을 잘 버텨 주어야 한다. 어찌되었든 간에, 화장을 하지 않은 것이 가장 마음에 걸린다. 재단 박 과장의 어이없던 표정은 아마도 본인이 화장을 하지 않았기 때문에 그런 것이라고 제멋대로 여겨버린다. 자리로 돌아오자마자 백을 챙겨 화장실로 빠르게 향한다. 곳곳에 널브러져 있는 원단 중에 유독 핑크색이 많이 보인다. 얼른 재단할 수 있는 원단을 가져와야 다음 일을 할 수가 있다. 지하 3층 원단 창고의 모습과 핑크색 원단이 어울려 아른댄다. 프린트 업체 정 주임과 티격태격한 어제의 말다툼도 뒤 머리 어딘가를 콕콕 찌르듯 신경 쓰인다.

"주임님, 제가 해주기로 한 것은 제가 한다고요. 왜 주임님은 주임님이 해주기로 한 것을 안 해주시나요? 어차피 일하는 것, 주임님도 그 업계에서 프로가, 전문가가 되시라고요. 전 제가 하기로 한 것은 책임지고 합니다!"

그러면서 전화를 쾅 끊었던 것이다. 다시 생각해도 얼굴이 화끈거린다. 패악을 부린 것도 그렇거니와, 스스로의 입장을 자각하지 못하고 소위 말하는 '갑'질을 한 것 같아 미안스럽기도 하다. 그렇지만 아무리 그렇게 했다손 치더라도, 먼저 연락하여 감정을 풀어 줘야 하거늘, 소식이 없는 프린트 업체의 정 주임이 괘씸하다. 출장 떠나기 전 박성은과 이래저래 이야기는 한 것 같은 눈치인데, 정 주임도 박성은도 아무런 얘기가 없다. 그러든지 말든지.

오전 9시 25분.

화장품이 잔뜩 들어 있는 가방을 자리에 던져 놓은 이주희의 얼굴이 뽀얗다. 급한 성정이 나올 때마다 뒤틀어지는 입술이 빨갛다. 화장을 마무리한 이주희가 지하 3층 원단 창고로 내려간다. 창고지기 김 주임은 보기도 싫도록 빈정대는 스타일이지만, 그래도 원하는 원단을 꺼내려면 어쩔 수 없이 비위를 맞춰 주어야 한다. 별명이 '지하데스'인 창고지기는 융통성이 없다. 규정에 입각하여 급한 사정을 봐주지 않는다. 업무의 강한 기준이 일관적이라면 칭찬받아 마땅하겠지만, 때에 따라서 담당자에 따라서 본인의 컨디션에 따라서 태도가 달라진다. 원단 분출을 하면서도 눈치가 빨라야 원하는 것을 수월하게 얻을 수 있는 것이다. 그로 인해 지어진 지하데스란 별명, 누군지 기막히게 재치가 충만한 사람이다.

이주희는 시스템에 접속하여 뽑은 원단 분출 의뢰서를 지하데스에게 전달한다. 서류를 전달받은 창고지기는 오늘 컨디션이 좋다. 별 트집 없이 저장되어 있는 공간에서 핑크색 원단을 꺼내 온다. 이주희는 지하데스가 전달한 핑크색 원단을 비닐봉지에 휘어감아 넣는다. 지하는 어두침침하다. 형광등의 개수가 적기도 하지만, 천정이 높아 사무실과 같이 밝지 않다. 샘플실, 밝은 곳에 가서 색이 맞는지 다시 확인이 필요하다. 바이어의 주력 제품이 여아 아동복이기(Girls) 때문에 핑크 계통의 원단 일색인데, 매번 비슷비슷한 핑크색 원단이 헷갈리고 눈에 쏙 안 들어와, Original Color Chip(색 기준)과 비교해야 하는 번거로움이 있다. 원단을 입고시키면서 스티커로 관리를 하고 있지만, 쓰다 남은 원단의 경우 스티커로는 관리가 어렵다. 분량이 얼마 되지 않기 때문에, 조직 또는 종류별로 한 봉지에 몰아넣어 담당자의 편의에 의해 보관되기 때문이다.

오전 9시 56분.

샘플실에 이주희가 화장한 모습을 다시 드러낸다. 모델이라 해도 손색이 없을 만큼 큰 키가 휘청휘청 흔들린다. 바닥에 끌리는 원단 봉지를 왼손으로 쥐어 잡고, 오른손으로는 패턴과 휴대폰을 동시에 같이 쥐어 잡고 낑낑댄다. 미싱에 열중한 중년의 미싱공들은 모터를 돌리기에 여념이 없다. 이주희는 그 사이를 버둥대며 가로지른다. 재단 과장의 심술을 배제하면 곧바로 재단 물을 프린트 업체로 보낼 수 있다. 정 주임의 친절한 듯 뚱한 표정을 마주하고 싶지 않다. 이를 앙다문 이주희가 원단을 끌어 재단 테이블 위에 올려놓는다. 허리에 두 손을 받치고 숨을 몰아쉰다. 재단 과장은 이주희를 외면한 채 눈길 한번 주지 않는다. 재단은 봉제와 마찬가지로 스케줄에 맞추어 진행된다. 영업 담당자들은 원단을 한 곳에 재워 놓고 작업 지시서를 전달한다. 이주희는 그 절차를 무시한 채 원단을 테이블에 올려놓은 것이다. 재단 과장의 심술에 이주희는 오기로 맞서야 한다.

"과장님! 핑크 원단이요."

빨간 립스틱의 이주희 입술은 미사여구를 뱉지 않는다. 본론이 간결하다. 재단 테이블에 올려놓은 휴대폰이 진동을 하며 몸을 떨어 댄다. 이주희는 내려놓았던 휴대폰을 채가듯 건져 올려 화면을 터치한다.

"네. 지금 샘플실이에요. 인도네시아는 몇 시인데요? 네네. CAD실이요? 스타일 번호가 4428002요? 아니요?"

수화기의 음이 작은지 이주희의 목소리가 크다. 오른손 수화기를 더 가까이 귀에 밀착하고 왼손바닥으로 다른 편 귀를 막는다. 이주희의 목소리 톤이 올라간다. 봉제 주임이 힐끗 이주희를 쳐다본다. 다시 고개를 돌려 미싱의 모터를 밟아 댄다.

"잘 안 들려요. 중간에 잠깐 끊겨요. 네. 4418002라고요? 패턴 보내란 말이죠? 네? 카톡 준다고요? 네 지금 CAD실로 가서 기다릴게요. 카톡 주세요."

이주희는 재단실에서 미련 없이 몸을 돌린다. 낑낑대며 올려놓은 원단에 대하여 한 마디 남겨 놓을 만도 하지만, 이주희에게는 이미 재단 과장과의 업무는 끝난 것으로 여긴다. 휴대폰을 들고 뛰듯 샘플실을 빠져나간다. CAD실은 샘플실의 옆에 붙어 있다. 모든 제품의 기술적인 업무가 진행된다. 패턴을 제작하는 등의 업무는 집중력이 필요하다. 집중력이 필요한 만큼 CAD실은 영업부의 시끄러운 분위기와는 다르다. 예배를 하는 성스러운 교회의 느낌과 같이 고요할 때가 많다. 어찌 보면 숨 막힐 듯한 공간에 이주희가 휘적휘적 걸어 들어간다. 카톡 메시지를 기다리며 CAD 담당자 앞에 우두커니 선다. CAD 담당 과장은 큰 키로 휴대폰을 들고 서 있는 이주희를 올려다본다.

오전 10시 4분.

이주희는 CAD실 담당자 자리 옆에서 휴대폰을 만지작거리며 서성인다. 주변의 무거운 공기가 이주희를 이방인으로 점찍는다. 컴퓨터 자판 소리, 마우스를 클릭하는 소리만 정적을 깨고 CAD실에 퍼진다. 아무도 이주희를 보고 있지 않지만, 모두 이주희를 인지하고 있다. 그 보이지 않는 시선을 이주희는 어렴풋이 느낀다.

오전 10시 6분.

이주희의 노란 카톡 창에는 숫자 1이 선명하게 찍혀 있다. 인도네시아의 박성은은 아직 메시지를 열어 보지 않은 것이다. CAD 담당자가 마땅치 않게 결국 이주희에게 쏘아 댄다.

"주희 씨, 여기서 서성거리니 좀 그런데요, 이따가 스타일 번호 알게 되면 다시 오세요. 메일 보내는 건 어려운 것이 아니니까, 바로 처리해 드릴게요."

먼 산을 바라보듯 고개를 위로 젖힌 이주희가 어색하고 민망한 표정으로 뒷걸음치며 CAD실 문 쪽으로 발걸음을 옮긴다. 휴대폰으로 중요한 메일이라도 읽는 듯 노려보며 결국 CAD실을 빠져 나간다. 여전히 CAD실의 직원들은 조용히 자리에 붙어 움직이지 않고 꼬물거리며 업무를 한다.

오전 10시 8분.

밖으로 나온 이주희는 복도에 서서 휴대폰을 터치한다. 즐겨찾기의 김양희에게 전화를 걸지만 연결이 되지 않는다. 판단이 서지 않는 이주희가 CAD실 앞에서 똥마려운 강아지마냥 갈팡질팡 서성댄다. 옆으로 봉제를 하는 봉제사가 앞치마를 두른 채 이주희를 스쳐 샘플실로 들어간다. 이주희는 번뜩거리며 재빨리 샘플실 안으로 봉제사를 따라 들어간다. 박성은의 메시지를 기다리는 동안 짬을 내서 재빨리 재단 물을 챙겨 프린트 업체로 보내려는 심산이다. 번뜩이는 눈빛으로 샘플실로 들어오는 이주희의 얼굴이 경직된다. 이내 화장하지 않은 목 주위가 벌겋게 달아오른다. 재단 테이블로 날 듯 달려간 이주희가 재단 과장에게 다짜고짜 팩 소리 지르고 만다.

"과장님! 제 핑크는 언제 재단되는 거죠?"

"……."

재단 과장님은 만사 태평하게 검정색 원단을 펼치고 있다. 옆 부서의 여우 같은 여직원이 생글거리며 재단 과장 옆에 붙어 아양을 떤다. 이주희는 분에 차 씩씩거린다. 영업 사원들은 시간에 쫓겨 가며 회사를 위해서, 그래서 열심히 일하는데, 재단 과장은 전혀 그런 개념이 없다. 재단 과장은 흥분한 이주희를 뚱하니 바라보며 잠시 뜸을 들인 후,

"뭐, 오늘 안에는 되지 않겠어요."

재단 테이블 위의 가위로 대결을 신청하고 싶은 심정이 불쑥 절박하게 솟아오른다. 그렇지만 재단 과장과의 정면 승부는 승산이 없다. 이리 돌리고 저리 돌리고 말꼬리 돌려가며, 수많은 사원들과 그래 왔듯이 심리전에 강하다. 나름 기술자의 자존심이라 할 수도 있겠지만, 그렇게 치부하기엔 또 마음 여리게 무른 것도 사실이다. 다른 스타일의 원단이 재단 테이블에 깔린 이상 당장 대안이 없다. 이주희는 바람이 일 듯이 홱 뒤로 돌아, 완성 쪽 방향으로 대꾸 없이 휑하니 되돌아간다.

오전 10시 18분.

이주희의 휴대폰에 진동이 울린다. 버튼을 눌러 전화를 받는다.

"네. 양희 씨. 아까 전화했었어요. 혹시 성은 선배 인도네시아 현지 전화번호 아세요? 급하게 저한테 뭐 시키신 것이 있는데, 연락이 안 되네요."

"글쎄요, 전 모르고 홍 대리님한테 한번 물어볼까요? 잠깐만요, 성

은 선배, 사내 메신저가 켜져 있는 것 같은데, 지금 물어보면 될 것 같네요."

"아, 아니에요. 메신저 켜져 있으면, 제가 얼른 올라가는 게 나을 것 같아요."

터치를 눌러 끈 이주희가 전화를 손에 쥔 채 고개를 떨군다. 일이 뜻대로 풀리지 않아 조갯살이 잡힌 얼굴이 늘어지며 힘이 풀린다. 오전 내내 허비한 시간으로 업무가 더욱 밀릴 것이다. 메일과 박성은의 업무 인계사항, 또한 홍 대리의 업무 지시가 얽히고설키며 머릿속에 떠오른다. 맥 빠진 이주희의 뒤 꼭지로 재단 과장의 외침이 들린다.

"주희 씨!"

이주희는 샘플실 입구에서 안쪽 재단반 쪽으로 고개를 돌린다.

"지금 재단하는데, 잠깐 원단 좀 잡아 줘. 금방 해줄게. 하하하. 그렇게 쌩 하게 돌아가면 어떻게 하니. 얼른 와. 다른 거 급한 것들 다 미루고 까는 거니까, 주희 씨가 도와줘야 해."

이주희는 대꾸 없이 휴대폰과 재단반을 번갈아 가며 움직임이 없다. 결국 고개를 뒤로 젖혀 한 바퀴 돌리고는, 재단반 쪽으로 터벅터벅 발걸음을 옮긴다. 기분이 묘하고 뒤 맛이 개운치 않다.

'아니, 재단하는 것은 과장님의 몫이고, 그분은 그 재단으로 일의 값어치를 평가받는 것인데, 왜 내가 부탁을 하는 모양새가 되는 거지? 지금 성은 선배와 연락해서 CAD 해결하는 것보다, 이 재단 할 수 있도록 잡아 주는 것이 먼저인가?'

이주희는 갸우뚱 고개를 가로 기울인다. 의지와는 다소 무관하게 이주희는 재단반에서 재단을 거든다. TCP의 샘플 및 프린트는 전 사이즈를 진행하기 때문에, 일반적인 다른 샘플보다 진행이 복잡하다. 재단도 그렇게 오래 걸리고 봉제를 하는 시간도 만만치 않다. 다른 각 사이즈의 패턴 관리도 쉽지 않고, 또한 봉제를 할 때도 주의가 필요하며, 더욱이 다림질도 까다롭다. 여하튼간에 이주희의 사연 깊은 원단이 차곡차곡 재단 테이블에 쌓여 간다.

오전 10시 48분.

칼질이 끝난 재단 묶음에 봉제 작지가 끼워진다. 샘플실의 일련 순서에 따라 이주희의 재단 묶음은 봉제 대기 테이블로 옮겨진다. 이주희는 프린트가 들어가는 앞 장만 골라, 대충 굴러다니는 회사 종이백에 넣어 호치키스로 찍어 입구를 막는다. 마침 테이블에 놓여 있는 매직 펜으로 보내야 할 곳을 꼼꼼히 눌러 적는다. 재단 과장에 그제야 고맙다는 성의 없는 짧은 인사를 한다. 여전히 쌀쌀한 기운을 풍기지만, 다소 힘 빠진 몸놀림으로 샘플실을 걸어 나온다. 샘플실의 문을 열고 나오자마자 카톡 메신저 알림이 무차별로 쏟아진다.

팀 단체 방 **[이해정]** 혹시 오늘 햄버거 드실 분 있으시면 주문하세요.

팀 단체 방 **[김인경]** 저는 베이컨 토마토요.

팀 단체 방 **[홍남규]** 먼 맥도날드고? 밖에서 먹자. 날도 좋구만.

팀 단체 방 **[고학구]** 여긴 홍콩인데, 우린 오리지널 버거 먹는다. ㅋㅋㅋ

팀 단체 방 **[조광진]** 전 빅맥임돠. 역시 빅맥이 최고죠.

팀 단체 방 **[김양희]** 저도 밖에서 먹을래요^^ 감사해요~

팀 단체 방 **[박성은]** 여긴 아직 9시도 안 됐는데, 먹구 싶당.

뜬금없는 대화들이 난무하는 가운데, 박성은의 메시지가 거리낌없이 끼어든다. 휴대폰을 응시하는 이주희의 눈에날이 선다. 정신이 아득하고 억울한 표정이 얼굴에 가득 서린다. 휴대폰을 잡은 손에 힘이 잔뜩 들어간다. 길고 가는 손가락으로 빠르게 자판을 쳐 나간다.

팀 단체 방 **[이주희]** 성은 선배!!!!!!!!!!!!!!!!!!!!!!!!!!

팀 단체 방 **[이주희]** 아까 급하다는 스타일 알려 주세요!!!!!!!!!!!!!!!!!!!!!

팀 단체 방 **[이해정]** 11시 10분까지 주문받습니다. 서둘러 주세요.

팀 단체 방 **[이해정]** 제 카드로 결제할게요. 나중에 쏴주세요.

아양 떠는 이모티콘이 불쑥불쑥 튀어 나오고, 대화에 붙어 있던 숫자들이 차츰 줄어든다. 핑크색 밤톨 모양의 얼굴을 한 채 반짝이는 눈가에서 눈물을 흘리며 기도하는 듯한 이모티콘이 박성은의 이름과 함께 태연하게 실밥 터지듯 툭툭 튀어 올라온다.

팀 단체 방 **[박성은]** 응, 주희 씨. 그거 봤더니 메일 있더라구. 그래서 보내지 말라고 메신저 했는데……

팀 단체 방 **[고학구]** 여기선 메신저 안 되니까 스카이프 해라.

팀 단체 방 **[조광진]** 해정아, 빅맥 얼마라고?????

"……."

오전 11시 03분.

지하 물류실에 프린트 물을 사납게 던져 놓는 이주희의 감정이 올곧지 않다. 땀만 삘삘 흘리며 사무실의 공간에서 다람쥐 쳇바퀴 돌듯이 혼자 뺑뺑이를 도는 느낌에 괴리감을 느낀다. 제가끔 따로 이야기하고 행동하는 그 가운데에서 어떤 중심을 잡아야 할지. 이성적으로 무언가 따져볼 필요도 없다. 이미 감정은 상했고, 신경질이 나서 당장 누구라도 걸리면 심한 욕이라도 확 뱉어 버릴 심산이다. 얼굴에 짜증이 묻어난 상태로 4층 화물 엘리베이터를 내려 사무실로 들어간다. 누군가 문 안쪽에서 나오려다 말고 문을 잡아당긴 채 기다린다. 머리가 희끗희끗 풍채가 크다. 재빨리 웃는 얼굴로 낯을 바꾸는데, 입술의 균형은 이미 무너져 있다.

"안녕하세요?"

인자한 표정의 모습에 풍채가 크다.

"그래, 수고 많다. 얼른 들어와. 날 아직도 싸늘한데 밖에서 오래 있다가는 감기 걸린다."

다소 과잉으로 느껴지는 친절이다. 자리로 돌아오는 주희의 발걸음이 가볍지 않다. 책상엔 아침에 화장을 하고 던져 놓은 백이 아무렇게나 찌그러져 있다. 끈을 들어 의자에 걸쳐 놓는다. 메일은 오늘 읽어야 할 숫자를 두꺼운 숫자로 나타내고 있다.

374개.

물론 GT Nexus(시스템에서 자동으로 보내는 알림 메일)에서 온 메일은 별도 분류를 하겠지만, 어제 밤부터 오늘 오전 11시까지의 메일 개수 374개에 아연 실색한다. 메신저 창은 다섯 개나 깜박이고 있다. 그 중 하나는 박성은 선배의 것이 분명하다.

한승희 과장: 아까 얘기한 급한 CAD라는 거 해결한 거야?

김양희 사원: 아…… 난 베이컨 토마토 먹고 싶은데, 홍 대리님이ㅠㅠ

계약직 사원: 주희 씨는 햄버거 안 먹어요?

김인경 사원: 주희야, 프린트 정 주임이 전화 왔었다~

가늘고 긴 손가락이 핑크색 마우스 위에 올려져 있다. 이주희의 손가락 움직임으로 메신저 창들은 하나씩 지워져 화면에서 사라진다. 마지막 남아 있는 메시지에 커서가 머물러 있을 때, 사무실 전화가 램프를 깜빡이며 요란히 울린다. 오른쪽 손으로는 마우스를 그대로 잡은 채 왼손으로 수화기를 끌어낸다. 익숙해져 버린 정 주임의 번호가 벨 소리와 함께 화면에 나타난다.

"여보세요? 안녕하세요 주희 씨?"

너무도 평이한 목소리가 전화기를 통해 흘러나온다. 도무지 아무런 감정이 섞이지 않은 친절한 목소리에 오전 내 허둥대고 주저했던 마음이 무색해진다. 이주희는 영악하지 못한 모습으로 냉담하게 답변한다.

"네, 말씀하세요."

"네. 다름 아니라, 어제 말씀하신 재단물 준비가 어떻게 되었나 해서요. 제가 점심시간 이전에 신성 사무실에 들르려고 하는데요, 그때까지 준비가 될 수 있는지 해서요."

정 주임의 전화 목소리가 낯설다. 그의 침착하고 평이한 대응이 당황스럽게 한다. 무언가 단단히 스스로가 잘못 착각하고 있는 느낌이다. 수화기를 왼손에서 오른손으로 바꾸어 쥐며,

"4380222 핑크 말씀하시는 거죠? 이미 재단해서 저희 물류실에 내

려놓았어요. 찾아가시면 돼요."

"네 알겠습니다. 그럼 얼른 찾아서요, 작업해서 보내 드리겠습니다."

"네."

"감사합니다. 수고하세요."

수화기를 내려놓는다.

오전 11시 16분.

구부정하니 모니터에 집중하던 홍남규 대리가 갑자기 자리에서 일어난다. 책상의 노트를 들며 팀원들에게 소리를 지른다.

"얘들아, 전부 회의실로 쫌 와라. 주희야, 회의실 자리 있나 쫌 보고. 보람이는 조광진이 전화 쫌 해봐라. 얘는 어데 갔노?"

성큼성큼 회의실 방향으로 걸어간다. 마침 회의실은 비워져 있다. 하나둘 회의실에 모여들어 자리를 잡고 앉는다. 고 팀장과 박 과장이 없기 때문에 홍 대리가 가장 고참이다. 다들 앉아 홍 대리의 입이 떨어지기를 기다린다.

"고 팀장이 박 과장하고, 홍콩에서 Carter's 오더를 받기로 결정했단다. 물론 시간은 있지만, 당장 거 가 일할 사람이 필요한데, 누구 할 생각 없나? 사람은 바로 충원해 주기로 했다."

팀장 급의 힘이 느껴지지만 절제가 부족하다. 사실 고 팀장은 아직 공식적인 얘기를 꺼내지 않았고, 본인의 생각을 박 과장과 공유한 정도가 전부다. 그렇지만 박 과장이 다소 걱정스런 마음에 홍 대리와 내용을 공유하면서 일이 성급해져 버렸다. 밀어붙이는 추진력이 고 팀장 못지않은 홍 대리는 그러나 세련되지 못한 태도나 대응으로 고전하는 경우가 다반사다. 여전히 이주희는 얼굴이 상기된 채 멍하니

다른 생각에 빠져 있다.

"내 생각엔, 내랑 광진이랑 한 축으로 잡고, 성은, 주희, 양희를 내가 델꼬 하는 것은 바뀌면 안 될 끼다. 대신에 광진이랑 인경이랑 둘은 좀 쪼개야 안 하겠나? 둘 중에 한 명이 넘어가고, 윤경이나 보람이가 남아 있는 사람 도와주면 될 끼다."

다른 생각에 몰두해 있는 이주희의 의도와 상관없이, 더구나 인사권을 가진 고 팀장의 의견도 깡그리 무시된 채, 단견短見이 난무하기 시작한다. 당장 큰 사단이라도 난 듯한 홍 대리의 호들갑도 그렇다 치지만, 뇌동하는 팀원들이 더 사태를 심각하게 만들어 간다.

"그라믄, 이번 참에 신입사원 들어오는 것 빼고도 경력 두 명이 적어도 필요한 기라. 안 글나?"

엉뚱하게 흘러가는 상황을 정확하게 직시하고, 진행을 중단시켜야 할 위치에 있는 직원은 김인경 정도이다. 그렇지만 그녀는 Carter's로 옮기고 싶다는 생각에 상황을 방치하기에 이른다. 나머지 조광진과 고윤경은 경력 사원으로 같은 날 입사하여 채 두 달 정도 되었기 때문에, 사태 판단이 느리다. 김양희와 이주희는 신입사원으로 2월 19일에 합류했으니, 한 달 반 정도밖에 안 되었다. 홍 대리와 일주일 간격으로 1월 초순에 합류한 보람이도 아직 선임의 결정에 의존하는 정도 수준이다. 박성은은 인도네시아 출장 중이다. 고 팀장과 박 과장이 없는 사이 자못 비장한 분위기로 중요한 결정이 순식간에 이루어진다.

홍 대리와 박 과장의 스카이프 메신저 내용은,

박도준: 고 팀장 또 고집불통이다.

홍남규: 왜요, 또?

박도준: 카터스 오더에 또 목매고 있다. 제대로 될지……

홍남규: 과장님, 이러다간 우리 싹 다 죽어요! 좀 말려 봐요.!

박도준: 그게 쉽게 되면 내가 너한테 하소연하겠냐. 어제 도착해서 나도 설득당했다.

홍남규: 지금 애들도 힘들어 하는데 아, 진짜……. 그럼 얼른 사람이라도 뽑아야죠.

박도준: 그렇지, 지금 인원으로는 택도 없으니, 빨리 뽑아야겠지.

홍남규: 근데, 이번 4월 인턴은 안 돼요. 경력으로 뽑아야죠.

박도준: 뭐 경력도 뽑고, 당장 인턴 어려우면 알바라도 잔뜩 써야지 않겠냐.

홍남규: 그건 그렇게 고불통이 하겠대요?????

박도준: 그렇지 않으면 자기도 못 버티지 않겠냐. 당연히 하겠지.

홍남규: 어차피 과장님 다음 주에 들어오시면 늦어요. 대책을 세워야죠.

박도준: 머 궁리 해봐라. 애들도 힘든데, 잘 좀 챙기고, 들어가면 바로 진행하자.

홍남규: 그라믄, 우리 하는 애 중에 한 명 보내는 것도 생각해야겠네요…….

박도준: 그것도 긍정적으로 생각 한번 해봐야겠지……. 하여튼 고생해라.

홍남규: 걱정 마세요. 일단은 제가 알아서 정리해 놓을게요.

경력직 인원 2명 채용과 김인경의 이동, 그리고 새로운 아르바이트 두 명. 그릇된 판단으로 홍 대리는 새로운 바이어 진행의 팀 구조를 결정지어 버렸다. 고 팀장은 홍콩에서 바로 미국으로 넘어가는 스케줄이고, 중미 니카라과를 거쳐 4월 말에 사무실에 복귀하는 일정에 있다. 당장 금요일 복귀하는 박 과장을 기다릴 만큼 홍 대리는 여유롭지도 않고 또한 머뭇거리지도 않는다.

오후 2시 30분.

컴퓨터를 물끄러미 바라보는 긴 머리 이주희의 어깨가 미세하게 떨린다. 메일을 집중하여보다가 갑자기 두서가 없어진다. 메일 화면을 크게 키우더니, 시선을 파일 보관 철로 옮겨 앞 쪽의 노란색 파일을 손을 뻗어 꺼낸다. 허둥거리는 판에 다른 파일 몇 개가 같이 쓸려 책상으로 쏟아진다. 아랑곳하지 않고 마우스와 키보드로 빠르게 컴퓨터에 작업을 건다. 인터넷을 열고 Box.com 사이트에 접속을 한다. 바이어가 모든 개발 자료를 업데이트하는 사이트다. Box.com에 접속하는 품새도 평소와 같지 않다. 마우스는 패드의 사각 틀에서 수차례 벗어나고, 키보드의 암호도 두어 번 틀린다. 다시 메일 화면으로 띄우더니만, 다시 Box.com로 이동하기를 몇 번 반복한다. 서두르는 기색으로 몇 분간 자리에서 컴퓨터와 씨름을 하는 듯하다가, 일순간 동작이 멈추어진다. 몸의 움직임이 멈추어지는 동시에 표정이 일그러지기 시작하며 입술이 살짝 파르르 떨린다. 눈동자는 초점을 잃는다. 잠깐의 망연자실한 눈빛이 모니터에서 떨어지며, 두 손이 키보드와 마우스에서 떨어져 얼굴로 가고, 이내 힘 없이 얼굴을 감싼다. 어떤 심산인지, 갑자기 화들짝 전화기로 손을 뻗는다. 다이얼을 빠르게 누르기를 대여섯 번, 수화기를 놓고 다시 얼굴을 감싼다.

이주희의 일련의 행동과는 아랑곳없이, 사무실은 분주한 평상시의 모습이다. 홍 대리는 인사과장과 시끄럽게 통화하며 조직과 인원에 대한 이야기가 한창이다. 김양희와 김보람은 여전히 자리에 앉지도 못하고 근처에서 서성대며 프린트 샘플을 바쁘게 챙긴다. 김인경은 무언가 골똘한 표정으로 모니터의 메일을 보는지 엑셀을 보는지, 안경이 코 밑으로 내려오는데도 눈의 초점이 흐릿하다.

이주희의 눈이 다시 번뜩 빛나고 손이 바빠진다. 정신을 차리고 사태를 마무리해야 한다. 잘못 된 일을 바로잡아야 한다. 시간이 촉박하다. 이주희는 메일 내용과 변경된 그래픽을 차례로 프린트한다. 마우스를 잡은 긴 손가락은 야무지지 못해, 흑백과 칼라를 번갈아 가며 중복으로 프린트 작업을 걸어 버린다. 컴퓨터는 말이 없다. 이주희의 마우스와 커서는 시키는 대로 몇 번이고 작업을 수행해 낸다. 더 이상 컴퓨터에게 시킬 일이 없는 듯, 자리에서 일어나 프린터 기계로 향한다. 두어 걸음 갔다가는 다시 몸을 돌려 자리로 와서 가위를 꺼내 허둥대며 자리를 벗어난다.

오후 3시 40분.

이주희의 화장 먹은 흰 얼굴에 땀이 송골송골 맺힌다. 한 시간 동안이나 지하 3층, 환기 안 되고 먼지 많은 원단 창고에서 원단을 샅샅이 뒤지고 있다. 변경된 디자인(Artwork)을 새로 작업해야 하기에 핑크 원단을 찾아보지만, 더 이상 동일한 색의 핑크 원단이 없다. 오전에 급하게 재단하여 프린트 집에 넣어 두었던 핑크 원단. 스타일 4380222의 디자인이 바뀐 것이었다. 아침 댓바람부터 홍남규 대리가 지적질을 하던 그 메일에 스타일 4380222가 분명히 있었고, 부랴부랴 확인해 보니, 미국 시간으로 어제 디자인이 바뀌어 버린 것이다. 바이어 사이트에 접속해도, 이전과는 전혀 다른 디자인이다.

이주희는 자존심이 상할 때 특히 입술의 좌우 균형이 무너진다. 야무진 다짐을 하거나 오기가 얼굴에 묻어날 때도 비슷하게 입술이 비뚤어진다. 휴대폰을 들고 한참을 바라보며 망설이는 이주희의 입술 균형이 무너져 있다. 프린트 정 주임에게 전화를 걸어야 하고, 마땅한 핑계거리를 찾아야 하지만 궁색하다. 마음속으로 갈등하며 오락가락 전화 아이콘을 눌렀다가 되돌리기를 반복한다. 마침내 결심한 듯 전화의 저장된 번호를 찾아내 녹색 수화기 모양을 누른다. 이내 말없는 전화기는 이주희의 손가락 명령을 충실히 수행하여 신호음을 들려준다. 이주희에게는 껄끄러운 정 주임은 여전히 친절하다.

"안녕하세요, 주희 씨. 그렇지 않아도 전화드리려고 했어요."

"네, 주임님, 다름 아니라……."

"네, 주희 씨, 오전에 픽업한 프린트 작업 이제 열처리 중이에요. 제가 한 시간 이내로 가져다 드릴 수 있을 것 같습니다. 서둘러 가도록 하겠습니다."

정 주임은 말을 잘라 끊는다. 하필 옹색한 상황을 풀어 보려는 이주희는 더욱 궁색해진다. 정 주임은 이주희의 프린트 작업을 최우선 순위로 놓고 벌써 작업을 마무리했다. 근래의 다툼을 일로써 풀어 보려 노력한 셈이다. 정 주임의 화해 모드 분위기가 목소리로 전해져 이주희의 귓가로 전해진다. 다른 대응 방법이 없다. 힘없이 대꾸한다.

"네, 주임님."

"아. 혹시 주희 씨 다른 하실 말씀 있으신 건가요?"

열처리 중이라면 어찌할 도리가 없다. 잉크가 잔뜩 묻은 재단물을 지워 낼 능력자는 대한민국 누구에게도 없다. 만약, 한 시간 전에 작업을 중지시켰다면 어땠을까. 후회막급이다. 프린트 변경의 메일을 읽고 혹시 남아 있는 원단이 있는지 찾으러 지하로 내려오기 이전에는 분명히 작업 전이었던 것이다. 이제 원단이 없으니, 다음 주 금요일 홍 대리가 '맞출 수 있을 끼다'한 것도 불가능하다. 홍콩의 바이어 사무실에 혹시 재고가 있을지 확인해 봐야 하는 상황이다. 꼬인 상황의 결말이 자명해지며 이주희의 기가 빠진다.

"아니요. 고맙습니다, 주임님."

휴대폰을 든 손을 힘없이 내린다. 축 늘어진 어깨의 흰 블라우스는 여전히 맵시가 좋다. 지하데스는 여전히 해맑게 지하 원단 창고를 활보한다.

4월 17일 목요일

박 과장이 출장에서 복귀했을 때는 이미 경력사원 두 명, 그리고 단기 아르바이트 사원 두 명의 입사가 내부 결정되어 있었다. 홍 대리는 인사과에 고 팀장을 대리하여 충원을 진행했다. 홍 대리의 엉뚱한 추진력은 인사과의 인력 풀과 제대로 맞물려져, 잉여 인원 충원의 내부절차가 일사천리로 진행된 것이다. 인사과에서는 경력 및 신입 이력서를 단기간 보관하며 결원을 대비한다. 충원이 급한 경우가 생기기 때문에, 그렇게 인력 풀을 가동하여 대비한다. 인사과장은 홍 대리의 당당한 요청을 미루어 짐작해, 당연히 팀장의 승인이 떨어진 것이라 오판했다. 더구나 급하게 서두르는 통에, 제대로 팀 내 절차가 완료된 것인지 확인하는 절차를 쉽게 생략한 것이다. 인사과 내부적인 결재 절차가 진행되면, 구직자에게도 구체적인 내용이 공유된다. 구직자는 입사를 위해 모든 스케줄을 맞춘다. 해당 팀장과 인사과의 1

차 면접 후, 임원의 2차 면접 절차가 진행되는 것이다. 인사과의 입장이 난처한 것이다. 구직자에게 무턱대고 면접이 취소되었다고 말하기도 어려울 뿐더러, 내부 결재를 취소하고 그 사유를 설명해야 하는 것도 가당치 않다. 영업부에서 어떤 압박을 주었든지 간에, 인사과에서는 채용 절차에 대한 잘못을 깐깐한 임원에게 설명해야 하는 부담을 안고 있는 것이다. 더구나 다시 충원이 진행되면 동일 절차를 다시 밟아야 하니, 꼴이 우습게 비춰질 것이 분명하다. 미국에서 인원 충원에 대한 대략적인 보고를 받은 고 팀장은 목소리가 쉬도록 펄펄 뛰었다. 박 과장 홍 대리 할 것 없이 싸잡혀서, 한참 동안 전화로 싫은 소리를 들어야 했다. 인사과장도 굉장히 난감해 하며 안절부절했지만, 결국 충원 진행을 보류할 수밖에 없었다. 홍 대리는 박 과장과의 메신저 이후, 부사장과 본부장의 결재 절차를 깡그리 뛰어넘었다. 출장에서 복귀한 박 과장 또한 크게 신경 쓰지 못하고, 인사과의 충원을 어정쩡하게 묵인했다.

알 없는 안경을 쓴 홍 대리가 박 과장을 앞에 두고 불만을 표출한다.

"아니 미친 거 아네요? 제가 도대체 뭘 잘못했다고 그러는지 진짜 모르겠어요. 먼가 팀장이 결정해야 하는 일이 아니냔 말이죠! 진행했으면 잘했다는 칭찬을 못 할 망정, 팀을 말아 먹는다, 만다, 사실 이렇게 버겁게 일하는 걸 고 팀장이 알기나 한대요? 이 아수라 판에 이곳저곳 출장이랍시고 놀러나 다니고!"

홍분하여 목을 빼며 말을 쏟아 낸다. 목 줄기에 파란 심줄이 돋아난다. 용한 박 과장은 원래 잘 받아넘겨 주는 편이기도 하지만, 이 건에 대해선 더욱 무심한 듯 표정이 없다. 동요가 없다. 시큰둥하다. 무기력해 보이기도 한다. 회사 옆 문, 커피 집 앞에서 둘은 아이스커피를 각각 손에 든 채 담배 연기를 뿜고 있다. 목 줄기에 힘줄이 돋아 있는 까치머리 경상도의 홍 대리는 홍분을 참지 못하고 있고, 박 과장은 표정 없이 담배만 깊게 태우며 딴전이다.

"머라 말 쫌 하라꼬요!"

불만이 섞여 톤이 높고 투가 불량하다.

"홍 대리, 우리 제대로 살고 있는 것 맞냐?"

픽 웃는다. 뜬금없는 질문에 대한 자조의 웃음이다. 웃음기를 거두며,

"인원 충원 건은 어제 밤에 고 팀장이 인사부장과 얘기 끝냈을 거야. 사업 계획이 엄연하게 있는데, 명분과 시점이 맞아야 고 팀장도 얘기할 수가 있지 않겠냐? 일단 잠정적으로 두 명 충원되더라고. 한설에 있던 대리 하나 하고. 이 친구는 아예 처음부터 Carter's 시키면 될 것 같고, 또 어디 허 전무님 아는 사람 통해서 들어오는 한경희인가하는 친구가 신입 입사하기로 했어."

홍 대리의 표정이 금세 달라진다. 목에 돋아난 핏줄도 시나브로 사그라진다. 쉽게 홍분하는 홍 대리는 그래도 음흉스럽고 심술궂은 성격은 아니다. 다만 급할 뿐 담백하고 솔직하며 본연의 감정에 꽤 충실한 편이다. 홍 대리는 이야기를 머릿속으로 정리하며 담배를 한 가치 더 빼어 문다. 이어 박 과장에게 피우겠냐는 듯 갑을 디밀어 권한다. 한 가치 빼든 박 과장은,

"그 허 전무님 통해서 들어오는 친구는 인경이의 자리에 대신하면 될 거야. 그리고 아르바이트는 홍 대리 진행한 대로, 그 건은 정규직하고 달라서 위선에 보고 없이도 가능하니까, 예정대로 두 명 받아

지금 어려운 것 좀 쳐내고."

잠시 뜸을 들인 후,

"근데, 우리 제대로, 아니, 행복하게 살고 있는 것 맞냐?"

뜬금없는 '제대로' 타령이다. 홍 대리의 입술이 달갑잖게 올라간다.

"몬 소리에요. 지금. 애들 다 박 터지고 있는데, 머 제대로 살지 몬하는 거죠! 저도 좀 인간답게 일찍 좀 갔으면 해요. 고 팀장은 실적, 실적. 머 우리가 마진 만들어 내는 기계도 아니고, 좀 그딴 싸구려 오더 받아온 게 누군데요!"

목소리 톤은 줄어들긴 했지만, 본래 목소리가 크다. 말투가 거칠고 투박하다. 그런 점을 전혀 신경도 쓰지 않는다. 무심하게 하늘을 향해 연기를 내뿜는다.

"아니."

신경 굵은 홍 대리는 박 과장의 근래 심경을 전혀 눈치채지 못한다. 눈치 빠른 여직원 박성은 정도만 박 과장이 무언가 이전과 달라졌다는 것을 직감적으로 느꼈을 뿐이다. 사실 업무에 치이는 팀원들 누구도 박 과장의 무력한 심정을 알지 못한다. 김인경의 경우는 꽤 오랫동안 같이 업무를 해왔기 때문에 그런 미묘한 변화를 알아차릴 법했으나, 그녀도 도통 자신의 진로에만 신경을 쏟을 뿐 주위를 보지 못한다.

"시간 되면 오늘 쏘주나 한잔 하자."

둘은 피우던 담배의 불똥을 손가락으로 튕겨 부숴 버리고는, 꽁초를 바닥에 아무렇지 않게 바닥에 던져 버린다. 원단 팀의 팀원들이 무리 지어 나오는 것을 스쳐 가로질러 둘은 사무실로 향한다. 속으로 박 과장은 인사부장에게 이력서를 다시 받아야겠다고 생각하고, 홍 대리는 벌써 팀 조직을 어떻게 구성해야 할지 고민한다.

박 과장의 노트북은 오래지 않아 그 수명을 다할 듯이 낡았다. 노트북과 연결된 19인치모니터에는 항상 메일을 열어 놓고, 오른쪽 노트북에는 엑셀이나 회사 사내 시스템 작업을 한다. 노트북과 연결된 왼쪽 모니터의 메일에 Carter's 메일이 쌓이기 시작한다. 아마도 고 팀장이 아틀랜타 본사에서 잘 안다던 낸시(Nancy)를 만나고, 구체적인 계획을 제시한 모양이다. 내용을 보르는 홍콩의 CGS(Carter's Global Sourcing - Branch in Hong Kong, 홍콩 Carter's 지사)는 담당으로 되어 있는 박 과장에게 쉴 새 없이 작업에 대하여 물어 온다. 실제 오더가 시작된 것은 아니지만, CGS에서도 새로운 벤더인 신성의 개발이나 가격 수준이 궁금한 것이다. 진행되고 있는 다른 중국 벤더의 가격을 쉴 새 없이 물어보고 개발을 요청하고 있다. 그 중심에 박 과장이 있다. 아직 팀 구성도 제대로 안 되어 있기 때문에 머리는 한층 어지럽다. 충원되는 팀원의 자리는 구상을 해놓았고, 이번 주 중으로 내부 자리 이동이 있어야 한다. 다음 주면 고 팀장도 복귀하고, 새로 한태민 대리와 한경희 씨가 입사를 한다. 또한 새로운 아르바이트 두 명도 출근이다. 갑자기 불어나는 팀 인원이 부담스럽다. 이것 저것 따지지 말고, 다 때려치우고 예산 돼지 농장에서 고민 없이 돼지 불알이나 까며 똥이나 치우고 싶다는 생각이 간절해진다. 아무에게도 이야기 못하지만 박 과장의 마음은 요즘 납덩이마냥 무겁다.

어제인가 뉴스에서는 여의도 윤중로의 벚꽃이 다 떨어진다며 수선을 떨었다. 매년 그렇게 뉴스에서는 세상의 아름다운 무엇인가를 더욱 미화시키고 집중 보도하며 관심을 유도했지만, 박 과장은 무덤덤

했다. 그런 그가 올해의 벚꽃에는 미어지듯 마음이 심란했다. 심지어 어제는 한낮의 따뜻한 볕을 보면서도 가슴이 쿵쿵거렸고, 오늘도 마찬가지로 붕 뜬 마음을 토닥거릴 수가 없다. 무언가 업무를 하고 있다가도, 갑자기 가슴이 철렁거리며 주변의 것들이 의미가 없어지기도 한다. 마치 북적거리는 명절을 보내고 식구들을 떠나보낸 노부부의 느낌이라면 비슷할까. 연초부터 그 정체 모를 감정이 삭아질 기미가 없다. 한때 서울의 한복판, 자신의 자리와 업무가 있다는 것에 자부심도 느꼈다. 서른 초반 결혼할 때는 남부러운 시선에 고개가 빳빳해지기도 했으며, 첫 아들을 낳고는 이제 부러울 것도 없다 치부했었다. 고난이나 역경 등이 닥쳐오기는 하겠지만, 어렵지 않게 이겨 낼 자신도 있었다. 자아를 깨뜨리고 무너뜨릴 만큼 큰 어려움은 없을 것이라 장담했다. 스스로의 삶을 방치하지 않았으며, 주도적으로 만족하며 서른 중반을 보낸 터이다.

연초. 함께 고생한 지연 씨의 송별회 날.

전체 팀 인원 여덟 명 중에 네 명이 떠나간다며 고 팀장과 옥상에서 이야기한 그날. 고 팀장은 그만두는 지연이의 송별식을 언급했었다. 분위기가 좋지는 않지만, 그간 고생한 직원의 마지막 자리는 해야 하지 않겠냐는 제안과 같은 자연스러운 지시였고, 박 과장도 그 부분은 수긍을 했기 때문에 날을 잡았던 것이다. 고 팀장은 회식 자리 초반에 잠깐 자리를 했다가 집에 일이 있다며 들어갔다. 승급 누락된 유 대리와 지연이의 마지막 자리를 챙길 만큼 여유가 없었는지 황황히 자리를 피해 버린 것이다. 그렇게 여섯 명이 본격적으로 시작한 술자리는 우울한 분위기를 타고, 무리한 폭음으로 이어졌다. 지연과 유 대리, 그리고 남 직원은 떠나는 입장이고, 박 과장을 비롯해 인경과 성은은 남아 위로하는 자리였다. 두 집단 모두 가야 할 길은 다르지만 입장은 같았다. 여섯 명은 서로 회사와 사회, 또한 본인의 진로에 대하여,

"이렇게 다들 떠나는 모습. 정말 사회생활 하면서 수십 번 겪고 느끼지만 서도 정말 엿 같고, 일할 맛 안 난다. 나도 조만간 갈 테니, 뭐 너무 섭섭해 하지 말아라."

"뭐, 과장님이 미안할 필요 있나요? 다 남아서 잘하실 거예요. 근데 뭐 돼지 키우러 하하하 가시게요? 뭐 과장님은 우리 성은이도 있고 또 인경이도 있고, 고 팀장도 하하하 잘하겠죠 뭐."

"정말 부끄럽지만 난 너희들이 나처럼 누락되어 패배자 같은 느낌으로 조직을 떠나는 일이 없으면 좋겠어. 진심으로 승승장구하고, 또 역군으로 성장해서……."

"회사가 근데 너무 윗사람들 잔치만 하는 거 아닌가 싶기도 해요. 진정 상과 벌이 뚜렷해야 직장 생활도 제대로 하는 건데요, 우린 너무 그 중심의 피해자 아닌가 싶어요. 정치 싸움만 잘하는 사람들."

"만약에 우리 모두 사표를 낸다면 회사가 어떨까? 발칵 뒤집히지 않을까?"

"야! 회사는 눈 하나 깜짝 안 할 거야. 우리가 이렇게 선술집에서 울분을 토한다고 뭐가 바뀌겠냐? 개인은 기업을, 국가를 이길 재간이 없는 거야. 쌍용 자동차 봐바바."

"……."

고깃집에서 이미 모두 개개인의 주량을 다 넘겼음에도 불구하고,

무리들은 호프집으로 당연한 듯이 휩쓸려 갔다. 한 잔 한 잔, 일년의 지나온 이야기가 쌓일수록 비워지는 빈 맥주병도 비례해 쌓여 갔다. 알코올은 신경을 마비시키고 한계 주량을 인지하는 판단력을 흐리게 했다. 맥주병은 계속 늘어갔다. 무턱대고 시켜 안주로 삼던 오징어와 나초가 부스러기 잔해만 남게 될 즈음, 또 그들은 우르르 몰려 특별한 대책도 없이 포장마차를 찾았다. 아무도 좋아하지도 않는 산 오징어에 몇 잔의 술잔들이 부딪쳐 그들의 몸에 소주가 퍼질 때즈음, 모두들 자신의 몸도 가누기 힘들 정도의 상태가 되었다. 발음도 제대로 되지 않고, 이야기의 앞뒤가 안 맞았다. 온갖 정처 없는 뜨내기 말들을 제가끔 따로따로 떠들어 대다가, 누군가 집에서 받은 전화를 끝으로 술자리는 마무리가 되었다. 비틀거리며 술자리에서 일어나 그렇게 간신히 하나씩 집의 방향으로 흩어졌다. 박성은은 유 대리를 부축하여 택시를 탔고, 소싱 팀으로 전출된 남 직원은 아무도 모르게 사라졌으며, 김인경은 지연을 데려다 주고 가겠노라 지연의 자취방으로 팔짱을 끼고 서로를 의지하며 멀어져 갔다.

홀로 남아 버린 박도준 과장. 추운 바깥 날씨로 술기운이 잠시 사라지는 듯했지만, 술은 추위보다도 강했다. 온 세포가 알코올과 싸우느라 다른 생각이 날 겨를이 없었다. 아무런 생각도 없었고, 다만 집으로 가야 한다는 의지만 뇌리에 박혀 박 과장은 몸을 지탱해 나갔다. 잠시 흔들리며 회식의 마지막에 의미를 두려는 듯한 담배를 반 정도 성의 없이 피우다 던져 버리고는, 손짓하여 택시를 불러 타 뒷자리에 무너져 내렸었다. 행선지를 얘기하고 출발한 지 얼마 안 되었는데,

[지연]　과장님…….

[지연]　집에 잠깐,

[지연]　와주실 수 있을까요?

휴대폰 메시지가 연달아 울렸다. 박 과장은 눈에 초점을 잡으려 노력을 하며, 떨리는 손으로 휴대폰을 잡고 밭은 숨을 내쉬었다. 그야말로 가슴이 쿵 하니 울렸다.

지연이의 고향은 경산이었다. 어릴 때 아버지를 잃고 엄마와 자라온 지연이는 대체로 당찼으나, 때때로 맺고 끝냄이 약했다. 정이 그리운 분위기에서 성장한 탓이겠지만, 타인의 호의에 쉽게 마음을 열었다. 마음을 열고 의지를 하면 그 의존도가 높아져, 때로는 당혹스러운 분위기를 연출할 때도 있었다. 사회생활을 하는 고향의 엄마에게서 떨어진 지연은 지치고 힘이들 때마다 박 과장의 위로를 많이 받았다. 갸름하고 흰 얼굴에 웃음이 예뻐 어떤 남자라도 사귀자고 접근할 만도 했으나, 이상하리만치 그 일년 동안 지연은 혼자의 생활에 만족했었다. 술자리에서 횡설수설 말을 밀어내던 지연의 적당히 도톰한 입술이 문득 떠오른다.

"저어는 정말, 과장님이 힘이 되어 주셔서 버텼던 것 같아요. 저 투정도 많이 부리고, 저 별거도 아닌 거에 과장님 조르고. 히히히 저 같으면 아마도 막내가 그랬으면 막 역정도 내고, 그리고 짜증도 내고. 아, 그리고 과장님 출장에서 사다 주신 말린 망고, 진짜 진짜, 진짜로 맛있었는데."

지연의 말은 두서없이 흘렀다.

"근데, 저 이제 경산으로 갈까요, 아니면 여기 계속 살까요? 여기서 아침에 출근하는 직원들 보면서, 힛힛힛. 커피 마실 거예요. 과장님, 요기 요기 지나갈 때, 저 스타벅스에 앉아 있는지 함 보세요오."

지연이 술김에 이야기한 말이 끊기듯 이어지며 머릿속에 감기며 혼란스러운 마음으로 박 과장은 택시의 방향을 돌린다. 지연의 오피스텔로 되돌아온 택시에서 박 과장이 무겁게 문을 열고 내린다. 박 과장은 담배를 꺼내 물며 오피스텔의 층수를 가늠하며 올려다본다. 담배의 맛을 느끼지 못한다. 습관적인 의식 절차일 뿐이다. 박 과장은 연기를 뿜으며 흔들리는 몸체를 흔들리는 다리로 지탱한다. 복잡한 머릿속에는 도덕적 양심이, 술기운에 지배당한 직관적인, 가슴 뛰는 본능에 눌려 있다. 한참을 고민하며 휴대폰을 쳐다보다가 결국 담배를 길바닥에 던져 발로 비벼 끈다. 단호해진 발걸음으로 오피스텔 입구를 향한다. 8층으로 올라가는 엘리베이터가 소음을 자아낸다. 박 과장의 시선이 몇 번이고 꽉 막힌 엘리베이터 공간의 감시 카메라에 고정된다. 심경이 거슬린다. 8층에 도달해 엘리베이터에서 내리며 감시 카메라를 향해 다시 뒤를 돌아본다. 마지막 소주는 쓴 맛을 잃은 채 찝찔했는데, 그 뒷맛이 영 개운치 않다. 껌이라도 사 씹고 올 걸 하고 후회하지만, 이미 택시를 돌리는 순간 다시 돌아가지 못할 길을 건넜다. 다시 내려가지 않을 것이라는 것을 안다. 8층 복도에서 숨을 크게 의식적으로 몰아쉰다. 의지와 상관없이 얼굴이 달아오르고 가슴이 뛴다. 점점 가슴은 부풀어 올라 뛰고 얼굴은 더욱 뜨거워진다. 단순히 술이 취해서 그런 것은 아님을 박 과장도 너무도 잘 안다. 호수에 다가가 초인종에 박 과장의 검지가 망설이듯 올려진다. 쓰다듬듯 망설임을 거친 후 천천히 힘을 가한다. 빨간 스위치가 눌려지며 초인종 음악이 희미하게 들려온다. 초인종 음악과 함께 안에서 기척이 느껴진다. 새벽의 오피스텔은 조용하지만, 박 과장의 심장소리는 크게 쿵쿵 층 전체를 울리는 듯 가파르다. 도덕적으로 꺼림칙한 느낌이 있고, 스스로의 행동이 자유롭지는 않다. 심장 소리보다 더 큰 소리로 철문이 철컥 열린다. 열린 문 밖으로 방안의 불빛이 복도로 쏟아져 나온다. 방안의 빛을 받아내며 그림자를 자아내던 지연은 인사도 없다. 문을 열어 놓고 뒷모습을 보이며 방 안으로 되들어간다. 문이 열리는 소리와 함께 가슴도 내려앉았던 박 과장은 신발을 벗고 방으로 올라선다. 경직된 박 과장의 뒤로 잠금 장치는 자신의 기능을 다한다. 충실하게 잠금 장치를 가동한다.

'츠르륵.'

지연은 술자리의 옷 그대로 청바지에 흰색 줄무늬 헐렁한 셔츠 차림이다. 한 쪽 어깨가 조금 흘러내려 보이는 브래지어 끈이 어깨 위로 민망하게 도드라진다. 연 아이보리의 브래지어가 흰색 셔츠 안쪽으로 쉽게 드러난다. 머리는 뒤로 쪽을 지어 올려 아무렇게나 볼펜을 꽂아 놓았고, 세안을 한 얼굴은 화장기가 없다. 청아하고 단아한 모습이다. 이제 갓 스물일곱의 깨끗한 꽃과 서른 중반의 안타까움이 대치한다. 그 싱그러운 꽃을 감아쥐듯 박 과장의 심장은 탄다. 꽃은 자신의 은밀한 중심에 벌이 날아오도록 유혹을 했다. 자신의 꿀에 벌이 취하도록 향을 뿌린 것이다. 서로의 시선과 감정이 부딪쳐 튄다. 1월 새벽의 날은 싸늘하지만 방의 공기는 숨막히듯 후끈하다.

"……."

"……."

더운 방안의 공기가 팽창한다. 누구 하나 먼저 어떤 말을 해야 할지 궁색하다. 지연도 박 과장을 돌려 세운 이유를 설명할 길이 없고, 박 과장도 지연이 왜 자신에게 메시지를 보낸 것인지 물어볼 기미가 아니다. 서로 한밤 즐기려 만난 충동적인 사이가 아니다. 서로 비전과 가치를 이야기하며 일년을 밀어 주고 끌어 주듯 의지하며 보냈다. 그 일년간 이성과 논리는 서로의 마지막 본능을 누르고 있다. 그렇게 더욱 팽팽해져 온다. 결국 때때로 당찬 모습을 보여주던 지연이 그 침묵을 깬다.

"과장님."

"……."

숙이던 고개를 잠깐 들어 박 과장을 떨리듯 바라본다. 목소리가 메어 있다.

"흠……, 저 이제 과장님 못 볼지도 모르겠어요."

"……."

한참을 침묵한다. 흩어져 있는 머릿속의 생각을 조합하며 시간을 둔다. 이내 어깨가 떨리며 흔들린다. 그녀의 헐렁한 셔츠는 봉긋한 가슴을 간신히 가려내고, 울 듯 흔들리는 상체의 흐름에 따라 가슴골이 깊어졌다 얇아졌다 리듬을 탄다. 술 취한 그녀의 모습이 관능적이다.

"어릴 때 아버지 돌아가시고, 엄마랑 둘이 살면서요, 전 왜 아빠가 없을까, 항상 슬펐어요. 친구들이 아빠 얘기를 할 땐, 우리 아빤 어떤 사람일까, 엄마는 아빠가 좋은 사람이었다고 항상 그랬었거든요. 우리 엄마도 불쌍한 사람이지만요."

지연의 엄마는 남편을 잃고도 쉽게 사회에 굴하지 않았다. 몇 푼 급한 마음에 식당을 나가지 않았으며, 마트 계산대에 서지도 않았다. 남겨진 재산이 줄어드는 불안감을 참아 가며 1년을 스스로에게 투자했다. 당장 급하게 무언가를 하기에는 위험 부담이 크기도 했지만, 세상을 믿을 수 없었다. 그녀는 남편이 세상을 뜬 이후 다섯 가지의 일간지를 매일 하루도 빠짐없이 구독했다. 세상이 돌아가는 이치를 파악하기 위한 그녀만의 방편이었다. 동시에 재테크와 경매에 대한 공부를 병행하여, 90년대 중반 부동산 경기의 흐름을 타고 임대업으로 기반을 마련할 수 있었던 것이다. 지연에게 엄마는 그런 사람이었다. 어릴 때 사랑을 느끼기보다는, 살기 위한 투쟁을 했던 여 전사의 이미지가 더 생생했다. 그것이 비록 지연을 위한, 지연과 엄마를 위한 길이라 할지라도, 이해하고 수용하기 어려운 나이이기도 했다. 지연은 엄마의 모습이 떠오르는 듯,

"한번은 엄마에게 왜 난 아빠가 없느냐고 투정하듯했는데요."

눈가가 촉촉해진다. 지연은 픽 웃으며 잠시 숨을 고른다.

"그렇게요, 엄마에게 투정하면 인자하게 웃어주고 했었던 엄마였는데요, 그날은 너무 분위기가 무서운 거예요. 투정이라고 해보았자 밥상머리에서 뚱한 표정으로 그렇게 물어본 건데요. 그런데 그날은 다른 날과 다르게 엄마가 화를 내시는 거예요. 어린 기억이 너무 생생해요. 그렇게 화를 한참 내고는 꿇어앉듯 무너져서는 갑자기 엄마가 우셨어요. 초등학교 때인가 봐요. 저를 와락 껴안으시며 정말 서럽게 우시는데, 저도 너무 슬펐어요. 아빠가 없어서 슬픈 게 아니라요, 엄마가 울어서, 그렇게 서럽게 우셔서, 우리 지연이 어떻게 하냐고 우셔서,

우리 지연이 불쌍해서, 불쌍해서 어쩌냐 하면서 우셔서요, 그래서 울었어요. 한참을 울고 그렇게 잠들고 난 후, 그때부터 전 투정을 부릴 수 없었어요. 고등학생이 될 때까지 아빠 이야기를 꺼낸 적이 없어요."

지연의 손등이 눈가를 두드리며 눈물을 찍어 낸다.

"그렇지만 항상 그리웠어요. 요즘 그 프로그램 있잖아요, '아빠 어디가'요. 그 프로그램 보면 저 너무 울어요. 정말 어떨 땐 펑펑 울어요. 그 아빠들이 아프고 병들어 그 이쁜 녀석들을 떠나가는 것도 아닌데요, 전 그 아빠들이 없어지는 자꾸 그런 슬픈 상상이 돼요. 다른 사람들은 편안하게 그 방송을 보겠지만, 전 아니에요. 그렇게 대입이 되나 봐요. 그 이쁘고 어린 아이들이 아빠가 없어지면 얼마나 상처를 받으며 커 갈까, 죽음이란 것을 알지도 못할 나이에 떠나간 아빠를 찾을 거를 생각하면 가슴이 미어져요. 또 엄마는 어떻게 애들에게 이야기해야 할까 생각하면서 울어요. 우리 엄마 생각나면서 울고, 또 먼저 어린 나이에 가신 우리 아빠가, 저와 엄마를 남겨 두고, 가슴이 찢어질 듯한 마음의 고통을 안고 떠나가신 아빠가 불쌍해서요, 그래서 울어져요."

결국 눈물이 방울 져 지연의 무릎 위로 떨어진다. 잔기침을 하며 목소리를 가다듬는다. 이내 그녀는 평상심을 되찾는다. 목소리가 다소 메이긴 하지만 떨리지는 않는다.

"과장님, 과장님하고 일하면서, 우리 아빠가 이처럼 자상한 사람이면, 그랬으면 좋겠다는 생각을 했었어요. 잘못하고 버릇없고 그런 거 저도 아는데, 받아 주시며 토닥토닥 해주실 때, 투정 부리는 것 알면서, 그러면서도 웃으며 받아 주실 때, 작은 마카롱 하나, 커피 한 잔……, 그렇게 챙겨 주실 때, 아마도 어릴 때 전 아빠의 자리를 항상 남겨 놓았었나 봐요. 아빠의 다정함을 그렇게 받아 보지 못해서, 그래서 어쩌면 남자를 못 사귀나 봐요. 친구들이 몇 번 사귀자 하기도 했지만, 친구의 자리가 아닌, 전 과장님 같은 아빠 같은 옆자리를 원한 것은 아닌가 싶기도 해요."

떨리는 목소리가 평이해지고, 떨림이 급격히 줄어든다. 박 과장을 바라보는 시선도 편안하다. 두 손을 올려 기지개를 편다. 상체의 곡선이 고혹적인 자태를 만들어 낸다.

"저, 만약에 과장님 총각이면 어떨까 생각했었어요. 나쁜 거 알아요. 그런데 정말 많이 그립더라고요. 과장님하고 놀이동산도 가고 싶었고, 영화도 보고 싶었고, 바닷가에서 횟감과 소주에 취해 보고도 싶었어요. 그렇게 옆에 과장님이 있으면 얼마나 좋을까 생각했어요. 그리고……,"

박 과장의 눈가가 슬픈 듯 젖어진다.

"그리고요, 그렇게 과장님 아기를 가지고 싶다는 생각도 했었어요."

"……."

"죄송해요, 과장님."

지연의 고개가 툭 떨어진다. 유혹이나 교태는 아니다. 목소리가 편안하고 마음은 솔직하다. 성당에서 고해성사를 하듯, 박 과장을 앞에 두고 수치스러움을 무릅쓴 지연은 그렇게 고백을 했다. 분위기는 느슨해졌고, 박 과장은 아름드리 슬픈 꽃을 꺾을 궁리를 접었다. 지연이 더 대담하게 거추장스러운 도덕의 옷을 벗고 대한다면 장담할 수는 없겠지만, 결국 서로 긴 기간 쌓아 놓았던 신뢰의 벽이 높다. 단단하다.

당돌

5월 7일 수요일

허 전무의 소개로 3팀에 합류한 한경희의 행동이 당돌하다. 처음 보는 선배, 대리, 과장 할 것 없이 대하는 것이 임의롭고 스스럼없다. 단발의 머리에 피부가 하얗고 체구는 다소 통통하다. 아무렇게나 주워 쓴 듯한 뿔테 안경은 다소 커 보이지만 거북스럽지는 않다. 한경희의 스스럼없는 모습은 친화력이 높다. 그녀의 눈빛은 거짓이 없다. 그녀의 생각을 눈빛으로 전달하듯 그렇게 강한 전파의 힘을 가졌다. 그러나 고 팀장은 한경희를 탐탁지 않게 생각했었다. 신입사원으로서 지켜야 할 최소한의 예의의 틀에서 벗어난 듯 그렇게 한경희를 쏘아보기 일쑤였는데, 한번은 한경희가,

"팀장님, 집이 강서구이니까 퇴근길에 저 좀 가까운 전철역에 내려주세요."

한경희의 집은 부평을 지나친 인천 끝자락의 연수구에 있다. 출퇴

근에 적지 않은 시간을 빼앗기던 한경희가 고 팀장에게 부탁을 했었다. 고 팀장의 집이 서울의 서쪽인 강서구이기 때문에, 조금 신경만 쓰면 전철역까지 내려주는 것 정도는 어렵잖게 할 수 있는 일이었지만, 고 팀장은 싸늘하게 외면했다. 얼굴이 딱딱하게 굳은 채 민망하리만큼,

"나 오늘 약속 있다."

쏘아붙이듯 던진 것이다. 그럼에도 불구하고 한경희는 고 팀장에게 마치 말대꾸를 하듯,

"그러면, 저 약속장소 근처에서 따로 커피 마시며 기다리면 되죠. 아니면, 저 그 약속장소 데리고 가시면 되잖아요. 저 얘기들어 주는 것이 장기이자 특기거든요. 조용히 있거나 아니면 제가 술 대작해 드릴게요. 또 제가……."

다른 팀원들이 중간에서 어쩌지 못하고 쩔쩔맸다. 눈치가 없는 것인지 용감한 것인지, 하여간 고 팀장은 한경희를 더 이상 질책하지 않고 대화의 화살을 박 과장에게 돌리며,

"박 과장, 한경희 씨 일 더 시키든지, 일찍 보내 주든지, 니가 태워다 주든지, 좀 어떻게 좀 해봐라."

하고는 차 키를 들고 사무실을 나갔던 것이다. 그런데 한경희 씨의 차량 구애는 그 이후로도 계속 이어졌다. 심지어 고 팀장이 출근하는 시간에 근처 전철역에서 사전 약속도 없이 기다리기도 했다. 지각을 각오한 한경희의 돌출 행동에 어쩔 수 없이 같이 태워 출근을 한 적도 있었다. 그 이후로 아예 드러내 놓고 카풀을 요청하며, 출퇴근에 맞추어 고 팀장을 끈질기게 따라붙었다. 막내 직원이 그렇게 맹랑하

게 나오는 것을 팀원들은 아연실색하며 말리는 기색도 있었으나, 한경희는 아랑곳하지 않았다. 그렇게 몇 주 지나가며 결국 고 팀장이 손을 들었다. 출근은 고 팀장 집 근처의 전철역에서 기다리는 한경희와 같이 해야 했으며, 퇴근도 같이 하기에 이르렀다. 한경희는 팀의 막내란 포지션을 망각한 채 고 팀장의 퇴근 시간에 맞추어 기를 쓰며 업무를 마무리 지었다. 간혹 고 팀장이 회사 근처 술자리가 있을 경우에도 바뀌는 것은 없었다. 약속 장소를 귀신과 같이 알아내 술자리가 끝나는 시간에 얼추 맞추어 대기하며 고 팀장을 기다렸던 것이다. 심지어 대신 차를 운전해 주고, 대리비 명목으로 몇 만 원씩 받아내기도 했다.

"팀장님, 요즘 고민 있으시죠?"

조수석에서 뿔테 안경을 올려 쓰며 한경희가 머리를 뒤로 쓸어 넘긴다. 다소 늦은 퇴근이라 막히지 않는 길을 달려 거의 고 팀장의 집 근처까지 와서 툭 던지는 한경희의 질문이었다.

"왜, 경희 씨가 해결해 줄 수 있을 것 같아, 내 고민을?"

사실 고 팀장의 고민은 한두 가지가 아니었다. 상반기의 오더들은 모두 마무리가 되었는데 경상이익은 마이너스에 머물고 있으며, 새로운 바이어인 Carter's를 시작해서 기존 오더와 균형을 맞추려 했으나 인원 보충을 적절한 시점에 받기도 어려웠기 때문이다. 기존의 인원들도 업무 과중으로 불만이 속출하고 있다. 더구나 근래 박 과장의 집중력은 큰 문제다. 어딘지 모르게 마음이 뜬 것 같은 것이, 잠시만의 슬럼프라 여겼는데 예상보다 길게 이어지는 것이다. 더구나 허 전무의 실적 압박도 거세서, 위로 아래로 중간에 끼어 모든 것을 놓고, 포기하고 싶을 정도까지 마음이 고통스러웠던 것이다.

"혹시 제가 도울 수 있을지도 모르잖아요. 한번 말씀해 보세요."

운전대에 왼손을 남겨 두고, 여력 있는 오른손이 뒤 목으로 돌아 감긴다. 마사지를 하듯 오른손으로 목을 주무르며 얼굴을 좌우로 연신 기울인다. 고 팀장은 왠지 그의 고민을 한경희에게 털어놓고 싶다. 몇 주 동안이지만, 한경희가 팀장인 본인에게 가까워지려 했던 부분 때문일까. 아니면 한경희의 성격 자체가 상대방을 쉽게 친화적으로 만드는 것일까. 그렇지만 내색이 없다. 입술을 굳게 다문 채 이렇다 저렇다 답 없이 묵묵히 운전에만 열중이다. 고 팀장의 차가 강변도로의 오른편으로 흘러, 크게 원을 그리며 한강 다리로 올라선다. 말이 없던 고 팀장이 고개를 천천히 조수석 방향으로 돌린다. 한경희와 눈이 마주친다. 고개를 끄덕인다. 고 팀장의 차가 그의 집 근처 한적한 커피 전문점 앞에 멈추어 선다. 차에서 내린 고 팀장은 반대편에서 기다리던 한경희를 지나쳐 무심하게 불쑥 문을 열고 들어간다. 뒤에 남겨진 한경희가 뒤를 따라 들어간다. 한밤의 커피 전문점은 한산하다. 커피를 주문하고 도로변으로 뚫려 있는 흡연실에 팀의 막내와 최고참이 자리를 잡는다. 연인인 듯 보이는 커플이 한경희와 고 팀장을 수군거리며 의식한다. 아랑곳없는 한경희는 연인 티를 내려는 듯 테이블에 두 팔꿈치를 올려놓은 채 다정한 분위기를 연출한다. 한밤의 시간은 조용하고도 빠르게 흘러간다. 한적한 분위기와 다르게 고 팀장의 표정은 무겁게 가라앉는다. 무겁게 가라앉은 고 팀장의 굳은 얼굴이 커피숍 유리창에 비춰지고, 맞은편 재잘대는 한경희의 단발머리는 부드럽게 흔들린다. 고 팀장의 고민은 그가 굳이 풀어 놓을 필요도 없었다. 매출 신장에 따른 이익 증대, 또한 조직적인 인원 관리 문제가 그것이다. 그러나 가벼운 듯 던지는 한경희의 말끝은 간결하면서도 매서웠다.

"팀장님이 매일 머리 아프시게 고민하는 경상이익이란 것이 우리 회사의 제조 구조로 쉽게 만들어 낼 수 있는 것은 아니잖아요. 바이어의 구조와 벤더의 구조가 어느 정도 맞아떨어져야 경상 이익이 창출될 수 있는 거 아니냔 말이죠. 바이어에 맞는 구매 구조나 생산 구조, 즉 원단이나 부자재를 경쟁력 있게 구매할 수 있는 구조, 그리고 해외 공장에서 바이어에 특화된 생산 라인을 가동할 경우, 이를 바탕으로 경상이익을 창출할 수가 있잖아요. 그런 예는 바로 3부문을 보면 꼭 이해가 되잖아요. 처음에 굉장히 힘들었다고 들었거든요. 인도네시아에서 실패하고, 니카라과에서 실패하고, 결국 베트남에서 공장을 통째로 바이어에 특화시키면서 살아남았다고 들었거든요. 그런 점이 바로 바이어에 맞는 제조 구조를 만들어 내는 거잖아요."

고 팀장의 작은 눈이 더 가늘어진다.

"3부문 관련해서는 어떻게 알았니? 그쪽 경희 씨가 얘기한 것과 같이,"

대담하게도 고 팀장의 말을 끊고 본인의 말을 이어 나간다. 한경희는 조직 구조에 대하여 간결하게 정리하여 풀어 설명한다. 그녀의 눈은 맑고 거짓이 없다. 투명함을 바탕으로 현 바이어의 구조, 조직의 상황, 또한 문제점을 적나라하게 펼쳐 낸다. 설명에는 군더더기가 없다. 고 팀장은 말없이 침묵한다. 고민을 털어놓기로 작정하며 다소간의 위안이라도 받을 수 있지 않을까 한 기대가 처참히 사라진다. 고 팀장의 가슴이 쿵쾅댄다. 시퍼런 칼날을 맞고 있는 것이다.

"경희 씨, 너 정체가 뭐니."

"저, 그냥 팀장님과 같이 출퇴근하는 신입사원이잖아요."

가지런한 치아를 드러내며 미소 짓는다. 고 팀장에게는 굉장히 굴욕적이었다. 한경희의 조직적인 문제점이라 하는 심층에는 고 팀장의 역할 부재가 있었다. 조직의 중심을 잡아 주지 못하는 리더로 인하여 조직의 화합 및 발전이 없다는 것이다. 한경희가 신입사원이라는 것을 굳이 감안하지 않는다 해도, 한경희는 바위 덩이 같은 담대함을 가진 것이 분명했다. 만약 고 팀장이 모욕이라 느낀다면 그녀는 팀에서 가장 큰 불이익을 받을 것이 자명하기 때문이다. 그렇지만 고 팀장은 한경희의 논리를 객관적인 시각으로 받아들이려 노력한다. 집중한다. 불과 한 달도 채 되지 않은 그녀의 통찰력, 그리고 핵심을 짚어 내기 위한 논리, 그것을 간결하고 중립적으로 정리하는 기술이 뛰어난 것이다. 한두 가지 불편한 내용에 좌지우지 중심을 잡지 못하고 흔들리는 고 팀장은 아니다. 눈을 부릅뜨며 차가운 커피를 얼음째 벌컥벌컥 들이켠다.

"경희 씨, 허 전무님은 어떻게 알게 된 거니?"

"……."

질문에 이번에는 한경희가 차가운 커피를 들이켠다. 고개를 살짝 옆으로 기울이며 미소 짓는다. 한경희는 허 전무의 큰딸과 중학교 단짝 동창이다. 허 전무의 딸이 고등학교 진학을 미국으로 하면서 헤어지게 되었지만, 둘의 친분은 계속되었다. 한경희는 타인을 향한 배려가 진심 어리고 깊었다. 그런 그녀에게 허 전무의 딸은 의지를 했고, 우정은 지속되어 성인이 될 때까지 이어진 것이다. 한경희의 성숙한 타인 배려는 내면세계에서 비롯되었다. 한경희의 성정이 태생적으로 차분한 것도 영향이 없다 할 수 없지만, 그녀의 대인 지능은 후천적으로 길러진 것이기도 했다. 어릴 때부터 한경희는 독서의 환경에 익숙하게 노출되어 있었다. 그녀의 아버지는 책에 한 맺힌 것같이 독서에 대하여는 굉장히 고집스러웠다. 집을 마치 도서관 같이 꾸며 놓은 것도 그렇거니와, 텔레비전은 애초부터 한경희의 가정에서는 보기 힘든 물건이었다. 중견 제조 회사의 관리자였던 아버지는 독서의 모습을 몸소 실천하며 보여주었다. 때때로 고집스러운 그녀의 아버지에게 어머니는 불평을 했다. 대부분 심기가 불편할 때 그랬다고는 하지만, 아버지의 논리는 당당했고 굽힐 의향이 한치도 없었다.

"당신은 무슨 독불장군처럼 그리 유난을 떠는 거예요? 요즘 텔레비전 없는 집이 어디 있다고. 뭐, 텔레비전으로 유치한 드라마 보려고 하는 것이 아니잖아요? 쇼 프로그램에 중독될 것도 아니고요, 영화도 그렇고, 다큐멘터리도 좋고, 유익한 프로그램이 얼마나 많은데요. 요즘은 또 애들 교육도 텔레비전을 통해서 하는 경우도 다반사에요. 보기 싫으면 당신만 안 보면 되는 거지, 왜 텔레비전 사는 것을 반대하는지 정말 모르겠어요. 당신은 읽고 싶은 책을 읽으시라고요. 누가 반대하는 것도 아니잖아요?"

그렇게 매번 어머니의 논리는 깔끔했다. 그렇지만 우직스럽고 앞뒤 막힌 아버지는,

"음……, 우리의 삶에 환경이 얼마나 중요한 것인지 경희 엄마는 모를 거요. 단칸방에 살면서 소반 펴놓고 공부해서 서울대 가는 사람들이 우린 아니란 말이지. 범인들은 조건이 되어야 성공의 반열에 오를

수 있는 것이오. 다시 말해, 우리의 의지는 그렇게 강하지 않기 때문에, 의지를 시스템이나 환경으로 극복해야만 할 것이오. 아침에 아무리 일찍 일어나고 싶어도 의지만으로 일어나겠소? 어림없는 일이오. '알람'이라는 장치의 도움을 받듯이, 우린 환경의 도움을 받아야 하오. 즉 독서의 환경을 만들어야 자연스럽게 책을 접할 수 있는 것이요. 우리에게 책은 살아가면서 가장 중요시 여기고 같이 해야 할 벗과 같은 것이오."

이 정도 즈음 되면 어머니는 홱 돌아 부엌이든 방이든 향해 들어가곤 했다. 어릴 때부터 독서의 환경에 노출된 한경희는 자연스럽게 책을 접했고, 그녀의 습관은 시간이 지날수록 굳어졌다. 그녀는 독서로 사춘기 시절의 심리 불안을 극복했으며, 학창 시절의 크고 작은 시련에서 마음의 안정과 인내를 찾아낼 수 있었다. 그녀가 직접적으로 경영학 서적을 읽게 된 것은 대학을 진학하고 난 이후였다. 경영학을 접하게 되면서 그녀는 '대학 입시 이전으로 돌아간다면, 영문학보다는 경영학이나 심리학을 전공할 것'이라고 말하기도 했다. 경영이란 학문에 꽂혀 헤어나지 못하던 한경희는 학부에서 경영이나 심리학 등 강의실을 찾아 도강을 하기도 하고 인터넷 강의도 많이 들락거리며 안달을 했다. 하지만 그녀의 왕성한 지적 욕구를 학과의 수업이나 정형화된 강의가 충족시켜 주지는 못했다. 그렇게 다시 홀로 외로워진 그녀는 대학 4년간 경영과 심리학, 철학적 주제의 도서를 500권에 육박할 정도로 독파해 나갔다. 권수가 늘어나며 그녀의 논리는 비약했고, 체계적으로 변해 갔다. 마치 목말라 마른 땅이 엄청난 양의 빗물을 흡수하듯이, 그녀의 지적 욕구도 마찬가지로 엄청난 양의 지식을 빨아들였다. 경영학은 피터 드러커와 잭 웰치, 심리학은 아들러의 이론에 더욱 심취했었는데, 책이 쌓여 갈수록 독파 속도는 더욱 빨라지고 전문적으로 변해 갔다. 그녀의 독서량은 대학을 졸업 할 당시 연간 120권을 읽어 내는 수준으로 어마어마해져 갔다. 그녀의 책 사랑은 단순 지식 습득으로만 끝나지 않았다. 그녀의 아버지는 독서를 동반한 토론을 그녀와 즐겨 했는데, 이것은 현실의 사회, 경제, 국제 정치, 외교 등 다양한 방면으로 그녀의 사고 영역을 확장시켰다. 토론의 주제는 아버지 근무지의 복잡다단한 일들, 심리적인 직원과의 줄다리기, 고민 등이었다. 부녀의 토론은 즐거운 그들만의 문화로 굳어졌고, 그로 인한 한경희의 내적 성장은 눈부셨다. 아무리 자잘한 토론에서도 그녀는 아버지의 인정을 결코 받아 내야 했으며, 그 목마름을 향한 갈구는 눈물겨웠다. 그렇게 한경희는 더욱 전문적으로 집요하게 지식을 탐구하기에 이르렀고, 시간이 켜켜이 쌓여 갈수록 틀이 단단해졌다. 특히 경영 분야에서는 MBA의 레벨 이상 버금가는 수준을 대학 초년에 벌써 도달해 버렸다. 그녀의 어머니는 성인이 되어서도 책에 파묻히는 그녀를 다소 걱정했으나, 어쩔 수 없이 한경희는 또래 친구들과의 대화에는 금세 싫증이 났고 시시했다. 내면의 심오함 그 차이가 그녀를 외곬으로 흐르게 했다. 거의 유일한 친구라 할 수 있는 허 전무의 딸이 미국에서 귀국하여 잠시 머물러 있을 때, 한경희는 허 전무의 집에 다니러 갔었다.

주말 텔레비전에서는 삼성 이건희 회장의 건강 상태를 방송하고 있었고, 그것이 발단이 되어 자연스럽게 허 전무와 이야기를 시작하게 되었다. 허 전무 역시 혈혈단신 아무것도 없는 맨몸으로 시작한 샐러리맨의 우상이었지만, 이론적으로는 사실 한경희도 이미 만만치 않은 대학생이었다. 허 전무가 그날 그렇게 포문을 열었다.

"삼성이 저래서 제대로 경영이 되겠나 몰라. 아들이 맡아 하기엔 아직 이르지 않을까? 저렇게 누워 깨어나지 못하고 있으니……, 허허허. 그나저나, 자식 먼저 보내는 부모 마음도 그렇겠지만, 그 먼저 간 딸이 아마도 너희들하고 비슷한 것 같은데,"

허 전무의 딸은 뉴스에는 관심이 없다. 휴대폰을 두 손으로 쥐어 잡은 채 심드렁한 표정으로 게임에 열중이다. 한경희가 게임을 하는 허 전무의 딸을 슬쩍 돌려다 보고 머뭇거리더니 이내,

"이윤형 씨요."

"……."

"저 누워 계신 분 막내 딸 이름이 이윤형 씨예요. 걔가 저희보다 10살 많아요. 그러니까, 정확하게 10년 전에 세상을 떠났어요."

허 전무의 아래턱이 들어가며 인중이 늘어져 길어진다.

"그 해 이윤형 씨가 죽기 열흘 전에 피터 드러커가 캘리포니아에서 세상을 뜨거든요. 그리고 이윤형 씨도 맨하튼에서 드러커를 슬퍼했는지 세상을 등졌죠. 드러커는 96세로 경영의 획을 긋고 떠나갔고, 이윤형 씨는 26세로 청춘에 칼을 긋고 세상을 등진 셈인 거죠. 드러커는 1909년생. 이윤형 씨는 1979년생. 서로 70년 차에요. 저희는 1989년생이니까 드러커와는 80년의 세월 차이가 있지만, 그런 경영학의 대가와 동시대를 잠시라도 공유할 수 있었다는 것만으로 만족해야죠."

그렇게 씩 웃었다. 허 전무의 딸은 휴대폰에서 시선을 거두고 한경희의 눈을 맞추며 싱긋 웃었다. 허 전무는 놀란 표정을 여과 없이 드

러내며 소파에서 등을 떼고 할 말을 잃은 듯 머뭇거렸다. 모를 것이라고 치부하고 던진 말에 대한 답 치고는 전문적이었고, 구체적인 것에 당혹스러움을 느낀 것이다. 삼성의 성장 과정, 또한 경영자의 의지와 열정을 딸과 그녀의 친구에게 설명하려다가, 되레 설교를 들은 것과 같은 형국이 되어 버렸다. 표정이 진지해지며,

"그래. 이윤형 씨였구나. 이건희의 막내딸이 말이야. 그래 경희가 볼 때, 병상에 누워 있는 이건희는 어떤 것 같아?"

그렇게 한경희에게 물꼬를 틔워 주었다. 그 사이에 점심이 차려졌고, 허 전무와 아내, 그 의 큰딸, 그리고 한경희는 한 식탁에 둘러앉아 밥을 먹기 시작했다. 단출하지만 정갈한 점심상이었다. 고급스럽고 둥그렇게 휘어진 다리 위에 놓여 있는 식탁에서 그들은 일요일 점심을 같이 들었다. 밥을 먹고 허 전무의 딸은 방으로 잠깐 들어가고 소파로 돌아온 경희는,

"피터 드러커는 경영의 대가잖아요. 그분이 집필한 『경영의 실제』는 사실 1954년에 만들어진 책인데 아직도 읽히고 있으니, 어마어마하게 시공간을 뛰어넘는 이론으로 경영을 집대성했던 것이죠. 또한 아직도 살아 있는 GE의 잭 웰치는 전설적인 미국의 경영자죠. 또한 일본의 3대 경영자라 할 수 있는 파나소닉의 마쓰시타 고노스케, 혼다의 혼다 소이치로, 교세라의 이나모리 가즈오 등도 경영자로서 많이 인정받는 분들이잖아요."

거침이 없다. 물 흐르듯 허 전무에게도 생경한 경영자의 이름이 쏟아진다.

"그런데 정작 우리나라는 삼성의 이건희 회장의 경영에 대해 과소평

가하는 것 같은 느낌이 들어요. 그분이 직접 집필한 것은 없지만, 실제로 1993년 '신 경영'을 주창하며 삼성의 조직을 강하게 하고, 또한 세계적인 기업으로 이끌었다는 것 하나로만도, 경영자로서 굉장히 큰 업적을 남긴 것과 마찬가지거든요. 매출 규모를 분석해 봐도 간단히 알 수 있겠지만, 특히 2005년에 소니의 시가 총액을 삼성이 추월했을 때, 물론 그해 이회장의 막내딸이 세상을 등지는 일이 있었지만, 세상이 삼성을, 아니 이건희 회장을 주목하고 인정하기 시작했거든요. 간혹 사람들이 대한민국은 삼성공화국이란 말로 무언가 폄하하려고 하는데, 그런 저런 부분 떠나서 경영에 집중해서 재조명하자면, 그분은 최고의 정점을 찍은 분이라 전 생각해요."

허 전무는 입이 반쯤 벌어진다. 앳되고 못미더운 딸의 친구의 사고가 침착하고 균형이 좋기 때문이다. 지식적인 바탕이 귀동냥으로 주워들은 정도는 훨씬 뛰어넘었다. 만약 그녀가 허 전무와 같은 기업인의 입장에서 논리를 늘어놓았다면 그나마 이해할 만도 했다. 그렇지만 한경희는 학생의 신분으로 기업인을 경영의 입장에서 평가한 것이기 때문에 더욱 놀라운 것이었다. 한경희는 논리를 이어 나간다.

"전 사실 GE의 잭 웰치보다 이건희 회장이 월등히 훌륭하다고 생각하거든요. 잭 웰치는 과감한 생산 구조조정의 대가라고 할 수 있잖아요. GE가 수익을 내고, 기업이 탈바꿈될 수 있었던 원동력은 그 사람이 결단력을 발휘한 해고 부분이었어요. 다시 말하면, 직원을 일정기간을 두고 평가하여, 맨 밑에 포진하는 10%는 해고, 그 위의 20%는 부서 이동의 기회를 주어 조직을 항상 새롭게 상향평준화를 만들어 냈거든요. 그렇게 매년 하위 30%의 직원은 잘려나가고, 새로운 인원이 충원되어 또 조직 전체가 흔들려 일년 후에 평가되고, 그런 방식의 경영이었어요. 물론 실적은 냈지만, 조직의 내부 가치의 추락을 감안하자면 썩 성공한 경영의 방식이라고 전 생각하지 않아요. 내부 조직원들이 연속성을 가지고, 믿음을 가지고 업무를 할 수가 없었거든요. 언제든 잘려나갈 수 있다는 불안감이 조직 전체에 팽배해서, 결국 내부적 가치는 하락되었다고 볼 수 있어요. 하지만 이건희 회장은 그렇지 않았거든요. 1993년 '신 경영'을 주창할 때도 그랬지만, 그분은 핵심인재를 최고로 여겨 육성하고 영입하는 데 더 힘을 쏟았어요. 경쟁보다는 더 높은 가치가 그분은 있었던 거죠. 짐 콜린스의 연구팀이 어떤 기업 경영자와 인터뷰한 것이 있었어요. 그 사람의 성공조건을 이야기하는데요, 다섯 가지를 이야기했대요. 그것이 말이죠, 첫 번째 사람. 두 번째 사람. 세 번째 사람. 네 번째 사람. 그리고 다섯 번째도 사람이라고, 했다는데요, 그 경영 이념이 그대로 적용되었던 것이 삼성이 아닌가 싶어요. 그래서 전 한국의 이건희 또한 세계적으로 유명한 경영의 대가라 이야기하고 싶어요."

텔레비전의 뉴스는 이미 끝이 나고, 광고가 자극적으로 제품을 유혹하고 있다. 얘기 도중에 탁자에 놓인 커피 잔은 서늘하게 식었다. 이야기의 끝을 암시하는 듯 그제야 잔을 들고 식은 커피를 입에 가져댄다. 한경희는 눈을 끔벅거리며 게슴츠레 텔레비전에 시선을 고정한다.

성별이나 나이 등 조건을 가리지 않고 사람을 폭 넓게 만나는 허 전무의 포용력은 한경희를 품기에 이르렀다. 영업으로 잔뼈가 굵은 허 전무는 한경희를 자신의 딸 친구 정도로 치부하여 쉽게 지나치지 않았다. 그녀의 바탕과 논리를 존중했으며, 실제 복잡한 이해관계로 얽혀 있는 조직에 대한 화두를 던져 토론하기에 이르렀다. 상상의 조직에서 머물던 한경희의 체계적인 지식은 허 전무의 브리지로 현실 세계로 옮겨갔다. 매번 미묘한 갈등의 핵심을 짚기 위하여 그녀는 심리학적인 바탕으로 각 구성원을 이해할 필요가 있었고, 심지어 섬유업계의 비전, 무역의 흐름 등을 파악해야만 했다. 무한한 인터넷 정보 바다에서 핵심적인 자료와 내용을 건져 올리며 그녀의 지식 반경을 넓혀 갔다. 완전하지는 않았지만 풋풋하게 내용이 참신하여 허 전무는 한경희의 의견을 존중하여 물어보는 빈도 수를 늘여 갔다. 단순 호기심으로 시작되어 조언을 주고받고 토론을 하기에 다다른 한경희는 허 전무의 직접적인 제안을 받게 되었다. 임원 인사 추천으로 영업팀에 배속된 것이다.

대학을 졸업한 한경희는 몇 군데 원서를 넣어가며 관성적인 취업 준비를 했다. 몇 군데 회사에서는 채용 합격이 되어 사무실 출근을 하기도 했었다. 그렇지만 그녀는 망설이며 포기하기를 반복했다. 바다와 같이 광활한 그녀의 내면세계와 일상적으로 분주하게 흘러가는 사회의 겉모습은 분명 달랐다. 그녀의 욕구를 전혀 충족시켜 주지 못했다. 그렇게 물러나 앉으며 그녀는 방황을 하기도 했다. 안주하려 한 것은 아니지만, 그녀는 자신의 세계에 자신을 가두며 한동안 두문불출한 셈이 된 것이다. 수많은 책략가들이 자신을 알아주는 주군을 만나기 전에 허송세월을 하듯, 그녀도 현실에서 떨어져 고통스러워하기도 했다. 그 괴리감이 절정에 달했을 때 허 전무를 만나게 되었고, 결국 완충의 시간을 두고 한경희는 결정을 했다. 그렇게 고 팀장과 한경희는 테이블을 앞에 두고 마주 앉아 있는 것이다.

전략

1월 17일 금요일

한국섬유센터 1층의 커피 전문점에서 나오는 김양희의 모습은 맥이 빠져 있다. 김양희는 섬유센터에서 역삼동 방향으로 걷는다. 새해 첫 달 중순이다. 추운 날의 저녁이라 길거리의 군중들은 두꺼운 옷들을 잔뜩 끼어 입고 움츠린 모습이다. 포스코 빌딩의 나무들은 벌써 나뭇잎을 잃은 지 오래되었지만, 전구 줄에 빙글 둘러싸여 반짝인다. 고혹적인 불빛을 보고 걷는 김양희의 모습이 처량하다. 포스코 사거리 앞에서 김양희는 우뚝 선다. 나무에 친친 감겨 색색의 불빛을 쏟아 내는 나무를 한동안 바라보며 하얀 입김을 쏟아낸다. 이내 감겨 있던 목도리를 한번 단도리하고는 포스코 건물 뒤쪽의 번화가로 발걸음을 옮긴다.

지난 해 졸업하고 상반기가 지날 때까지도 그녀는 어느 곳이라도 어렵지 않게 취직할 수 있을 것이라고 자신을 막연히 믿었다. 어느 한

군데를 깊게 마음에 염두에 두고 있지는 않았지만, 본인이 필요한 기업이 있을 거란 믿음이 굳었다. 그렇지만 현실은 그녀의 기대와 달랐다. 작은 원단 공급 업체 등은 마음에 차지 않았고, 규모가 되는 기업은 그녀를 외면했다. 그렇게 상반기를 하릴없이 보내며 결국 섬유센터의 교육 과정을 이수해야겠다는 각오를 했다. 9월부터 진행되고 있는 6개월의 교육 과정은 학과 과정과 다소 차이는 있었지만, 섬유 벤더를 이해하는 데는 크게 무리가 없었다. 내학 동기였넌 N은 지난 해 중순 노블랜드에 입사했다. Y는 약신에 1월 2일부터 출근했으니, 이제 2주 정도 된 신입사원이다. Y와 N, 그리고 김양희는 서로 친숙하다고 할 수 있는 사이다. N이 대학 동기인 반면에 Y는 섬유센터 교육 과정 동기인데, Y와 N은 또 같은 여고 동문이다. 물론 대학을 다니기 시작하면서 서로 공유하는 일들이 많아져 더욱 친한 관계로 유지되어 온 것이지만, 김양희의 젊은 20대의 고민과 행복, 슬픔에는 꼭 Y와 N이 있었다. N과는 같은 대학교였지만, 가까운 거리의 여대에 다니던 Y는 N과 김양희와 어울리기 위해 그녀들의 학교로 거의 매일 다니다시피 했었다. 그들과 오늘 만나기로 했고, 교육이 끝난 후 지금까지 하릴없이 시간을 보내며 무심한 마음으로 그들을 기다리는 것이다.

N은 김양희에 비해 도전적인 삶을 사는 편이다. 대학 3학년이 될 때 N은 언어 연수를 하겠다며 영국으로 갔고, 그렇게 1년여 동안 학비를 스스로 충당하며 버텨 냈었다. 입술이 다소 얇은 반면에 코가 도드라져 보이도록 볼의 돌출이 적은 생김새인데 당차고 거침없었다. 새로운 도전을 해나가면서 항상 김양희에게 '동행' 및 '실행'을 권유했던 N은 대학 졸업을 하자마자 노블랜드에 입사를 했다. 반면 Y는 섬

유 수출 업계가 어쩌면 어울리지 않는 성격이다. 천성이 느긋하기도 하고 주변을 그리 신경 쓰지 않는 태평한 성격이다. 어릴 때부터 가족의 사랑을 충만하게 느끼며 자라 오고, 또 사랑을 줄 수 있는 환경에서 생활했던 Y는 상대를 편하게 해주는 편이다. 간혹 주변의 상황을 이해하거나 치밀하게 재지 못해 엉뚱한 말과 행동을 하기도 하지만, 밝은 Y의 성격은 그런 무던한 성격을 가려 주기도 했다. 그런 그녀와 김양희는 지난달 약신에 동시에 입사 지원을 했는데, 어쩐 일인지 Y만 덜커덕 혼자 합격해서 이제 2주차 어엿한 신입사원이 되었다.

"글쎄, 양희야, 무언가 다름이 있어야, 아니, 전략이 좀 좋아야 되지 않을까 싶어. 평범한 양식에 어느 기업에도 같은 양식의 이력서는 잘 안 먹히지 않을까."

조심스러운 뉘앙스를 품은 채 스스럼없이 Y가 충고한다. 이야기를 듣는 양희의 눈이 꿈틀한다. 못마땅한 표정이 흩어진다. 불쾌한 표정은 타인을 향한 것이 아니다. 김양희 내면의 상처에 대한 스스로의 자괴감인 것이다. 김양희는 소주잔을 들며 N과 Y에게 말없이 건배를 권한다. 소주잔에는 소주 대신 도수가 약한 백세주가 노랗게 유혹한다. N이 백세주를 입에 털어 넣으며 대신 자조한다.

"뭐, 우리 불쌍한 청춘들, 기껏 공부하고 학점 쌓고, 영어 공부에 심지어 연수 다녀와도 매한가지. 시다 일밖에 못 하는 거야. 대리들, 과장들, 능력 없어 보이고. 바이어가 와도 제대로 영어 하는 사람 하나 없더라. 나서서 하고 싶은데 당최 지네들끼리 쑥떡쑥떡, 바이어가 오는지도 몰라. 아침부터 샘플실에서 죽치고, 샘플 나오면 5시에 발송하는 것에 아주 질려 버리겠다. 뭐, 평생 이 일에서 벗어날 것 같지가 않다. 그 옛날 노래가 요즘 딱 위안이 된다. 그거 있잖아, 살다 보면 언젠가는 밝은 날도 오겠지 하는 거. 정말 올라나 모르겠다마는, 젠장. 요즘 같아선 정말 다 때려치우고 영국 가서 공부나 좀 더하고 싶은 생각이 간절하다니까."

거침없이 회사 업무 이야기를 토해 낸다. 말없이 양희는 얘기를 듣다가 흘러내리는 머리를 습관처럼 뒤로 잡아 넘기며,

"이번 주에, 신성하고 강림, 그리고 이랜드에서 서류선형 있나고 하는데, 여기 중에 하나는 되지 않겠나 싶어. 벌써 교육 과정도 이제 마무리 단계고, 다들 취업하니까 말이야. 나도 이번엔……."

말을 대뜸 N이 끊으며,

"그러니까, 이곳 저곳, 여기나 저기나, 여러 군데……, 그렇게 영혼 없이 찔러서 임팩트가 없을 수 있는 거 아닐까 싶은 거야. 나 노블랜드 들어갈 때도, 선배들 얘기해서 누구와 면접 보는지 또, 어떤 바이어를 하게 될 것인지 다 알아봤었는데, 그래야 같이 면접을 보면서도 다른 사람보다는 낫잖아. 그때 우리 팀장이 JCP 팀장이라 난 JCP 관련해서도 미국 내 매출이나 매장 수, 심지어 근래 동향까지 다 조사하고 외우고 들어갔었어. 아무래도 혹시나 물어볼 수 있는데, 우리 이력만 밀어내 놓고 기다리기는 너무 불안하잖아. 그런 걸 양희 너도 해야 되는 거지. 막상 뜬구름 잡듯이 혼자 팔짝 뛴다고, 사람들이 눈 하나 깜짝 하겠냐! 아이고."

대신 앓는 소리다. 학교 다닐 때만 해도 학점을 비롯한 전반적인 대학 생활은 김양희가 Y나 N보다 좋은 평가를 받았었다. 주변의 친구들이나 선배들도 본인은 무난해서 사회생활에 적응도 잘할 것이며,

물론 취직 또한 무리가 없을 것이라 했었다. 졸업 전 가을 청명한 하늘의 캠퍼스 아래서 막연히 가졌던 잘될 것이란 믿음, 그리고 스스로의 자존감, 그때의 마음이 점차 무너져 내렸던 1년여의 시간이 문득 새삼스레 가슴에 차오른다. 같은 공간에서 웃고 미래를 이야기했던 Y와 N은 적어도 지금 김양희보다는 행복하고, 적어도 미래의 불안은 없다. 김양희는 씁쓸하다.

'난 에이전트보다는 벤더로 진로를 잡는 것이 맞을 거 같아. 디자인이야, 막상 어렵겠지만, 벤더는 아무래도 인원 충원도 많아, 사람도 많이 필요하다는데. 그리고 일은 좀 어려워도 봉급도 좀 세니까 말이야. 우리 셋 다 같은 회사에 다니면 좋겠다. 그치?'

같은 학부에서 의상을 전공한 N과 패션 디자인을 전공한 Y와 나누었던 이야기가 새삼 떠오른다. 의상이나 패션 디자인은 업계가 한정적이다. 무역이나 경영, 경제, 어학 계통의 경우 업종과 무관하게 진로를 결정하지만, 의류 계통은 그렇지 않다. 내수 업계의 브랜드 영업이나 디자인은 급여가 짜다. 반면에 수출 벤더는 급여가 상대적으로 높은 편이다. 그만큼 업무의 스트레스도 많고 일이 쉽지 않다는 반증이기도 했다. 직접 겪어 보지는 않았지만, 학부 때부터 김양희는 벤더에 본인의 마음이 더 기울어져 있었다. 그렇지만 과거의 생각이나 느낌은 현 시점에서 필요가 없다. 당장 김양희는 패자의 심정으로 침잠해 있으며 어떤 이야기도 위로가 될 수 없다. 어설픈 사려가 의도치 않은 모욕으로 전이될 수도 있는 것이다. 당장 심란한 마음에 김양희는 홀로 외롭다. 외로움은 친하다 여겼던 서로의 관계의 엷은 단절이며, 결국 스스로와의 싸움으로 귀결된다. 같이 해나가자는 의기투합이 아니기 때문에, 술자리에서의 하다못해 건배 한 잔도 그리 쉽게 권해지지 않는다. 김양희의 성격이 호탕해 맺고 끊는 것이 확실한 것도 아니지만, 당장 자신의 불안한 감정을 들키고 싶지는 않다. 김양희의 자신과 현실의 괴리가 서로 부딪치며 마음이 뒤틀린다. 그렇게 끈질기게 그 패배감을 감당해 낸다.

시끌시끌한 옆 테이블에서 남자 넷이 비틀거리며 일어난다. 그 중 뚱뚱한 측이 지갑을 꺼내며 자신이 계산하겠나고 앞서간나. 원래의 덩치도 큰데 더욱이 검정색 오리털 점퍼를 휘둘러 입었다. 더욱 울뚝불뚝 드세 보인다. 친구인 듯 보이는 마르고 키가 전봇대마냥 큰 친구는 옆에서 그러면 안 된다고 티격태격이다. 시끄럽게 낄낄 웃으며 시답잖은 농담을 서로 내뱉던 축이 계산대로 물러나니 다소간 조용해진다. 역시 촉이 좋은 여자들이라 그런지, 김양희의 다소 우울해 보이는 심정을 N과 Y는 어렵지 않게 알아차린다. 서로 일순 말이 줄어든다. 옆 테이블이 떠나자마자 아르바이트로 보이는 젊은 학생이 테이블을 능숙하게 치운다. N과 Y, 그리고 김양희는 물끄러미 옆 테이블을 바라본다. 분위기가 머쓱해진다. 감정은 전염된다. 또한 리듬이 있다. 문득 무언가 생각난 듯 N이 김양희에게 시선을 돌리며,

"근데, 이번에 신성 인터내셔널 면접은 어느 부서래?"

"……"

말 없이 N을 김양희는 쳐다본다. 김양희도 모른다. 사실 제대로 물어보지도 않았다.

"우리 팀에 김은희라고 신성에서 온 직원이 있는데, 혹시 아니? 어떤 팀에 어떻게 면접 보는지 먼저 알아보면 좋잖아."

무언가 생각이 들면 주저함이 없는 N이다. N은 바로 새로 산 휴대폰 커버를 열어 번호를 검색하여 띄워내 전화를 건다. 김양희의 의사는 안중에도 없다. 신호음이 크게 들리는데 한참 동안 응답이 없다. 포기한 듯 빨간 종료 버튼을 누르고는 연이어 메신저를 열어 낸다. 노란 창의 카톡에서 어렵지 않게 대화창을 열어, 두 손으로 빠르게 문자를 만들어 나간다. 말없이 N은 열중이다. 결국 카톡 메시지를 보내고, 백에 휴대폰을 아무렇게나 집어넣는다. 김양희의 마음속에는 '다름'이란 단어가 '전략'이란 단어와 맞물려져 혼란스럽다. 옆 테이블에는 다른 여자 두 명이 자리를 잡고 메뉴를 고르고 있다. 어두컴컴한 공간이 어지럽다. 잘 이겨 내지도 못하는 술을 많이 들이켰다. 머릿속이 멍해지며 다름 그리고 전략, 두 단어만 빙글빙글 맴돈다.

'다름 & 전략'

술값은 N과 Y가 서로 내려 했지만, 자존심이었는지 김양희는 굳이 셈을 같이 하자 우겼다. 노래방을 가자는 N의 칭얼거림을 완곡하게 거절하고 회색 목도리를 감은 채 김양희는 전철역으로 내려간다. 은평구까지 꽤 먼 거리다. 대학 다닐 때부터 학비며 용돈을 알아서 충당했었고 지금 또한 어렵게 과외와 아르바이트를 병행하고 있지만, 항상 넉넉하지는 않다. 지하철에는 김양희와 같은 중생들이 가득하다. 술이 잔뜩 취한 것인지 한데 있다가 따뜻한 곳에 들어와 그런 것인지, 얼굴이 벌개진 여자, 그리고 남자들. 삼겹살 냄새가 지독하다는 걸 아는지, 아랑곳하지 않고 손잡이를 의지한 아저씨. 연인들, 직장 동료인 듯 술자리의 회사 이야기를 크게 떠드는 사람들. 그 한 곳에 이어폰을 켜 음악을 들으며 김양희는 중심을 잡으며 서 있다. 몇 정거장을 이어폰을 끼고 흔들리는 전철에 몸을 맡긴다. 구슬픈 노래의 중간 즈음, 음악의 소리가 일순간 작아지며, 카톡 알림음이 중간에 끼어든다. 예의 바른 휴대폰은 이내 음악을 제 소리 크기로 올려 키운다. 김양희는 습관처럼 휴대폰 스크린을 터치하여 카톡 내용을 확인한다.

[N] 우리 대리가 그러는데, 신성 고학구 차장이라고 있는데, 자기 사수였대.

[N] 나중에 어떤 팀에 면접을 보는지 알게 되면, 자기가 고 차장에게 물어봐 준다네.

[N] 잘 들어가고, 또 보자.

김양희의 마음에 새로운 단어가 들어와 새겨진다. 다름, 전략, 그리고 고학구.

며칠이 지났는데도 김양희는 어찌해야 할지 감을 잘 잡지 못한다. 섬유센터 교육실장에게 신성의 면접 대상 팀이 어느 곳이냐 물어봤지만, 알아보겠다는 짤막한 무성의만 있었을 뿐 소식이 감감하다. 신성에 이력서는 벌써 넣었으니, 이력서로 전략적인 다름을 보태기는 이미 늦었다. N의 무심한 말이 그날 이후 가슴에 새겨져 끈질기게 김양희를 괴롭힌다. 다음 주 화요일로 면접이 다가왔지만 김양희는 아직 갈피를 못 잡고 있다. 그런 저런 복잡한 심경이다. 아마도 김양희 스스로 막연히 안개와 같은 무의식 속에서 느꼈던 약점을 N이 스스럼없이 임의롭게 내뱉어 버린 것이 아닐까. 김양희는 항상 그래 왔듯이 스스로를 합리와 시킨다. 그냥 픽 웃고 만다. 휴대폰에서 메시지가 툭 떨어진다.

[Y]　우리 팀장도 신성 인터의 고학구 차장 잘 안대.

[Y]　그 사람 강림 과테말라에 있을 때 같이 있었다네.

[Y]　만약에 그 사람이면 얘기해 줄 수도 있다고 하던데, 어느 팀인지 알아봤어?

[김양희] 아니……. 아직 어느 팀인지 몰라.

Y는 N과 신성 인터내셔널에 대하여 서로 이야기를 나누었다. 고학구란 이름을 이미 공유했고, 김양희가 신성의 어느 팀에 면접을 보는지 궁금해 하는 것이다. 혹시나 해당 팀이 맞다 하면, 의외로 좋은 결과를 이끌어 낼 수 있을 것이라 믿는다. 하여튼 Y와 N은 진심으로 김양희를 위하고 걱정하는 것이 확실하다. 휴대폰 메시지를 물끄러미 쳐다보면서 김양희는 왠지 Y의 팀장을 한번 보고 싶다는 생각을 문득 한다. N의 친분보다는 Y의 사수가 마음속으로 더 끌린다. 사실 신성의 어떤 팀에 면접을 보는지도 아직 모르는 상태이다. 평상시 김양희의 성격이라면 다소 의아해할 만한 일이다. 김양희는 가슴 두근거리며 Y에게 메시지를 보낸다. 근거 없는 본인의 생각을 합리화시키려 궁리한다. 고학구란 이름이 신성의 면접과 연관이 있을 것이라 억지로 예측한다. Y와 대화 창에 결국 만남 요청을 쓰고야 만다.

[김양희] 근데, 혹시 그 너희 팀장 한번 만나 볼 수 있을까?

Y에게서는 한참이 지난 후에 회신이 왔다.

[Y] 아 놔…… 우리 팀장 지금 출장 중.

[김양희] ㅇㅇ 그럼 어쩔 수 없지 머.

그렇게 한 시간이 흐르고 김양희는 메시지를 한 통 받았다. 한설무역의 기술 팀장이라 소개한 그는 짤막한 메시지를 두 개 김양희에게 날렸다.

[최문한] 이창호의 『부득탐승, 아직 끝나지 않은 승부』란 책을 읽어 보세요.

[최문한] 그리고 그 친구 술 많이 먹죠. 머 이 정도.

사실 Y는 김양희가 면접 대상 팀을 아직 모른다는 메시지를 별 관심 없이 넘겨 버렸다. 대신 바로 이어져 온 '팀장을 만나고 싶다'라는 문구만 머릿속에 새겼다. 보편의 대명사라 할 수 있는 김양희의 직접적인 '만남' 요청이 아무래도 더욱 강하게 느껴졌기 때문이다. 천진난만한 Y는 더 깊게 생각할 필요도 없이 신성의 고학구가 김양희를 면접 본다고 스스로 여겨 버렸다. 그렇다면 자신의 팀장이 신성의 고 팀장과 연관 있다는 '사실'에 근거하여 직접적인 도움을 요청할 수도 있었으나, 전체적인 Y의 주변머리는 그렇지를 못했다. 핵심을 찌르지 못하고 빙빙 돌다가, 자신의 팀장에게 고학구가 어떤 사람인지에 대하여만 재차 물어보았다. 그리고 바쁜 출장 일정에 있던 유 팀장은 별 뜻 없이 같이 어울렸던 한설의 최문한 차장 전화번호를 메시지로 알려준 것이다.

문자를 받은 최문한 팀장은 의아했다. 전체 배경과 청탁의 개념을 이해한다면 달랐겠지만, 유 팀장 소속의 사원이라며 온 메시지는 단순하기 짝이 없었다. 고 팀장에 대하여 개인적인 성향을 물어보는 것뿐이었다. 최문한은 고 팀장에 대하여 바둑과 술밖에는 번뜩 떠오르는 것이 없었다. 바둑은 승부, 승부를 이해하는 것. 그리고 술에 대한 이야기가 고작이었다. 중간에 고 팀장에게 전화를 걸었지만 연결되지 않았고, 그 또한 바쁜 업무에 큰 신경을 기울이지 못했다. 딴에 결국의 방편은 김양희에게 고 팀장에 대한 이해를 높이기 위한 메시지를 보내는 것뿐이었다. 그렇게 요청을 제 멋대로 마무리해 버렸다.

김양희는 확신도 없이 서점에서 책을 구해 주말로 그 책을 다 읽어 버렸다. 면접 당일 김양희의 앞에는 실제로 고학구 팀장이 앉아 있었고, 이런 질문을 한 것이다.

"김양희 씨, 감당하기 어려운 스트레스를 받아 본 적이 있습니까?"

6월 19일 목요일

고 팀장의 고향 뜰에 보리수가 빨갛게 익었다. 누구도 관심 가져 주지 않지만, 어느새 날이 더워지며 스스로 익어 흐드러졌다. 간혹 택배 배달 아저씨가 다니러 가며 몇 개를 주르륵 잡아 훑어 입맛을 다시기도 한다. 가지가지마다 주렁주렁 달려 있는 보리수는 제대로 익어야 맛이 달다. 덜 익은 녀석을 따 입에 넣을라치면 떫고 맛이 시다. 보리수는 과실이라 하기 어려울 정도로 알갱이가 작기도 하다. 앵두 정도의 크기인데, 앵두같이 탱탱한 표면이 아니다. 겉껍질이 무르다. 6월 중순 비슷한 시기에 열리는 과실이기 때문에 차라리 앵두를 가꾸는 집이 훨씬 더 많다. 보리수는 달달한 맛을 가졌음에도 그리 환영받지 못한다. 심지어 과실은 상품화되지도 않는다. 고 팀장은 서울 한복판 커피숍에 앉아 고향의 보리수를 떠올리며 자조한다. 언젠가 선배가 섬유를 계륵에 비유했었다. 제조의 특성이 그렇긴 하지만, 어마어마한 노력을 기울여도 그 성과는 미미하다. 한 시즌을 오롯이 고생하고 난 후 성과에 씁쓸해 하며, 섬유 전체를 그렇게 한 단어로 표현한 것이었다. 기억의 끝에 고 팀장의 입이 비뚤어진다. 계륵이나 보리수나 별 차이가 없다. 여전히 팀은 어렵고 조직적으로 변화가 필요하다. 단숨에 영양가 없는 과실을 시장에 내다 팔 수는 없겠지만, 적어도 상품성이 생기도록 가꾸어야 한다.

신규 바이어의 특성이 뚜렷한 영업 3팀도 극적 변화가 필요한 시점이다. 신규로 진행하는 바이어는 시즌별 오더의 성격이나 양이 확연하게 다르다. 이에 따라 매 시즌 대비하며 조직적으로 변화를 주어야 하거늘, 팀워크의 관점에서 매번 좌절한다. 소 팀의 경우 작게는 두 명에서 서너 명으로 구성된다. 그들은 그들 나름대로 팀원 간 상호 조화하려 애쓴다. 상처를 받기도 하고 성정이 달라 업무의 공백이 생기기도 하지만, 대부분 수긍하고 적응한다. 그렇지만 그 기간이 짧으면 서로의 의견이 강하게 대립되기도 한다. 선임은 선임 나름대로 야무진 후임을 선호하고, 후임은 후임대로 인심이 후한 선임을 선호한다. 그렇지만 모든 구성원을 만족시킬 수 없다. 누군가는 성격이 급한 선임과 일해야 하고, 누군가는 또한 꼼꼼하지 않은 후임과 일을 해야만 한다. 옆 팀의 부서장인 도 상무가 한 번은 팀원의 조합 기준에 대하여 농담하듯 이야기를 흘린 적이 있었다. 그는 혈액형까지 감안하여 팀원 조합을 해야 하며, 그것은 제조 무역회사에서는 절대적인 기준이 될 것이라 주창했었다. 고 팀장은 무심하게 심드렁했는데, 그는 능청스러웠다.

"고 차장, 자네 무슨 형이지? B형이지? 밀어붙이는 성정을 보니 이마에 B형이라 써붙인 것같이 쉽게 읽힌다. 안타깝게도 이 섬유 제조 업계에서 임원이란 자리에 오르려면, A형 성정이 필요하다. 굳이 A형이 되지 않아도 되겠지만 말이지, 보편적으로 이야기하는 A형의 성정을 가져야 한다는 말이다."

"아니 그게 무슨 말이 됩니까? 제가 B형이 아니라면 어쩌시겠습니까? 또한 모든 세상 사람을 네 가지 부류로 선 그어 놓고 이미 결론지어 놓은 채 무언가 끼워 맞추려면야, 뭐, 무슨 이야기도 되겠지요."

"진정하라고 고 차장. 물론 그렇게 단순하게 비춰질 수도 있어. 그렇지만 말이지."

"……."

"그것 아나? 우리 회장님, 부회장님, 허 전무님, 나, 그리고 자네 상사인 강 상무는 모두 A형이다. 이것은 거짓이 아니야. 대부분의 자네 동기 팀장들도 A형이야. 이 업계에 왜 그리 A형의 임원들이 많은지 혹시 생각해 본 적이 있나?"

고 팀장은 실제 임원들의 혈액형이 A형이란 말에 반신반의했었다.

"우리 하는 업무의 특성을 잘 되새겨 봐. 우리 하는 업무는 예술적이거나 기술적이지 않아. 그 말은 어느 한 분야를 파고들어 경지에 오르는 일이 아니란 이야기야. 예술적인 기질을 가진 사람들을 보면 사회적이지 못한 경우가 많지. 기술적인 대가들도 마찬가지고 말이야. 그 한 분야에만 집중하면 되는 일이란 말이지. 예를 들어 근래 굉장히 뜨고 있는 IT업계의 경우, 협조를 받을 필요가 없잖아. 게임을 만들든 프로그램을 만들든, 혼자 책상머리에 앉아 컴퓨터와 씨름하며 만들어 내면 되는 거야. 내가 너무 쉽게 접근하나? 하여튼 그렇게 예술적이고 기술적인 것에 비해 우리 일은 너무 굉장히 복잡해. 변수도 많고 복잡해. 또한 우리 일은 사람의 사이에서 스스로를 조율하며 이루어 내야 하는 대표적인 일이야. 혼자 아무리 잘나도 한계가 극명하지."

혈액형 이야기를 본격적으로 꺼내기 위한 바탕을 깐다.

"사람 사이에서 이루어야 하는 일이라는 것은 즉 인문학적인 '배려'의 바탕이 굉장히 필요하다는 이야기와 같을 거야. 혈액형으로 개개인을 평가하기엔 섣부르지만, A형은 기본적으로 대인 지능이 발달해 있다고 할 수 있어. 많이 알려진 바와 같이 상처를 받고 소심하다는 이야기는 즉 타인을 신경 쓰고 있다는 이야기와 같다 할 수 있거든. B형이나 O형의 특성이 어찌 보면 사원이나 대리의 레벨에서는 더욱 돋보일 수 있겠지. 그렇지만 관리자가 되는 길목에서는 A형이 더욱 진가를 발휘 할 수밖에 없어. B형의 고집스러운 밀어붙임은 막내일 때 진가를 발휘하고, O형의 미꾸라지 같은 처세 또한 막내일 때 그들을 지켜 주지만 말이야, 사실 팀원을 아우르고 전체를 염두에 두며 세세하게 배려하는 A형의 관리자를 그들이 당해 내기는 벅찰 거야."

억지 논리에 고 팀장의 이마에 힘줄이 돋았다. 발끈하며,

"무슨 말씀하시는 거예요? 그러면 호주라든가 유럽이라든가 하나의 혈액형이 대부분인 나라는 어찌되는 거죠? 또한 AB형도 업계에 꽤 있는데요, 그 부분도 설명되기 어려울 뿐더러, 사실 말씀드리기 거북하지만 현재 A형 임원으로 이루어진 조직이 제대로 굴러가고 있다고 전 생각 안 합니다."

"하하하. 그렇게 받아들일 수도 있겠네. 고 차장이 B형인 것을 잊고

있었네. 하고 싶은 말은, 조직을 구성할 때 각 구성원의 특징도 꼭 염두해 두면 좋을 거란 이야기야. 물론 자네가 말한 대로 세상이 모두 네 부류의 사람으로 이루어져 있지는 않지만, 더 복잡다단한 성정의 사람들의 조합은 심사숙고해서 해야만 하는 거야. 예를 들어 꼼꼼한 성정의 친구는 저돌적인 친구와 짝을 이루면 성과가 좋아질 수 있고, 요리조리 피하는 얄미운 직원은 융통성이 없고 당찬 직원과 같이 맞물려 놓고 말이지. 또한 자네 팀원 중에 원단 업체에서 온 친구 있지 않나? 그렇게 원단에 대한 지식이 있는 경우는 봉제에 대해 많이 아는 친구와 같이 짝을 지어 놓고 말이야. 모든 것이 혈액형으로 귀결될 수는 없지만, 관리자의 역할이라는 것은 그런 것이야. 희미한 한 가지의 불안 요소도 감안해야 하고, 반대로 한 가지의 가능성이라도 놓치지 말아야겠지. 혈액형으로 예를 들기는 했지만, 고 차장은 팀원들의 성격을 제대로 정확하게 파악하고 있나?"

수학과 같이 정답이 없는 것이 인사와 관련된 일이다. 또한 조직과 관련된 일이다. 영업에서 잔뼈가 굵은 상사는 대부분 경험치가 풍부한 달변가일 경우가 많다. 무언가 갖다 붙이고 당위를 주장하려 한다면 당해 낼 재간이 없는 것이다. 혈액형으로 시작된 이야기가 결국 조직의 구성으로 바뀌며 고 팀장은 입을 다물고 말았었다.

온몸의 신경이 파르르 떨리며 과거의 기억과 경험, 하다못해 주워들은 이야기를 찾아 방황한다. 고 팀장이 끝내 신음한다. 왼쪽 눈 위로 연륜을 증명하듯 주름이 가로로 져 있다. 주름이 깊어진다. 며칠 전 한경희와의 늦은 밤 대담에서 고 팀장은 적지 않은 충격을 받았었다. 실적의 압박을 정면으로 깨버릴 수 있는 묘안이 더욱 뚜렷하지 않다. 마치 더 깊은 심연에 빠져든 것같이 마음의 갈피를 잡지 못하고 있다. 사실 조직적인 불안은 가장 시급히 해결해야 할 과제다. 한경희는 실적과 조직 변경을 연관 지었다. 조직 변경을 통해 조직 역량이 증대하면 이것이 바로 실적과 연동된다는 말인데, 고 팀장은 부정적이다. 그렇지만 당장 실적이 좋아지지 않는다 해도, 조직적인 변경은 필수 불가결하다. 조직 변경의 기대 효과가 불확실하더라도, 당장 팀원들을 추슬러야 하기 때문이다. 비판에 사정이 없었던 한경희의 칼날은 고 팀장을 머뭇대게 했다. 조직 변경을 머릿속에 그려 놓고도 망설이는 것이다. 한참 이전 도 상무가 이야기한 혈액형도 마음속에 걸리고, 조직원의 성정을 파악해 내는 것도 자신이 없었다. 결국 고 팀장은 한경희를 따로 불렀다.

회사 앞 커피 전문점은 친환경이 테마였는지, 나무 테라스도 깔끔하고 내부 시설도 잘 정돈해 놓았다. 내부에는 유리로 된 비밀 방 같은 공간도 마련되어 있다. 고 팀장은 이른 시간부터 한경희와 그 유리 공간에서 마주하고 있다. 팀장과 사원이 업무시간에 면담을 하는 경우는 대부분 갈등에 대한 것이다. 내부적인 갈등으로 인한 퇴사, 보직 이동 신청 등이 그것이다. 그렇지만 한경희와 고 팀장의 겉모습은 상사와 부하 직원의 모습이라기보다는 동료 사이의 모습에 더 가깝다. 작당 모의를 하듯 서로의 모습은 경계가 없다. 이는 고 팀장의 의지라기보다는 한경희에게서 비롯된 분위기라는 것이 더 옳을 듯하다. 고 팀장은 한경희에게서 다소 떨어져 의자를 뒤로 밀어 등을 젖히고 게슴츠레 간격을 둔다. 초롱초롱한 눈으로 고 팀장을 바라보며 한경희는 마치 설교를 하듯,

"조직의 성공 요인은 첫 째도 사람, 둘째도 사람, 셋째도 사람, 넷째도 사람, 다섯째도 사람이래요. 이런 사람이 모여 팀이 되고, 부서가 되고, 본부가 되고, 또한 회사가 되는 것이죠. 그렇기 때문에 가장 중요한 것은 사람이라 할 수 있습니다. 사람이 중요하다는 말은 인사 관리가 중요하다는, 바로 기업의 생명이라 할 수 있는 것이겠죠. 그런 인사의 기본은 관계성입니다. 또한 관계성은 소통을 기반으로 해야 합니다. 소통은 어떤 한 일방적인 방향이 아닙니다. 업무적으로 개인적으로 서로 존중할 때 생겨나는 것이죠. 팀장님 소주에 족발을 좋아한다고, 허구한 날 직원들 데리고 술 먹으러 가시는 것이 관계성은 아니란 얘기죠. 어떤 팀원은 회를 좋아할 수도 있고, 야구 관람을 보는 것을 좋아할 수도 있어요. 볼링 같은 단체 스포츠 등으로 인한 단합을 원할 수도 있고요. 구성원 상호간에 서로 통하는 분위기를 만들어주고, 그를 지원해 주는 것이 중요하다는 말이에요. 단순히 술 먹는 거요, 그게 전부가 아니란 얘기에요, 어쩌면 그런 일방적인 방향성이 조직을 더 악화시킬 수도 있어요."

한경희는 힐끗 고 팀장을 쳐다보고, 고 팀장은 입을 꾹 다물고 말이 없다.

"차장님의 직책은 팀장이죠. 단순히 직급으로 여기더라도, 차장님은 대리보다도 높고, 과장보다 도 높고, 말할 것도 없이 사원이 보기엔 하늘에 높이 떠 계신, 저 어느 위쪽 마을에서 살아가시는, 우리가 여기기에는 어려운 분이죠. 더욱이 저희를 평가하는 분이시잖아요. 만약에 차장님이 직책이나 직급을 이용해 무언가 지시하고 무언가 시킨다고 해보세요. 직책이나 직급을 이용한다고 하는 것은 사적인 것도 포함되는 거죠. 남용할 개연성도 다분하죠. 양복 단추 떨어진 것 붙여 달라든지, 개인 영수증 처리를 해달라 하시거나 점심 바쁘니 김밥을 사달라고 부탁하시는 것, 아니면 손님이 왔다고 차 한 잔, 커피 한 잔 타달라고 하는 것도 말이고요. 하다못해 차장님이 술 마시고 싶다고 누군가에게 한 잔 하자 해보세요. 누가 수월하게 차장님의 제안을 거리낌 없이 거절하겠어요? 아마도 팀에 그런 당돌한 팀원은 아무도 없을 거예요. 그렇지 않나요? 사적인 것도 그런데 업무적으로는 어떨까요? 더하면 더하지 덜하지는 않을 거예요. 물론 업무적으로 차장님의 경험은 더 올바른 방향을 제시할 수 있겠지만, 우리가 차장님의 경험담만을 귀담아 들을 수는 없잖아요? 우린 실무를 해야 하는데요, 업무적으로도 직원들은 수동적이 될 수밖에 없는 거예요. 그렇게 차장님이 직함을 머리에 얹고 무언가 방향을 제시하고 업무를 지시할 경우의 효율을 진지하게 생각해 볼 필요가 있어요."

답을 기다리는 것은 아니지만 잠시 말을 끊고 시차를 둔다. 맑은 눈으로 고 팀장을 바라보는 눈은 평안하다. 반대로 고 팀장의 관자놀이 부분이 빨갛게 물들며 당혹한 표정이 드러난다. 그동안 '소주 한 잔 하자' 했던 과거들이 단번에 매도당한 것이다. 도전적이지도 않은 눈으로 한경희는 '사실'만 집중하고 있다. 그녀의 눈은 깊다. 사람을 끌어당기는 힘이 있다.

"글쎄."

"그러면 이런 가정을 한번 해보죠. 팀 동료들이 차장님을 진심으로 대하는 거예요. 식사를 안 하셨기 때문에 걱정되기도 하고, 그래서 김밥을 사와 차장님 배고프지 않게 해드리고 싶은 거죠. 또 무언가 바쁜 차장님을 위해 자신이 대신 영수증 처리를 해줄 수도 있고요, 또한 거래처 손님이 올 경우 차장님을 돋보이게 하려고, 권위를 만들어 드리고 싶어서 스스로 차 한 잔 준비하겠다고 나설 수도 있어요. 그런 진정성이 담긴 관계에요. 진심으로요, 차장님이기 때문이라기보다는 고학구이기 때문에 그들이 마음을 다해 팀장님을 존중한다고 말이에요. 아마도 높은 곳에 계신 모든 분들이 그런 밑의 직원을 원할 거예요. 정작 자신들은 의심에 가득 찬 눈으로 밑의 직원들을 대하면서도요. 아, 얘기가 잠깐 샜는데, 하하하. 하여튼 그런 진정성의 관계와 직책의 관계를 비교해 보자는 거죠. 당연히 진정성을 동반한 관계는 직책의 의무적 관계보다 당연히 조직을 부드럽게 만들어 줄 거예요. 그런 진정성은 업무에서도 절대적으로 필요한 하나의 소통의 끈이 되는 것이거든요."

이미 식어 버린 커피를 홀짝이며 한경희의 설명을 말없이 듣는다. 입구 쪽으로 여직원 두 명이 쭈뼛하며 들어온다. 생과일 주스, 계절에 어울리는 포도 주스의 보라색 잔을 들고 있다. 옆 영업 팀 여 사원과 TD(기술 디자인) 팀 사원이다. 혹시나 자신들의 상사가 있지 않을까 머뭇거린다. 들어오며 유리방안을 슬쩍 티 나지 않게 살펴보고는, 안심하듯 구석진 자리를 차지한다. 그녀들이 어루만져 주었는지, 커피 전문점에서 키우는 사람만 한 개가 어슬렁거리며 그녀들 주위를 맴 돌며 따라 들어온다. 한경희는 새로운 사람들이 자리를 차지하기까지 기다린다. 이내 자리를 차지하는 모습에서 시선을 거두어 고 팀장을 지긋이 바라본다.

"전자와 후자의 효율 차이가 얼마나 될까요? 차장님. 그 효율 차이가요, 이미 검증된 바로는 40% 이상입니다. 존 맥스웰의 연구 결과에 따르면, 관계성이 부족해 '직책에 의존하는 조직'의 효율은 100% 에서 20%나 밑돌고요, 그렇지 않고 진정성을 바탕으로 주도적 업무를 하는 사람들의 효율은 120% 로, 기본적인 성과보다 효율이 20%나 더 높다고 합니다. 이런 관계성은 눈으로 쉽게 보이지 않으면서도 실제로는 40% 이상의 차이를 만들어 내는 것이에요. 정말 놀라운 사실이죠. 더욱 놀라운 것은 이런 점을 관리자들은 인지조차 하고 있지 못하다는 겁니다."

이론의 바탕에는 실제의 예시가 반드시 곁들여져야 이해가 높아진다. 한경희는 이 점을 놓치지 않는다. 집요한 눈빛으로 말을 이어 나간다.

"우리 사원들은 시간과의 싸움을 하고 있잖아요. 업무가 무지하게 복잡하고 이해하기 어려운 일을 우리가 하고 있지는 않거든요. 정말로 하나하나 뜯어보면 단순하고 심플한 일인데, 시간이 많이 걸리는 일들을 하고 있다고 볼 수 있어요. 하다못해 지하 원단 창고에서 샘플 원단을 빼오는 일도 그렇고요, 또한 매일 도착하는 바이어, 해외공장, 협력업체의 패키지를 지하 물류창고에서 가져오는 것도 사원들이 가장 시간을 많이 쓰는 일 중에 하나일 겁니다. 우리 팀이 Carter's는 Carter's대로, TCP는 TCP대로, 또한 TCP 내에서도 Big Girl Division은 그 나름대로, Baby Girl Division은 또 그 나름대로 조직간 단절되어 서로의 교류가 적다고 가정을 해보지요(Big Girl은 4~16세 여아, Baby Girl은 1~5세의 여아). 그렇다면 우리 사원들의 업무도 중복될 가능성이 많아집니다. 다시 말해, 지원이와 양희가 똑같은 시간에 똑같이 한 개의 물건을 가지러 똑같은 엘리베이터를 타고 나란히 지하 3층을 내려갔다 올라오는 일이 생겨 버리는 거죠. 말씀드린 바와 같이, 물류실에 물건을 보내거나, 물건을 가져오거나, 또한 CAD실에서 패턴을 서로 챙겨 주거나, 프린트 작업, 샘플 작업 등 조직 내 관계성 부족은 사원들의 시간을 빼앗아 먹습니다. 그만큼 우리 사원들은 빼빼 말라 가겠죠. 그래서 서로 작은 소 단위 간 교류 및 이해가 중요한 사안이 되는 것입니다. 이를 통해 우리에게 가장 현재 필요한 '시간'을 많이 벌어 놓을 수가 있고, 그렇게 조직 관계성이 보이지 않게 효율성을 증대시키는 것이지요."

사원이 시간을 조금 더 절약하여 얻을 수 있는 효율성의 예시로는 다소 설득력이 약하다. 고 팀장의 표정이 다소 심드렁하다. 공감은 하지만 전부 이해할 수는 없는 표정이다. 한경희는 그를 바라보며 또 다른 경우를 만들어 낸다.

"선임 급으로 올라가 볼게요. 업무라는 것이 Peaks and Valleys(성수기와 비수기의 영어적 표현)가 있잖아요. 혹시 오더도 그렇지 않나요? 바쁠 때와 안 바쁠 때가 있고, 또한 어려울 때와 평이하게 넘어갈 때가 있고요. 그런 매 순간의 상황을 개인의 역량으로 이겨 낸다면, 더할 나위 없이 좋겠지만 그렇지 못하잖아요. 그렇지 못하니까 조직은 매번 고통스러운 시간을 겪는 것이잖아요. 예를 들어, Carter's의 인경 선배가 오더 양이 갑자기 많아졌는데 혼자 쳐내기가 힘든 상황이 되었어요. 차장님이 아무리 보아도 인경 선배가 물리적으로 불가능한 오더를 시즌에 받은 거죠. 팀장님 나름 방법을 찾다 보니, 한태민 대리가 옆에서 힘들긴 하겠지만 인경 선배보다는 여유가 있어 보인다고 생각해 보세요. 한 대리의 업무 압박 강도가 인경 선배보다 약한 것이죠. 그럼 저런 차장님의 저울질로 일단 오더를 분배해야 한다고 가정해 보세요. 그래서 이제 팀원과 공유하는 부분이 남은 거죠. 그럴 경우 한 대리님을 불러다가 직접 '김인경 씨의 업무를 덜어 주라'고 지시를 하실 건가요? 물론 팀 전체를 생각하고 좋게 받아들일 수도 있겠지만, 반대로 한태민 대리는 불만이 슬그머니 피어오를 수도 있어요. 남들 담배 피우러 쏘다닐 때 한 대리님 자신은 집중해서 업무를 했고, 또 그것은 한 대리님이 인정도 받고 동시에 더욱 더 일을 잘하기 위함인데, 반발이 생길 여지가 없다고는 할 수가 없겠죠. 사전에 충분히 상황 설명을 하고 한태민 대리가 이해하도록 유도한다면 어떨까요? 조금 나아지겠죠? 아마도 갑자기 불러다가 지시하는 것보다는 훨씬 나을 겁니다. 그런데요, 만약에 그 상황을 한태민 대리가 스스로 판단해서 자발적으로 한다고 생각해 보세요. 새로 합류한 인경 선배가 일이 많음을 걱정해서 도와준다고 말이에요. 같은 팀이고, 효율의 격차는 어마어마하게 커지는 거거든요. 내가 스스로 진행하는 것과 누군가가 시켜서 하는 것과의 차이가 그렇게 발생하는 거예요."

마치 학생을 훈계하는 듯한 목소리와 뉘앙스다. 그렇지만 고 팀장은 그런 자잘한 감정에 휘둘리지는 않는다. 골똘한 모습이다. 무언가 뫼비우스의 띠처럼 뱅뱅 돌기만 한다. 옆에서 포도 주스를 두고 비밀인 듯한 이야기에 열중하던 여직원들의 주위를 기웃거리던 커다란 개가 유리방 앞에 잠깐 와서는 관심을 보여 달라 애교를 떤다. 이내 무심한 고 팀장과 한경희에 실망한 듯 입을 쩍 벌리고 지루한 하품을 하며, 옆 공간으로 어슬렁거리며 되돌아간다. 송아지처럼 큰 개가 나

가자 고 팀장은,

"경희가 이야기한 것은 말이야, 업무를 왜 해야 하는지, 업무를 하면서 우리가 서로 공조하고 협조하면 얼마나 큰 힘이 되고, 효율적이 되는지를 조직원과 공유하면 되는 것이 아닌가 싶은데. 이것이 조직 변경과 또한 실적에 직접적인 영향을 미치는 것일까, 과연?"

의심스러운 부분을 짚어 낸다.

"제가 너무 앞서 설명을 드렸는지 모르겠네요. 제가 설명드리려 했던 것은 말이죠. 팀장님이 지금 고민하고 계신 '조직 변경을 통한 성과 창출'을 이루어 내기 위한 기본 바탕을 풀어 설명 드린 거예요. 우린 서로 다르게 태어나 서로 30년 가까이를 다르게 살아 왔는데, 서로 공통점을 찾기란 정말 어려울 수 있는 것이잖아요. 하다못해 부모님하고도 안 맞아서 매일 싸우는데요 뭐. 팀장님도 언니랑 또 따님들하고도 많은 의견 충돌이 있지 않으세요? 그렇게 서로 우리는 안 맞는다는 것을 우선 인지하고, 그렇지만 조직을 위해서는 팀 관계성을 최우선의 가치로 놓아야 한다는 공감대가 필요한 것이죠. 그 부분을 팀장님이나 박 과장님이 먼저 보여주셔야 비로소 팀원들도 따르고, 그렇게 조직을 우선순위로 놓고 사고하게 될 거예요. 그 사고가 바탕이 되지 않으면 실적을 이루어 내기 정말 어려운 바이어 구조라고 전 생각해요."

"그건……."

고 팀장이 반박하려다 멈춘다. 참고 말을 뱉지 않는다. 이제 갓 입사한 신입사원이 어떻게 바이어의 구조를 쉽게 이야기할 수 있느냐는 반문을 하려 했다. 그렇지만 논리로는 정연하다. 이상적으로 느껴지긴 하지만, 그렇다고 현실성이 부족하다고 볼 수도 없다.

"그러면 어떻게 그런 조직으로 우리를 업그레이드할 수 있을까? 지난번에 경희랑 이야기하면서 내 궁극적인 고민은 실적이라 이야기했고, 그 실적을 위해 조직을 어떻게 더욱 효율적으로 변경해야 하는지에 대한 것에 대한 고민이었어. 경희의 말은 빙빙 돌려 조금 어렵긴 한데 말이야, 조직 내 팀원이 자주성을 가지고 일을 해야 한다는 말로 들리는데. 아니, 스스로 마음속에서 우러나 일을 해야 한다는 말이 더 어울릴지도 모르겠다. 믿음이라 할 수도 있을 것 같고. 궁극적으로 조직의 생명이 '사람'이라면, 인사 관리가 가장 중요한 것이란 큰 틀도 이해는 할 수 있을 것 같고. 그런 점을 어떻게 조직 변경과 링크를 시켜야 하고 또한 실적과 연관을 지어야 하는 건지. 조금 구체적으로 이야기해 볼 수 있을까?"

한경희의 맑은 눈이 고요하다.

"제가 4월 21일에 입사했거든요. 14042101이 제 사번社番이에요. 오늘이 6월 19일이니까, 벌써 만 두 달이나 되었네요. 벌써 차장님하고 카풀한 지 한 달도 넘는 것 같아요."

의도적으로 서로간의 벽을 허물어 보겠다는 심산으로 엉뚱한 이야기를 꺼낸다.

"지난주 퇴근길 커피숍에서 차장님하고 이야기했었잖아요. 그때 제가 조직의 효율이 멍드는 것은 차장님 책임이 가장 크다고 했는데요. 왜냐하면 차장님 혼자 오더 받고, 작지 끊어 원단 생산하고, 원단 보내 해외 공장에 작업할 수 있도록 만들어 주고, 그래서 물건 출고시키고 하시지 않잖아요. 차장님이 매 시즌 그런 절차를 주도적으로 진행하시는 것은 아니잖아요, 결국 우리 팀원들이 하는 거잖아요. 그렇다면 그 실질적으로 오더를 진행하는 팀원들이 차장님의 지시를 받고 하는 것과 스스로 우러나서 오더를 하는 것과의 차이점이 있을 건데요, 그 부분에 집중을 해야 하겠지요. 잘 모르시겠지만 차장님의 목소리가 설득력이 있어요. 윤경 씨도 동의했는데요, 차장님은 목소리의 울림이 크고 힘이 가득하다는데요. 차장님이 확신을 가질 수 있는 것에 대해선 상대방을 완전 설득하기 좋은 조건이잖아요. 부모님께 진심으로 고개 숙여 감사드리세요. 일단은요."

한경희는 이야기를 빙빙 돌려 변죽만 올린다. 기존의 조직 운영 방식, 직책을 가진 권력자들의 관례적인 방법에서 탈피할 수 있는 밑밥을 깔아 놓는 것이다. 이미 마음을 열어 놓고 한경희의 무장된 조직 관리 및 조직 경영 지식에 대하여 고 팀장은 한 수 놓고 그녀를 대한다. 그렇지만 당장 고 팀장이 무언가를 받아들일 수 있는 상황이 아닐 수 있었다. 고 팀장의 '실적 고민'의 궁극적 해결 방법은 사실 고 팀장에게 있다기보다 팀원에게 있었다. 정형화된 좋은 바이어의 구조를 가지고 있지 않은 3팀의 경우, 각 팀원들이 주도적으로 업무를 진행하고, 그 가운데에서 로스를 줄이거나 효율을 찾아 오더를 관리하는 것이 포인트였기 때문이다. 그렇게 주도성을 팀원에게 심어 주기 위해서는 권한도 부여를 해주어야 하는 것이다. 직책을 가진 사람의 가장 큰 자가당착은 그 권한에서 나온다. 쉽게 말해, 금번의 실적을 위한 조직 변경은 팀 내 가장 신임이 두텁고 실질적인 업무를 진행하는 박도준 과장이 해야 하는 것이다. 박 과장이 주가 되어 어떤 구조가 가장 효과적일지 각 선임들과 논의해야 하는 것이다. 팀장은 한 발자국 물러나 앉아 있어야 한다. 마음속의 불편함을 감춘 채 조직이 변경되는 모습을 지켜보아야만 하는 것이다. 그렇지만 공지는 팀장의 몫이어야만 한다. 그것이 팀장의 역할이다. 팀장은 한 가지 반드시 조직에게 주지시켜야 할 일이 있다. 조직 간 이동이나 변경에 대한 전사적인 이해를 팀원에게 구해야 하는 것이다. 다시 말해, 팀장이 본인의 개인적인 의견에 따라 조직을 변경하지 않았으며 조직의 변경은 조직원 스스로 주도해서 진행한 것이기 때문에, 그 결과에 대하여 조직원 스스로도 책임성을 가져야 한다는 설득을 해야 하는 것이다. 완벽한 조직 변경이란 없기 때문에 그 반대 급부적인 측면에서 고 팀장의 설득이 필요하다는 것을 한경희는 암시하는 것이다. 그런 전반적인 것을 고 팀장에게 바로 터놓고 이야기하지 못하는 한경희의 고민은 바로 직책에 있었다. 역사가 증명을 하듯, 권력을 가진 사람이 가장 경계하는 부분은 인사권의 침범이다. 인사권, 인사 개편 등의 중심에 있지 못하면 스스로 침범당했다고 여기고 하부 조직을 닦달하고 사소한 문제를 크게 추궁한다. 그렇게 자가당착에 빠지는 것이다. 고 팀장도 오픈된 마인드로 보이지만, 자가당착에 빠질 가능성이 없다 할 수 없었다. 성급하고 섣불리 덤벼들었다가 모든 노력이 수포로 돌아갈 수도 있기 때문에 더욱 조심스럽게 접근하는 것이다.

"무슨 내 책임이고, 설득력이고, 그래서 어떻게 하면 좋으냐고?"

내용이 잡힐 듯 아리송한 표정으로 고 팀장은 결론을 다그친다. 표정에 짜증이 묻어난다.

"일단 조직도를 그려 보시고요, 차장님의 생각을 팀원에게 설득시킬 명분을 찾는 거예요. 그리고 조직에서 가장 중요한 두 가지를 팀의 규율로 정하는 거죠. 나중이 되면 그것이 가치를 만들어 줄 것인데요. 그건 나중에 설명드리도록 하구요, 일단 조직도를 먼저 그려 보시고, 어떤 조직의 기준을 세울지는 팀장님의 의견도 반영되어야 하지만, 박 과장님이 주도할 수 있도록 하는 거예요."

고 팀장은 알 듯 애매하고, 무언가 이론적인 듯 이상적인 듯한 말에 지친다. 그렇지만 한경희의 리드에 따라 현재의 조직과 이제 새로 다시 짜야 하는 조직에 대한 그림을 그려 낸다.

"이번에 인경 선배가 TCP에서 Carter's로 업무를 바꾸었잖아요. 그래서 저도 차장님과 같이 일할 기회가 생긴 것이잖아요. 또한 업무를 조광진 씨가 받게 되었는데, 그때 같이 일하는 보람 씨와 인수인계 과정에서 트러블 있었던 것 기억하세요? 또, 한태민 대리가 저랑 비슷한 시기에 들어왔는데, 아직 Carter's에 지금 배정되었지만, 만약 TCP에 더 어울린다면 어떨까요? 바로 바꾸는 데 별 이견이 없을까요? 별 불만이 없을까요? 순순히 들어줄까요? 또 새로 정만호 과장이 원단 팀에서 온다면서요? 이분이 Carter's로 오게 되어 만약에 적응 못 하면 TCP로 바꿀 수 있으시겠어요? 그분 성정이 강해서 영업부에서 굉장히 껄끄러워한다는데, 차장님 감당해 내실 수 있으시겠어요? 당장만 해도, 조직을 바꾸게 되면 각 담당들이 불만이 생길 수밖에 없어요. 어떻게 조직이 완벽할 수 있겠습니까? 완벽한 것이 없다면, 헤겔의 변증법과 같이 정正, 반反, 합合에 따를 가능성이 가장 크지요. 구성원 모두 옳은 점, 불편한 점을 먼저 떠올리고, 이후에 받아들이게 되겠죠. 또한 조직 전체로 보면 어떤 구성원은 불만이 없을 것이고, 또 일부 구성원은 불만이 더 많을 것인데요, 결국 설득이라는 단계가 남게 되거든요. 그것을 규율로 만들고, 목소리 울림 좋은 팀장님이 우리 팀원들을 설득하시는 거죠."

헤겔이 누군지 들어 본 적도 없다. 근래 '헬'이란 단어로 지옥을 연상시켜, 썩 유쾌하지 않은 일을 무심하게 빗대어 쓰는 말이 연상된다. 변증법도 그렇고 헤겔도 그렇고, 고 팀장은 생소하다. 도대체 한경희는 어떤 상식과 철학으로 의식을 빚었는지, 하여튼 간에 그녀의 젊음과 다소 안 어울린다고 고 팀장은 생각한다. 고 팀장이 조직도를 다이어리에 그리기 시작한다. 그리다가는 무언가 떠올리려는 듯, 고개를 약간 들며 시선을 한경희 머리 위로 향하며 한동안 조용하다. 한경희는 물끄러미 고 팀장을 바라본다. 이미 옆 테이블의 여직원은 사무실로 되돌아간 지 오래고, 시계는 12시를 향해 달려간다.

"차장님, 조직도 좀 보여주세요."

고 팀장은 다이어리 왼쪽 부분을 손가락으로 가리킨다.

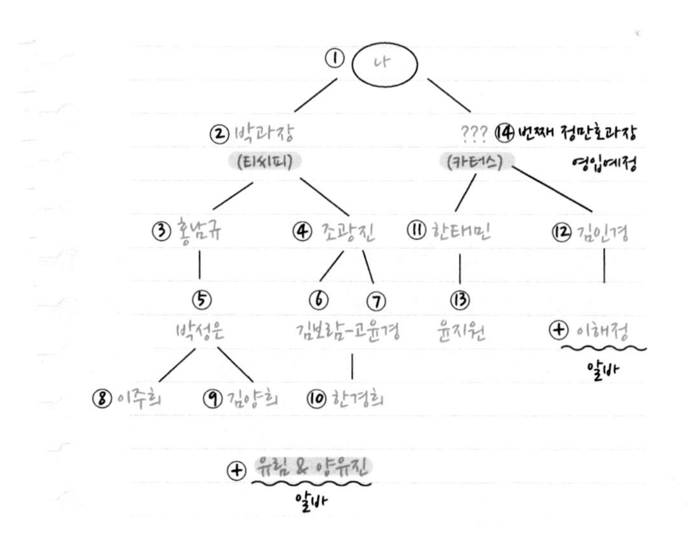

망설임도 없이 한 번에 조직도를 스캔하듯 훑어본 한경희는,

“여기서 이제 조직이 변하게 된다는 거죠? 이게 바로 지금 조직이니까요. 작년 초기 멤버가 차장님과 박 과장님, 그리고 인경 선배와 성은 씨인 거고, 나머지 인원은 저를 포함해서 다 새로 합류한 거잖아요? 물론 Carter's의 해정 씨는 작년 12월부터 있었다고 하니까, 아르바이트 중에 오래되긴 했네요. 그럼 팀장님이 원하는 조직은, 아니 실적을 창출할 수 있다고 여기시는 조직은 오른쪽에 있는 거죠?”

오른쪽 TCP의 조직도를 보며 한경희는 고개를 끄덕인다.

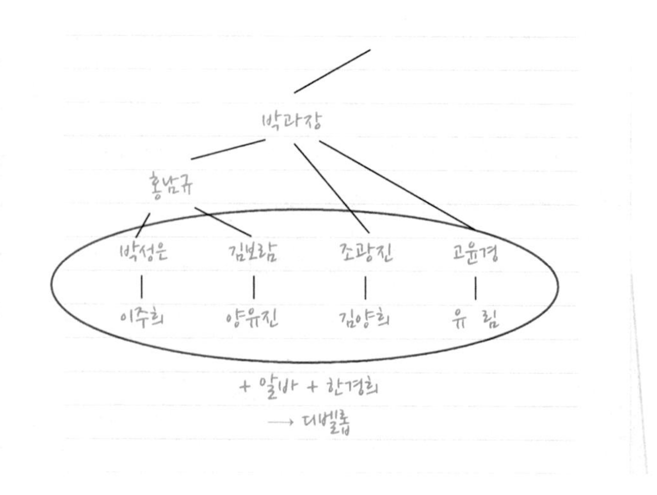

“성은 선배나 조광진 선배가 불만이 있을 수 있겠네요. 본인이 데리고 있던 직원을 내주어야 하고, 또한 조직적으로 분할되니까 말이죠. 그 조직적 불안정으로 생길 수 있는 불만을 사전에 막아야겠죠. 또한 이런 조직이 필요하다고, 팀장님이 공표하는 것은 향후에도 그렇겠지만, 좋은 결과를 만들어 낼 수가 없어요. 말씀드린 것과 같이, 이런 구조가 수동적으로 된다면 조직적인 약점에 대하여 팀원들은 무감할

수밖에 없어요. 다시 말씀드리면, 팀원들이 주도해서 변경된 조직이 아니니, 그 반대급부에서 나오는 약점에 대하여 책임을 지지 않게 된다는 거죠. 더구나 조직이 본인에게 불리하게 변경될 때는 더욱더요."

고 팀장의 궁극적인 고민은 '실적'이다. 그 실적을 위하여는 현재의 조직이 Heavy(역동성이 떨어지고 무거운 조직의 설명)하다는 판단에서 나온 결과물인 것이다. 그렇지만 팀원들이 그것을 스스로 느끼고 받아들이고 스스로 변해야 한다. 고 팀장이 나서서 조직에 칼을 대서는 TCP란 변화무쌍한 바이어를 상대하기엔 역부족인 것이다. 그 점을 한경희는 집중했다. 그렇다면 조직 내 누가 가장 적임자일까를 한경희는 조심스레 돌려 일깨워 준 것이고, 그렇게 박 과장을 암시했다. 하루아침에 변경된 조직을 들이밀며, 명분 없이 성과를 창출하라고 윽박지른다고 이루어질 것이 없는 것이다. 성과 창출을 위해, 즉 실적을 위해 어떤 조직적인 변화가 있어야 하는지, 실무를 총괄하는 박 과장 주도로 많은 업무적인 협의가 필요한 것이다. 그렇게 공감대가 형성되어야 조직적인 변화에 대한 반감이 줄어들며, 조직에 대한 약점을 조직원 스스로 극복해 낼 수가 있다. 그런 점을 한경희는 집중해서 설명한 것이다. 그렇게 박 과장 주도로 조직이 변경된 후에는, 그 선봉에 고 팀장이 나서 강한 드라이브를 걸어 주어야 한다. 전체의 그림의 밑바탕에는 모든 조직원이 팀 내 화합을 깨뜨리지 않는 조직의 변경이 이루어져야 하며, 또한 조직의 구성원은 변경에 대하여 능동적이며 긍정적으로 받아들이도록 유도해야 한다. 그것을 기본으로 결국 성과 창출이 가능한 조직으로 변모가 가능한 것이다.

한경희는 고 팀장에게 조직적으로 불만이 생길 사람과 그렇지 않은 사람, 또한 어떤 불만이며, 그 불만에 대한 대안을 준비하는 것이 좋겠다는 조언을 원론적으로 설명한다. 또한 그 절차는 전사적으로 자리를 만들어 진행해야 한다고도 곁들인다. 업무의 중간에 짬을 내서 한두 시간 회의를 한다고 될 일이 아닌 것이다. 조직이 회사에서, 또는 바이어의 벤더로 어떤 위치에서 좌표를 찍고 있는지 전체 그림을 팀원이 모두 공유해야 하는 것이다. 고 팀장이 느끼는 것과 팀원들이 느끼는 것은 분명히 다르다. 그 자리는 업무를 쉬는 한이 있어도 별도로 마련되어야 하는 것이다.

실적을 위한 과정은 계단과 같아 차근차근 밟아 나가야 한다. 어느 한 순간 큰 걸음에 위에 도달할 수 있는 길이 아닌 것이다. 고 팀장은 무겁게 침묵한다. 어느새 시계의 시침 분침이 꼭짓점에 겹쳐지고, 사무실에서 나온 직원들이 하나둘 커피 전문점 앞을 지나간다. 날이 더운 6월의 패션 회사답게 여직원들의 옷차림이 시원시원하다.

6월 24일 화요일

고 팀장과 박 과장은 곱창 집의 테이블에 마주 앉아 있다. 쇠로 된 둥그런 테이블에 곱창이 올라가 지글지글 타고 있고, 부추무침, 고추 절임, 김치 등이 자리 좁게 위태하게 테이블에 걸쳐 있다. 유명한 진미 곱창은 비싸기도 하지만, 그래도 맛이 좋고 바로 회사 앞이라 직원들이 자주 찾는다. 테이블이 넉넉하지 않아 이미 마셔 버린 소주병은 아래로 내려져 있다. 두 병의 빈 '처음처럼'이 나란히 밑에 놓여 있고, 테이블 위의 소주도 거의 반 이상 비어 있다. 박 과장도 그렇지만 고 팀장도 소주 주량은 센 편이다. 둘이 대작할 때는 세 병 정도 평균 마시지만, 누구 하나 취해서 널브러지지는 않는다. 마시는 템포는 고 팀장이 약간 더 빠르다. 마시기를 종용하듯 수차례 먼저 박 과장의 가슴께로 채워져 있는 술잔을 먼저 내민다. 노릇하게 구워져 익은 곱창을 젓가락으로 집어 입속에 넣고는, 서로 번갈아 소주병을 들고 빈 잔

을 채워 준다. 박 과장이 따라 주는 소주를 잔에 채운 고 팀장은,

"박 과장! 너 나랑 진짜 오래 같이 일한 것 같다. 벌써, 가만 있자…… 만 8년이 다 되었네. 햇수로는 9년이고, 우리 수차례 얘기해서 잘 알겠지만 우리 팀, 위기인 것 같다. 이러다가는 죽도 밥도 안 될 거야. 애들은 애들대로 자중지란이고, 실적은 실적대로 우리 발목을 잡을 것이고. 스스로 어떤 돌파구를 찾지 못하면 올해도 승산이 없을 것 같다. 아무리 고민을 해보아도, 돌파구는 우리 내부 변화에 있을 것 같다. 스스로 조직적 변화를 통해 할 수 있는 기반을 마련해 놓고, 그 토대에서 다시 시작해야 하지 않을까 고민해 봤다. 우리는 정형화된 바이어의 오더를 하는 게 아니잖냐. 조직이 현재 너무 무겁지 않을까 하는 것이 내 생각이다. 조직이 가볍고 빨라야, 바이어를 대응하며 앞으로 나아갈 수 있지 않을까. 아까 오후에도 이야기했지만, 그게 내 생각인데,"

쓴 소주 맛에 인중이 좁아지며 좌우 입가가 옆으로 찢어진다. 고 팀장이 박 과장의 감성에 호소한다. 같이 지낸 기간을 운운하는 것부터 지고 들어가는 형국이다. 마치 활활 타오를 듯 위태한 불씨를 맨손으로 토닥거리듯 무모하게 느껴진다. 어떤 방법이라 할지라도, 고 팀장은 적극적으로 박 과장을 설득해야 한다. 고 팀장이 성급하게 서두른다.

"그 변화를 박 과장이 주도적으로 좀 이끌어 봐라. 내가 어떻게 하는 것은 한계가 있고, 실무적인 차원이 아니기 때문에 명분이 다소 부족하다. 물론 먼저 박 과장이 변화되는 조직에 대한 시뮬레이션도 돌려 봐야 할 것이지만, 선임들하고 수차례 이 부분을 논의하는 과정

을 거쳐야 할 것 같다. 그렇게 박 과장이 주도가 되어서,"

고 팀장이 뒤늦게 평상시와 다른 낌새를 챈다. 마주 앉은 박 과장의 입술이 납덩이처럼 두껍게 다물어져 있다. 납덩이와 같은 분위기를 깨며,

"요즘이요."

고 팀장을 직시하지 않고 테이블에서 구워지는 곱창으로 눈을 깐다.

"요즘 사실 와이프도 좀 불만 많아요. 좀 어떻게든 집에 열두 시 이전에만 들어가면 좋겠어요. 주중에 혹사하고 나면 또 주말엔 왜 그리 피곤한지. 소파에 잠깐 눈 붙인 것 같은데 순식간에 오후 4시는 되는 것 같더라고요."

박 과장은 건배 없이 혼자 술을 들이켠다. 몸짓과 행동에서 불만스러운 표정이 여과 없이 드러난다. 웬만해서 상대에게 부드럽고, 또한 배려하는 방법이 몸에 익은 박 과장. 고 팀장은 그의 불만을 어느 정도 이해한다. 다음 달 본격적인 휴가철 직전에 원단 팀의 정 과장이 영입된다. 이에 대한 충분한 사전 상의가 박 과장과 이루어지지 않고 고 팀장이 독단적으로 진행했다. 고 팀장은 그의 불만이 그것에서 비롯되었다고 여긴다. 이에 대한 불만은 홍남규 대리도 있었지만, 고 팀장은 홍 대리와 구체적인 대화를 나누어 본 적도 없다. 정 과장의 영입에 관하여는 서로 피차 언급하지 않는다. 지글거리는 곱창을 가운데 두고 두 사람은 말이 없다. 정적이 흐른다. 서로 할 이야기가 끊기니 먹는 데 집중한다. 박 과장은 건배 없이 한 잔을 입에 홀짝 털어 넣고는 안주를 조합한다. 곱창 기름에 구워진 김치를 찢어 곱창 조각을 넣고, 돌돌 말아 소금 장에 찍힌 안주 거리를 만들어 낸다. 테이블

위의 소주병은 비어 있다. 박 과장은 씹고 있는 곱창 때문에 말하기가 어려웠던지, 지나가던 서빙 아줌마를 손짓하여 불러 소주를 가리키며 한 병 더 주문한다. 무심히 되돌아가는 아줌마의 뒤에 대고는,

"처음처럼이요."

재차 확인한다.

"……."

말 없이 박 과장을 보던 고 팀장도 홀로 소주 한산을 들이킨다. 박 과장이 화제를 돌린다.

"차장님, 한경희 씨는 좀 어떤 것 같아요? 허 전무가 소개한 거라면서요. 차장님하고 출근도 같이 하고 퇴근도 같이 하고. 꽤 오랜 시간 같이 계시잖아요. 얘가 시키는 거야 평범하게 하는 것은 같은데, 신입사원 치고 썩 깔끔하지는 않은 것 같네요."

"우리 일이 그렇잖냐. 시간이 지나면 또 익숙해지고, 또 익숙해지면 빨라지고, 알아 가면서 알 음의 폭이 넓어지면 또 일의 순서나 중요도에 따라 업무도 세련되어지고."

"근데, 걘 다른 애들보다 영어가 좀 안 되는 것 같은데요, 심지어 영문과인데 말이죠. 사실 우리 일이 영어가 안 되면 안 되는데, 조금 의아하긴 하더라고요. 연수 다녀온 경험도 없고, 그래서 그렇게 보이는지 바이어한테 쓰는 메일도 그리 썩……."

지글지글 타는 곱창 냄새가 고소하게 술집에 퍼진다.

"영어야, 본인이 기를 쓰고 해결해야 할 문제겠지. 사실 직접 상담하는 수준까지 기본적인 업무야 안 되겠니. 그래도 걔가 좀 전체를 보는 눈이 있어. 지금이야 어떨지 몰라도, 추후엔 잘 따라가지 않을까

싶다."

"네. 다른 직원과 비교가 좀 되어서요. 좀 지켜보죠, 뭐."

"그나저나, 앞에 이야기한 대로, 조직 개편은 좀 서두르는 게 좋을 것 같은데, 또 박 과장이 주도를 해주어야 할 것 같고."

술이 또 몇 순배 돌아간다. 알코올이 몸에 퍼지기 시작하면, 제일 먼저 전체적인 판단력이 흐려진다. 몸을 달아오르게도 하지만, 뇌의 기능을 떨어뜨린다. 뇌의 이성이 묶이게 되면, 감성은 정신을 지배하기도 한다. 그렇게 감정의 폭이 넓어지는데, 좋은 감정은 더욱 확대되기도 하고, 그렇지 않은 감정은 과장되어 적의로 나타나기도 한다. 더구나 마음의 준비가 단단하지 못한 상태에서는 그 흐트러짐을 겪을 가능성은 더욱 크다. 박 과장은 그래도 감정 조절을 수월하게 하는 편이다. 그렇지만 박 과장의 근래 마음은 종잡을 수가 없다. 불만이 켜켜이 쌓여 무엇이든 불씨만 당겨 주면 활활 타오를 듯 불안하고 위태하다. 그 불안과 위태는 최종 박 과장의 안위와는 상관이 없다. 그는 가능한 한 회사를 더 다니고 싶지만, 그렇다고 해서 그 불만을 감추고 삭히고 하고 싶지는 않다.

"조직이요,"

한 템포 쉬어 술을 다시 한잔 들이켜며,

"저, 말씀하셨듯이, 차장님하고 니카라과에서 넘어온 이후로 8년간 같이 일했잖아요."

고 팀장은 비워져 있는 박 과장에게 술을 따른다. 두 손으로 술잔을 채워 받아 테이블에 놓아 놓고는,

"차장님, 저도 잘 알아요. 이런 곱창 집에서 비분강개하며 세상의

옳고 그름을 외친다고 해도 회사가 바뀔 거란 생각은 안 해요. 제가 뭐라고요. 어차피 직장 생활 하는 거, 정해진 거 충실히 따르면 되는 것이고요. 전 그냥 따를게요. 차장님이 생각하신 대로 그냥 밀어 붙이세요. 근데 그 조직 변경이 무언가 저희 팀 구조를 쉽게 바꿀 수 있을까 하는 것은 모르겠어요. 갑자기 하루아침에 일어나는 획기적인 변화로 팀원들이 또 제가 동력을 받을 수 있을지, 조직 변경은 어떻게 계획하신 거고, 또 어떤 점을 주로 바꾸려고 하신 건지, 전 사실 그에 대한 확신이 없어요. 지난번에 한경희가 저에게 비슷한 이야기를 흘리더라고요. 요즘 경희 씨랑 차장님이랑 많은 시간 같이 보내면서. 근데 걔는 신입 사원인데 솔직한 면도 그렇거니와 너구리같이 음흉한 면도 좀 느껴지는 것이, 참……. 뭐, 그것보다는, 근래 부쩍 조직 관련해서 신입하고 차장님하고 같이 무언가 같이 상의하고 계획을 짜고 한다는데요, 그건 맞는 거예요? 사실 애들도 좀 상대적인 박탈감 비슷한 것을 느끼고 있는 것 같아요. 자기들은 바빠서 당장 샘플하느라 바쁜데, 걔만 혼자 좀 다른 느낌이잖아요. 어쩔 땐 차장님 비서 같은 느낌도 들어요. 조직은요, 저야 뭐, 사실 특별하게 의견을 지금 어떻게 드리겠어요. 당장 원단 발주하고, 시스템 입력하는 것 때문에도 사실 담배 한 대, 화장실 못 가고 일하고 있는데요. 사실 애들도 다 목에 차서, 작년 다들 그만둘 때처럼, 지금 그래요. 상황이 말이죠."

아랫입술을 깨물며 고 팀장은 말이 끝날 때까지 참아 낸다. 같이 일하는 동안 서로의 불만이 없지는 않았지만, 어떤 의견에도 묵묵하고 사람 좋게 넘겨 주던 박 과장이었다. 팀원들을 핑계하며 최대한 에둘러 이야기하지만, 종전의 박 과장과는 다른 반항적인 기질이 풍긴다.

"회사가 전 요즘에 더 싫어졌어요. 위에선 뭘 하는지, 제대로 일할 수 있도록 만들어 주지는 않고, 뭘 또 요구하는 건 그리 많고, 사실 실적 나쁜 게 우리 탓은 아니라고 전 생각해요. 차장님도, 그렇다고 그러셨잖아요. 우리가 이렇게 매출 올려서 캐시플로우(Cash Flow) 유연하게 만들어 준 것만 해도 칭찬 받을 일이라고요. 근데 누구 하나 우리한테 그렇게 얘기하는 사람도 없고요, 뭐 공장은 공장 나름대로 봉제를 모르는 사람들이 차고 앉아 엉뚱한 얘기나 찍찍 해대니까, 정말 어떨 때는 돌아 버리겠고, 지금 상황에서 무슨 팀 내 화합이며 조직 개편이며, 이런 획기적인 변화로 원가 구조 개선 등의 결과를 만들어 낼 수 있을까요? 차장님, 주중에 집에 들어가시고요, 한경희 걔 데리고 가시고 난 후에도요, 저흰 다섯 시간, 여섯 시간 더 일해요. 다른 팀 다 집에 가고요, 저희 팀 애들만 죽어라고 늦게까지 벅벅대면서 오더 쳐낸다고요. 토요일 차장님이 골프 치러 라운딩 가실 때요, 우리 또 다 나와요. 차장님한테 늦게까지 남아 같이 일하자는 건 아니지만요, 지금 하여튼 그래요."

박 과장은 고 팀장을 외면하며 말을 이어간다. 고 팀장의 얼굴이 벌겋게 달아오른다. 술기운인지 아닌지 분간이 되지 않는다. 인내한다.

"인경이 위궤양인 거 아세요? 신경성 위궤양이래요. 보람이는 스트레스로 몸의 중심을 잡는 그게, 그거 뭐라더라……. 거기가 병에 걸렸는데, 병원에서 쉬라는 것도 제대로 못 쉬고 일하고 있는 거예요. 홍대리는 일주일에 평균 하루는 꼬박 밤새요. 저도 요즘 와이프 불만이 극에 달했어요. 이건 정말이지, 어떤 화합이고 뭐고, 그런 걸로 해결할 수 있는 게 아니잖아요. 그리고 원단 팀 정 과장이 뭐 영업을 해봤겠습니까? 걘 완전히 강성인데 영업을 해본 경험이 전무하잖아요. 또 제가 똥 치울 수도 있는데, 가뜩이나 TCP도 어려워서 가까스로 흘러가고 있는데, Carter's를 하자고 하신 건 또 차장님이잖아요. 그럼 제대로 된 경력을 뽑든가 해야 하는 거잖아요."

말이 거칠어진다. 똥을 치우고 말고 하는 것은 팀에 있던 누군가가 퇴사할 때 쓰는 표현이다. 누군가가 새로 올 때 쓰는 표현은 아니다. 이는 상대에게 모욕이 될 수 있으며, 당신은 우리 소직이 아니나라는 의식적인 벽을 만들 수도 있다. 들이킨 소주가 둘이 세 병을 넘었지만, 술기운이라 치부하기엔 말의 강도가 지나치게 거칠고 세다. 어찌 되었든 한 가지의 확실한 불만은 정만호 과장의 영입으로 인해 생겨난 것이다. 입술을 말아 다물며 고 팀장은 감당해 낸다. 소주가 감정을 치유해 주는 듯, 한 잔씩을 목에 털어 넣는다. 불만을 토로하고는 멋쩍었는지 박 과장이 덧붙인다.

"저도 심란하고, 왜 사는지도 모르겠고……."

감정이 들쑥날쑥하며 분위기가 체념 모드로 바뀐다. 독기 빠진 듯한 모습으로 박 과장이 흔들린다. 고 팀장은 꿈쩍하지 않는다. 곱창집, 꽉 차 있던 열 개 정도의 테이블이 점차 한산해진다. 소주는 다섯 병이 넘었고, 곱창은 부드러운 쫄깃한 맛을 잃은 채 불판에 맞대진 쪽은 탄 듯 딱딱해지고, 그 안의 곱은 제멋대로 흘러나와 판에 흩어져 있다. 김치를 같이 구워 테두리는 빨갛게 타 있다. 주방의 주인아주머니가, 테이블 쪽으로 다가와 밥을 볶겠느냐 물어본다. 박 과장은 힐끔 고 팀장을 쳐다보고는,

"밥 두 개 볶아 주세요. 처음처럼 한 병 더 주시고요."

주문을 들은 홀 아주머니는 테이블로 다가와 뜨거운 곱창 판을 통째로 집어들어 주방으로 들고 가버린다. 탁 트여 보이는 주방의 늙은 아주머니는 판을 전달받아 익숙하게 볶음밥을 만든다. 오더 판에 주문 내역을 표시한 홀 아주머니는 냉장고로 다가가 소주를 들어낸다. 친절하게도 소주를 위 아래로 흔들며 테이블에 놓고는, 바닥의 빈 소주 다섯 병을 수거하여 가져간다. 비워진 다섯 병 안의 소주가 둘의 몸에 퍼져 있지만, 아직 마음을 터놓기에는 부족하다. 의식적인 벽은 서로에게 부담이며, 벽을 허물지 못하면 종국에는 서로에게 상처를 준다. 이것을 박 과장도 알고, 고 팀장도 안다. 고 팀장은 묵직한 단단함이 있고, 박 과장은 부드러운 세심함이 있다. 박 과장의 불만을 묵묵히 받아 주는 고 팀장이지만, 무언가 석연치 않은 표정이 눈가에 맴돈다.

"한 잔 해라."

어느새 볶아져 나온 밥을 안주삼는다. 김을 모락모락 내는 밥은 두 사람의 술안주로 충분하다. 한동안 서로 말없이 밥을 안주삼아 간간히 소주를 비운다. 아귀가 들었는지 먹어 내는 양이 어마어마하게 많다. 철판 밑에 눌은 부분까지 박박 긁어 먹어 댄다. 서로 간에 어떤 돌파구가 필요하지만 마땅한 전환점을 찾을 수 없다. 서로 간 침묵의 압박이 너무 커서, 밥을 안주삼는 그 행동에만 집중하는 것이다. 그렇게 여섯 번째 소주병의 마지막 잔을 비우고는 고 팀장이 먼저 자리에서 일어난다. 일어나 계산대로 향하며 뒷주머니에서 지갑을 꺼내 촘촘히 끼워져 있는 카드 중에서 적당한 것을 엄지와 검지로 빼낸다. 카드를 건네고는 자세히 내역을 들여다보지도 않고 성의 없이 카드

단말기에 사인을 한다. 건네주는 영수증과 카드를 지갑에 아무렇게나 쑤셔 넣고는 뒤에서 기다리는 박 과장을 스쳐 지난다.

"가자."

입구 방향으로 몸을 돌리며 휘청거리지만 재빨리 균형을 잡으며 고 팀장은 곱창 집을 나선다. 박과장이 고개를 숙인 채 뒤 따른다. 많은 양의 술을 먹는 동안 고 팀장은 조직에 관련된 더 이상의 이야기를 꺼내지 않았고, 팀 직원들의 불만을 박 과장의 입을 통해서 들어야 했다. 박 과장의 모습이 평소와 다른 점도 있었지만, 고 팀장이 대응하지 않은 것도 다소 의아하다. 둔한 고 팀장이지만, 박 과장이 피어 내는 묘한 분위기를 감지해 낸다.

그들은 곱창 집 앞에서 같이 담배를 꺼내 문다. 고 팀장은 빨간색 담뱃갑이고, 박 과장은 금색이다. 서로 말이 없다. 박 과장이 한 대 물고 피우다가 불현듯 꺾어 바닥에 버리고는 옆 슈퍼를 향해 간다. 이내 캔 음료수 두 개와 담배 두 갑을 들고 나와, 그 중에 한 갑을 고 팀장에게 건넨다. 고 팀장이 픽 웃는다. 미소와 함께 박 과장을 향해 고갯짓을 한다. 한 잔 더 하자는 표현이고, 박 과장은 그 의중을 읽었다. 어디에 가는지 물어보지도 않는다. 고 팀장이 먼저 방향을 잡고 둘은 나란히 회사 앞 작은 도로를 휘적휘적 건넌다. 빽빽이 상점들이 모여 있는 가운데 고풍스럽게 치장해 놓은 선술집 앞에 다다른다. 의향을 물어보지 않는다. 입구에서 잠깐 박 과장을 흠칫 뒤돌아보더니만 불쑥 문을 밀고 들어간다. 80년대 대중음악이 흘러나오는 선술집이 음침하다. 문에 달린 종소리가 달랑 울린다. 응당 그랬다는 듯이 고 팀장은 문 오른쪽 자리를 잡고 앉는다. 주인으로 보이는 아주머니가 종소리를 듣고 무언가 주섬주섬 챙겨 자리로 다가온다. 아주머니가 채 테이블에 오기도 전에 고 팀장은 큰 소리로 주문을 한다.

"아주머니, 두부김치 하나하고 소주 한 병 주세요. 처음처럼이요!"

시킨 메뉴와 상관없이 으레 나오는 짠지 종지와 오이와 고추장, 그리고 냉콩나물국이 소주와 함께 먼저 테이블에 놓인다. 고 팀장은 소주병을 돌려 따서 먼저 박 과장에게 따라 주며,

"힘들지 않은 사람 어디 있겠냐?"

박 과장은 소주병을 돌려받아 고 팀장의 잔에 소주를 따른다. 잔을 받으며 고 팀장은,

"대한민국 샐러리맨 다 껍데기 벗겨 놓고, 튀어 나오는 불만 모으면 아마도 하늘 천지 덮을 거다. 그런데 그것만으로……."

"차장님!"

말을 끊는 박 과장의 눈빛이 타오른다. 고 팀장은 술 취한 기운이 묻어 초점이 명확하지는 않지만 편안한 눈빛이다. 고 팀장과 박 과장의 시선이 마주친다. 박 과장은 흔들리는 손으로 소줏잔을 들어 입으로 가져가 털어 넣는다. 잔을 내려놓고, 콩나물국 그릇을 통째로 잡아 벌컥벌컥 들이켠다. 채 입으로 들어가지 못한 차가운 콩나물국이 입가로 흐르며 상의를 적신다. 박 과장의 모습을 보면서 고 팀장도 잔을 들이켜고, 오이를 손으로 집어 바작바작 씹는다. 말을 끊은 박 과장은 말이 없고, 고 팀장도 침묵한다. 서로 마주 앉아 말이 없는 분위기를 깨며 주인아주머니가 다가와 안주를 놓아 둔다. 김이 모락모락 피어나는 흰색 두부와 적갈색의 익힌 김치가 먹음직스럽다. 돌아가는 아주머니에게 고 팀장은 콩나물국 하나를 추가로 달라고 주문한다.

박 과장의 고개가 천천히 떨구어진다. 미간이 좁혀지고 떨구어진 고개가 취해 평형감각을 잃어 좌우로 끊기듯 흔들린다. 다시 그들은 소주를 부어 마시고, 콩나물국을 마시고, 두부김치를 녹여 먹는다. 또 한 병의 소주가 나올 동안 말없이 서로 침묵한다.

"차장님."

침착함이 묻어나는 고백의 톤으로 고 팀장을 부른다. 얼음 조각같이 날카로운 힐난의 톤이 아니다. 불같이 타는 도전적 자조의 톤이 아니다.

"저…… 요즘, 정말 어떻게 해야 할지 모르겠습니다."

목소리가 들릴 듯 말 듯 흘러나온다. 가볍게 떨구어진 머리는 술기운에 젖어 좌우로 약하게 흔들린다. 고 팀장은 말을 기다리며 힘에 겨운지 물을 컵에 따라 벌컥벌컥 들이켠다. 서로 알고 지낸 시간이 길어서일까. 눈치 없는 고 팀장도 무언가 박 과장의 평소와 다른 모습을 인지하고 있다. 마셔 젖힌 술기운과 싸운다. 티 내지 않고 기다리려는 노력이 얼굴에 비친다.

"저…… 작년 지연이 나가고 그런 생각이 들었습니다."

아마도 술기운이 없었다면 절대 박 과장이 이런 이야기를 꺼내지 않았을 것이다. 고 팀장은 술자리가 조직에 도움이 되지 않는다고 언급한 한경희를 문득 떠올린다. 체념의 모습이 비치는 박 과장은 앞에 놓인 소줏잔을 입에 가져간다.

"우리 말이죠. 우리는요, 우리는……, 평생 한 사람에게만 정을 느끼고, 사랑을 느끼고, 그리고 살아가야 하는 건가 하고요."

고 팀장이 움찔 놀란다. 무언가 크게 얻어맞은 것과 같이 움츠러들어 당황한다. 대비하지 못한 마음이 갈팡질팡 어수선하다. 박 과장의 전입, 갈등, 진급, 결혼, 출산 등등 같이 공유했던 모든 것들이 얽혀 머릿속에 복잡하게 떠올랐다 사라지고 스쳐가며 부딪쳐 튄다.

"저요……, 아니요, 제가 아니라 누가, 누군가 서른에 결혼한다 해보자고요. 음……, 서른 이전, 아니, 결혼을 했으니까. 그렇게 되면, 결혼 이전에 느낀 그런 감정은 이제 죽을 때까지 느끼지 말아야 하는 잘못된 감정인 건지요? 그거를 전, 전 잘 모르겠어요. 이제 전 죽을 때까지 그런 감정이 없는 건가요? 그런 감정 생기면 안 되는 거지요. 네. 저요, 저 다 가졌습니다. 뭐 제가 부족한 게 뭐 있나요? 없죠! 대학 나오고, 직장 들어오고, 연애하고 결혼해서 애 낳고, 대출 조금 있지만 집도 사고, 차도 굴리고. 그렇죠. 진짜 시골 가면, 아버지 돼지 농장도 있겠다, 하하하. 술 먹고 싶은데 비싸서 못 먹는 것도 없고, 영화, 연극 보러 가고 싶으면 보러 갈 수 있고, 골프도 치고 말이죠. 친구들도, 차장님도, 우리 팀 애들도 다 너무 좋은데……. 소주 한 잔 먹고, 노래방도 가고, 일하는 것도 그렇다 치는데요. 근데요, 근데……. 이제, 이제 전 다른 누군가와 다시 설렐 수는 없는 걸까요? 아니, 그러면 안 되는 감정인가요? 우리 와이프 얘기 하지 마세요. 저 와이프 사랑합니다. 우리 아들 사랑합니다. 그런 문제랑은 달라요. 그럼, 누군가 사랑한다면, 다시 사랑하는 감정은 없어야 하는 거냐고요? 다 집어 치우고, 누구 한 명 붙들고 같이 얘기도 못 하겠어요. 저 정말, 그냥 뭐 하고 말고를 떠나서, 순수하게 마음 편하게 누구랑 여행이나 한 번 떠나면 정말 좋겠습니다. 그래서 그 친구와 설레도 보고, 또 사랑도 하고, 뭐 하는 거죠. 아니, 그런데 그런데 우린 그렇게 이제 평생 못 하는 거죠? 그런 거 맞죠!"

타던 눈이 사그라지고 슬프고 우울하게 젖어 든다. 초점이 흐려지는지 눈꺼풀이 무겁게 덮인다. 눈꺼풀에 따라 때때로 고개도 떨구어진다. 흔들리는 손이 젓가락을 움켜잡는다. 길이를 다르게 잡은 젓가락이 두부와 김치를 제대로 집지 못하고 헛찌르며 맴돈다. 젓가락에 밀려 왔다 갔다하던 두부 한 조각이 결국 안주 접시에서 밀려 테이블로 떨어진다. 박 과장은 쉽게 포기하며 젓가락을 테이블에 던지듯 놓는다.

"지연이요. 작년 그만둔 지연이. 지연이가 그만두고 왜, 왜, 더욱더 생각이 나는지 저 정말 죽을 것 같아요. 왜 그 녀석이 함부로 제 삶에 끼어들었는지 모르겠다고요. 아시잖아요. 걔, 이뻤어요. 걔만 특히 저한테는 더 그랬어요. 열 손가락 중에 이쁜 손가락은 아니었어요, 그렇지만 제일로 아픈 손가락이라면 맞을 것 같아요. 있을 땐 안쓰럽기도 하고, 항상 제일 마음에 걸렸던 녀석이었는데요, 그래서 더 조금 잘해주긴 했지만서도요, 그런데요, 그 녀석이 그렇게 나가고요, 제가 거꾸로 무언가 잃어버린 것 만 같아요. 그 녀석 마지막 날 아무 말 없이 울고만 있을 땐 정말 제 가슴이 찢어지는 것 같았어요. 뒤돌아보게 돼요. 지연이는 얼마나 힘들었을까! 얼마나 정말로 아파했을까! 왜 조금 더 챙겨 주고 보듬어 주지 못했을까 생각하면, 저 지금 당장이라도 찾아가서 문 두들기고 들어가 안아 주고 싶어요. 어루만져 주고 싶어요. 뺨도 어루만져 주고 싶고, 어깨도 감싸안아 주고 싶고……."

술 취한 눈이 번뜩인다.

"네 저 나쁜 놈이에요. 저 지연이 안고 싶습니다. 탐나요! 갖고 싶어요! 옆에 끼고 싶고, 같이 놀러도 가고 싶고, 같이 살도 맞대고 싶고, 지연이 옆에 두고 싶어요. 다 잊고 떠나고 싶어요. 둘이라면 아무리 외진 곳이라도 상관없이요."

횡설수설한다. 밑의 직원이었을 때의 감정과 당시 오피스텔로 찾아갔을 때의 감정이 얽힌다. 근래의 이성적 감정도 순화되지 않고 정리되지 않는다. 터지며 쏟아진다. 고 팀장은 미간을 좁히며 담배 연기를 간헐적으로 뿜어 낸다. 도통 침묵한 채 묵묵하다. 박 과장은 스스로의 감정에 빠져 고 팀장은 안중에도 없다. 아랑곳없이 말을 뱉으며 스스로 쌓아 놓았던 담을 허문다. 소문이 나고 염문이 뿌려진들, 고 팀장이 자신을 질타해도 어쩔 수 없다. 박 과장은 있는 그대로 그 자리에서 알몸이 되었다. 마음속에 들어 있는 맷돌과 같은 무거움이 털어지면서, 불타는 눈의 뜨거움도 자연스럽게 식어 내린다. 이야기는 업무로도 흐른다.

"우리 팀의 근간이 도대체 뭔지 모르겠어요. 타겟(Target) 바이어는 일하면서 동시에 회사에 지대한 공헌도 하고, 무지하게 하는 거죠. 그지요? 그렇게 회사에서 인정도 받고 업무 적당히 일찍 끝나 개인 생활도 할 수 있고요, 저희랑 서로 비교되는 것도 솔직히 짜증나요. 우린 이렇게 정말 뭐 빠지게 하는데, 회사는 저희 거들떠도 안 보잖아요. TCP해 봤자 17억 불이에요. 신성이 15억 불인데, 어? 13억 불인가요? 여하튼 뭐 정말 비슷한 규모밖에 안 되는 바이어잖아요. 그 대책 없는 것들이 자고 일어나면 바꾸는 통에 아주 돌아 버리겠어요. 미치고 팔짝 뛰겠다고요. 작년에 팀 무너지고 지금까지 생각해 보세요. 무려 여섯 명이 새로 들어온 거잖아요. 다른 팀에서, 원단 업체에서,

또 소규모 벤더에서 온 애들이 적응하는 데도 적어도 6개월은 걸리지 않나 하는 거예요. 아니, 그건 그나마 무지하게 빨리 적응하는 편이고요. 이거 이대로 가는 거, 네, 그냥 가만있으면 월급은 들어오니까, 뭐 회사에서 나가라고야 하겠어요? 그냥 버티면 된다고 보기엔 우린 너무 힘든 구조예요. 정말, 무언가 일을 하고 성취감을 느끼는 구조가 아니라고요. 우리 이대로 두면 주희, 양희, 성은이, 보람이, Carter's로 간 인경이, 다 떠나갈 거예요. 걔네들 지금 버티는 거예요, 그냥 말 그대로 버티는 거예요. 애들 소개팅하고 연애할 시간도 없어요. 차장님, 정말 Carter's도 그렇고, 만호 과장 영입하는 것도 그렇고, 이번에 한경희랑 뭐 이래저래 무언가 만들려 하시는 게 어떤 건지 모르겠지만, 전 정말 이건 아니다 싶어요. 애들한테도 차라리 새로운 바이어 하라고 다른 기회를 주는 게 나을 수 있다고요. 직장 생활에서 말 그대로 월급이나 제대로 나오면 되지, 무슨 놀러 온 것도 아니고, 화합하고 무언가 만들고 하겠습니까? 허 참……, 차장님, 생각하신 조직이 어떤 건지, 뭐 그대로 하셔도 되겠고, 만호 과장도 뭐 잘하겠죠. 저도 사실 원단부터 시작했는데요 뭐! 할 수 있겠죠. 근데 당장, 그렇죠, 이제 당장이죠. 이제 조직이 커져서 인건비 비율도 올라갈 텐데, 그렇다고 Carter's의 매출이 올해 잡히기는 불가능할 거고, 여기서 더 어떻게 뭘 만들고 준비하고 하겠냐고요."

인생에 대한 철학. 박 과장은 인생 본연의 감정에 대하여 대응할 만한 준비가 되지 않은 상태에서 감정의 충돌을 겪었다 할 수 있다. 마흔이 되면 불혹不惑이라, 어떤 감정에도 유혹되지 않는다 하는데, 박 과장 본인 스스로 그 이유를 알 수 있을 것 같았다. 사실 흔들리지 않는다는 감정이라기보다, 다른 무언가 엮여 있는 것이 주변에 가득해서, 한 줄기 감정에 대한 조절이 용이 한 것이었을 뿐이라 자만했었다. 마흔이 채 되지 않은 박 과장이었지만, 한 번은 박성은에게 호기를 부렸었다.

"스트레스는 말이야, 푸는 방법이 단순한 거야. 원리를 보면 돼. 우리의 삶의 방법을 분산하면 의외로 단순하게 풀어지는 경우가 많아. 스무 살에 겪은 첫 사랑에 왜 많은 사람들이 상처를 받는지 알아? 관심의 줄기가 한 군데에 쏠려 있어서 그런 거야. 예를 들면 연애, 즉 사랑의 감정이 본인이 가진 100%의 감정이란 말이지. 그렇기 때문에 연애에서 받는 기쁨도 100%의 기쁨으로 본인에게 돌아와 주체할 수 없이 오버를 하기도 하는 거야. 이해해? 그렇지만 반대로 또 상처는 100%로 받아들여져 고통을 받기도 하는 거지. 그런데 경험 치나 감정, 즉 좋아하는, 사랑하는, 증오하는, 즐겨하는 등등의 감정의 줄기가 많아지면 스트레스는 분산이 된다. 다시 예를 들어 말하자면 나에게 업무는 100이 아니야. 가정도 있고, 아들도 있고, 신경 써야 할 시골 식구, 또 좋아하는 음악, 좋아하는 골프, 또 벌려 놓은 사업 등이 분산되어 있거든. 이 중 주 업무를 퍼센트로 나타내면 대략 40정도밖에 안 되거든. 그런데 남친 없는 성은이를 보자고. 새벽 늦게까지 일하는 성은이의 업무 퍼센트는 80이 넘을 거야. 가정도 없고, 뭐 취미도 특별하게 없고, 투 잡 하는 것도 아니고 말이지. 우리 둘이 똑같은 스트레스를 받는다고 해보자. 그렇다면 성은이는 80의 스트레스를, 나는 40의 스트레스를 받는 거잖아. 그래서 감정의 줄기를 분산시키면, 어느 하나로부터 받는 압박이나 스트레스는 확연히 줄어들지. 완전 단순한 스트레스 해소법이지. 주식투자 하다가 자살하는 사람 있지? 그 사람들은 주식에 95% 이상 모든 것을 쏟아 부었을 가능성이 커. 가정도 취미도 어떤 네트워크도 없이 그렇게 몰빵했던 거지. 그러니까, 주식이 안 되면 본인 스스로 95%는 실패하는 셈이 되는 거야. 주식 이외에 다른 것에 감정을 분산한다면, 거기서 실패를 한다고 해도, 당근 스트레스의 퍼센트는 줄어들었을 텐데……."

그런 박 과장 나름의 불혹에 대한 해석, 또한 감정의 분산 등 극도로 본인을 자제하며 버티고 있었던 것이다. 그런 감정의 분출은 쉽지 않다. 사고의 틀이 다른 사람들에게 선불리 적용시켜 이야기할 수 있는 것이 아닌 것이다. 그 막혀 있던 감정이 스스로 터져 버렸다. 지연과 업무, 조직과 실적. 그는 흔들린다. 혼란스러운 감정이 뒤죽박죽 섞여 도대체 고 팀장에게 어떤 이야기를 하는지도 가늠하지 못한다. 조절하지 못한 채 중구난방 그야말로 대책 없이 지껄인다. 술자리는 박 과장의 혼란스러움을 닮아 주제도 논리도 없이 제멋대로 흘러갔다. 그 제멋대로의 기운이 떨어져 갈 즈음에, 고 팀장은,

"잔 마무리하고 가자!"

"네……. 제가 그래도 살아온 것은, 또 전해야 할 것도 많은……."

고 팀장은 먼저 술잔을 들었고, 박 과장도 말을 하다가 결국 마지막 잔을 들고 선술집을 나온다. 밤이 늦어 2차선 도로엔 차가 없다. 저 멀리 택시로 보이는 차의 헤드라이트만 번쩍인다. 둘은 담배 한 대씩을 뽑아 불을 붙여 물고는 아무 말 없이 그 마른 초草를 태워 나간다. 택시가 두 사람의 앞을 손님일까 가늠해 보는 듯 멈칫 속도를 줄이며 지나간다. 고 팀장은 움직임이 자연스럽지만, 박 과장은 심하게

비틀거린다. 흔들거리는 박 과장을 고 팀장은 바라보다가,

"너 좀 맞아야겠다."

느닷없이 박 과장의 뺨을 후려갈긴다. 대 여섯 차례 뺨을 맞으며 흔들리지만 박 과장은 아무런 저항이 없다. 고 팀장의 손에 몸을 그대로 휘둘린다. 휘청대는 박 과장을 향한 손이 멈추어 섰을 때, 둘은 또 아무런 말 없이 숨을 몰아쉬었다. 씩씩 몰아쉬던 숨이 안정될 때즈음, 두 대의 빈 택시가 다가와 그들 앞에 멈춰 섰다. 그들은 그렇게 서로 제각기 집으로 돌아갔고, 그렇게 6월의 팀장과 과장의 술자리는 마무리되었다. 다음날 약간 부은 듯한 얼굴이지만 박 과장은 편안한 평소의 모습으로 출근했다. 고 팀장도 평소와 다름없이 박 과장을 맞았다.

"박 과장, 조직 변경 건……."

말이 채 끝나기도 전에,

"네! 차장님, 중요한 메일 몇 가지만 보고, 고민해서 작성해 보도록 하겠습니다!"

7월 2일 수요일

[이주희] 지원 어디임?

[윤지원] 응, 언니 나 오늘 일이 좀 있어서^^

[윤지원] 미안 미안~

윤지원은 천호동 서점의 경제, 경영 코너에서 휴대폰 메시지에 회신을 한다. 휴대폰 메신저는 표정이 드러나지 않는다. 그녀는 퇴근 후 몇몇 서점에서 헤매며 갈팡질팡하며 시간을 허비하고 있다. 몇 권의 책을 골라 제목과 내용을 펼쳐 한동안 읽어 보지만, 선뜻 결정을 하지 못한다. 평일 저녁 한가한 시간대, 서점의 윤지원 모습은 낯선 곳에 있는 듯 부자연스럽다. 얼마 전 박 과장은 윤지원을 따로 불러, Carter's 바이어 상담에 PT(Presentation, 발표) 자료를 준비하고, 심지어 발표를 진행하라 지시했다. 아무런 표정 없는 무덤덤한 박 과장의 지시는 윤지원을 혼란에 빠뜨렸다. 박 과장 나름대로는 Carter's 관련 PT 정도는 윤지원이 할 수 있을 것이라 판단한 것이다. 윤지원의 긴장과 두려움은 전혀 아랑곳없이 시간이 번개와 같이 흘러갔다. PT의 방향도 정하지 못했는데, 벌써 이틀 후면 바이어가 회사로 찾아온다. 더 고민스러운 것은 무대 공포증이 생겨났다는 것이다. 무대 공포증은 이전부터 다소 있었지만, 이번의 압박은 그 강도가 다르다. 인터넷을 통해 방법을 알아보지 않은 것은 아니지만, 대부분 나오는 해결책은 시시하거나 공감이 가지를 않았다. 청심환을 먹고 하라거나 심지어 술을 먹으라는 조언, 청중 중 한 명을 친구로 생각하라는 등 근거 없는 처방이 난무했다. 심지어 그러한 증상은 당연한 것이니 어쩔 수 없이 받아들이고 즐기라는 등 절망적이기도 했다. 밤에 잠을 잘 때도 서툴게 PT를 하는 본인 모습이 상상되고, 그 아찔한 상상만으로도 가슴이 쿵쿵 뛰었다. 윤지원은 심지어 박 과장을 원망하기에 이르렀고, 그만 포기해 버리거나 아니면 금요일에 갑자기 아프면 어떨까 하는 심리적인 도피 증상까지 나타났다. 점심도 전혀 생각이 없었고, 오후에는 일이 손에 안 잡히고 도무지 집중이 안 되어 한태민 대리에게 사소한 꾸중도 들었다. 곰곰이 스스로를 돌아보아도 도무지 의아하고 결국 자괴감이 들기도 했다.

'대학 때 PT나 면접 볼 때는 물론 다소 긴장은 했지만 지금과 같이 내가 아무것도 아닌 존재가 아니었는데, 도무지 이해가 되지 않아. 그냥 회사 소개 자료(Company Profile)를 읽기만 하면 될 것 같은데, 왜 그렇게 마음에 안 차고, 꼭 눈에 티눈 들어간 것같이 마음이 거슬릴까.'

자기 계발서가 몰려 정리되어 있는 서점의 한 곳에는 『Presentation

의 기본』, 『PT 자료 작성법』, 『TED 명 연설』, 『Differentiation - 다름』, 『기획의 대리 시리즈』 등 PT에 도움을 줄 수 있는 서적들이 다양하게 구비되어 있었다. 그러나 윤지원의 긴장을 덜어 줄 수 있는 어떤 해결 방안도 서점에는 없다. 소득 없이 한동안을 더 서점에 머무르다가 결국 서점에서 걸어 올라온다. 지원을 제외한 길거리의 사람들은 제각기 분주하고 일상적이다. 많은 사람들의 틈 속에서 윤지원은 외로움을 느낀다. 현대 백화점에서는 여름 세일을 한다며 큰 현수막을 옥상 꼭대기에서 걸어 내렸고, 현수막은 바람에 펄럭인다. 세계 경제가 불황이고 한국 경기도 안 좋아 자영업자의 폐업 비율이 85%에 육박한다는 것은 다른 곳 이야기인 듯, 천호 사거리는 행인들로 북적댄다. 네이버의 자못 심각한 뉘앙스의 뉴스에서는 지난해 개인 사업자 96만 명이 신규 등록을 하고 83만 명이 폐업했다며 호들갑을 떨었다. 돌아보면 사실 회사 근처 음식점, 사무실 할 것 없이 주인이 바뀌고 간판이 바뀌고, 비어 있는 사무실도 부지기수이다. 이런 경기 침체에 신성 인터내셔널이라는 대기업에 취직을 했고 구성원으로 근무한다고 하는 것만으로도 대견스러운 일이고, 주변의 친지나 친구들 사이에서도 거리낄 것 없었다. 그런 단단해 부서지지 않을 것 같은 마음이 박 과장의 PT 지시로 무너지고 있는 것이다. 집으로 돌아가는 전철도 매한가지로 붐빈다. 천호 사거리의 북적이던 사람들이 모두 지하철로 옮겨 탄 듯이 오밀조밀 움직인다. 행인들의 움직임이 영화의 한 장면처럼 이질감이 느껴진다. 귀가 윙윙 울린다. 잡념이 쌓인 채 전철에서 내려 힘없이 집으로 터덜터덜 발걸음을 옮긴다. 숨 막힐 듯한 아파트의 한 공간에 윤지원은 다다라 문을 열고 들어간다. 윤지원의 엄마가 부엌에서 나오며 윤지원을 맞는다.

"엄마, 나 왔어."

"응, 왔니? 얼른 씻어라. 뭐 좀 먹어야지."

윤지원은 백을 아무렇게나 소파에 던져두고 부엌으로 향한다. 물끄러미 엄마를 바라보며,

"엄마! 혹시 엄마는 뭐 얘기할 때 떨리거나 그러지 않아? 아니, 사람들 많을 때 말이야."

간단한 식은 밥과 찬을 준비하는 엄마의 뒤에 대고 지원이 대뜸 물어본다. 지원의 엄마는 냉장고에서 김치와 멸치볶음, 그리고 콩자반을 두 손으로 한 번에 꺼내며 지원을 힐끗 쳐다본다.

"멸치 볶으면서 고추하고 마늘종을 넣었는데, 약간 매운 것 같네. 잘 골라 먹어."

지원이가 물어본 것을 들은 것인지, 마늘종으로 매운 맛이 나는 멸치볶음이 더 중요한 것인지 애매하다. 밥솥에서 따뜻하지만 식은 밥을 퍼 지원의 자리에 놓아 주고, 주걱에 묻은 밥알을 입으로 가져가 떼어 먹으며,

"멸치 먹어봐. 아래층 아줌마가 고향이 부산 기장이라네. 거기서 제일 좋은 멸치로 택배 받은 거야. 고추하고 마늘종만 잘 버무렸으면 좋았을 텐데, 아쉽다."

"엄마, 근데 나 사람들 앞에서 뭐 얘기하려고 하면 막 떨리는데……, 목소리 떨려서 갈라지고 그러거든. 엄마는 그런 일 없어? 우리 팀 다 모이고, 바이어들 오는데 영어로 회사 PT해야 할 거 같은데."

재차 물어본다.

"멸치 먹어봐. 맛있어. 이거 먹으면 안 떨릴지도 몰라!"

"엄마! 아니, 딸은 스트레스 받아서 피부 트러블까지 생기는데 자꾸 멸치 타령이야."

무언가 기대한 것도 아니지만 뜬구름 잡는 이야기에 실망한다. 말에 짜증이 조금 섞인다. 엄마는 맞은편에 앉아 물끄러미 지원을 바라보다가,

"멸치가 멸치인 줄 알면 되는데, 괜히 자신이 고등어인 듯 Overestimating(과대평가)해서 생기는 Gap(차이) 아니야?"

평이한 얼굴로 평범한 고저로 편안하게 멸치를 빗댄다. 지원의 가족은 초등학교부터 독일과 미국을 거쳐 살아 왔고 지원이 고등학교 2학년 때 한국에 오기 이전까지 외국 생활을 지속했기 때문에, 서로 영어로의 소통도 크게 무리가 없다. 다만 어릴 때 언어를 익혀 온 지원이보다 엄마의 영어는 그리 유창하지는 않지만, 때때로 영어가 한국어보다 더욱 쉽게 다가올 때가 많았고, 그 적절한 단어 사용으로 서로의 대화를 매끄럽게 할 때도 많았다. 고등학교 2학년으로 지원이가 한국에 복귀한 지 얼마 안 된 시점에 하루는,

"엄마, 한국말 정말 어려운 것 같아. 과학은 특히 더 그런 것 같고, 여러 분야에서 골고루 말이 이해하기가 좀 어려운 것 같아. 나, 이런 말 다 외워야 하는 거라는 게 좀 절망스러워. 이것 좀 봐봐 엄마!"

과학책의 중간을 펼치고, 형광색 펜으로 표시 되어 있는 지점을 손가락을 가리키며,

"비등점이 뭔지 알아? 이게 Boiling Point(끓는점). 그리고 이건 또 임계점이라 되어 있는데, 이건 Critical Point고. 또 무게 재는 것을 칭

량 또는 계량이라 하는 거야. 그냥 Weighing이라면 이해하기가 쉬운 데 말이지. 과학뿐 아니라 전체적으로 너무 어려운 말을 많이 쓰는 것 같아. 아니, 말을 일부러 더욱 어렵게 만들어 내는 것 같기도 해. 아니, 굳이 화학 쪽 이야기만은 아니고 말이야. 일상적으로 나오는 용어들도 그런 경우가 많더라고. 난 왜 Blue House를 청와대라고 부르는지도 모르겠어. 미국 White House도 그냥 흰 집인데 한국에서는 백악관이라고 어렵게 말을 만들어 낸 것도 같고. 올 초에 구제역 파동이라고 나온 것도 나 며칠 전에 이해했어. 입구에 발제, 그리고 역병이라서 그렇게 구제역이라고 하나 봐. 영어처럼 그냥 Foot and Mouth Disease라고 하면 쉬울 텐데 말이지."

지원의 엄마가 이야기하는 Overestimating의 말은 지원의 현재 상황과 꼭 맞아떨어진다. Estimate란 단어는 '예상을 동반한 측정'이라고 해석될 수 있는데, 어미에 Over란 말이 붙어 지나치게 더 크게 측정을 한 상황을 이야기하는 것이다. 사실 미국 본토에서는 이 단어를 그리 많이 쓰지 않는다. 차라리 Underestimate란 단어를 쓸 뿐 Overestimate란 단어는 다분히 한국인 정서에 맞는 단어인 것이다. 하여튼 이를 제멋대로 해석한 한국어 사전의 '과대평가'라는 뜻은 자못 다른 뉘앙스이긴 했다. 지원이는 엄마와 영어로, 비단 단어에 국한되지만, 상황을 더욱 정확하게 이해할 수 있다는 것이 다행이라 생각한다. 엄마의 말을 듣고 멸치볶음을 밥 위에 올려놓고 젓가락으로 밥을 몇 번 뒤적뒤적 깨작거린다. 엄마는 여전히 심드렁한 모습으로 지원을 바라본다. 지원의 엄마는 그리 알려지지 않았지만 작가 활동을 한다. 외국에 있을 때부터 외국의 문화나 문물, 음식이나 여행지 등을 잘 묘사하고 잘 조합하여 잡지사 등에 기고를 해왔다. 사진을 찍는 것도 테마가 좋았고, 현지의 음식을 문화와 잘 조합했고, 단순히 블로그에 올리는 수준 이상으로 작가적 기질이 뛰어났다. 잡지사에 올리는 글일지라도 일반인들보다 높은 수준을 유지하기 위해서는 단어의 사용이라든가 감성의 표현을 더욱 세심하게 할 필요가 있었다. 그리고 이를 엄마의 독서와 사색, 철학적 사고가 뒷받침했었다. 사물과 상황을 보는 시각도 지원의 엄마는 다른 사람에 비해 보다 객관적이고 논리적이었고, 그 접근도 부드러웠다.

"감정은 전염되는 거야. 내가 사랑하면 다른 사람도 사랑을 느껴. 내가 확신이 있으면, 다른 사람도 확신을 느껴. 그런 주제에 대한 확실한 무언가가 없으면 당연히 너는 가장하는 것밖에 안 되고, Pretending(가장)하는 거니까 아마도 떨리지 않을까 싶어. 왜? 뭐, 과제 맡았어?"

"응. 그러니까, 엄마는 내가 멸치밖에 안 되는 작은 보잘것없는 존재인데, 내가 더 잘 보이려 한다는 것이고, 그렇게 보이려면 근거나 확신이 있어야 하는데, 그 Confidence(확신)가 없다는 거야?"

"그렇지 않을까? 누군가가 우리 딸에게 회사의 존립이나 큰 결정을 할 만큼의 과제를 주지는 않았을 거라 생각되는데 말이야. 그런데 우리 딸은 기존에 그 일을 했던 사람과 비교를 했을 것이고, 그 사람과 비교하니 영어를 조금 유창하게 하는 것 이외에 자신이 없는 것이고, 해결책을 찾으려 하니 머리가 복잡하고 그런 거겠지 뭐."

서로 스스럼없는 엄마와 딸의 관계라 그런지 편안한 듯 말이 맴다.

"그럼 난 어떻게 해야 하는데?"

몇 젓가락 들다 이어진 이야기라 그런지,

"밥 안 먹으려면 치우자. 차나 한 잔 하든지. 밥 마저 먹을 기운도 없어 보이는데, 아님 맥주 한 잔 하든가?"

지원이는 밥 위에 놓여 있던 멸치볶음 한 개를 마지막으로 입에 넣고, 젓가락을 식탁에 놓고 보리차를 따른다. 윤지원의 엄마는 찬 뚜껑을 찾아 김치와 나머지 찬을 몰아 정리하여 냉장고에 넣고는, 냉장고 문 쪽의 수납장에 있던 맥주 캔을 두 개 꺼내 든다. 지원은 술을 즐겨 하지 않고 잘 마시지도 않는다. 엄마가 건네준 맥주 캔 하나를 받아들고 따지는 않고, 소파로 걸어가 눌러 앉는다. 또 다른 맥주 캔을 손에 든 지원의 엄마는 지원이가 앉은 옆자리의 소파에 앉으며 맥주 캔을 터트려 딴다.

"우리 딸, 어떻게 해도 안 될 거야. 아마도 누군가 윗사람은 그런 점을 생각하고 있지 않을까 싶어. 우리 딸처럼 그 회사에 외국에서 살다 온 친구들 있어?"

"응, 회사에 꽤 되는 것은 같은데, 우리 팀에는 없고. 내가 영어는 제일로 잘하는 것 같아."

잠깐 동기들과 선배들, 그리고 팀원들을 떠올려 본다. 동기 중에서는 지원과 같이 미국에서 어릴 때부터 살다가 온 경우가 서넛 있었고, 선배 중에서는 아예 미국에서 대학까지 졸업한 선배도 있다고 들었다. 그렇지만 팀에서는 지원이와 같이 외국에서 살다가 온 팀원은 없었고, 다들 짧은 기간의 어학연수 등을 다녀온 것이 고작이었다.

"그런 부분이 어떻게 도움이 되는지 이번에 한번 느껴 봐. 우리 딸의 회사는 무역회사니까, 또 미국으로 옷을 수출하는 회사니까 영어는 잘해야 하겠지만, 또 제조까지 동남아에서 한다며? 그렇다면 제조에 대한 상식도 있어야 하고, 무역에 대한 지식도 있어야 하는 것이고, 그것을 한국어로도 잘 이해하고 설명할 수 있으면 영어라고 뭐 표현이 안 되겠니? 영어를 잘한다는 것은 하나의 도구에 불과한 것이 아닌가 싶어. 아마도 지원이가 생각할 때는 그 도구가 부족해서 애를 먹는 사람들이 아마도 부족해 보이기도 하겠지만, 그러다가는 자가당착에 빠질 가능성이 높아. 사실 언어는 도구야. 말이 유창하지 않아도, 말을 심지어 더듬는다고 해도 아까 이야기했던 핵심에 접근해 있고, 스스로의 확신이 목소리에 우러러 나온다면, 아마도 그 효과는 아마 굉장히 클 거야. 단순히 영어 잘해서 인사 잘하고 유창한 몇 마디가 Business에 큰 영향을 미칠 거라는 생각이 엄마는 안 들어."

맥주를 들어 들이켠다.

"크아, 시원하다. 그러니까 이번이 승부라 한다면, 그것은 지원이의 착각인 거야. 아마도 엄마가 우리 딸의 상사였다면, 어떤 의도를 가지고 이번 과제를 Presentation하도록 시켰을 거야. 예를 들어 영어 조금 한다고 건방진 행동을 하는 우리 딸에게……."

"아냐! 그건 아니고!"

소리를 팩 지른다. 엄마는 무심하게 지원을 바라보다가,

"아니면 말고. 뭐, 그런 의도가 아니라면, 음……, 지원의 영어 구사 능력을 인정하고 존중해 줄 수도 있겠지. 옷을 만들기도 한다고 했잖아? 회사에서 그지? 그러면, 추후 제조의 기본을 다지고 단단히 해서 그 유창한 영어를 잘 사용할 수 있게 하려는 큰 뜻을 가질 수도 있겠는데? 그런데 그런 일을 시킨 것이 누군데? 너희 팀장이야? 아니면 임

원? 조금 의심이 되긴 한다, 지원아. 사실 이제 사원인데 일 배워도 모자랄 판이고 당장 믿음도 안 갈 텐데, 너에게 그런 일을 깨우치려는 의도가 아니고, 큰 틀에서의 인재 육성 차원의 의도라면 좋은 조직일 수도 있고. 이제 너 두 달인가? 뭐 그 정도밖에 안 되는, 하하하 멸치 같은 존재일 텐데, 그 멸치를 민물로 빗대어 얘기하자면 피라미일 것인데 말이야."

가져온 맥주를 거꾸로 들어 입에 대고 탈탈 턴다. 빈 캔을 옆에 놓아두고는 허리를 길게 펴 윤지원 앞에 놓인 캔을 가져다 딴다. 윤지원은 말이 없다. 본인 스스로의 신경이 둔한 편임에도 불구하고 엄마의 말이 거침없이 심장에 와 꽂힌다. 맥 빠진 모습의 지원은 말이 없고, 엄마는 홀짝홀짝 맥주를 마신다. 기장에서 택배로 받은, 그렇지만 볶지 않은 마른 멸치를 고추장에 살짝 찍어 씹어 먹는다. 관자놀이 근육이 불룩불룩 움직인다.

"그럼 엄마, 잘 알겠는데, 엄마는 잡지사나 여행사에 기고 할 때, 어떤 점을 주로 생각하면서 글을 써? 우리 엄마지만 매번 참 글을 예쁘고 맛깔스럽게, 장황하지 않고 간결하게 잘 쓴다고 생각했었거든. 아, 정말! 맥주 좀 고만 마시고! 맨날 맥주를 그렇게 마셔야만 잠이 오나?"

두 번째 맥주 캔을 바닥에 소파 테이블에 내려놓으며 힐끗 지원을 쳐다본다. 대답은 없이 소파에서 일어나 냉장고로 향한다. 윤지원의 말은 귓등으로 스쳐 버리고, 또 다른 맥주를 냉장고에서 꺼내 온다. 윤지원은 엄마의 뒷모습을 멍하니 바라본다. 지원의 거실에는 텔레비전이 없다. 엄마의 작업실이 거실이라 작은 책장에 여러 종류의 책이 꽂혀 있고, 아담한 사이즈의 오디오와, 균형에 맞는 스피커가 잘 설치

되어 있다. 지원은 엄마가 부엌으로 가는 동안 리모컨을 찾아 음악을 플레이시킨다. CD가 돌아가는 듯 작은 소음 끝에 Kenny G(케니지)의 음악이 흘러나온다. 음악을 들으며 지원은 엄마를 기다리다가,

"엄마!"

윤지원은 엄마의 습관과 같은 행동을 지켜보며 기다린다. 마치 맥주를 한 모금 마셔야만 이야기가 끊기지 않을 듯 뜸을 들인다. 엄마가 한 모금의 맥주를 들이키자,

"그런 거 있잖아. 회사에 다니는 모든 사람들이 영어에 엄청난 스트레스를 받고 있는 거 말이야. 그런 거 생각하면 난 외국에서 학교를 다닐 수 있었던 것이 너무 너무 너무 다행이라 생각을 했었거든. 사실 한국에서 학교 다니고 학기 중간에 단기로 언어 연수 다녀온다고 나처럼 말이 되진 않잖아. 느낌이 뭐랄까, 한국어로 내용을 생각하고, 그 내용이 머리에서 영어로 바뀌어 다시 입을 통해서 말로 표현된다고 할까? 뭐 그런 느낌이거든. 우리 회사는 뭐 말 그대로 무역회사니까, 또 미주 바이어를 상대하니까, 사실 그렇지 않아도 영어는 필수로 해야 하겠더라고. 중국 원단 업체나, 하다못해 생산 기지인 인도네시아 베트남도 사무실 근로자들은 영어로 소통이 되거든."

엄마에게 자신의 영어 실력을 굳이 설명해 놓지 않아도 되련만 한다발 사전 포석을 한다. 긍정의 답을 받아 보려는 눈치지만 엄마는 반응이 없다. 연이어서 지원은,

"그 회사 Profile(소개서) 말이야, 그거 엄청나게 쉬워. 그냥 읽으면 되거든. 1968년 설립해서 올해로 46년 된 회사고, 1975년 주식시장에 상장되었고, 1994년부터 니카라과, 2003년 베트남, 2006년 인도네시

아, 2010년 미얀마까지 생산기지를 넓혀 왔고, 수출은 3억2천만 불 작년에 수주했고, 올해의 목표는 3억 4천만 불이며, 주요 바이어는 Target, Wal-mart, TCP 와 Carter's를 포함한 우리 팀, Lands'end, Eddie Bauer 등등. 각 생산 기지에는 전체 몇 개 라인이 운용되고 있고, 라인의 특색이 무엇인지 그렇게 그냥 읽으면 채 5분도 안 걸리거든. 그런데 그렇게 읽는 것이 너무너무 너무 마음에 안 드는 거야. 사실 그렇게 읽을 바에는 영어가 모국어인 그들에게 자료만 주고 읽어보라고 하는 것이 낫지, 왜 내가 나서서 그 자리에서 똑같은 말을 그대로 읽겠느냐고요. 우리 박 과장이야 TCP를 총괄하고, 사실 팀장님이 Carter's를 지금 주로 보고 있는데, 과장급이 없거든. 그 과장님이 원단 팀에서 7월 21일에 합류한다고 그래서 아마도 나에게 미리 시키겠다고 한 건지는 모르겠지만, 영어로 읽는 거는 읽을 수 있겠지만 내 마음이 마음에 안 차서, 그래서 더욱 확신도 없고, 그래서 더욱 떨리는 것 같아. 아, 정말 스트레스야."

일주일 넘게 수십 번 보아 왔던 Profile(회사 소개)의 내용을 엄마에게 이야기하며, 자신이 PT를 하게 된 배경과, 이번 PT의 압박이 왜 그런지도 뒤죽박죽 설명을 한다. 센스로 보자면 윤지원의 엄마가 단연 뛰어나다. 굳이 설명을 구구절절 해주지 않아도 항상 단번에 전체를 읽어 버리는 엄마다. 엄마는 관심 없는 듯 무심하다. 음악을 들으며 맥주를 홀짝홀짝 마시며 소파에 파묻힌다.

"그러니까, 엄마가 어떻게 글을 쓰고 하는지 좀 궁금해서 내가 설명할 수 있는 부분을 어떻게 좀 잘할 수 없을까 싶어. 아 정말, 글 쓰는 것과 뭐, 이런 회사일과는 다르겠지만, 어찌 생각나는 건 좀 없어? 맥주 마시는 것말고 말이야!"

엄마는 그녀의 고민에 도통 관심이 없어 보인다. 윤지원은 소파에 멍한 상태로 무너진다. 사실 윤지원이 엄마에게 큰 기대를 한 것은 아니었다. 엄마는 자유기고 작가로서 조직 생활이나 무역에 대한 지식 또는 PT등에는 경험이 없기 때문이다. 어차피 윤지원이 맞닥뜨린 상황은 자신이 풀어야 하는 것인데, 압박의 강도에 눌려 어찌 지푸라기라도 잡아 보는 심정이었던 것이다. 맥주 세 캔을 다 마신 엄마는 맥주의 탄산기를 트림으로 꺼억 뱉어 내고는,

"그런 말이 있어. 물에 빠지면 당당하게 헤엄쳐 나오든지, 아니면 그냥 빠져 죽을 각오를 하라고 말이야. 어설프게 지푸라기 같은 거 잡으려 하지 말고 말이지."

멸치에서 지푸라기로 풍자의 아이템이 바뀐다.

"이번에는 지원이가 고전하겠는데? 하하하. 지원이 상사가 감당해내기 어려운 과제를 준 것 같다는 느낌이 드네. 그래서 헤엄을 치는 방법을 배우라는 건데, 그런데 당장 하루에 어떻게 헤엄치는 것을 배우겠냐고. 옷 벗고 물속에 들어가는 수많은 시간이 쌓여야 하는 건데. 뜨는 것부터 배워야 하고, 익숙해지면 헤엄쳐 가는 것도, 잠수하는 법도 배우는 것이고. 숨을 참아 내는 방법도 그렇고. 물살이 센 곳, 차가운 물, 바닷물에서의, 다른 환경에서의 숱하게 많은 경험들이 쌓여야 당당하게 그렇게 물에 빠져도 나올 수가 있는 거잖아. 아직 준비가 안 되어 있다면, 그냥 꼬르륵 하하하. 아니, 아예 처음부터 남 눈치 보지 말고, 튜브 몸에 끼고 풍덩 하는 강수를 두든가."

멸치를 고추장에 찍어 잘근잘근 씹는다. 매번 그렇지만 얼토당토않

은 메타포로 약을 올리는 엄마의 말을 참아 낸다. 그래도, 엄마가 간혹 비꼬면서도 핵심을 찌를 때가 많다는 것을 윤지원은 안다.

"그냥 편하게 빠져 죽거나, 아님 어차피 죽을 거 순서를 바꾸고 모든 것에 생명을 불어넣어 봐. 어떻게 생명을 넣을지, 또 어떻게 순서를 바꿀지는 알아서 고민해 보고. 그냥 든 생각인데, 지원이가 잘 풀어야지. 이건 내 일은 아니야. 난 맥주가 좋아. 멸치도 맛나고. 하하하"

윤지원의 엄마에게 딸의 고민은 머나먼 아프리카의 어떤 부족 정치 문제와 같이 거리감이 멀다. 맥주 캔을 다 비워 버린 엄마는 말이 끝나자 이렇다 얘기도 없이 방으로 들어간다. 한동안 미동도 없던 지원은 불현듯 무엇을 하려는지 소파에서 일어나 분주하게 집안을 돌아다닌다. 몇 가지 도구를 꺼내 찾아와 소파 아래에 깔아 놓는다. 지난 신문, 몇 가지 색깔의 볼펜과 매직 팬이 바닥에 놓인다. 신문을 크게 펼쳐 놓고는 그림을 그려 나가기 시작한다. 그림은 도표가 되고 그래프가 된다. 눈이 빨갛게 타는지 모르도록 열중한다. 치우지 않은 맥주 캔과 멸치 종지, 말라 버린 고추장이 마룻바닥 한켠에 밀려 지저분해 보인다. 엄마가 지원의 고민이 아무렇지 않듯이, 지원도 엄마가 마셔 버린 맥주의 잔해가 아무렇지 않다. 밤이 새벽으로 넘어갈 무렵, 지원은 신문을 한켠으로 밀어 젖히고 아예 벽에 붙은 달력을 떼내 뒤집어 흰 백지를 마루에 깔아 놓는다. 아무것도 없는 도화지에 또 다시 그림을 그려 나간다. 달력 뒷면 흰 백지에 또 다른 멸치가 그려지고 지푸라기가 그려진다.

7월 10일 목요일

사무실 벽면에 다섯 개의 시계가 제각각 초침을 옮긴다. 인도네시아, 홍콩, 뉴욕, 니카라과의 시각이 각각 일정하게 흘러간다. 한가운데 시계 밑 표시되어 있는 도시의 이름은 영어로 'SEOUL'로 되어 있다. 서울 시계의 시침은 11시에서 12시 사이, 분침은 30분에 다다라 있다. 늦은 밤 사무실로 국방색 색깔의 옷의 수위 아저씨가 들어온다. 노란색 장부를 왼손에, 볼펜을 오른손에 든 채 사무실 곳곳을 두리번거리며 남아 있는 직원을 체크한다. 자정 이전 건물 점검 차 순회하며 근무자 조사를 하는 것이다. 근무자도 순회자도 서로 익숙하다.

자칫 의자 밑으로 미끄러질 듯이 파묻혀 앉아 마우스를 클릭하는 박 과장이 통로를 스쳐가는 수위 아저씨를 힐끗 돌아본다. 지친 기색이 역력한 채로 표정이 없다. 늦게까지 남은 팀원들은 제가끔 잔 업무에 열중이다. 박 과장은 조직을 주도적으로 이끌어 가기 위한 방안을 과제로 떠안았다. 고 팀장과 수차례, 또한 팀원들과도 적지 않은 대화를 나누었지만 방향을 정하지 못하고 있다. 무관심하게 띄워 놓은 인터넷 기사에 근래의 젊은 치들에 대한 부정적인 기사가 눈에 들어온다. 기자는 상투적인 표현을 곁들여 비판적으로 근래의 젊은이들은 의사결정, 선택 장애 등이 심각한 수준이라며 기사를 풀어 놓았다. 심지어 배우자를 고르는 데도 부모의 의사가 가미된다며 씁쓸해 하는 뉘앙스를 기사에 얹어 놓았다. 박 과장도 기자와 같이 씁쓸하다. 박 과장은 어릴 때부터 주도적으로 본인 삶을 결정하며 살아 왔다. 신성의 입사도 그렇지만, 니카라과 파견이나 서울 영업부 복귀, 결혼을 포함한 모든 것을 박 과장의 의지로 주체적인 결정을 했었다. 태생적으로 독립심이 강해 그런 것도 있겠지만, 자주적으로 생계를 이끌어 가는 부모님의 영향이 없었다 하기도 어려웠다. 부모님은 한국전쟁의 어지러운 혼란 속에서 살아남아야만 했다. 시골에서 돼지를 키우며 대한민국의 어려운 시절을 극복했고, 그 와중에 박 과장은 매순간 신중히 스스로 결정을 해야만 했었다. 그렇지만 개인의 삶을 자주적으로 사는 것과 조직이 자주성을 갖는다는 것은 차원이 다른 문제이다. 조직이 자주성을 갖는다는 이야기는 모든 개인이 조직적으로 자주성을 가져야 한다는 말과 동일하기 때문이다. 조직적으로 자주적이기 위해서는 조직의 목적과 가치가 확고해야만한다. 왜 업무를 하는지 개개인이 핵심을 찌르지 못하면, 절대 자주적이고 주체적일 수가 없다. 다시 말하면 수동적인 조직이 될 수밖에 없는 것이다. 초점 없이 바라보던 모니터에 메시지가 반짝 하며 띄워진다.

[고윤경] 과장님, 안 들어가세요? 저 먼저 갈게요~

의자에 축 늘어진 채 자판을 눌러 회신을 한다.

[박도준] 응, 수고했다. 내일 보자

박 과장이 메신저를 쓰는 도중에 고윤경은 주섬주섬 책상을 정리하고 퇴근을 챙긴다. 그녀는 박 과장에게 퇴근에 대한 Confirm(허락)을 받으려 한 것이 아니고, 퇴근을 알려주는 것이다. 자주적인 삶과 고윤경의 삶은 싱크율(Synchronize)이 높다. 아마도 팀에서 가장 자주적인 삶을 사는 '자유로운 영혼'의 소유자라 할 수 있을 것이다. 고윤경의 아버지는 대한항공 정비사로 김해 공항에서 근무한다. 고윤경은 아버지 덕으로 비수기에 한하긴 하지만, 항공료의 5%만 지급하고도 세계의 각국을 여행할 수가 있었다. 흔치 않은 기회를 고윤경은 자연스레 얻은 것이다. 고윤경의 무차별적 용감한 다수의 여행은 그녀의 시각을 일순간 폭넓게 넓혀 주었고, 또한 주체적인 본인의 삶에 충실하도록 도와주었다. 대부분 조직에 속해 있으며, 조직에 속박당하려 하는 '불만족스러운 안정 지향 욕구'에 대하여 그녀는 매번 과감했다. 홍콩의 MR(Merchandiser)를 건너뛰고 미국의 바이어에게 직접 업무 진행을 했던 일, 타 부서의 업무 외적 민감한 반응이나 대처에도 냉정을 유지한 채 대응하며 버텼던 뚝심, 조직 내 본인의 위치에 대하여 책임과 한계를 정확히 인지하여 업무 외적인 압박에 다소 자유롭다는 점 등이 그랬다. 심지어 남자친구와의 관계에서도 그러한 부분이 겉으로 나타났다.

자정이 다 되어 가는 시점 사무실은 더욱더 고요해진다. 남아 있는 팀원들의 키보드 소리만 탁탁탁 정적을 깬다. 자리에 늘어져 있던 박 과장이 갑자기 멈추듯 움찔한다. 마치 엄지손가락만 한 바퀴벌레를 맞닥뜨린 것과 같이 움직임이 멈춘다. 한태민 대리에게 강매당한 뿔테 안경을 오른쪽 엄지로 올려 쓰고는 불현듯 자리에서 벌떡 일어난다. 남아 있는 팀원들이 박차듯 일어난 박 과장을 멍한 눈으로 응시한다. 응축된 고민의 발로일까, 가늘어진 눈과 쪼그라든 미간으로 주위를 좌우로 두리번거리며 담배를 챙겨 들며 밖으로 향한다. 박 과장의 뒤 모습에 대고 홍 대리가,

"과장님! 들어가세요? 담배 한 대 피우실래요?"

박 과장은 손바닥을 펴보이며 거절의 의향을 전달하고, 생각에 잠긴 채 홀로 건물 밖으로 향한다. 홍 대리가 입을 비죽거리며 다시 모니터로 시선을 옮긴다. 결국은 한 마디 하고야 만다.

"저 양반 이제 마, 정신 다 놓은 거 아이가?"

사무실 슬리퍼를 신은 채 밖에서 서성이는 박 과장은 '자주성'에 더욱 집중한다. 여름밤의 공기가 시원하고 청량한 것도 느끼지 못하고 골똘하다. '자주성'. 언제부터 본인이 조직과 타인에 얽매여 서서히 자주성을 잃어 간 것인지 되짚는다. 사회생활 10년에 결국 타성에 이끌려 살아가는 것에 익숙해져 버린 자신을 자조하며 생각에 잠긴다.

불과 5년 전만 해도 박 과장은 자신만만했다. 당시 미국 타깃 바이어 미팅 당시에 주도적으로 벤더의 입장을 정리하여 바이어에게 주장했던 적이 있었다. 당시 굉장히 대단한 사람이라 모두들 칭송하던 타

깃 바이어 한국 지사 지점장과 지금은 자리에서 밀려난 김 전무가 동행하여 참석한 미팅이었다. 투명하게 서로 모든 어려운 사항을 토로하고 오픈하자는 취지의 미팅이었음에도 미팅은 기대대로 흘러가지 못했다. 타깃의 한국 지점장은 본연의 위치를 망각한 채 박 과장, 당시 박 대리에게 논제의 부정적인 부분만 부각시키며 핀잔을 줬다. 지점장의 의도는 단순했다. 사전 한국에서 수차례 검토하여 준비한 자료에만 근거하여 미팅이 진행되어야 했던 것이다. 언제나 그러했듯이 김 전무는 묵묵부답, 좋은 게 좋은 거라며 책임회피로 일관했다. 상황이 의아했던 당시 박 대리는 출장에서 복귀 후 바이어 한국 지점의 MR들과 업무를 하면서 그 생리를 깨닫고 전신을 부르르 떨었다. MR들은 한국 지점에서 바이어와 벤더 사이에서 중간자적인 역할을 하는 사람이다. 그 MR들의 소속은 바이어 소속으로, 한국에서 보자면 외국 기업이라 할 수 있는 것이다. 그들은 그들만의 카르텔이 확실히 강했다. 생존을 위한 논리가 강한 것이다. 그들의 생존을 위해서는 모든 벤더 조직이 그들의 손안에서 움직여야 했으며, 그 들의 시나리오에서 벗어나지 않는 행동을 했어야만 했다. 그런 조직 구조에서 점차 박 과장은 자주성을 잃어 갔다. 박 과장의 기억은 신입 공채 인턴 사원 교육 당시로 이어진다. Direct영업 팀에 교육이었다. 초롱초롱한 신입 공채 사원의 눈빛을 받아 내며,

"대한민국 섬유 시장은 2000년을 기점으로 변화되기 시작했습니다. 여러분은 2000년도에 아마도 초등학생이었을 겁니다. 그 2000년도에 섬유에 획을 긋는 세 가지 상황이 있었습니다. 사실 네 가지라고 해도 무방하겠지만, 네 가지보다는 세 가지가 더 머릿속에 쏙쏙 들어오

시겠죠. 그 첫 번째는 여직원의 동등한 기회가 생기기 시작한 시점이란 겁니다. 이전까지만 해도 여직원은 서류 작성 및 비서 업무 정도밖에 하지 않았었죠. 실질적인 영업 업무는 모두 대졸 남직원들이 맡아서 진행을 했었고, 여직원은 잔 업무를 처리하는 것이 고작이었습니다. 즉 다시 말하면 대한민국의 5000만 인력 중에 기업이 활용한 것은 2500만 남자들뿐이었다는 것입니다. 동등한 기회조차도 없었다는 것이죠. 그런 기업 구조가 세계 시장에서 경쟁력이 있었겠습니까? 당연히 경쟁에서 우위를 점할 수 없었고 밀릴 수밖에 없었겠죠. 여성들은 여성들의 타고난 장점이 있습니다. 물론 남성들도 마찬가지의 장점이 있지만 말이죠. 남성도 여성과 경쟁을 해야 합니다. 남성끼리 경쟁을 하다 보면, 그 경쟁의 포인트가 단순해질 가능성이 큽니다. 윗사람의 성향에 따라 음주가무라든가 아부나 아첨이라든가, 그런 부분이 업무적인 것을 넘어서서 인사 고과에 반영될 가능성이 농후하죠. 여성 위주의 조직도 마찬가지지만요. 하여튼 그 부분은 추후 설명을 드리도록 하죠. 오늘은 Direct 영업에 대한 이해를 위한 자리니까요. 하여튼 그렇게 여성이 동등하게 업무의 기회를 얻기 시작한 시점이 바로 2000년도라는 것이죠. 불과 얼마 안 지난 이야기입니다.

그렇다면 획을 긋는 그 두 번째 중요한 것은 무엇일까요? 아마도 여러분은 상상하기도 어려울 것입니다. 지금은 너무도 당연시되어 있기 때문이죠. 그 두 번째 획을 그은 것은 바로 인터넷이 활성화되기 시작했던 시점이 2000년대라는 겁니다. 믿기 어려우시겠지만, 2000년도 이전만 해도 모든 업무는 팩스로 진행이 되었습니다. 편직 업체, 염색 업체, 해외 봉제공장에도 모든 서류는 수기 또는 어마어마하게 둔한 컴퓨터로 만들어져 프린트되었고, 정보 교환은 팩스로 이루어졌습니다. 조금 생뚱맞은 이야기이긴 하지만, 그때 많이 쓰던 것이 영어 약어입니다. Please를 Pls로, As Soon As Possible을 ASAP으로 이렇게 줄이기도 했죠. 이제 그런 제약이 없기 때문에, 메일 쓸 때 Full Sentence(완전 문장)로 사용하는 것이 올바를 것입니다. 하여튼 그렇게 2000년도에 전용선이 기업에 깔리기 시작하면서 업무의 일대 혁신이 일어납니다. 바이어도 벤더도 순식간에 실시간으로 모든 정보를 교환할 수 가 있었다는 거죠. 그런 두 번째의 혁신이 2000년도에 있었습니다. 마지막 세 번째 혁신은 벤더 일꾼의, 여러분과 같은 분들의 역량입니다. 1990년대만 해도 섬유 수출업계는 일종의 3D 업종이었고, 또한 김영삼의 세계화 이전에는 외국어를 공부하는 사람이 극히 드물었습니다. 2000년도에도 여전히 벤더의 수출역군들은 영어에 약했습니다. 모든 정보 교환이 수월하게 이루어지기 이전에, 한국의 바이어 사무실에는 꽤 많은 커미션 에이전트(Commission Agent)가 있었습니다. 바이어는 벤더를 모르고, 벤더는 바이어를 모르니까요, 당연히 에이전트가 커미션을 부당하게 먹어 가며 독버섯처럼 업계에 군림하고 있었거든요. 사실 2013년 현재를 보자고 하면, 그런 에이전트는 거의 없다고 해도 무방할 겁니다. 리앤풍이라는 세계적인 거대 공룡 기업이 있기는 하지만, 아마도 그 기능은 지속적으로 축소될 것이라 믿고요. 이 부분은 또 따로 설명드려야 하겠습니다. 왜냐하면 리앤풍은 전 세계의 모든 기업을 인수 합병하는 데도 귀재고, 또한 소소한 바이어를 취합하여 큰 시너지를 내고 있으며, Importer(미국 자국 벤더)의 기능까지 소화할 수 있는 에이전트니까요.

그 점은 그렇고 다시 정리하자면, 2000년대의 벤더에는 영어에 유창한 벤더의 직원이 드물었으나, 작금의 벤더에는 영어가 되는 직원들이 즐비하다는 겁니다. 그런데 벤더는 Manufacturing(제조)을 압니다. 제조를 모르는 에이전트 직원이 영어도 벤더보다 못하는데, 그 존재의 이유가 있을까요? 당연히 그들이 가지고 있는, 그들이 살아남을 수 있는 무언가에 집중해야 하는데, 그것이 얼토당토않게도, 허망하게도 바이어의 시스템뿐이라는 거죠. 그러, 당연히 벤더가 직접 바이어를 접촉하는 것을 꺼릴 수밖에 없고, 그를 제지할 수 있는 것은 자신들의 힘으로 오더를 조절하는 것인데, 이런 꼼수가 안 통하면 생존을 위한 억지와 견제를 남발하기도 합니다. 과연 언제까지 통할까요? 이제는 모든 것이 오픈되어 있는데 말이죠. 이전에는 오더의 방향성이 뚜렷했습니다. 즉 바이어에서 에이전트, 또는 Branch(지사), 그리고 에이전트에서 벤더, 벤더에서 원단 Mill(공장). 이렇게 말이죠. 그런데 이젠 그 방향성이 완전히 무너졌어요. 바이어가 벤더를 직접 접촉하고, 바이어가 원단 공장과 상담을 하는 시대니까요. 당연히 Direct Business의 요구가 절실해졌다고 할 수 있겠죠."

나머지 2000년대의 특이점으로 원단 및 부자재, 즉 구매의 해외 소싱(Sourcing)에 대하여 이야기했었다. 아무것도 모르는 신입들을 앉혀 놓고 혼자 잘난 척해 댔던 스스로의 모습이 떠올라 얼굴이 화끈거린다. 사실 그렇게 박 과장도 조직의 틀에서 벗어나지 않고 안정적으로 감정을 조절하며 대리를 거치고 과장에 이르렀다. 에이전트에서 주로 벤더를 관리하는 방법 중 하나가 월별 평가 및 분기별 평가를 하는 것인데, 박 과장 스스로도 그 따위 평가에서 좋은 점수를 받기 위하여 많은 노력을 기울였다. 평가가 본인의 가치를 훼손이라 할 듯이 전전긍긍했으며, 틀에서 벗어나지 않으려 안간힘을 썼다. 함께 오더를 진행했던 고 팀장의 모습이 불현듯 씁쓸하게 떠오른다. 고 팀장은 바이어뿐 아니라 회사에서도 그런 틀에 잘 맞지 않는 구성원이었다. 모두들 그의 도전적인 성향에 대하여 말이 많았다. 절차를 건너뛰는 의도적 실수를 할 때도 많았고, 급하면 조직의 순서를 무시한 채 결론을 관철시키기도 했으며, 바이어에게 직설적으로 접근하며 오더 및 업무를 진행하기도 했었다. 그런 그의 행태는 영업본부장이나, 관리 부서, 생산 부서에서는 항상 골치 거리를 안겨 주었다. '모나면 정 맞는다'라는 편협한 틀 안에서 고 팀장은 점차 둥글어졌고, 온화해졌으며, 시간의 흐름을 거쳐 그 안정적인 틀에서 꿈틀거리며 머무를 수 있었다. 박 과장의 표정이 떨떠름해진다. 씁쓸함을 떨쳐 버리지 못한다. 익숙해진 것인지 박 과장도 이제 더 이상 회사 시스템에 대한 건의도 하지 않는다. 해외 공장 조직 체질 개선에 대한 의견 개진도 하지 않고 받아들이며, 회사에서 팀장이나 임원 등이 공지하는 경우에도, 불합리한 부분이 있다 하더라도 굳이 부정하지 않았다. 다만 바이어와의 관계에서만 박 과장 스스로 자주적인 면이 노출될 때가 있었지만, 전반적으로 박 과장 또한 회사 및 바이어의 틀에 길들여져 있었다 할 수 있었다.

자정이 넘은 시점, 사무실로 돌아온 박 과장의 눈빛이 잔잔하다. 결심을 실행하듯 노트에 무언가를 집중하여 적어 내린다. 윤경의 모습으로 '자주성'이란 단어를 다시 깨달은 박 과장은 조직과 팀, 그리고 선임으로 해나가야 할 일을 냉정하게 고찰하며 정리한다.

'우리 조직은 혁신이 없으면 쓰러진다. 고 팀장이 이야기한 것이 옳을 수 있다. 조직의 혁신은 파괴적 혁신이 되어야 한다. 점진적 혁신은 아무런 득이 되지 않는다. 매출 달성의 달콤함은 쓰잘 데 없는 미사여구가 가미된 독과 같다. 어차피 기업의 논리는 냉정하게 숫자로 나타난다. 올해 경상이익의 달성 없이는 적어도 가능성을 보여주지 못하면 우리 조직은 처참히 무너질 것이다. 목표이긴 하지만 그룹 매출 목표 1조 5천억에서 우리 팀이 이루려는 2014년의 400억은 고작 2.67%밖에 되지 않는다. 이제 상반기를 남겨 두었는데, 실질적 업무를 주도하는 내가 확신이 부족하면……, 내 스스로 확신이 없으면 누구도 설득하지 못한다. 누구도 내 편으로 끌어들일 수 없다. 누구에게 도움을 받기도, 누구에게 도움을 요청하는 것도 불가하다. 고 팀장도 아니다. 우리 조직 스스로 만들어가야 하는 과제다.'

둔촌동의 새벽이 깊어진다. 매출 목표, 경상이익 목표, 조직의 가치, 자주성, 생각이 차근차근 정리되어 다이어리에 옮겨진다.

'과연 나와 같은 생각을 우리 팀원이 어느 정도 공감하고 있을까? 도처의 부서에서 실적 이야기를 지겹게 듣는 팀원들의 생각은 어떠할까? 과연 우리 팀원들도 위기감을 가지고는 있을까? 당장 해야 할 업무가 실제로 산더미와 같고, 팀장은 조직의 관리비, 인건비 때문에 새로운 충원도 못 이루어 내고 있는데, 그 가운데 우리 팀원들이 느끼는 자괴감은 없을까? 바로 옆 팀만 해도 저녁 7시면 서둘러 퇴근하고, 개인의 사생활을 즐기며, 영화나 연극 이야기, 드라마 이야기 등, 사람 사는 것 같은 분위기가 충만한데, 옆 팀 직원들에게 상대적으로 박탈감을 느끼지는 않을까? 우리 팀원들에게 과연 어떤 점을 주력해

서 설명해 주고, 또한 위기감을 공유할 수 있을까?'

박 과장의 사고가 비약한다. 팀원의 업무 과중에 대한 설명할 수 있는 사실에 집중한다. 오만 가지 생각이 박 과장의 머릿속에 뒤섞인다. 당장 박 과장의 생각은 그 모든 생각이 조직과 관련된 것이다. 집중하고 몰두한다. 새벽이 더욱 깊어지고, 공기는 더욱 맑고 차갑게 땅으로 가라앉는다.

'어떤 역량이 개인에게 필요하고, 어떤 역량이 도대체 조직에게 필요한 것이지? 어떤 부분이 우리 조직의 매출 및 실적에 가장 도움이 될까? 스스로가 정 과장, 고 팀장과 이루어 낼 수 있는 것은 한계가 있을 것이 분명한데, 그렇다면 우리 막내 사원까지 그 모든 것을 공유하고 이루어야 하는 것일까? 도대체 섬유 수출을 한다고 하는 것은 직급별로 어떤 역량이 필요한 것이고, 조직적으로 필요한 가치는 무엇일까? 다만 우리가 경상이익 목표를 맞추는 실적을 낸다면 회사는 아무 말 없겠지만, 우리 스스로는 만족할 수 있을까? 그렇게 팀원들을 몰아붙이는 것이 옳은 것인지, 아니면 달래서 가야 하는 것인지, 가뜩이나 새로 들어온 녀석들도 많은데, 어떻게 이 친구들을 일하게 해야 하는지……'

결국 박 과장의 노트에 세 가지 핵심적인 문구가 완성된다.

개인 역량 & 조직 역량

실적을 위한 과감한 혁신

실행

박 과장이 주섬주섬 물건들을 챙기며 느릿하게 자리에서 일어난다. 새벽 늦은 시간이지만, 박성은과 김보람은 아직도 일어날 기미가 없다. 생각에 몰두한 나머지 무의식적으로 먼저 가겠으니 일찍 들어가라는 말이 튀어 나온다. 어색한 표정으로 바라보는 박성은과 김보람을 또 아무런 생각 없이 스쳐 지나가며 주차장으로 내려간다. 뻥 뚫린 도로를 질주하는 동안도 박 과장의 머릿속에는 여전히 그 세 단어만 튀어나와 충돌하고 맞붙는다.

'우선 우리가 어떤 일을 하는지 알아야 해. 섬유 수출에 필요한 개인의 역량이 무엇이고, 조직의 필요한 역량이 무엇인지 알아야 할 것 같아. 시키는 작업 지시서, 의뢰서, 샘플 제작 등만 잘한다고 무언가 이루어지지는 않아. 결국 필요한 역량을 개개인이 인지하는 것이 가장 급선무일 것 같아. 어떤 것인지 정리하기는 어렵겠지만, 그 부분이 가장 집중되어야 할 부분이야. 그 이후에야 실적 향상을 위한 이야기로 넘어갈 수가 있을 것 같아. 실적을 위해 개인과 조직 역량에 대한 인지나 발전 노력 없이 조직과 조직원을 닦달한다면 절대 그 성과를 이루어 낼 수 없을 것 같아. 그런데 어떤 혁신이 필요한지는 또한 모르겠네. 젠장. 하여튼 그렇게 무언가 혁신을 이루어 내려면, 실행이 되어야 하는데, 그 '자주성'을 찾을 수 있을까? 또 숱하게 많은 도전들을 받겠지. 에이, 어차피 사람은 죽어. 이는 절대 진리야. 노무현 대통령도 바위에서 떨어졌고 유명한 연예인들도 뭐 그렇고, 어차피 종국에는 나도 죽을 건데……. 조직이 죽으면 나도 죽고, 어차피 늙어서라도 죽을 건데, 자주성을 잃지 말고, 무언가 정해지면 밀어붙여 보자. 까짓것 박도준! 기죽지 말자!'

박 과장은 틀을 잡은 것에 만족한다. 박 과장이 핵심으로 뽑아내려 했던 것은 조직의 '자주성'이다. 조직이 자주성을 갖기 위해서 필요한 기준을 세운 것이다. 박 과장이나, 고 팀장이 주입식으로 팀원들에게 세뇌시킨다 한들 바뀌는 것은 없다. 팀원 스스로 그 기준을 찾아야 하는 것이다. 비로소 고 팀장이 서둘러 조직 변경, 또한 핵심 가치를 찾아 공유하자고 한 이유를 깨닫는다. 고 팀장은 다급한 것이다. 상반기가 마무리되고 하반기가 흘러가는데, 고 팀장 혼자 윽박지르고 일일이 참견해서 무언가 만들어 낼 수가 없는 것이다. 업무의 주체는 박 과장을 중심으로 이루어져 있고, 박 과장을 중심으로 짜인 구도에서 조직 자체에서 무언가를 만들어 내야 하는 것이다. 그 기준 또한 박 과장이 주도하에 만들어 내야 하는 것이고, 그 가치의 공유를 한 자리에서 해야 하는 것이다.

박 과장의 승용차가 여름 새벽 도로를 시원하게 달린다. 눅눅한 바람이 시원한 느낌으로 차창 안으로 달려 들어온다. 새벽 퇴근을 노곤하지만 상쾌하게 맞는다.

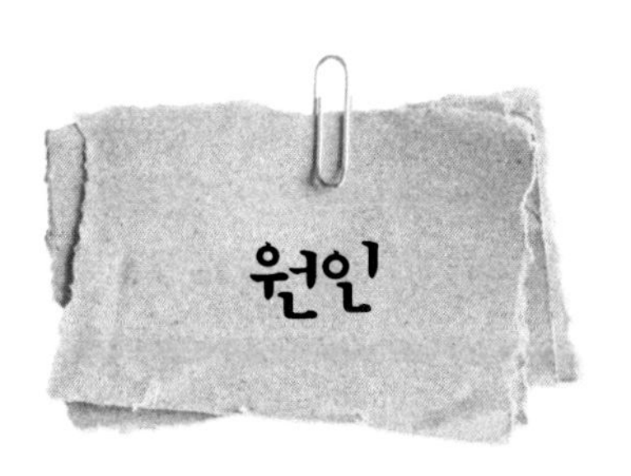

7월 25일 금요일 Part I

팀 워크숍은 실적이 좋거나 팀 분위기 쇄신이 필요할 때, 강제성을 띤 채로 진행된다. 강제성은 감추어지고 겉으로 나타나지 않는다. 자율성이 어찌되었든 워크숍에 흐르고 있어야 소기의 목적을 달성하기가 용이하기 때문이다. 그런 이유로 의도적으로 놀러 간다는 느낌을, 대학 MT와 같은 느낌을 받게 하는 경우도 있다. 또한 드물지만 강력한 명제를 조직원이 공유하고 있을 경우는 참여율이 높기도 하다. 그렇지만 대부분의 경우 워크숍을 진행하는 주체의 무지로 인해 워크숍이 전반적인 목적 개념이 없이 치러질 때도 많다. 단순히 놀이와 향락에 집중한다. 금요일 오후에 놀러 가듯 출발하여, 짐을 풀면 대학생들이나 즐겨 할 게임 등을 간혹 얼굴이 오글거리듯 낯간지럽게 진행하고는, 이어지는 술자리에서 부어라 마셔라 죽어라 외치며 음주를 부추긴다. 주량과는 관계없이 조직원들은 술에 취하여 워크숍의 의미나 목적 등을 전혀 생각하지도 못한 채 쓰러지기 일쑤다. 팀장이나 워크숍의 주체가 되는 측에서 그런 점이 단합이라 단단히 착각을 하고 있어도 팀원들은 그대로 받아들일 수밖에 없다. 사실 회사의 워크숍에 처음 참여하는 경우에도 매한가지 그대로 민망한 상황을 받아들일 수밖에 없다.

홍남규 대리와 한태민 대리는 회의실에서 오후의 스케줄을 점검한다. 2주 전에 펜션 예약은 되있고, 서바이벌 게임과 래프팅도 시간 맞추어 예약해 두었다. 강원도 인제 내린천 계곡의 물이 역대급 가뭄으로 최저에 이르렀으며 래프팅을 즐기기에는 적합하지 않다라는 기사는 간단하게 씹어 넘긴 지 오래다. 일단 떠나는 것에 의미를 두었다. 더 기다리다가는 여름 휴가철과 맞물려 팀원 전체가 움직이기도 쉽지 않다. 고 팀장의 의지는 더더욱 확고하다.

"그니까, 내 먼저 간다 안 카나. 내 알바 유림하고 유진하고 갱히하고 델꼬 장 보고, 그리 출발하께. 박 과장하고, 고불통하고, 또 광진이하고, 이케 차 나눠 타고 오라 마."

주저하지 않는 홍 대리의 계획에 태평한 한 대리는 동의하며 고개를 끄덕인다.

"그러시라고요."

"근데, 예약이 다 잡혀가, 꼭 딴 팀도 4시까지는 와야 서바이벌할 수 있을 끼다. 니 꼭 챙기서, 특히 박 과장 꼭 챙기서 같이 오라 마. 그 냥반 또 늦으면 다 스케줄 엉망 되니까 말이다. 알긋나?"

인원 별 차량 배치, 중간 휴게소 및 점심식사 계획, 도착지의 주소 및 약도, 전화번호. 도착해서의 서바이벌 게임 일정, 팬션으로 들어와

서의 게임 일정, 술자리, 다음 날 아침의 래프팅 일정 등이 엑셀로 정리되어 깔끔한 양식으로 프린트되어 있다. 그러나 5시부터 7시까지 2시간의 스케줄이 특이하게 잡혀 있다. 서바이벌 이후 펜션으로 돌아온 후 저녁식사 이전까지의 시간이다. 대부분의 경우 팬션에 들어오면, 개인 시간이란 명분으로 서로들 자유롭게 주변을 산책하거나 계곡에 나가 보거나 하는 시간이 있다. 그렇지만 이번 워크숍 일정에는 그런 개인 시간 대신에 '발표'란 항목으로 5시부터 7시까지 계획되어 있는 것이다. 홍 대리와 한 대리는 그 부분이 크게 마음에 끼지는 않는다. 다른 때, 다른 곳에서 했던 것과 같이 가서 놀고 술 먹고 하겠지 하는 생각이다. 특별하게 발표를한다는 것이 그들이 생각하는 워크숍과는 매칭이 되지 않아서 더욱 그렇다.

[고학구] 다들 회의실로 잠깐 모이자.

메시지가 진동을 타고 울린다. 큰 회의실에 앉아 계획표를 보고 서로 논의하던 홍남규 대리와 한태민 대리는 동시에 휴대폰을 보고 고개를 들어 마주 본다.

"머 할 얘기가 있는 긴가 본데, 노트 가져와야 안 하겠나?"

둘은 4층 화상 회의실에서 벌떡 일어나 다이어리를 가지러 자신들의 자리로 빠른 걸음으로 돌아간다. 자리로 돌아가는 길에 하나둘 다이어리를 들고 회의실로 걸어오는 팀원들과 마주친다. 김보람은 3층 샘플실에 내려가 있는 아르바이트 유림을 데리러 뛰듯 급하게 3층으로 내려간다. 하나둘 회의실 자리에 메워진다. 아르바이트생 유림이

다이어리 없이 김보람과 함께 들어오며 회의실 문을 닫는다.

"자, 다들 모인 건가? 일단 자리부터 재조정해 보도록 합시다."

회의실에 모인 팀원들에게 고 팀장은 워크숍 차량 별로 인원을 배치해 앉으라고 지시한다. 무언가 알고 있는 듯한 눈치의 한경희와 박 과장이 먼저 자리에서 일어난다. 그러나 나서지는 않고 조용히 지시에 따른다. 팀원들은 자신들이 배정된 차량을 한 조라 여기며, 서로 끼리끼리 움직여 자리에 앉기 시작한다. 자신의 자리가 어딘지 몰라 두리번두리번하던 윤지원이 마지막 자신의 자리를 찾아 앉자 고 팀장은,

"음, 됐네. 자, 금일 시간 늦지 않도록 업무 마무리하시고, 각자 차량마다 워크숍 오시는 동안 해야 할 일을 드리겠습니다. 여기 각 조 별로 핸드 아웃을 드립니다. 특별히 공부를 하는 것은 아니지만, 오는 길에 꼭 한 번씩 읽어 보시고 내용을 깊이 한번 생각해 보셨으면 합니다. 그리고 각 차량 팀으로 조를 구성하여 주제 발표를 할 예정입니다. 주제는 별도로 알려드리도록 하겠습니다. 사실 지금 드리는 내용이 꼭 주제에 부합할 수는 없다고 생각하나, 기본적으로 우리가 조직 생활을 하면서 가져야 할 덕목, 또한 기본 마음가짐에 대한 생각이라 할 수 있을 겁니다. 제가 틈틈이 생각날 때 정리한 것이라 내용이 편협할 수 있고 보편적이지 않을 수 있으나, 여러분 스스로 그 내용과 핵심을 파보셨으면 합니다."

고 팀장은 자리에서 일어나 프린트 물을 각각의 차량 팀에 전달한다. 고 팀장 차량에 속해 있는 이주희, 김보람, 이해정과 한태민 대리는 머리를 맞대고 전달물을 읽기 시작한다. 홍 대리는 전단물을 받자마자 한경희에게 무표정하게 던져 주고, 조광진은 반응이 없이 허공

을 응시한다. 반면에 박성은과 고윤경은 초롱초롱한 눈을 반짝이며 관심을 갖는다. 박 과장과 정 과장은 서로 아직 서먹하다. 김인경이 전단물을 입을 비죽거리며 집어들며 응시한다. 핸드 아웃에 그려져 있는 차량 배치도를 보며 본인의 차량을 확인한다.

· 고 팀장 그랜저: 한태민 / 김보람 / 이주희 / 이해정
· 홍 대리 코란도: 한경희 / 유림 / 양유진 /
· 조광진 티구안: 고윤경 / 박성은 / 김양희
· 박 과장 에스엠: 정만호 과장 / 김인경 / 윤지원

한태민 대리는 근래 정만호 과장의 영입으로 심정이 불편하다. 본인은 정상적으로 내년에는 대리 말 호봉이며, 과장 진급의 케이스인 것이다. 밑의 직원을 충원해 주기를 바랐지만, 결국 자신의 위 과장이 영입된다. 더구나 영업 통도 아니고 원단 팀에서 영입을 하다니, 이해할 수 없는 고 팀장의 처사라 생각한다. 태평한 성격으로 웃는 낯으로 팀원을 대하던 그의 모습도 근래 많이 줄어들었다. 고 팀장의 차량에 배속된 것 또한 불만이다. 고 팀장의 전단물 미팅이 끝나자 한 대리가 그 전단물을 챙긴다. 나머지 이주희는 이제 신입으로 입사한 지 5개월, 이해정 씨는 계약직 아르바이트 사원이며, 김보람 씨는 2월 초 입사로 본인보다 빠르긴 하지만 아직 경력 1년 차로 조직에 대하여 경험치가 부족하다. 한 대리는 자리로 돌아와 앉아 전단물을 읽어 나간다.

원인

보람 씨가 지난 출장 때 불쑥 건네준 책이 있었습니다. 김연수란 작가의 산문집인데, 그리 본인의 정서와는 맞지 않았습니다. 작가의 자질이랄까, 그런 부분이 드러나지 않는다고 건방진 오판을 했던 책이었습니다. 홍콩으로 떠나는 비행기가 제 고도를 찾을 무렵, 캐빈을 열고 책을 꺼내 읽기 시작 했었습니다. 부담 없이 빠르게 읽어 나가는 도중에 이런 문구가 들어왔습니다.

"20대가 힘든 이유는 원인에 대한 결과를 얻을 수 없기 때문이다."

쉽게 책장을 넘기다가는 문득 다시 페이지를 앞으로 넘겨 곰곰이 문장을 들여다보며 생각을 하기에 이르렀습니다. 저는 벌써 마흔이 훌쩍 넘었고, 스무 살의 고민을 깊게 생각할 필요가 굳이 없었습니다. 그렇지만 우리 팀의 주축 업무 동력이라 할 수 있는 여러분의 대부분이 스무 살 후반이란 점이 더욱 그 문구를 파고 고찰하게 만들었습니다. 한참을 생각한 끝에 그 내용을 완전히 이해할 수 있었습니다. 20대에는 다분히 여러 원인을 심어 놓는 시기이며, 이에 대한 결과는 바로 나오지 않고 서른 또는 그 이후에 나온다는 이야기입니다. 본질을 이해하고 싶었습니다. 한 가지 이치에 맞는 부분이 있다면 그 전후좌우, 본질을 파악할 수 있으리라 생각했고, 그 부분을 고심하느라 세 시간 반의 비행 시간 동안 그 짧은 산문집을 다 읽지 못했습니다.

그렇게 원인이 결과를 만들어 낸다면, 우리는 어떤 원인을 심어 놓는 것이며, 이전에 심어 놓았던 원인은 무엇이며, 또한 그 결과는 언제 나오는 것일까? 우선은 시간 개념(Timing Frame)을 원인 & 결과에 적용시킬 필요가 있었습니다. 20대라는 말 자체의 시간은 10년입니다. 그렇기 때문에 10년을 기준으로 원인과 결과를 나누어 봐야 하겠다는 생각에 이르렀습니다. 따라서 10대와 30대도 똑같은 개념으로 원인과 결과를 만들어 보았습니다. 결국 김연수 씨가 언급했던 "20대가 힘든 이유는 원인에 대한 결과를 얻지 못하기 때문이다."라는 말을 풀어 놓으면, 하기와 같이 확대될 수 있다는 결론을 얻었습니다.

@ 10대에 심어 놓은 원인이 20대를 결정한다.
@ 20대에 심어 놓은 원인이 30대를 결정한다.
@ 30대에 심어 놓은 원인이 40대를 결정한다.

10대라면 초등학교, 중학교, 고등학교를 합하여 학창 시절이라 할 수 있을 것입니다. 학창 시절에 해야 할 것은 공부입니다. 근래는 수학 능력이라고 하죠. 그 평가를 학창시절이 끝나는 19세에 받게 됩니다. 그 10대의 학업을 원인이라고 한다면, 결과는 대학과 취직이라 할 수 있을 것입니다. 다시 말하면, 10대의 원인(얼마나 정성을 다하여 학업을 했는가)이 20대를 결정짓는다는 것이죠. 그 매개가 대학과 취업이 되는 것입니다. 10대에 본연의 학업에 충실한 사람은 그 대가를 20대에 받게 됩니다. 그렇지만 이는 서른, 마흔까지 이어지지 않습니다. 물론 영향이 없을 수는 없겠지만, 30대를 결정짓는 것은 20대의 원인일 뿐, 10대의 원인이 아니란 말이죠. 다시 말하면, 10대의 원인은 20대를 결정짓지만 30대까지 영향을 미치기 힘들 것입니다. 간혹 10대의 자기만족을 서른, 마흔까지 이어가고, 20대의 영광을 잊지 못한 채 저 세상까지 가져가려 하는 어리석은 사람들도 있습니다. 우리가 흔히 보는, '내가 왕년에……'하는 이야기입니다. 서른이 넘어도 10대를 회상하며 사는 것은 어리석은 사람의 행동이 되는 것이겠죠. 바꾸어 말해, 10대에 제도적인 교육 체계에서 좋은 결과를 받은 것으로 인생 전체가 결정된다면, 이는 분명 허무하고 허탈한 인생살이라 할 수 있을 것입니다.

저는 공대를 나왔습니다. 재료 공학을 전공했는데요. 눈에 보이지 않는 화학적인 분자, 원자, 그 구조가 도무지 이해가 되지 않았습니다. 진짜 공부라 할 수 있는 대학의 전공도 단계를 밟아 온 것이었습니다. 초등학교 때에는 구구단을 배웠고, 중학교 때는 인수분해를 배웠으며, 고등학교 때는 미적분학을 배웠습니다. 이는 대학에 들어와 역학을 배우기 위함이었고, 또 전부는 재료 공학을 이해하기 위한 단계였다고 할 수 있는 것이겠죠. 어느 한때 인수분해를 잘했다고, 어느 한때 미적분학을 잘했다고, 현재의 공학을 잘한다고 할 수 없습니다. 그 기억만 가슴속에 지닌 채로 살 수는 없겠죠.

그렇게 이해를 해야 하겠습니다.

그런데 과연 우리는 고등학교를 졸업하고 또 무엇을 배워야 하고, 경험해야 하고, 원인을 심어 놓아야 하는지 잘 인지하고 있는 것일까요? 불행하게도 전 잘 몰랐습니다. 이렇게 팀장이 되고, 회사의 중견 관리자가 될 때까지도 말이죠. 철저하게 규명하고 넘어가야 할 젊은 시절을 술과 향락 또한 방임으로 보내 버렸습니다. 다른 대안이 없었다는 것이 결국 저를 이 자리로 이끌었다 할 수도 있겠지만, 분명 저 또한 절망과 좌절을 겪었고, 넘지 못할 파도로 다가

왔던 압박과 스트레스에 힘들어 했으며, 또한 앞이 보이지 않는 안개와 같은 미래에 불안했던 시절을 거쳐 왔습니다.

20대에 심어 놓아야 할 것은 분명 많습니다. 10대의 기억에서 탈피하여 인생의 한 축을 차지할 업무에 대한, 또한 사회생활에 대한 구체적인 계획이 필요합니다. 이에 대한 준비도 해야 하겠지만, 동시에 많은 간접 경험도 필요할 것입니다. 지금 우리 해정 씨를 보면 이해가 조금 빠를 것입니다. 해정 씨는 대학 3학년임에도 불구하고 아르바이트로 사회 경험을 6개월 이상 하고 있습니다. 그런 경험은 추후 본연의 직장을 가질 때, 또한 미래 해정 씨의 회사나 조직을 판단할 때 분명 큰 기준이 될 것이라 확신합니다. 그런 경험이 20대에 필요한 것입니다. 해정 씨는 단순히 시키는 일만 하지 않습니다. 일을 주도적으로 찾아서 하고, 그녀가 떠난 후를 염려 하여 매뉴얼까지 만드는 모습은 과히 그녀의 큰 경쟁력이 될 것이며, 그런 경험이 그녀의 30대에서 중요한 결정을 내릴 때 중요한 원인으로 빛을 발할 것이란 얘기입니다.

그런 사회의 경험이 쉽지 않고, 또한 한계가 많은 것도 이해합니다. 그렇지만 우리에게는 책이, 간접경험을 충분히 할 기회가 있습니다. 독서는 실제 경험의 시너지를 높여 줄 것이며, 또한 우리 사고의 폭을 무한대로 넓혀 줄 힘을 가지고 있다 생각합니다. 독서는 가능한 다양하게 인문학부터 전문서적까지 가리지 말아야 하겠으며, 지속적인 20대의 필수 이수 항목으로 여겨야 하겠습니다. 사회생활과 대학생활과 가장 다른 점 한 가지를 뽑자면, 아마도 '사람과의 관계'가 아닐까 생각합니다. 학창시절에는 내가 좋아하는, 나와 코드가 맞는 사람과만 어울리지만, 사회생활은 내가 원하지 않는다 하더라도 관계를 이어 나가야 합니다. 우리 흔히 얘기하는 '사람 사는 이야기'가 그래서 필요한 것입니다. 책 속의 수많은 캐릭터를 미리 경험하고, 수많은 상황들을 미리 경험하게 된다면, 더욱 유연하고 올바른 의사 결정을 할 수 있을 것입니다. 또한 미지의 세계에 대한 용감한 도전, 새로운 세상으로의 여행도 20대에 할 수 있는 크나큰 경험이 되겠죠. 다시 정리하자면, 사회 간접경험, 독서, 도전과 여행이 20대에 심어 놓아야 할 원인이라 감히 이야기할 수 있을 것입니다.

그렇다면 30대에는 무엇을 심어 놓아야 할까요. 사실 20대에 심어 놓아야 할 것 중에서 공부는 깊게 언급하지 않았습니다. 왜냐하면 20대는 대학 생활에서 본인이 원하는 공부를 마음껏 할 수 있기 때문입니다. 또한 스스로의 인생 계획을 세우게 되면, 자연스럽게 관련 분야 공부를 할 것이기 때문입니다. 또한 생각이 단단하게 아물기 이전에는 독서, 특히 인문학적 소양을 갖추는 것이 더욱 중요하기 때문에 가장 필요한 원인이 아닐 수도 있는 것입니다. 그런 점을 다 건너뛰고, 우선 여러분은 본의가 되었든 본의가 아니든 20대를 지나쳐 버렸습니다. 물론 20대 후반이라 아직 자투리 시간이 남아 있겠지만, 직장 생활을 시작한 이상 이제 관념상 30대를 시작했다고 할 수 있는 것이죠.

다시 되돌아가서, 서른에 심어 놓아야 할 것이 무엇일까요? 고등학교를 졸업할 때 보는 수학 능력 시험평가란 말의 의미는 스스로 공부할 수 있는 역량에 대한 평가라 할 수 있습니다. 그 말은 즉 대학에서 전문적인 학습을 할 수 있지만, 우리는 궁극적으로 평생 학습을 하며 살아야 한다는 의미와 동일합니다. 고등학교까지의 제도화된 교육, 그리고 대학 4년간의 전문적인 학습은, 절대 우리가 살아가는 대한민국의 치열한 노동시장에서의 안정을 보장해

주지 않습니다. 말 그대로 스스로의 발전 없이는, 학습 없이는 도태되기 마련이란 뜻입니다. 세상과 주변의 사람들은 빠르게 변해 가는데, 나는 이 자리에 머무른다면 어찌 퇴보하지 않을 수 있겠습니까……. 말초신경을 자극하는 자기 계발서도 좋겠지만, 테마를 정해 꾸준히 학습하는 것이 30대에는 절대적으로 필요하겠습니다. 우리가 배워야 할 분야는 무궁무진합니다. 사회와 경제, 그리고 정치를 알고 싶다면, 매일 조간신문과 경제신문, 석간신문과 주간잡지를 끊이지 않고 구독하여 보십시오. 주변을 보는 시각이 일반화되고 균형 잡힌 사고를 가진 사람이 될 것입니다. 또한 조직에서 필요한 리더십, 철학, 심리학, 경영, 회계 및 재무제표, 통계, 환율 등 우리가 배워야 할 분야는 너무도 다양합니다. 굳이 설명하지 않아도 여러분 스스로 느끼실 것이라 생각합니다. 우리 섬유 제조 수출은 사람이 생명입니다. 사람이 하는 일에서는 인문학이 큰 영향력을 발휘한다고 전 그렇게 생각합니다. 저는 개인적으로 철학과 심리학, 그리고 리더십을 30대에 공부해야 할 학습 주제로 추천하고 싶습니다.

야구선수는 시즌이 끝나면 다음 시즌을 위해 더욱 강도 높은 훈련을 감당해 냅니다. 그들은 시즌 중간에도 여러 훈련을 소화하며 본인의 경쟁력을 키웁니다. 그들과 우리는 같습니다. 그들은 20%의 실전을 위해 80%를 자기계발에 투자하는데, 우리는 얼마큼이나 자기계발에 투자를 하고 있는 것일까요? 설문을 보니, 직장 생활을 하는 사람의 1%만 자기계발에 적극적이라 합니다. 이는 지하철을 타고 출근하는 아침에 극명하게 드러납니다. 주변의 거의 모든 사람들이 휴대폰에 이어폰을 연결해 게임이나 음악, 또는 인터넷 기사를 검색합니다. 그런 무수한 평범한 사람과는 다른 무언가를 만들어 내십시오. 무기를 장착하십시오. 차별화된 스스로에 자존감을 느껴 보십시오. 그 시간이 굉장히 즐겁다면, 제 주제에 어떤 조언을 할 수가 있겠습니까? 하지만 그 시간이 무료함을 보내기 위해서라면, 과감한 습관의 탈피가 필요할 것입니다.

30대에 심어 놓아야 하는 원인은 채 40대가 되기 전에도 그 빛을 발할 가능성이 큽니다. 대부분의 진급 연령을 보면 서른 중반 즈음에 과장이 되고, 서른 후반 즈음에 차장으로 진급을 합니다. 대리와 과장은 조직에서 하늘과 땅 차이라고 할 수 있습니다. 대리가 일을 잘한다고 과장이 되어 일을 잘할 수 있다고 전 생각하지 않습니다. 싱크율이 그리 높지 않습니다. 과장은 말 그대로 매니저(Manager)입니다. 관리자란 이야기지요. 관리는 그 주 업무가 인력 관리가 될 것입니다. 따라서 바로 리더십이나 심리학, 철학이 필요한 상황이 되는 것이지요. 서른에 주도적으로 그것을 학습으로 준비를 해온 인재와 그렇지 못한 인재는 무한 경쟁을 하는 우리 사회에서 존재하느냐 도태되느냐의 극명한 구도로 대립할 것입니다. 누군가를 따라서, 누군가가 시키기 때문에, 누군가는 또 그렇게 그 시절을 보냈기 때문에 나 또한 그렇게 보내는 것은 본인 자신에 대한 책임 회피 아닐까 조심스레 비판해 봅니다. 적어도 우리가 신성 인터내셔널에 입사하고, 그때 가졌던 마음가짐, 잘해 보고, 열심히 해보고, 견뎌 내보자 하는 마음가짐에 대한 예의는 지켜야 하지 않을까, 그래야 우리 스스로에 대하여 조금이라도 떳떳하지 않을까 생각해 봅니다.

40대에도 심어 놓아야 할 원인이 있습니다. 20대, 30대에 추구하려 했던 것을 마흔이 된다고 건너뛰지 않습니다. 또한 마흔이 되어서 심어 놓는다 하는 원인이 20대 30대에는 안 되는 것도 아닙니다. 다만 만물이 제때가 있듯이, 마흔에 적정한 것이 있다고 생각합니다. 40대에 심어 놓아야 할 것은 인맥입니다. 이로써 바로 직장 생활의 백미를 장식할 수 있으리라 생각합니다. 며칠 전 허 전무님과 직장 생활에 대하여 이야기해 보았습니다. 허 전무께서는 본인의 꿈을 마음대로 펼쳐 보일 수 있는 것이 바로 직장 생활이 아닐까 하는 이야기를 하셨습니다. 저는 그 말에 백 번 동의합니다. 그런 최종의 꿈을 펼칠 수 있도록 도와주는 것이 마흔 줄에 형성되는 인맥이라고 전 생각합니다. 기 말씀드린 바와 같이, 그렇다고 해서 20대에 시작했던 독서, 여행 등을 소외시 하면 안 되겠으며, 또한 30대에 주제별로 시작했던 각 학문에 대한 학습은 지속적으로 병행되어야 하겠지요. 그렇게 쌓아 나가는, 차근차근 만들어 나가는 인생이야말로 진정 값지고 행복할 것입니다.

여러분 스스로 고민해 보아야 할 시간이 아닐까요…….

워크숍 사전 논의에서 뿌려진 고 팀장의 '원인'은 한경희에게도 새롭게 다가왔다. 간혹 답답할 정도로 무거워 보이는 고 팀장이지만, 균형 잡힌 사고로 업무를 뛰어넘은 인생을 고찰하고 있는 것이다. 돌이켜 보니, 숱하게 나누었던 조직과 업무 효율에 관한 이야기도 고 팀장은 대부분 묵묵하게 들어 주는 것에만 집중했었다는 것을 깨닫는다. 박 과장을 위주로 조직 변경이 이루어져야 하고, 또한 박 과장이 도출해 내는 워크숍 주제를 심도 깊게 논의해야 한다고 주장했을 때도, 고 팀장은 말없이 고개만 끄덕였다. 확답을 주지 않는 그의 태도가 다소 못 미더웠는데, 금번 워크숍의 논제도 박 과장이 주도해서 만들어 낸 것이다. 고 팀장은 '원인'의 저의에 대하여 별다른 추가 언급이 없다. 어찌 보면 워크숍의 주제인 효율성 및 조직 강화와는 무관할 수도 있는 내용이다. 다만 그는 워크숍의 주제를 논하기 이전에 인생의 이치를 팀원들에게 심어 주고 싶었을지도 모른다. 사회생활에 닳고 닳아 무뎌진 낡은 감성에 생명이 깃드는 것과 같이 한경희는 따뜻함을 느낀다.

팀원들은 잔 업무 처리에 여념이 없다. 업무를 어느 순간 접어야 할 때까지 압박의 강도는 줄어들지 않는다. 전단물 따위는 힐끔 쳐다보고, 조원에게 던지듯 넘겨 버린 홍 대리는 고 팀장에게 법인 카드를 전달받는다. 선발대로 출발하는 동시에 강원도 인제 내린천으로 향하는 도중의 가장 근접한 대형 마트를 검색한다. 총 17명의 저녁식사, 그리고 다음날 아침식사가 홍 대리 차량의 장보기에 달려 있다. 11시에 선발대가 출발하기로 사전 계획되어 있지만, 시간이 채 되기 전에 부산스러운 분위기가 연출된다. 홍 대리는 아르바이트 계약 사원인 유림과 양유진에게 준비해 제시간에 출발해야 한다며 떠들며 독촉한다. 그의 행동이 분위기를 급하고 불안하게 자아낸다. 한경희는 홍 대리를 물끄러미 바라보며 얕은 한숨을 내쉰다. '실행'에 집중되어 있는 인재는 가장 바뀌기가 쉽지 않다. 그런 인재의 대표적인 케이스가 바로 홍 대리다. 아르바이트 사원들은 스케줄에 대한 자율성이 떨어진다. 짜인 스케줄대로 움직여야 하는 것이다. 분위기를 깨지 않기 위한 노력이 전부일 정도로 홍 대리의 아우라는 강해 보인다. 한경희는 출발 이전에 고 팀장에게 이야기했던 부분, 본인의 철학과 심리학 지식을 바탕으로 생각을 정리한다.

홍 대리의 코란도 차량이 스케줄에 맞춰 먼저 회사에서 떠난다. 사람 수에 맞게 김밥을 준비한 나머지 차량들도 12시를 기점으로 사무실에서 강원도를 향해 출발한다. 조광진의 차량에서는 고윤경과 박성은이 원인에 대한 활발하고 건전한 토론을 이루어 나간다. 어린 시절부터 해외 각국에 여행을 많이 다녀 본 윤경이 다소 20대의 원인에 대해 적극적이고, 박성은은 돌출되는 의견에 간혹 의문을 제기하지만 대체로 동조한다. 사물이나 인간 심리에 대한 통찰력이 좋은 박성은은 대화의 방법에 익숙하다. 신입 사원인 김양희는 본연의 성격대로 추임새를 넣으며 대화의 분위기를 맞추어 주고 있다. 고윤경의 히말라야 중부 안나푸르나 트래킹에 대하여 이야기가 한참 무르익고, 키가 큰 조광진은 묵묵히 운전만 열심이다. 더운 여름의 우거진 산록이 고속 도로 좌우로 빠르게 스쳐간다.

7월 25일 금요일 Part II

커다란 시골 단위 농협 달력 크기의 붙임 쪽지가 있는지 홍 대리는 미처 알지 못했다. 홍 대리의 의아함과 상관없이 고 팀장은 우뚝 묵묵하다. 의미심장한 말들이 차례로 쓰여 있는 전지 사이즈의 붙임 쪽지 옆의 고 팀장은 전투를 앞두고 있듯이 자못 비장하다. 주제를 고심해 낸 박 과장의 표정도 의미심장하다.

· 개인 역량

· 조직 역량

· 실적을 위한 과감한 혁신

· 실행

홍 대리는 신나는 서바이벌의 끝으로 맥주를 동반한 음주를 시작하지 못해 뚱한 표정을 남발한다. 묵묵한 분위기가 꺼림칙하고 마음에 차지 않는다. 출발할 때 만만치 않은 한경희와의 의견 충돌부터 심상치 않았다. 워크숍은 마시고, 게임하고, 즐겁게 웃고 돌아가야 그 본연의 의미에 충실한 것이란 생각은 변함이 없다. 워크숍에서 업무 토론으로 심각해야 한다는 것이 도통 이해가 되지 않는다. 주위를 둘러보니 박 과장도 나름 심각하고, 일부 팀원들은 쫑알쫑알 무엇을 어떻게 할 것인지 알지도 못하면서 신나는 분위기이다. 새로 합류한 정만호 과장은 부리부리한 눈을 좌우로 뿌리며 분위기 파악에 한참이다. 조광진은 큰 키와 달리 달관한 듯 무심한 표정으로 멍하게 앉아 있고, 의외로 한태민 대리가 긍정적인 태도로 직원들과 어울린다. 홍 대리가 냉장고에서 맥주 캔을 몇 개 꺼내와 팀원들에게 건넨다. 발표의 분위기를 음주의 분위기로 바꾸려는 의도를 표출한다. 고 팀장은 말없이 홍 대리를 응시하며, 손뼉을 세 번 큰 소리가 나도록 부딪친다.

"자, 이제 각 조별로 앉아 보도록 합시다."

체육복으로 편하게 갈아입은 팀원들은 노트 하나씩을 들고, 전단물을 들고, 설렁설렁 네 그룹으로 줄 맞추어 고 팀장을 앞에 두고 자리를 잡아 앉는다. 한경희가 조용히 일어나 티나지 않게 각 팀원이 제대로 착석하도록 도와준다. 한경희를 바라보는 홍 대리의 눈꼬리가 치켜 올라간다. 유림이 한경희와 홍 대리와의 위태한 긴장을 불안하게 바라본다. 아르바이트생의 위치로 대화에 끼어들지는 못했지만, 유림은 홍 대리의 막무가내에 맞서 한 치도 지지 않던 한경희를 다르게 보았다. 워크숍을 오는 차 안에서 홍 대리는 오불관언이었다.

"머 그깟 찌라시 같은 기에 머가 씨여 있는지 몰라도, 안 읽어도 마다 안다. 우리가 머, 고등학생이가? 대학생이가? 어엿한 사회생활 하는 성인 아니가? 고 팀장이나 우리 회사나, 머 이래 사원들 눈치 보며 우떻게 일하겠노? 애들은 빡세게 돌리고, 못 견디면 나가는 거지. 그래가 자고로, 신입 사원을 뽑더라도 지방에서 올라오고, 어릴 때 가난하게 산 애들 위주로 뽑아야 일 견디며 할 긴데, 그란 생각이나 하나 모르겠다."

제법 사회생활 정도는 달관한 것 같은 호기였다. 얘기가 오락가락 고속도로에 쏜살같이 차선을 바꾸며 달려 나가는 차와 같이 두서없었다. 옆자리에 앉아 왔던 한경희는 기회를 힐끔힐끔 엿보며 노련한 고양이와 같이 움츠렸고 쉬 나서지 않았다.

"이번에도 와 꼭 바빠 죽겠는 와중에 놀라 가냔 말이다. 니도 마 광진이 밑에서 일해 봐 알겠지만, 지난주에 오다 풀려서 이번 주 발주 밤새서 하잖냔 말이다. 고 팀장이야 머 발주하나? 박 과장도 웃기고, 마 정 과장이야 내용 모르겠지만 말이다. 또 가면 가는 거지, 가서 한잔 찐하게 하고 또 으쌰으쌰하면 되는 기지, 멀 또 준비한다 해쌓고, 읽어 보라 해쌓고, 발표한다 해쌓고, 요즘 고 팀장 감 잃은 거 아닌가 싶다. 이거 감 잃으면 집에 가야 하는 일인 기다. 안 글나?"

홍 대리는 득의양양했다. 사실 고 팀장에게 직접적으로 맞붙어 덤비지 않던 홍 대리였고, 대화 상대가 신입사원에 아르바이트생이라 겉으로 보기에는 싸움이 될 수가 없었다. 그렇지만 예상을 깨고 한경희가 제대로 맞붙은 것이다.

"홍 대리님. 직장 생활을 왜 하시는 거죠?"

한경희의 한 마디로 시작된 언쟁은 말 그대로 '철학'과 '실제'의 싸움이었다. 철학이 밑바탕이 되면 실제는 힘을 가진다. 그렇지만 철학이 가미되지 않은 실제는 위기 상황에서 무너질 수도 있는 것이다.

"나 말이가? 가만……, 머 그게 무슨 말이가? 왜 일하느냔 말이가? 그기가 마 이유가 있나? 마누라 애들 둘 믹여 살려야 안 카나? 돈 벌어야 그카지, 안 벌면 우째 믹이 살리노?"

"그럼 돈 많이 주는 새아나 한새나, 뭐 그런 회사에 가시죠, 왜 신성에 계세요? 혹시 그쪽에서 일하기는 자신이 없으신 거는 아니에요? 아니면 거기서 안 뽑아 주거나요."

"니 머라캤노? 내, 한설에서 왔고마. 머 새아나 한새나 내가 와 못 가노? 한설 그만두면서 가까운 데 찾다 온 거구마, 내가 마 어디나 그깟 회사 입사 못 하겠노? 무슨 헛소리노, 헛소리는?"

"아니, 돈이 전부라면 돈 찾아 가야지요. 우리 팀원들은 홍 대리님과 같은 생각을 가진 사람도 계시지만, 모두가 돈에 따라서 직장을 옮기거나 하는 것 같지가 않아서요. 정만호 과장도 그렇고, 김인경, 윤지원, 뭐 고 팀장이나 저도 그렇고요. 성은, 윤경도 말이죠. 박 과장은 어떨지 모르겠네요."

"니 장난하나? 돈이야 머 그까짓 거, 중요하기는 하다마는, 회사가, 또 팀이 좋아야 안 하겠나? 당연히 일하는 곳이 마음에 들고 해야지, 돈도 중요하고. 그래야 먹고 사니까, 글치만, 같이 일하는 사람이나 회사 조건도 중요한 거 아니겠나?"

그렇게 시작된 논쟁은 장을 보고, 워크숍 장소로 오는 내내 두 시간이나 계속되었다. 뒷자리의 유림과 양유진은 한경희와 홍 대리의 언쟁을 고스란히 들으며 안절부절했다. 간혹 홍 대리가 흥분한 채 물어

보는 대답에 깜짝 깜짝 놀라며 어려워했다. 그들은 사실 여부나 논리와는 상관없이 홍 대리의 신경을 거스르지 않는 방향으로 애매한 동조를 할 수밖에는 없었다. 한경희는 홍 대리의 마음을 열어 주려 부단히 노력했지만, 사고의 폭이 넓지 못한 홍 대리를 설득하는 데에는 무리가 있었다. 대화와 소통이란 측면에서 한경희는 어린 나이에 걸맞지 않게 굉장한 인내를 가져야 했고, 홍 대리는 대화의 내용보다는 본인의 의견이 옳다라는 전제 하에서 한경희의 의견을 반박하고 반대를 위한 반대에만 치중했던 것이다. 대개 대화가 제대로 이루어지기 위해서는 '인정'이라는 절차가 필요하고, 상대를 '인정'하기 위해서는 어떤 주제에 대해서도 100% 옳고 그름이 없음을, 또한 본인 스스로의 의견도 온전히 옳을 수도 없음을 전제해야 하겠지만, 홍 대리는 대화의 방법에 서툴렀다. 모든 것이 온전히 옳고 그른 것은 수학적인 측면에서나 가능한 것이지, 조직적인 측면에서 이의 옳고 그름을 단정지을 수는 없는 일일진대, 홍 대리는 본인의 의견이나 의사가 조직에 제대로 반영되지 않은 것에 대하여 단순히 반발심을 발로로 한 반대의 의사를 꺾지 않았던 것이다. 아집이 강한 홍 대리를 결국 설득하지는 못했지만, 다만 인문학적인 접근에는 큰 반박이 없었던 것으로 보아 아직 사고가 바뀔 개연성은 있었다. 한경희는 돈이 꼭 중요한 것은 아니라는 것을 설명하며 오너(Owner, 창립자 - 회장)의 이야기를 했었다.

"메슬로우란 사람이 있어요. 1908년에 피터 드러커, 경영의 대가. 아시죠? 그 사람보다 1년 반 정도 일찍 태어난 미국의 유태인 이민 세대 심리학자에요. 전 개인적으로 피터 드러커, 그의 학문적인 경영의 접근을 존경하거든요, 그래서 말씀드려 봤어요. 뉴욕에서 태어나고 콜롬비아 대학에서 심리학을 연구하면서 알프레드 아들러(Alfred Adler)라는 심리학자의 지대한 영감을 받거든요. 아들러는 심리학의 한 획을 그은 사람인데요, 하여튼 그 메슬로우는 인간의 욕구를 5단계로 나누어 설명했어요. 사실 욕구 5단계라고 지칭하기는 그 한국어 어감이 그리 썩 이쁘게 감기지 않아서, 영문으로 The Maslow's Hierarchy of Human Needs라고 이야기를 하는데요. 그 마지막 단계가 '자아실현'이에요. 사실 홍 대리님 이야기하는 돈은 욕구의 2단계 수준이에요. 생리적 욕구, 안전의 욕구, 소속 및 애정의 욕구, 존경의 욕구까지가 1에서 4단계이고, 마지막 단계가 자아실현인데, 그 이론이 맞다 가정하면 돈은 완전한 만족을 우리에게 안겨 줄 수가 없어요. 왜냐하면 돈으로 우리가 자아실현을 이룰 수 없고, 존경을 받을 수도 없고, 애정을 살 수도 없잖아요. 다만 내 스스로 안전하게 쉴드치고 살 수는 있으니, 욕구의 2단계밖에는 안 되는 것이겠죠. 사실 자아실현이라고 우리가 표현 하는 것을 메슬로우는 Self-Actualization이라고 했어요. 스스로 무언가 현실화를 시켰다는 말인 거죠. 우리 회장님 이야기를 해보는 건 어떨까요? 회장님을 가만히 생각해 보더라도 전 그 심리학자가 오래 전에 이야기한 것이 이해가 돼요. 메슬로우는 1970년에 조깅하다가 심장마비로 죽었는데요, 저희가 태어나기도 훨씬 이전에 인간의 욕구를 구체화시킨 것이 아직도 학문적으로 대체적으로 인정을 받고 있으니까요, 당연히 인정은 해줘야 할 것 같고요. 하여튼 우리 회장님은 돈이 전부라면 전혀 누구도 부럽지 않을 거예요. 따뜻한 나라 어디 섬을 통째로 사서 평생 편안하게 인생을 즐기셔도 되고, 사실 제가 이야기하긴 좀 그렇지만, 젊은 아가씨들과 심지어 풋풋한 대학생들과도 충분히 연애도 가능할 텐데요. 또 원하시는 대로 여행을 다니셔도, 골프나 승마를 즐기셔도 전혀 문제가 없을 건데요. 우리 젊은 청춘들은 간혹 꿈을 이야기하면서도 나이 들어 임대업을 하면서 편하게 살고 싶다고 하는데, 우리 회장님을 보면 전혀 이해가 안 될 뿐 더러 고개가 갸우뚱 돌아가지 않나요? 그건 지금 생사의 길에 있는 삼성의 이건희 회장도 그렇고, 우리 도처에 사업을 하시는 모든 분들도 마찬가지잖아요. 그분들이 진정 원하는 것이 단지 '돈' 이었을까요? 그건 아닌 것 같아서요. 메슬로우가 이야기한 자아실현의 욕구는 물론 행복의 가치와는 조금 달라요. 행복은 철학적인 접근이고, 욕구 단계는 심리학적 접근이기 때문에 서로 미스 매치가 있기는 하지만, 자아실현을 그러면 우리는 하고 있을까에 더 심오한 자기 성찰이 필요할 거예요. 스스로 만족하는 삶 속에서 돈도 명예도 존경도 따라오는 것이라면, 진정 우리가 원하는 것에 더욱 집중해야 하는 것이니까요. 지금의 그분은 새로운 탑텐(TOP Ten)의 시작과 지오지아 브랜드(Brand)의 중국 진출, 또한 소싱(Sourcing)의 강화, 미얀마의 진출 등등이 가장 '자아실현'에 가까운 일 들일 거에요. 번개를 맞아 본 적은 없지만, 이런 모든 전략적인 결정과 과감한 실행, 이런 모든 것의 결과가 어느 순간 빛을 발할 때, 그 번개를 맞는 듯한 전율과 희열을 우린 상상하기 힘들지도 사실 모르거든요. 그 기준으로 보자면 우리도 팀 내에서, 조직 내에서 우리 스스로 무언가 이루어 낼 수 있는 가치를 찾아야 하는 것이 옳다는 생각에서 말씀을 드리는 거예요. 우리 팀이 우리 조직인데, 회사에 고용되어 일한 것의 대가를 돈으로 받는다고 생각하면 너무 슬프잖아요. 우리 팀이, 우리 조직이 바로 회사고, 우리가 일하는 이유, 우리의 가치가 무엇인지 스스로 생각해야 할 것 같아요. 그런 점에서 아까 처음에 왜 홍 대리님이 일하느냐고 물어본 것이고요."

4월 중순에 입사한 한경희가 세 달도 채 되지 않아 회사의 사정을 꿰뚫고 있다는 것도 놀랍거니와, 전문적인 지식이 앞서는 대화에 홍 대리도 속수무책으로 들을 수밖에는 없었고, 논리와 이론으로 감싸져 있는 한경희의 저의에 홍 대리는 구체적인 반론을 할 수가 없었다. 사실이 그렇거니와 직접적이고 받아치는 반론이 없었던 만큼 한경희는 가능성이 있다고 믿었다.

맥주 캔을 든 홍 대리는 한경희, 유림, 양유진과 조를 이뤄 앉는다. 유림은 홍 대리와 한경희의 대립을 불안하게 느낀다. 고 팀장은 각각의 주제에 팀원의 이름을 적어 나간다.

· 개인 역량: 한태진 / 김보람 / 이주희 / 이해정
· 조직 역량: 홍남규 / 한경희 / 유 림 / 양유진
· 실적을 위한 과감한 혁신: 조광진 / 고윤경 / 박성은 / 김양희
· 실행: 박도준 / 정만호 / 김인경 / 윤지원

서로 두 팔 정도 떨어져 붙은 각각의 전지 크기 붙임 쪽지에 팀원의 이름이 모두 나열된다. 고 팀장이 낮고 굵은 목소리로 서두를 꺼낸다.

"다들 바쁜 와중에 금일의 워크숍에 대하여 의아하게 생각했을 겁니다. 벌써 7월 말이고, Summer Season(여름 시즌) 오더가 풀려 바쁠 텐데요, 더구나 각 개인별로 여름휴가 계획도 있었을 겁니다. 이런 와

중에 다소 강한 의지로 제가 워크숍을 계획하고, 무리라고 느껴질 만큼 오늘을 계획한 것은……,"

좌중을 강하게 직시하다가 뒤로 돌아 '실적'이라 적인 부분을 손가락으로 가리키며,

"이 부분을 남은 기간 내에 우리가 이루어 내야 하기 때문입니다. 그래야 우리 팀의 가치가 생기고 팀 존재의 의미가 있기 때문입니다. 올해 목표는 400억 매출에 경상이익 플러스입니다. 실제 사업 계획상 경상 이익은 2%(8억)이지만, 제가 생각하는 것은 현재의 구조에서 탈피하여 경쟁력 있는 원가 구조로 거듭나는 것입니다. 올해 굉장히 어려운 상황에 직면한 것을 알고 있습니다. 가뜩이나 오더 진행도 어려운데, 매출 실적이 잡히지 않는 Carter's도 진행을 해야 하며, 또한 상반기에 그랬듯이 해외 공장의 라인 공백을 메워야 하는, 우리 팀의 실적에 잡히지도 않고 오히려 마이너스 부분이 더 큰 출혈도 감당해 내야 했습니다. 관리 팀 직원들이, 유관 부서 직원들이 무책임하게 떠들어 대는 '너희 팀 언제 좀 남기냐?'하는 이야기의 종지부를 찍어야 할 때가 된 것입니다. 여러분은, 저는, 우리 팀은 회사에 많은 기여를 했습니다. 해외 공장 Capacity 유지(생산 능력)에 대한 기여, 자금 흐름(Cash Flow)에 대한 기여, 그룹 전체 매출에 대한 기여, 다이렉트 비즈니스 시작에 대한 가능성, 이에 대한 새로운 영업 구조의 구성에 대한 기여가 바로 그것입니다. 다른 누군가 이를 부정한다고 해도 괜찮습니다. 하등 상관없습니다. 우리의 기여는 우리 스스로 인정하고, 이에 대한 자부심을 가지면 되는 것입니다. 협력 부서는, 관리 부서는 우리 조직, 팀의 기여로 인하여 발생한 이익으로 그들의 자리를 유지한 것

에 불과합니다. 그렇지만……,"

고 팀장의 표정에 자신감과 의지가 강하게 깃든다. 팀원들이 고 팀장의 '의지'에 빠져든다. 워크숍에서 조직과 실적에 대하여 심각하게 논의를 한 적이 없었다. 팀원들의 눈빛이 이글이글 탄다. 심지어 워크숍을 처음 따라온 신입 사원들은 눈빛도 초롱초롱하다. 업무를 하면서 숱하게 들어 온 말을 고 팀장이 꺼내 들었다. 팀원들의 마음을 불쾌하게 거스르게 했던 유관부서의 비아냥에 주먹을 불끈 쥐는 것이다. 고 팀장은 팀원들이 가장 민감해 할 이야기를 정확하게 짚어 내 수면 위로 올렸다. 나이 많은 총무과의 대리월급 일부분도 영업에서 만들어 낸 것이고, 샘플실 깐깐한 봉제 주임 월급 일부분도 영업에서 만들어 낸 것이며, 관리 부서의 나이 지긋한 이사 월급 일부분도 영업에서 책임지는 것이란 이야기를 결정짓듯 해버린 것이다. 단순 논리가 팀원들의 머릿속에 주입된다. 말을 끊은 고 팀장은 침묵의 시간을 거쳐 의지가 담긴 강한 눈으로 조직원들을 꿰뚫는다. 의지와 오기를 발산한다.

"그렇지만 회사는 우리 팀의 기여를 감안하지 않습니다."

몸 밖으로 기운이 퍼져 나간다. '왜 감안하지 않느냐?', '그렇다면 도대체 회사는 무엇을 더 중요하게 여기느냐?' 팀원들은 암묵적으로 고 팀장에게 반문한다. 말이 끊길 때마다 팽팽한 긴장감과 오기가 고 팀장에게서 느껴진다. 공기가 팽팽하게 팽창하며 긴장감을 조성한다. 고 팀장이 오른쪽 주먹을 불끈 쥐며 강하게 단어를 끊어 소리 지른다.

"회사는!"

"조직은!"

"숫자만 봅니다!"

팀의 실적이 빨갛게 마이너스이다. 따라서 영업 3팀은 회사에서 인정받을 수 없다. 고 팀장이 공식적인 발표를 한 셈이다. 대부분의 샐러리맨은 업무와 실적에 대하여 대책 없이 착각한다. 실적이 어떻든 간에 열심히 업무를 하고 있다면, 회사에서 인정을 해주어야 한다고 믿는다. 실적과는 무관하게 스트레스를 받는 것은 회사에서 책임을 져야 하는 것이라 여긴다. 그렇지만 기업의 논리로 보면 이치에 맞지 않는 이야기인 것이다. 회사는 팀으로 이루어진 영리 조직일 뿐이다. 따라서 팀은 바로 회사와 동일하다. 회사에서 무언가를 해주어야 한다는 사고 자체가 잘못된 것이다. 고 팀장의 선언과 같은 외침에 팀원들이 과제를 인지한다. 팀원들은 침묵에 파묻힌 채 긍정적인 오기를 발산한다. 고 팀장은 숫자만을 강조했다. 감정의 소모 없이 확연한 결과를 전파했다. 설득력 강한 주장을 하듯 어조가 강력했다.

사실 고 팀장의 목소리 톤이나 어조가 강한 설득력을 가졌다는 것을 그 스스로도 깨닫지 못했다. 한경희가 어렴풋이 느끼고 있었으나 실제로 들은 적은 없었다. 지나가는 얘기로 고윤경이 이야기한 적도 있었으나 오늘과 같지는 않았다. 강하고 확신에 찬 어조로, 전체의 그림과 현재의 좌표를 정확히 읽으며 의지와 오기를 토해 낸 적이 없었던 것이다. 그의 발언은 하루 이틀 준비한 결과가 아니다. 새해 벽두부터 머릿속에 휘감겨 꼬이는 것을 하나하나 풀어 가슴으로 이야기하는 것이다. 워크숍의 주제는 박 과장이 주도적으로 정했다. 실적에 관한 결과가 어떻게 도출될지 본인도 반신반의한 상황이다. 그렇지만 그는 마지막 도전을 스스로 감당해 내려 하고 있는 것이다. 그는 홀로 외롭게 굳게 선두에 서서 맞서려 하는 것이다. 조직의 생존의 기로에서 마치 싸움터 선봉 장수와 같은 기세를 보이는 것이다. 각오가 치열하다.

팀원들은 조직적 과제에 대한 대안에 고심이다. 박 과장이 주도하여 적어낸 기준에 심취하여 있다. 고 팀장의 진심이 어린 처절함은 팀원들에게 그대로 전이되었다. 그들 또한 이빨을 꽉 깨물고 정면 돌파하여 난국을 타개해 나갈 듯이 사기와 오기가 충천한다. 고 팀장은 뒷목을 관통하는 전류를 느낀다. 전율이다. 순식간에 분위기가 형성된다.

"이제 브레인스토밍을 시작하겠습니다. 각각의 주제로 20분간 모든 가능한 단어를 생각해 내고, 작은 포스트잇에 매직펜으로 적어 큰 전지 포스트잇에 자유롭게 붙입니다. 서로 논의가 필요하지도 않고, 서로 비판을 하지도 않습니다. 황당한 의견일 수도 있고, 진부한 의견일 수도 있고, 그런 의견이 중복될 수도 있습니다. 모든 가능성은 열려 있지만, 누구도 비판하거나 비난하지 않습니다. 생각나는 모든 것을 최대한 자유롭게 간단하게 적는 것입니다. 서술은 마음속에서 줄이시고, 함축적인 한 단어도 괜찮고 두 단어도 괜찮습니다. 짧고 심플하게 갑니다. 그 모든 열린 생각으로 각 주제에 대하여 집중하도록 하는 것입니다."

개인 역량의 팀에게 의지 서린 목소리로,

"개인 스스로의 역량을 최대한 증대시킬 수 있는 모든 방법에 대하여 집중합시다."

조직 역량의 팀에게 오기 서린 손짓으로,

"조직이 강해지기 위한 모든 방법에 대하여 집중하여 브레인스토밍하는 것입니다."

실적을 위한 과감한 혁신 팀에 대하여 치기 섞인 몸짓으로,

"우리가 알게 모르게 관습적이고 효율적이지 않았던 부분, 그 부분에 집중해야 합니다."

실행 팀에 대하여는 온몸을 내던지듯이,

"모든 조건이 주어질 경우 어떻게 실행을 할 것인지 시뮬레이션 돌려 보는 겁니다."

고 팀장은 각각의 팀을 향하여 부연설명을 덧붙인다. 조직 팀원들은 제가끔 예상했던 술 퍼마시는 워크숍에서 탈피해 회의와 토론 분위기에 전염되어 있다. 맥주 캔을 든 홍 대리의 마음까지 완전히 돌리지는 못했지만, 대부분의 팀원에게 불씨를 당긴 것이다. 불씨가 영업 3팀에 어떻게 붙어 오를지 아무도 알지 못한다. 다만 어떤 방향이라도 불을 활활 타올라야 한다는 것은 자명하다. 강원도의 적막한 내린천 계곡 물소리가 여름 휴가철 숲 바람소리와 함께 시원하게 숙소를 감싸고 돌아 나간다.

7월 25일 금요일 Part III

<A조 - 개인 역량>

한태민 대리(1982년생): 2014년 4월 28일 팀 합류(경력 입사)

김보람 사원(1988년생): 2014년 2월3일 팀 합류(타 영업 팀 전입)

이주희 사원(1990년생): 2014년 2월 17일 신입 입사

이해정 아르바이트생(1993년생): 2013년 12월 아르바이트 시작

개인 역량 조의 발표를 위해 이주희가 앞으로 나가 선다. 언뜻 보아도 70~80개가 넘는 작은 붙임 쪽지(Post-it)로 보아, 각 구성원 모두 대략 스무 개 정도의 생각을 전지 붙임 쪽지에 붙여 놓았고, 중복되는 것들, 중요도 순서대로 조 내부적으로 분류하여 양분해 놓았다. 가장 순조롭게 브레인스토밍을 시작한 듯했지만, 마지막 분류 과정에서는 한태진 대리와 김보람 사이에 의견 충돌이 있었다. 발표 이전 전지 붙

임 쪽지 앞의 이주희의 큰 키와 긴 머리, 어찌 보면 모델이 어울릴 듯 Posture(모습)가 제법 단아하다. 입사 당시 고 팀장은 이주희가 쉽게 포기하고 떠날 것이라 선불리 예측했었다. 같이 면접을 본 김양희에 비해 단단함이 느껴지지 않고 겉모습에 치중할 것 같았던 느낌이 그랬는데, 벌써 5개월을 버텨 낸 것이다. 내면의 오기를 제법 보여준 이주희가 발표를 시작한다.

"A조 개인 역량에 대한 발표를 하겠습니다."

부담 가득한 목소리가 울린다. 서두를 꺼내는 품이 부자연스럽다.

"저희 조에서요, 도출해 낸 것은요, 개인 역량은 곧 조직 역량과 같다는 결론입니다."

어느 새 맥주 캔을 치워 버린 홍남규 대리가 발끈한다. 무언가 반론을 이야기하려는 듯 움찔하는 것을 한경희가 옆구리를 툭 치며 만류한다. 다른 대부분의 조직원들은 대체로 동의하며 수긍한다. 이주희는 조직원들의 모습에 동력을 얻어 차분해진다. 목소리의 톤이 높지만 일상적이다.

"개인 역량이라 하는 것은 두 가지로 나뉠 수 있다고 생각을 했습니다. 그 첫 번째는 업무적인 지식이며, 또 다른 두 번째는 업무적인 능력이라 할 수 있습니다."

한태민 대리가 앞에서 벌떡 일어나 빈 전지 붙임 쪽지 한 장을 찢어 낸다. A 조의 주제 붙임 쪽지 바로 옆에 뜯어 낸 것을 붙여 놓는다. 청바지 뒷주머니에 꽂혀 있던 검정색과 파란색 매직펜을 꺼내 큰 흰색 바탕에 그림을 그린다. 큰 원을 하나 그려 넣고, 또한 겹치도록 또 다른 원을 그려 넣는다. 그 안에 글씨를 흘려서 '업무 지식'과 '업무 능력'이란 단어를 써넣는다. 마지막 단어를 써넣고는 뱅그르르 뒤돌아 좌중을 훑어본다. 다시 벽을 향하여 돌아선 한 대리는 두 원의 겹치는 부분에 사선을 그려 넣는다. 사선으로 채운 부분 위쪽에 Sweet Spot(가장 핵심 부분)이란 단어를 악필로 적어 넣는다. 이주희는 한태민 대리의 일련의 행동을 물끄러미 바라본다.

업무 지식

- 섬유 지식: Material(Fabric / Trim / Acc), 봉제, 임 가공(프린트/자수) 및 후속 가공(워싱)
- 무역 지식: 수출의 이해, 수입의 이해, 제 3국 무역의 이해, 관세 및 각국의 무역 기준의 이해
- 바이어 2지식: 바이어의 이해, 바이어의 Procedure 이해
- 신성 인터내셔널 시스템 지식: ESPS System, 물류 System, 각 업무 Procedure의 이해

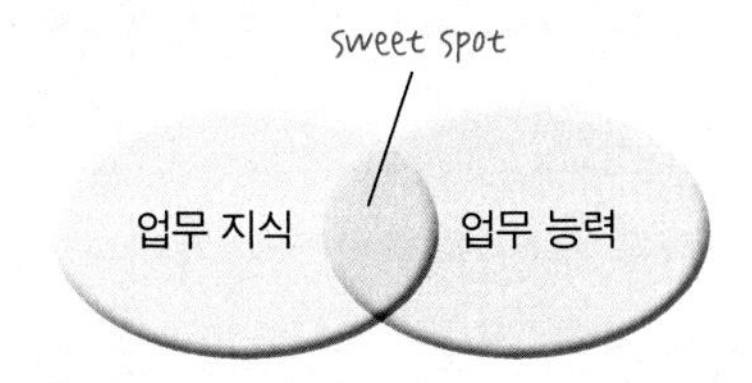

업무 능력 - 기본적 바탕은 주도성

- 언어 능력(영어) : 기본 메일 업무 / 전화 업무 / 상담 업무
- 집중력 : 꼼꼼하고 Detail에 강한 업무를 위한 능력
- 기획력(Strategic 업무 접근 방법) : 업무의 기획을 바탕으로 시간 및 인력의 Loss를 최소화 할 수 있는 능력
- 전략적 추진력 : Process나 업무에 강한 Drive를 걸 수 있는 능력
- 문제 해결 능력 : 문제를 빠르고 효과적으로 처리 할 수 있는 능력

"왼쪽의 업무 지식에는 우리가 업무를 진행하면서요, 필요한 지식이라 할 수 있겠습니다. 섬유 지식과 무역 지식, 그리고 바이어 지식과 우리 회사의 시스템 지식이라 할 수 있겠습니다. 업무를 하다 보면, 샘플에 모두 함축되어 있겠지만요, 원단이라든가 Approval Strike Off(프린트 승인 용 샘플), 또한 자수나 워싱 등등의 섬유 관련된 지식이 반드시 필요하다고 생각했습니다."

이주희가 말을 멈춘다. 한태민 대리가 매끄럽게 이주희의 말을 받는다.

"여러분, 원단 중량을 재는 것이라든가 원단의 특성 및 봉제의 종류 등, 저도 8년 경력이 되는데도 불구하고 모르는 것이 정말 많습니다. 배워야 할 것이 수두룩합니다. 섬유에 대한 지식이 꼭 바탕이 되어야 합니다. 왜냐하면 우리 회사는 제조 무역회사이기 때문입니다. 제조를 하지 않고 물건을 떼어다가 판매하는 무역 회사라 할지라도, 제조에 대하여 빠꼼이가 되어야 마땅할 텐데요, 하물며 제조를 하는 주체가 우리 영업 사원이라면, 제조에 대한, 즉 섬유에 대한 지식이 없이는 궁극적인 무역을 하기에는 턱없이 부족하다고 생각을 했기 때문입니다."

말을 끝맺고 좌중을 훑어본다. 무언가 찜찜한 생각이 들었는지 고개를 왼쪽으로 살짝 기울인다. 굵은 저음의 목소리로 음산한 분위기를 연출한다.

"실제 예를 가만히 돌아보도록 하죠. 옆 팀이라든가 지나간 과거를 돌아보아도 좋을 것 같습니다. 제조를 모르는 윗사람이 있을 경우 얼마나 답답한가요? 여러분 잘 아시지 않습니까? 제조를 모르는 윗사람을 모신다는 것은 조직 내 또 다른 바이어를 모시는 것과 마찬가지입니다. 윗사람이란 자고로 문제해결 방안이 명쾌해야 하는데, 제조를 모르는 윗사람은 문제의 해결 방안을 '제조'에 적합하게 유도할 수가 절대로 없습니다. 쓸데없는 바이어의 자료를 요구할 뿐이죠."

"당근 빠따지, 섬유 지대로 안 해본, 샘플부터, 애기 때부터 안 한 사람은 윗사람도 아닌 기라."

홍 대리가 어쩐지 장단을 맞춘다. 홍 대리는 한 대리보다 1년 경력이 많다. 처음 섬유를 시작할 때부터 지금까지 제대로 스텝을 밟아온 케이스다. 박 과장은 한 대리의 발표를 진지하게 경청하고 별도로 노트하며 집중한다.

"제 이전 회사에는 스웨터를 하다가 오신 상무님이 있었는데, 니트에 대한 지식이 없어 밑의 우리 직원이 굉장히 죽어라 고생한 기억이 있습니다. 무역이라는 관점에서는 미국 수출로 동일하지만 그 아이템에 대한 지식이 없으면, 특히 경험을 동반한 지식이 없으면 제대로 핵심을 찌를 수 없고, 제대로 된 업무 방향을 제시해 줄 수가 없는 것입니다. 보고를 올릴 때마다 니트의 특성, 편직과 염색의 특성을 설명해 주느라 굉장히 곤혹스러웠습니다. 또한 제대로 이해를 못 시키는 경우 무척 곤욕스럽지요. 간혹 결재를 올릴 때 그것을 더욱 절실히 깨닫습니다."

이야기가 옆으로 새는 줄 알면서 모두들 방관한다. 조직 구성원 모두 섬유 수출을 처음부터 제대로 배우고 시작하고 있다는 일종의 자부심을 마음속으로 느끼고 있다. 그렇지 않은 구성원이 있다면, 아마 집단으로 매도할 듯이 서로서로 긍정하는 모양새다. 박 과장만 중립적인 태도로 무언가 곰곰이 골똘하고, 원단 팀에서 새로 합류한 정만호 과장은 홀로 눈이 매섭다. 한태민 대리의 사수로서 새로 영입된 정만호 과장은 처음부터 영업을 한 케이스가 아니다. 그렇지만 니트 원단 소싱 팀의 선임이었기 때문에 직접적인 케이스는 아니다. 한태민 대리의 부연 설명은 직접적으로 정만호 과장을 겨냥한 것은 아니지만, 영업의 관점으로 넓게 보면 정만호 과장도 그리 쉽게 피해갈 자리

는 아니다. 결재에 관한 이야기를 이어 가며 한 대리는,

"말씀드린 바와 같이 결재를 올릴 때도 Air(비행기 선적)의 경우, 섬유를 제대로 이해하는 사람은 굉장히 어렵습니다. 한 번만 결재 서류를 훑어보아도 상황을 바로 꿰뚫어 보기 때문이죠. 납기 대비, 또한 원단 특성에 대한, 또한 해외 공장의 현재 상황에 대한 그런 전반적인 사항을 바로 파악해 버리고, 아무리 그럴 듯하게 꾸며 우리 잘못이 없다고 거짓 보고서를 올린다 해도, 서류 검토 5초도 안 되어 담당의 실수를 콕 집어내기 때문에 헐, 모두들 아시죠? 그런 매서운 통찰력을 가지고 있기 때문에, 그래서 무지하게 어려운 것이지요. 또한 우리가 매번 어떤 문제나 사고 없이 시즌을 보낼 수 없는데, 그럴 때마다 가장 리스크(Risk, 위험 부담)가 적은 방향으로 결론을 내주고, 또한 유관 부서나 협력 업체에 바로 강력한 메시지를 전할 수 있는 것은 섬유에 대한 지식, 또한 경험을 바탕으로 한 경력이 받쳐 주어야 가능한 일이라는 거죠."

이야기를 마무리 짓는다. 옆에서 내용을 새겨듣기보다는, 언제 자신의 발표 차례가 될지 기다리던 이주희가 한 대리의 눈짓을 기다린다. 언제 어디로 어떻게 튈지 모르는 홍 대리가 불쑥 농담을 던진다.

"한 대리 윗사람 되면 잘 좀 봐줘요오"

"한 대리님 올라가면 홍 대리님 아니라 박 과장님도 완전 깰 텐데요, 하하하."

팀원들은 반대의 상황을 상상하며 웃음을 터트리며 왁자지껄하다. 김인경이 혹은 조광진이 윗사람이 되면 어떨 거라는 둥, 박성은이 윗사람이 되면 어떨 거라는 둥, 내용의 맥락과는 상관없는 농담과 억측

이 난무한다. 팀원들 서로가 부담이 없다. 흐트러진 분위기를 끊으며 이주희는 단호히 발표를 이어 나간다. 본인의 역할에 충실하다.

"그 두 번째는 무역 지식인데요, 말 그대로 우리는 제조를 바탕으로 무역을 하기 때문에 필요한 지식이에요. 왜냐하면 제조 자체도 제3국에서 진행하고 있고, 그 원자재 부자재도 대부분 제3국에서 진행하고 있기 때문이에요. 주체인 우리나라를 제1국으로 보고, 또한 그 상대인 미국을 제2국으로 보면, 나머지 국가는 모두 제3국이 되는 것인데요. 그래서 우린 중국에서 원자재 부자재를, 그리고 인도네시아, 베트남, 니카라과에서 봉제를 하는 것이라고요. 그렇다면 무역이 주체국가와 상대국가, 즉 제1국과 제2국 간의 무역 지식 이외에도 제3국과 관련된 전반적 지식이 필요한 것은 당연한 거겠지요. 예를 들면, 한국과 미국은 한미 FTA(Free Trade Agreement, 자유무역협정)을 맺었으니 이에 대한 지식도 필요할 것이고요, 전 세계 국가의 무역 관련 기구라든가 협정이라든가 이런 것들을 전반적으로 이해해야 제대로 된 시각을 가진 채 업무를 할 수 있게 되는 것이에요. TPL이라든가 CAFTA 등, 그런 무역 협정에 대하여……."

고윤경의 목소리가 불쑥 좌중을 가로지른다. 그녀는 할 말을 해야 하는 성미다.

"그럼, 우리나라에서 미국 수출하면 관세가 없는 거예요? 우리 노무현 대통령 때 한미 에프티에이 있었으니까 말이에요. 우리나라에서 봉제해도 되는 거 아니에요?"

눈을 반짝이며 이주희에게 질문한다. 대비 없는 이주희가 당황하고 있는데, 박성은은 설상가상이다.

"거기 개성공단에서 신헌이 하고 있잖아요. 우리나라는 비싸고, 근데 관세가 얼마에요? 근데, 북한에서 미국 수출하면 임금이 아마도 동남아보다는 쌀 텐데요. 거기서 하면 안 되는 거예요?"

이주희가 바탕의 한계를 드러낸다. 전체 그림을 읽고 태연하게 설명하는 것은 가능하겠지만, 아무래도 지식 바탕의 한계는 극명하다. 사회 새내기의 눈빛이 갈팡질팡 흩어진다. 다른 팀원들도 매한가지. 고윤성과 박성은의 질문에 다들 정확한 답을 줄 조력자는 없다. 뜬금없이 김양희는 "우리 북한 가면 어쩌냐?"라며 전혀 감 떨어진 신입사원의 걱정을 하고 있고, 철없는 아르바이트 해정은 "북한에 가면 금강산을 보고 동해로 돌아오고 싶다"고 한술 더 뜬다. 이주희는 아직 발표자 자리의 감투를 벗어 던지지 못하고 책임감 있게 버텨 낸다. 보다 못한 김인경이 슬쩍 일어난다. 김인경만 유일하게 무역 전공이다. 다들 의류나 언어 전공이고 고 팀장은 심지어 공대 출신인데, 김인경만 무역학과 출신이다. 소리 없이 일어난 김인경은 뒤를 돌아 고 팀장에게 다가간다. 잠깐 낮은 소리로 몇 가지를 물어보고 대답하고 하면서 본인의 자리로 돌아간다. 고 팀장은 들어가는 김인경의 뒤에 대고는,

"앞에 나가서 설명해 주는 것이 좋을 것 같다."

말을 들은 김인경은 앉는 듯하다가 다시 일어나, 정만호 과장과 박도준 과장 옆을 스쳐 지나 앞에 선다. 한태민 대리와 이주희의 중간에 자리 잡은 김인경은,

"제가 알고 있는 것 위주로만 설명을 드릴게요. 여러분 우루과이 라운드라고 기억하시는지 모르겠어요. 우리 농민들이 대대적으로 들고 일어나, 데모를 했던 것으로 기억하는데요. 아마도 해정 씨 태어나 아

장아장 걸어 다닐 때가 아닌가 싶네요. 저 또한 열 살 정도일 때라 기억은 없고 학부 때 배운 것만 조금 어렴풋해서요. 하여튼 우루과이 라운드가 발효되기 이전에는 사실 공평한 국가 간 국제 무역기준이 서로 없었습니다. 그래서 국제 무역은 기존의 관세 및 무역에 관한 일반적인 협정인 GATT(가트 - General Agreement on Tariff and Trade)란 협정 안에서 이루어졌습니다. 그래서 GATT 체제 에서는 쿼터(Quota)라고 자국 무역을 보호하기 위한 불공평한 제한 장치가 있기도 했죠. 그런데 각 나라별로 모두 공평하기 위해서는 그런 쿼터가 없어야 하는 것이 맞고, 관세율도 일반화시킬 필요가 있었던 것이죠. 그래서 여러분이 잘 알고 있는 WTO(World Trade Organization, 국제무역기구)라는 것이 1995년에 발족하게 되는 것입니다. 그렇게 WTO에 가입한 국가들은 서로 그 규정에 의거해 서로 수출과 수입을 진행하게 된 것이죠."

휴대폰으로 무언가 검색을 하던 고 팀장은 손가락 하나와 네 개, 그리고 아홉 개를 순서대로 김인경에게 펴 보이며 제스처를 준다. 마침 타이밍 적절하게 원하는 결과를 찾아냈다. 김인경은 알겠다는 표정으로 고개를 끄덕이며 말을 이어 나간다.

"WTO에 가입된 국가는 현재 149개국이고, 미국은 이 WTO에 가입되지 않은 나라에는 아직도 쿼터나 무역제한을 할 수가 있는 것입니다. 북한은 위험 국가, 잠재적 핵 보유국가로 분류되어 미국 수출이 불가능한 국가 중 하나로 결정되며, 이에 따라 개성공단에서 생산되는 어떤 품목도 미국으로의 수출은 이루어질 수가 없습니다. 신헌에서 생산하고 있는 것은 국내 내수시장용으로 보시면 되겠습니다. 참고로, 1995년에 발족한 WTO는 쿼터 폐지의 기한을 10년으로 두고 단계적 철폐를 했었거든요. 그래서 결국 2005년에야 WTO 가입국에 한하여 쿼터가 없어지는데요, 그래서 2005년에 중국 제품의 미국 수출이 무지하게 늘어나게 되기도 했지요. 그렇게 쿼터 폐지가 되었음에도 불구하고 베트남의 경우 2006년에야 WTO에서 가입 승인을 받아 주었기 때문에, 그 일년간 국가 간 무역 기구의 가입, 또한 그 여파로 굉장히 많은 벤더들이 고통을 겪었었죠. 그러니까, 베트남에서 이제 미국 수출을 쿼터 없이 진행한 것이 햇수로 10년도 채 안 되었다는 이야기가 될 것입니다."

김인경의 넓은 무역 지식에 박 과장과 정 과장을 포함하여, 대리들은 부끄러운 표정으로 뚱하다. 답을 얻은 박성은은 고개를 연신 끄덕이며 김인경에게 미소를 보인다. 고윤경은 한미 FTA(자유무역협정) 대한 답을 김인경에게 당돌하게 요구한다. 기다렸다는 듯이 김인경은,

"한미 FTA 협정 발효는 2012년 3월 15일부터입니다. 그러나 우리 정부의 사이트에서 쉽게 확인되지 않는 불평등조약 투성이라고 합니다. 농수산물, 축산물에 대한 타격을 받는 대신, 자동차와 섬유업계에는 큰 도움이 된다고 했던 정부의 발표는 새빨간 거짓말이었던 거죠. 물론 당장 오늘을 기준으로 본다면 말이죠. 하여튼 팀장님이 Otexa란 미국 사이트에서 직접 확인하신 내용이라고 하는데요, 현재 우리가 메인으로 수출하고 있는 것들은 전부 관세 혜택을 받을 수 없다 하네요. 다시 이야기하면, 섬유 제품의 분류표와 같이 카테고리로 나누어 놓고, 거의 물량이 없고 한국 제조 경쟁력이 없는 품목만 바로 관세가 없어진 그런 조약이라고요. 우리가 주로 하는 제품은 10년 균등으로 관세가 철폐되고, 그나마 가끔 했던 화섬, CVS(Chief Value

Synthetic)의 폴로 제품만 5년 균등 관세 철폐로 관세가 낮아진다 하는데요. 원래 CVS이면서 Closure(제품이 기능적으로 단추 및 지퍼 등으로 트임이 있는 제품)가 있는 것은 기존 관세가 32%였으니까, 5년 균등으로 따져보면 매년 6.4%씩 관세가 없어진다고 보면 되는 거지요. 저도 사실 잘 모르지만, 그렇게 아직도 우린 관세를 내야 한다고 합니다."

조용하던 고 팀장이 불쑥 끼어들어 부연설명을 한다.

"카테고리 D가 5년 균등 관세 인하, 카테고리 G가 10년 균등 관세 인하인데, 우리가 현재 진행하고 있는 모든 제품은 카테고리 G에 속해 있다. 나중에 Chapter 61에 관한 무역 및 관세, HS Code 등에 대한 교육을 한번 하도록 할게."

말을 맺으며 고 팀장은 이주희에게 시선을 넘긴다. 발표를 이어 진행하라는 제스처도 보인다.

"아, 네……."

아직 준비가 안 되어 있었던 데다 무역 지식이 필요하다고 역설하는 도중 용수철 튕기듯 툭 튀어나온 이야기라 이주희도 더 이야기할 것이 끊겨 있다. 무역 관련 이야기를 더 이어야 할까, 아니면 바이어와 신성의 시스템 지식으로 넘어가야 할까. 잠깐의 망설임 끝에,

"그리고 니카라과의 TPL이 올해 끝난다고 하고요, 중남미에는 CAFTA란 무역기구, 또한 베트남에는 TPP등이 있고, 또한 인도네시아에는 국제적인 무역기구는 특별히 없지만, 꼭 공장이 관세, 엡떼라고 하는 것을 수출입 허가를 받아야 제조가 가능하다고 해요. 이렇게 많은 무역의 규정 및 규제, 또한 흐름을 무역 지식의 한 줄기라고 저희 조는 생각했습니다."

무역 지식에 관하여 길게 이야기를 이어 나가기도 했거니와, 애초부터 이주희가 전체적인 설명을 설득력 있도록 한다는 것은 무리긴 했다. 그래도 그 자리에서 내려오지 않고 발표의 버거움에 무릎을 꿇지는 않는다. 더구나 발표의 확신이 없었음에도 버텨 내는 것이다. 좌중 헤매던 이주희의 시선이 김보람에게 멈추어 선다. 김보람은 업무 지식의 큰 틀로 보면 섬유 지식과 무역 지식 두 가지에 모든 것이 함축 되어야 한다고 강하게 의견을 피력했었다. 그 부분이 이주희는 더욱 마음에 걸리는 것이다. 김보람의 의견은 사실 상당히 설득력이 있었기 때문에, 이주희 자체도 김보람이 나서 설명해 주었으면 하고 바랬다. 그렇지만 뒤로 물러나 김보람은 구석에서 무릎을 세우고 얼굴을 묻은 채 고개만 들고, 이주희의 발표 모습을 방관하듯 바라보고만 있었다. 김보람은 끈질기고 고집스럽게 본인을 채찍질하며 업무 역량을 키워 나가는 타입이다. 완벽한 것을 스스로 원하고, 이루어 나가기 위한 자세에 충실하고 열정을 쏟지만, 그 결과가 일정치 않음에 스스로 또한 압박과 스트레스를 받는다. 그럴 때마다 방어적으로 본인을 보호하려고 애쓰는데, 그녀의 그런 성격은 고집스럽게 비춰지고 무뚝뚝한 내면은 타협의 공간이 적다. 한때 고 팀장은 김보람이 전체를 보는 시각이 커지고 논리의 유연성이 생긴다면 큰 재목으로 조직에 역할을 할 수 있을 거라 생각하기도 했다. 이주희는 굳어진 듯 움직임이 없는 김보람을 응시하며 업무 지식의 마지막을 이어 간다.

"그렇게 섬유 지식과 무역 지식이 필요하고요, 또한 지식적으로는 바이어의 이해와, 신성 시스템에 대한 이해도 필요한 개인 역량이라 저희는 규정했어요. 왜냐하면 물건을 판다고 생각하면 쉬운데요, 그러니까 '내가 너에게 물건을 만들어 판다'라는 말을 저희는 생각했는데요. 그렇다면 내가 신성이 되고요, 너는 바이어가 되는 거고요, 물건은 섬유 지식이며, 판다는 무역 지식이거든요. 그러니까, 나와 너, 즉 신성과 바이어의 이해도 꼭 중요하게 우리가 알아야 할 항목이라 생각을 한 것입니다. 우리 팀에서 걸치고 있는 바이어는 어떤 종류의 옷을 수출하고 있고, 매장이 몇 개 있으며, 그들은 어떤 형식으로 샘플을 원하고, Develop(개발)을 원하며, 또한 어떻게 물건을 받아 자신들의 매장에 까는지……, 품질 기준은 어떻고, 뭐 그런 거 있잖아요. 그리고요, 또 우리도 오더 진행하려면 시스템을 잘해야 하잖아요? 요척 의뢰, 샘플 의뢰, 원단 관리 등등 우리 회사의 내규 시스템이나 조직에 대한 이해도도 높아야 한다고 생각했습니다."

이주희의 발표가 전문적으로 치장되어 매끄럽거나 세련된 것은 아니다. 본인의 평소의 말 습관을 옮겨 놓은 듯 두리뭉실하는 것이 더 옳겠는데, 아이러니하게도 설득력이 있다. 내용이 핵심에 근접했기 때문이다. 이주희의 옆에서 두 개의 원을 그려 놓았던 한태민 대리는 이주희의 설명에 만족한다. 적어도 왼쪽에 그려진 원에 대한(업무 지식) 설명은 잘 마무리된 셈이다. 이제 또 다른 원(업무 능력)과 Sweet Spot(핵심)의 설명으로 발표를 마무리하면 되는 것이다. 개인 역량에 대한 부분은 그리 새로울 것도 없는 내용이다. 묵시적으로 생각하고 느끼고 있던 내용이지만, 구체화시켜 보니 오랫동안 가라앉아 있던 안개가 걷히는 듯 개운한 것이다. 한태민 대리는 갑작스레 손뼉을 두 번 짝짝 치며 주위를 환기시킨다. 연이어,

"자, 이제, 업무 능력에 집중해 볼 차례입니다. 아까 이주희 조원이

이야기한 것과 같이 '내가 너에게 물건을 판다'라는 말에서 '나'는 지식적인 접근으로는 신성의 시스템을 이야기할 수 있겠지만, 업무 능력의 접근으로는 다른 개인의 능력으로 이야기될 수 있는 단어입니다. 즉 저희 조의 주제는 개인 역량인데요. 그 개인 역량은 '업무 지식'과 '업무 능력'의 조합에서 가장 큰 효율을 보일 수 있다는 이야기가 됩니다. 여기 Sweet Spot 다들 보이시죠? 구체적으로 설명드리겠습니다. 이제 업무 능력으로 돌아가 그 내용을 세분화하겠습니다. 보시는 것과 같이 업무 능력은 다섯 가지로 나뉘어 볼 수 있을 거라 의견을 좁혔습니다. 그 다섯 가지는 바로…… 영어, 집중력, 기획력, 추진력, 문제해결 능력이었습니다. 이 다섯 가지 항목을 우리 선임들이 일상생활에서 하는 Informal(일상적) 포맷으로 바꾸어 보겠습니다. 영어야 뭐 다들 얘기 안 해도 잘 아시죠? 우리 회사 입사하려면 적어도 토익 900점은 넘어야 가능한 것이고, 다들 영어는 지속적으로 연습해야 하시겠지만, 그 영어가 업무 능력 중에 하나라는 것은 다들 인정하실 겁니다. 바이어의 메일이 다 영어고, 매일 매일 매일 매일 매일……, Everyday 지겹게 통화하는 모든 업무 교신이 영어니까요. 비단 바이어뿐 아니라 원단 공장, 해외 공장에도 영어가 되어야 업무가 가능하니까, 그 부분이야 여러분께 더 추가 설명 안 드리고요, 다음으로 넘어가겠습니다. 다음은 바로 집중력이라 할 수 있겠습니다. 집중력이란 단어는 우리 아르바이트생 양유진 씨가 꼬박꼬박 보람 씨에게 듣는, '좀 꼼꼼하고 안 틀리게 할 수는 없냐? 도대체 정신을 얻다가 쳐두고 일하는 거야?'하는 말이 요구하는 능력이라 할 수 있겠죠."

양유진은 입을 비죽, 흘끔 김보람을 쳐다보고 팀원들은 웃음을 터트린다.

"우리 업무가 그렇지만 업무의 과중이 생기는 가장 큰 이유가 일을 두 번 하기 때문이라는 것 모두들 아실 겁니다. 한 번에 마무리되고 또한 틀리지 않아야 두 번 일을 하지 않고, 또한 해결 하는 데 시간을 줄일 수가 있습니다. 관성에 따라 정신 달나라에 모셔두고 설렁설렁 했다가는 본인은 물론 상대에도 치명적인 업무 과중을 야기시키게 되거든요. 사원, 대리급에서는 누가 뭐라 해도 꼼꼼한 친구가 상대적으로 더 인정받을 수밖에 없다는 것. 이거 충분히 인정해야 하는 항목이겠지요."

시계의 초침은 변함없이 일정하게 원을 그리며 돌고 있다. 밖은 어둑해진 지 오래지만 팀원 모두 시간의 흐름을 인지하지 못한다. 한태민 대리의 발표에 집중하고 있다. 한 대리는 가수가 리듬을 타듯이, 무당이 작두를 타듯이 흐름이 유연하다. 박 과장, 정 과장을 포함, 선임 급 관리자는 물론 대리 사원 급들도 구체적인 내용의 접근에 긍정의 고개를 끄덕인다. 공감이 생기면 소통의 활로가 열리고, 소통이 되는 순간 조직의 집중이 이루어지고, 그 집중은 조직의 힘을 증대시킨다. 발표를 이주희에 이어 한태민 대리가 이어 주도하고 있다.

"또한 기획력, 추진력, 문제 해결 능력도 마찬가지입니다. 인도네시아에서 돌아온 성은 씨가 주희 씨에게 이야기했던 것 있지요."

예상하지 못했는지 이주희가 눈을 크게 뜨며 한태민 대리를 쳐다본다.

"하하하, 그때 성은 씨는 주희 씨에게 샘플실, 프린트 집에 이리저리 끌려 다니지 말라고 한 적이 있었지요. 우리가 상대하는 샘플실, TD

실, CAD실, 프린트, 자수, 워싱 등 모든 부분이 사실 우리의 지시를 받고 움직이게 됩니다. 주희 씨가 샘플을 위해 작업 지시서를 만드는 순간, CAD실은 패턴을 뽑아야 하겠지요, 패턴을 뽑고는 패턴 검토를 TD실에서 해야 할 것이고요, 원단과 부자재를 유관 부서와 확인하고, 원단을 갖다가 3층에 내려놓고는, 앞판 재단하여 프린트 집에, 아차 프린트 도안을 했는지, 자수 펀칭은 했는지 확인해야 할 것이고요. 그렇게 재단 끝난 것을 구분하여 협력 업체에 보내고, 받아서 다시 샘플을 만들기 이전에 옷의 봉제 방법 변경이 없는지 다시 확인도 해야 할 것이고요, 그렇게 만들어진 옷에 대하여 다시 TD팀의 샘플 Fitting(마네킹에 옷을 입혀 보는 일) 및 검토를 거쳐야 하겠고요. 그런데 우린 샘플 한 장만 하는 것이 아니라, 수십 가지의 일을 동시에 쳐내야 하는 입장에 놓여 있는 것입니다.

원단을 챙기러 갈 때도 내가 당장 필요한 원단만 보는 것이 아니라, 내일이나 아니면 다음 주에 만들어야 할 원단, 아니면 해외 공장에 보내야 할 원단까지 머릿속에 그려 넣고는, 동시에 사고하여 한 번에 움직일 수 있는 능력, 즉 기획력이 필요한 것이겠죠. 예를 주희 씨를 들었지만 사실 박 과장님, 정 과장님, 고 차장님도 마찬가지라 생각이 됩니다. 오늘이 Costing Due(가격 제시 마감)이라면 동시에 해외 공장과 원단 불량 및 클레임에 대하여 정리해야 할 부분, 지난 시즌 손실 정리 및 현재 오더의 시스템 입력 등, 우린 어느 위치에서도 수십 가지의 업무를 동시에 쳐내야 하는 것은 마찬가지 입장이란 생각이 드는 것이죠. 이는 중요한 것과 급한 것으로 양분하여 생각할 수 있는데요. 중요하면서 급한 것이 1순위가 되고, 급하면서 중요하지 않은 것이 2순위, 중요하면서 급하지 않은 것이 3순위, 중요하지도 않고 급하지도 않은 것을 4순위로 놔두고, 이를 철저하게 지키며 업무를 하는 것이 효율 적이겠죠. 그 어떤 것이 중요하고, 급하고를 규정하는 능력이, 또한 시간의 틀 안에서 효율성을 찾아 낼 수 있는 능력이 바로 기획력이라 할 수 있는 것입니다.

예를 들어 봅시다. 어제 관리 팀에서 지하 3층 창고가 지저분하니 정리해야 한다고 팀장님께 불평했고, 팀장님이 선임 및 팀 막내를 불러다 정리를 하라고 지시했습니다. 만약에 우리 알바나 우리 막내들이 팀장이 시켰으니 그 업무를 가장 우선순위로 놓고 그 일부터 진행한다면, 이는 올바른 업무 방법일까요? 분명 아니겠죠. 왜냐하면 해정 씨는 중요한 샘플을 발송해야 했기 때문에 정신없이 그 업무에 몰두해야 했으며, 또한 유림은 Develop Packet(제품 개발 디자인) 뽑아야 해서 시간이 촉박했기 때문이에요. 그 지시받은 업무는 당장 큰 압박을 받는다고 해도 뒤로 미루고, 가장 중요한 일, 또한 급한 일을 처리했어야 하는 것이죠. 또한 지난 월요일에 윤지원 씨가 저에게 야드 중량(gram per yard) 산출하는 방법을 물어보았거든요, 이것은 중요하지만 당장 급한 것은 아닙니다. 공식만 받아서 노트해 놓고 시간 날 때 그 원리를 철저히 이해할 수 있도록 공부하면 되는 것이지요. 또한 중요하지 않은데 급한 것도 많습니다. 바이어가 오는데 환영 보드(Welcome Board)를 작성해야 하고, 또한 음료 및 다과를 준비해 놓아야 한다고 가정합시다. 당장 그런 것이 없어도 큰 대세에 영향이 없습니다. 하지만 바이어가 오는 시간은 정해져 있기 때문에 급한 일이 될 수도 있는 것이지요. 모든 업무를 중요한 것과 급한 것의 기준을 적용시켜

기획하는 것, 바로 이것이 업무 능력의 핵심 중에 하나가 될 것입니다."

박 과장은 앞에 튀어 나가 더 구체적인 예를 들고 싶은 충동을 꾹 누른다. 이전부터, 지속적으로 머릿속에 풀리지 않았던 부분이 기획력의 설명으로 명쾌해진다. 5년 전에 신입사원으로 팀으로 합류한 사원은 꽤 유명한 대학 출신이었다. 그런데 막상 업무를 하는 것은 너무도 효율성이 없고 두서가 없어 의아해 했었던 것이다. 심지어 지능형 안티 형으로(지능적으로 티 나지 않게 상대를 깎아 내리고, 괴롭히는 성정을 가진 사람) 박 과장을 일부러 괴롭히려고 입사한 것이 아닌가 하는 의구심도 가졌었다. 아무리 설명을 해주어도 제대로 이해하는 듯 이해하지 못했으며, 열심히 일을 하는 듯 뺀질거렸다. 결국 2년 여간 박 과장을 괴롭히고는 업종을 바꾸어 신성을 떠난 경우였다. 기부금으로 대학 입학을 하지 않은 경우라면 어느 정도 학력이 업무와 연관이 있어야 하는 것이 관행적인 사고인데, 빈번하게 발생하는 그런 경우를 당최 설명할 길이 막막했었다. 당시에는 나름대로 의아한 점을 파고들어 원인을 규명해 보려 했었다. 집요한 성격은 아니지만 본인의 인사관리에 문제가 있지 않을까 의심과 자책이 들었었다. 고민 끝에 대학교 입학에 필요한 학습 능력과 업무의 능력을 비교해 보기는 했었다. 따져보니, 제도적으로 숨 막히는 대한민국의 초등 6년, 중등 3년, 고등 3년의 결과적 학습 능력은 결국 두 가지로 귀결되었고, 그 중에 기획력은 없었던 것이다. 다시 말하면, 대학 이전까지는 암기력과 계산 능력이 좋으면 좋을수록 좋은 점수의 학습 결과를 만들어 냈고, 그 중에 기획력은 큰 비중을 차지하지 않았던 것이다. 그래도 의문이었던 것이, 기획력으로 균형을 맞추어 암기 능력이나 계산 능력을 끌어 올릴 수 있기 때문에, 그 두 가지 능력이 꼭 기획력과 무관하다 할 수도 없었다 느꼈던 것이다. 그렇게 정리가 안 되어 찜찜한 가운데 오늘 업무 기획력의 발표를 듣게 된 것이다. 개인 역량 중에 기획력이 핵심이라면, 기획력 중에서는 단연 시간 개념(Timing Frame)이 게임의 룰이었다. 모든 업무의 조율은 급하고 중요한 것의 큰 두 가지 좌표로 정해진다는 사고는 분명 시간적인 제한 속에서 최고 효율을 이끌어 내야 하는 것과 동일하기 때문이었다. 그 시간 개념이 들어가자, 기획력이 살아 숨쉬듯 성큼 박 과장에게 훅 들어 왔고, 그 발견에 가슴이 뛰는 것이다. 두근대는 박 과장을 앞에 두고는,

"그렇게 핵심적인 기획력 이후에도 추진력이나 문제해결 능력이 얼마나 중요한 업무 능력에 해당하는지는 여러분 잘 인지 실 것으로 믿습니다. 여기 계신 홍 대리님이 다소……."

망설인다. 머뭇거리는 한태민 대리를 향해 홍 대리가 맞받는다.

"머노? 와 말을 끊노? 내가 머 우째길래?"

즉흥적으로 다그치는 듯하지만 좋은 말이 나올 것이란 계산이 머릿속에는 깔려 있다. 표정이 느긋하고 여유롭다.

"네……. 홍 대리님은, 업무가 다소 세련되지는 못했지만, 그 밀어붙이는 것 하나는 여러분 다들 잘 아실 겁니다, 하하하. 마치 황소가 돌진하는 것과 같이 저돌적입니다. 그 추진력이라는 것은 제조에서는 반드시 필요한 능력으로, 우리가 시계 만들듯이, 텔레비전 만들듯이 오차 없이, 딱 딱 진행될 수가 없는바, 어느 순간에 결정적으로 밀어붙여야 할 때가 반드시 있기 때문입니다. 이는 대 바이어에도, 대 해외 공장에도, 대 협력 공장에도 동일하게 적용되는 것으로, 우리가

한 단계 업무 레벨을 향상시키기 위한 업무 능력 중에 하나라고 보시면 되겠습니다. 나머지 문제 해결 능력 또한 수많은 변수의 틈에서 업무를 하는 우리에게 필요한 능력이라고 보시면 됩니다. 임기응변이 강한 사람이 섬유도 강하다라는 말이 있듯이, 이 또한 우리에게 반드시 필요한 업무 능력이 되겠습니다."

기획력에 대한 긴 설명 후, 업무 능력에 대한 짧은 요약이다. 한경희는 다섯 항목 중에 추진력과 문제해결 능력은 과장급 이상에서 더욱 필요한 능력이고, 이를 사원, 대리, 과장, 차장(팀장)까지 다른 비율로 업무 능력이 평가되어야 더욱 정확하고 올바를 수 있다고 속으로 생각한다. 한경희가 골똘한 가운데, 한태민 대리와 이주희는 호흡을 맞추기 시작한다. 이주희가,

"섬유 공학을 전공해서요, 섬유에 대한 지식이 뛰어나거든요."

한태민이 받아,

"그런데 영어로 업무 교신(Communication)이 안 된다면 어떻게 될까요?"

또 이주희가,

"무역학과를 나오기도 했지만요, 아까 인경 선배처럼요, 그래서 무역 지식이 해박한데요,"

한태민은 기다렸다는 듯이,

"기획력이 형편없어 베트남에 넣어야 할 오더를 니카라과에 넣고, 인도네시아 중부 자바에 들어가야 하는 오더를 본 공장에 집어넣고, 프린트는 시내와 가까운데 봉제공장은 4시간 걸려 있는 곳에 넣는다든가, 심지어 Develop(개발)은 베트남 진주에서 진행해 놓고, 본 오더는 인도네시아에 넣어 두 번 일하게 한다든가, 그렇게 기획력이 형편

없다면 어떻게 되겠죠?"

이어 한태민이 마무리를 지으려는 듯,

"이렇게 업무 지식과 업무 능력은 밀접하게 연관되어 두 교집합 부분이 많아야, 가장 최고의 업무 역량으로 두각이 나타내질 수가 있는 것입니다. 새로 들어온 경력 사원은 섬유 지식이나 무역 지식이 뛰어나더라도, 신성의 시스템을 이해하기 위한 시간이 필요하듯이, 또한 추진력은 강하지만 섬유 지식이 없어서 엉뚱한 것을 밀어붙여 나중에 큰 분란의 소지를 만든다든가, 이렇게 두 부분이 서로 맞아떨어지는 것을 저희는……."

말을 끊고, 손바닥을 하늘로 향하게 하여 김보람, 이해정을 지칭한 후, 마지막으로 오른쪽에 같이 서 있는 이주희를 거친 후에,

"저희 A조는 우리가 필요한 업무 역량이라 정의했습니다."

이주희와 한태민은 고개를 숙여 발표의 종료를 알린다. 모든 팀원들은 그들의 브레인스토밍 결과에 진심 어린 박수를 보낸다. 한태민과 이주희의 미소가 편안하게 어우러진다. 박 과장은 본인이 예상했던 기대 이상의 결과 도출에 한껏 고무된다. 통통한 얼굴이 벌겋게 달아오른다.

7월 25일 금요일 Part IV

〈B조 - 조직 역량〉

홍남규 대리(1981년생): 2014년 1월 27일 팀 합류(신성 동일 부문 1팀에서 전입)

한경희 사원(1989년생): 2014년 4월21일 팀 합류(허 전무의 소개로 입사)

유 림 아르바이트생(1991년생): 2014년 4월 합류

양유진 아르바이트생(1988년생): 2014년 4월 합류

B조 발표 자리의 전지 붙임 쪽지(Post-it)가 초라하다. 한경희가 손짓하여 홍 대리를 불러 베란다로 향한다. 초라한 결과가 말해 주듯이 팀워크가 썩 좋아 보이지 않는다. 같은 조원인 유림이나 양유진은 꿔다 놓은 보릿자루 같이 멍하니 자리에서 홍 대리와 한경희를 바라본다. 베란다에서 높아진 목소리가 창을 뚫고 방안에 흘러든다. 격렬한 논쟁이 이루어진다. 팀원들 일부는 그들의 티격태격하는 실루엣에 시

선을 두고 있고, 일부는 붙임 쪽지 내용을 주시한다. 분침이 세 번 정도 돌아 들어올 즈음 나란히 그들이 방으로 되돌아온다. 돌아와 벽을 등지고 선 한경희의 입술이 굳게 다물어져 있다. 심상찮은 낯빛으로 좌중을 둘러본 후 또박또박한 발음으로 선언하듯 내지른다. 단호함이 실린 단어들이 한경희의 입에서 똑똑 떨어진다.

"조직 역량 발표는 토론으로 진행하도록 하겠습니다. 본의든 본의가 아니든, 조를 둘로 나누게 됩니다. 둘로 나눈 조는 서로 마주 보고 앉고, 말 그대로 난상 토론을 하도록 하겠습니다. 회의의 주도는 홍남규 대리와 본인이 하겠으며, 논제에서 벗어난 의견이나 주장은 고 팀장님이 바로잡아 주십시오"

말이 끝나기 무섭게 조직이 둘로 갈린다. 홍남규 대리는 왼쪽으로, 한경희는 오른쪽으로 진영을 짠다. 홍 대리는 서둘러 선임 급을 불러 모은다. 금세 한태진, 김보람, 양유진, 조광진, 박도준, 정만호, 김인경이 홍 대리의 편으로 합류된다. 대부분의 선임 급이 홍남규의 지시대로 한 쪽으로 몰려 앉는다. 나머지 이주희, 이해정, 유림, 고윤경, 박성은, 김양희, 윤지원이 영문을 모른 채 한경희의 조가 된다. 두 그룹이 서로 마주 보며 대치한다. 한경희가 운을 뗀다.

"지금 시간 이후로는 직급의 강권이 없어집니다. 동등하게 경어를 사용해야 하며, 모두들 자유롭게 의견 개진을 할 수 있습니다. 또한 태도는 서로의 존중을 바탕으로 하며, 인격적인 공격은 바로 고 팀장님께서 제지하여 주십시오. 이렇게 진행되어야 하는 이유는, 저희 조직 역량에 대한 의견이 저희 B조 내에서도 자유롭게 진행되지 못했으며, 부족한 것이 많아 여러분의 도움을 받으려는 것입니다."

한경희의 조는 사원 급으로 편중되어 있다. 의견 개진을 제대로 할 수 있을지도 의심이 갈 정도로 조원이 편중된 것이다. 힘의 균형이 맞지 않는 조직 간의 난상 토론을 앞두고 있다. 한경희가 약한 조직의 선봉에 섰다. 어떤 방법으로 조직 역량의 토론이 이루어지려는지 흥미진진한 구도가 짜이긴 한 것이다. 브레인스토밍을 하면서 홍남규 대리는 겨우 두 개의 의견만 큰 전지 붙임 쪽지(Post-it)에 붙였으며, 그 붙인 내용도 조직 관련한 내용으로 분류하여 과제를 만들기에는 턱없이 부족했다. 그것으로 끝나면 좋겠지만, 브레인스토밍 과정 내내 유림이나 양유진, 그리고 한경희에게 공격적이고 노골적으로 자신의 의견이 중요하며, 그것 이외에는 별다른 조직 강화 방법이 없다고 우기고 방해했다. 결국 고심 끝에 한경희는 새로운 틀을 만들어 싸울 수밖에 없었던 것이다. 한경희는 승부사였다. 지식이 이긴다는 확고한 신념으로 맞서고 있다. 비장하다. 하여튼 홍남규가 전지 붙임 쪽지에 붙인 두 가지 조직 역량에 대한 의견은 그랬다.

〈술 묵기〉

〈지방 출신 못생긴 신입 뽑기 - 뺑이 돌리기〉

한경희는 정면으로 싸울 수 있는 무기가 있다. 인문학적인 바탕이 그것이며, 그 인문학은 철학, 심리학이 근간이다. 학문적으로도 경영에 대한 수많은 서적과 시뮬레이션의 경험이 있다. 다른 팀원보다는 사고가 유연하고 예상치 못한 경우에 익숙하다. 그런 그녀는 바로 분위기를 환기시킬 필요가 있다고 느꼈고, 바로 토론의 분위기로 전환시킬 방안을 고심했다. 선임들을 앞에 두고 정면으로 맞붙는다.

[한경희 - Positive]

“바로 이전 A조의 발표를 인상 깊게 들었습니다. 업무의 역량을 지식과 능력으로 세분화해 놓은 것은 자못 인상적이지만, 업무가 개인에 국한되지 않는 한 한계가 뚜렷해 보입니다. 이는 저희 조에서 본인이 생각하는 조직 역량과도 밀접한 관계가 있는데요, 개인 역량이 절대 뛰어나서 업무적으로 뛰어난 성과를 벌인다고 해도, 조직적으로 역량이 떨어지면 절대 조직은 성장할 수가 없습니다. 다시 말하면, 개인이 혼자 일하지 않는 이상 개인 역량은 조직의 논리에 충실해야 한다는 이야기입니다. 절대 특정 개인으로 조직이 발전되지 않습니다. 조직은 조직의 논리로 성장합니다.”

말이 끝나기가 무섭게 홍 대리의 반론이 거칠게 튕겨 나온다. 주제를 논리로 이끌어 가려는 한경희와 주제를 단순화시키려는 홍 대리는 서로 토론의 방법이 다르다.

[홍남규 - Negative]

“머 그래 복잡하고, 어렵노? 좀 쉽게 안 되겠나? 조직이란 게 머 있겠노? 걍 죽어라, 열심히 야근에, 철야에 일하면 되는 기지. 그래가 힘들다 싶으면, 쏘주 한 잔 하고, 또 열심히 일하고! 마 그런 기이 사회생활인 기다.”

홍남규 대리는 상대의 의견을 들어 보고 싶은 의지가 없다고 해야 할 것 같다. 마음이 열려 있고 소통할 준비가 되어 있는 사람은 상대의 의견을 존중하며 경청한다. 그 의견을 본인의 기준으로 판단하며, 의심쩍을 경우 객관적이기 위하여 다시 사고하며, 그리고 자신의 의견을 개진하는 것이 대화나 토론의 방법이다. 홍남규는 아는지 모르는지 꿈쩍하지 않는다. 고집이 센 것인지, 대화의 방법을 모르는 것인지, 하여튼 독특하게 자아가 강하다. 홍 대리와 같이 세상의 이치를 단순하게 치부하려고만 한다면 의미나 가치를 찾기도 어렵고, 논리를 만들어 내기는 불가능에 가까울 것이다.

[정만호 - Negative]

"나도 전부 다는 아니지만, 다소 홍남규 대리의 말에 대부분 동의한다. 우리가 뭐 놀러 온 것도 아니고, 열심히 일하는 친구들이 있으면, 더 잘해 주면 되는 거고, 또 못 하는 친구들은 자연스럽게 도태되는 거고 그렇지. 지금 뭐 직장 구하려고 노동 시장에 나와 있는 애들이 콩나물 대가리같이 수두룩 빽빽한데, 어떤 조직 역량이란 기준으로 스스로를 옭아매고, 그 기준을 정하여 굳이 조직에 규정을 둘 필요는 없는 것 아닌가?"

반말투가 거슬린다. 말투는 급한 그의 성격을 닮아 빠르고 급하다. 어찌 느끼면 생각의 민첩한 속도를 입이 따라가지 못해 발음이 새고 깨끗하지 않은 것같이 느껴질 수도 있다. 그렇지만 듣는 데 불편한 정도는 아니다. 하여튼 정 과장도 강경한 입장을 피력한다. 사실 현재의 토론 구조는 의도적으로 본인의 개인 의사와 상관없이 짜인 것이라 할 수 있다. 각자의 진영에서 입장을 정리하고, 상대의 입장을 객관적으로 판단하여 결국 결론을 도출해 내기 위한 것이다. 적어도 홍 대리와 정 과장은 그들의 의견과 자신이 속한 그룹의 입장이 같아 보인다. 어조가 고목과 같이 단단하다.

[김인경 - Negative]

“근데, 어떤 조직 역량이 필요한지 한 번 들어 보면 좋겠는데요, 그쪽에서 이야기한 것처럼, 진정 개인 역량이 뛰어난데도 불구하고, 조직 역량이란 것 때문에 조직이 성장하지 못하는 것이, 그런 측면이 있다면, 구체적으로 설명을 들어 보아야 하지 않을까 싶습니다.”

김인경이 토론의 본질을 이해하며 결국 균형을 잡는다. 틈을 열어 토론을 이어 나가기 위한 포석을 한다. 강한 화력이 당장 필요한 것은 아니다. 한경희와 눈이 반짝이는 고윤경이 그들의 의견을 적어 가며 서로 무언가 이야기를 나눈다. 둘을 제외한 찬성 진영의 사원들은 입을 다문 채 조용하다. 윽박을 지르는 투로는 토론이 성립될 수가 없다. 조직의 상하가 뚜렷하기 때문에 더욱이 그렇다. 아는지 모르는지 쐐기를 박듯 홍 대리는 막무가내로 펄펄 난다.

[홍남규 - Negative]

“마, 들어 보고 자시고 할 끼도 없다. 아까 얘기한 기 보니 마, 누굴 더 위해 주고, 더 잘해 주고, 칭찬하고, 격려하고 마, 이란 거 투성이더마. 그래가 잘되는 기이, 내 본 적이 읎다. 못 하면 깨지는 기고, 또 밤새서 열심히 하면 되는 기고, 마, 다 그렇게 일 안 했나? 안 그라요? 박 과장님? 정 과장님? 우리 마, 밤 부지기수로 새고, 열심히 일했다 안 합니까? 그게 마, 중요한 기고, 그래 개인이 열심히 하다 보무는 조직이란 게 머 있노? 팀이 더 발전하고 그라는 기지.”

어제의 적이 바로 친구로 돌변한다. 방금 전까지만 해도 정 과장의 근래 합류에 못마땅한 기색을 숨김없이 표출하고 다닌 홍 대리다. 그 기억은 이제 말끔하게 없어진 것인지, 논리고 뭐고 간에 튀고 싶은 방향으로 자기 마음대로 튄다. 한경희는 이렇다 할 대응도 대꾸도 없이 화제를 제멋대로 바꾸어 버린다.

[한경희 - Positive]

"네, 어떤 말씀인지 내용 잘 알겠습니다. 그런데 혹시 올해 사업 목표를 매출과 경상이익, 그리고 경상이익의 구성 비율까지 제대로 알고 계신 분이 있으신가요? 홍남규 대리님, 한태민 대리님, 혹시 아시나요? 박 과장님, 정 과장님 혹시 잘 알고 계신가요?"

토론의 물길이 방향을 달리하는 바람에 거세던 반대 의견이 주춤한다. 반대 진영이 은밀하게 술렁이며 서로서로 바빠진다. 기억을 끌어내려 고심하는 모양새가 극명하지만, 정확한 답이 나오지 않는다. 얼마 가지 않아 좌중이 조용히 가라앉는다. 침묵을 뚫고 조광진이 예상외로 또박또박 한경희의 질문에 답을 한다.

[조광진 - Negative]

"올해 4,000만 불이잖아요. 한화로 바꾸면 400억 정도 할 것이고요, 제가 알고 있기로는, 경상이익 2%, 한화 8억 정도인 것으로 알고 있는데 맞나요?"

조광진이 고개를 돌려 고 팀장을 바라본다. 눈빛으로 소리 없이 답을 요구하고 있다. 법대 출신의 조광진은 발음이 깨끗하여 내용의 전달 능력이 뛰어나다. 큰 키의 풍채는 내용의 진위 여부를 떠나 그의 말에 대한 신뢰도를 더욱 높여 준다. 그가 가진 큰 장점 중에 하나다.

매출은 알고 있었지만 경상이익 목표가 다소 헷갈렸던 박 과장도 마찬가지로 고 팀장을 응시한다. 한경희 편으로 앉아 있는 직원들은 모두 그 목표를 모르는 듯 멀뚱하다. 갓 스물여섯의 신입사원 한경희만 토론을 대담하게 감당해 내고 있다. 한치의 떨림이 없다.

[고학구 - 중재자]

"네 맞습니다. 올해 사업 목표는 그룹 매출 1조 5천억, 수출 매출 3억 4,000만 불에, 수출 1부 3팀, 저희 팀이죠, 매출은 4,000만 불이며 경상 이익 목표는 8억, 즉 2%입니다."

[한경희 - Positive]

"팀장님, 그리고 조광진 씨 고맙습니다. 잘 알겠습니다. 여러분 잘 아시다시피, 올해의 목표는 매출 400억에 8억의 경상이익 흑자입니다. 또한 더욱 더 잘 아시겠지만, 지난해 2013년의 매출은 300억이었고, 경상이익은 1억 2천만 원 적자였습니다. 올해 매출은 증가되는데, 지난해의 0.4% 적자를 2%의 흑자로 돌릴 수 있는 방법이 명확하신 분이 혹시 계시는지요. 홍남규 대리님은 현재의 상황과 올해의 목표가 제대로 맞아들어가고 있다고 생각하시나요. 올해는 그렇다고 해도 현재 1부 3팀에서 진행하고 있는 TCP와 Carter's의 바이어 구조로, 수익 흑자 원가 구조를 만들어 낼 수 있는 궁극적인 방안이 무엇인지요? 열심히 일하고, 밤새서 일하고, 휴일에 일하고, 또 그렇게 죽어라 일하고 만들어 낼 수 있는 것이라고 생각하시나요? 제가 너무 부정적으로만 접근하는 것인가요? 그렇다면 현재 6월까지의 실적은 어떻게 되는지 우리 한 번 확인해 봐야 하지 않을까요? 그런 궁극적인 매출과 경상이익에 대한 의문을 먼저 드리고요."

박도준 과장의 표정이 표 나게 일그러진다. 누가 뭐라 해도 박 과장은 팀의 어머니 역할을 하며 어려운 상황을 헤쳐 왔다. 동시에 조직적으로도 분명 좋은 분위기를 만들어 가는 중심이다. 새파란 한경희의 접근은 다분히 치우쳐 편협한 것이다. 본인이 주도하여 워크숍의 주제도 정했다. 팀원 모두 그 주제를 향해 나아가는데, 조직 역량에서 뜬금없는 경상이익의 찍자를 놓는 한경희에게 강한 거부감을 느낀다. 이제 젊은 20대에 이제 갓 사회생활을 시작한 풋내기가 멋모르고 설치는 것은 아닌가. 짜증이 단단하게 뭉치고 엮어져 심지가 되고 말이 되어 박도준 과장의 입에서 쏟아져 한경희에게 날아간다.

[박도준 - Negative]

"한경희 씨! 한경희 씨가 주제에 맞게 해야 하는 거 아닙니까? 조직 역량 강화에 집중하면 되는 것이지, 무슨 우리가 헛일 하고 있는 것처럼 보이나요? 진심으로 어이가 없습니다. 팀 전원이 고생해서 만들어 가는 것은 그딴 식으로 폄하될 수 없습니다. 한경희 씨가 모르는 숱하게 많은 일들을 가슴에 품고 만들어 가고 있습니다. 무슨 편의점에서 아이스크림 사는 것처럼 생각되나요? 그렇게 쉬워 보이나요? 죽어라 일하고 밤새 일하지 않고 한경희 씨가 도대체 무엇을 어떻게 한다는 말이죠?"

팽팽한 긴장감이 흐른다. 다른 사람이 아니고, 박도준 과장이다. 박도준 과장의 팀 영향력은 상당히 크다. 고 팀장과 같이 처음부터 팀을 이루어 낸 것도 그렇거니와 타고난 성품이 선비같이 차분하여 팀원들이 많이 의지한다. 그런 박 과장이 순간 화르륵 불타올라 가시 돋친 말을 쏟아 낸다. 팀원 모두들 심상치 않은 분위기에 빠져든다. 한경희의 편에서는 박 과장의 말을 경험치나 논리로 받아 맞서 줄 팀원은 없다. 더구나 감정적으로도 대립하고 싶은 조직원도 없다. 의도적이든 아니든 간에 분위기는 감당하기 어렵게 흐른다. 그들의 대립이 전체 발표의 분위기를 순식간에 위태위태하게 만들어 버린다. 그렇지만 그 대립의 분위기를 꿰뚫지 못하는 고윤경의 눈이 반짝반짝 빛난다. 토론 분위기가 썩 마음에 드는 눈치다. 워크숍 애초의 분위기에 휩싸여 현재의 상황 파악이 아직 덜 되었다. 애초 일을 할 때도, 주위의 시선은 흐르는 옆머리와 함께 뒤로 넘겨 버리고, 본인의 길을 꿋꿋이 가는 힘찬 그녀다. 그녀는 이 땅의 젊은이이며, 청춘을 담보로 용감하다.

[고윤경 - Positive]

"근데, 박 과장님 마음 상하신 것 같은데요, 근데요, 우리가 조직적으로 무언가 개선할 사항이 있다면, 그 내용에 집중해야 하는 거 아닐까요? 우리가 작년에 못 남긴 것도 맞다 하면서, 그럼 우리가 또 어떻게 남길까. 아마도 한경희 씨가 그 점을 조직적으로 연결하려 집중하는 것 같은데, 한번 그 경위를 들어 보는 것이 어떨까 싶습니다. 저는 참고로, 숫자에 조금 강한 것 같은데요. 하하하……, 저 원가 관리 잘할 것 같은데! 하하하."

고 팀장이 티 나지 않게 숨을 내쉬며 안도한다. 워크숍을 주도하면서 박 과장도 서너 차례 끼어 같이 준비하긴 했지만, 한경희는 박 과장과의 관계가 편하지 않다. 그 이상으로 박 과장과 고 팀장은 관계가 훨씬 깊다. 진심의 대화나 사적인 이야기도 많이 주고받을 뿐 아니라, 서로를 존중하며 조직을 유지해 왔다. 그것은 고 팀장과 박 과장이 8년간 이루어 낸, 그 오랜 기간 서로 암묵적으로 만들어 낸 그들 관계의 기준이다. 서로 자존심의 상처를 주거나 해서 서로 관계가 깨지며 균형이 무너진다면, 서로에게 너무 큰 부담이며 서로에게 너무 큰 시련인 것을 알기 때문이다. 박 과장의 언급, 한경희를 겨냥한 언급에 심층적으로 고 팀장도 함축되어 있다. 고 팀장은 그 점을 안다. 너무도 잘 안다. 위태한 분위기는 순식간에 전염되기 때문에, 정확한 경위나 내용을 몰라도 팀원들은 위태로움을 본능적으로 직감해 낸다. 분위기를 이해하여 그에 맞는 대처를 하는 것이다. 그것이 직장생활이며 사회생활이다. 실제로 가장 오래 같이 생활을 한 김인경이나 박성은 정도나 그 묘한 분위기를 조금 더 구체적으로 알고 있다. 새로 들어온 한경희와 고 팀장, 또한 가장 오래 팀을 이뤄 생활해 온 박 과장과 고 팀장. 더욱이 박 과장은 팀의 업무를 주도하는 입장이니 분위기가 어색한 것이다. 홍남규 대리나 정만호 과장 또한 이상한 분위기에 다소 어쩌지 못하는 상황, 그 미묘하고 복잡한 상황을 고윤경이 정면 돌파로 깨버린 것이다.

[한경희 - Positive]

"과장님께 무례했다면 사과드립니다. 그렇습니다. 전 팀에 합류한 지 3개월도 되지 않았고, 이제 스물여섯 처음 사회생활을 시작하는 새내기입니다. 그렇지만,"

[정만호 - Negative]

"좀 버릇없는 신입인데? 꽤 당돌하기도 하고! 이제 섬유 시작한 지 3개월 됐나?"

여전히 건방진 정 과장이 한마디 거든다. 상대가 누구라도, 자리가 어떻다 할지라도 크게 마음에 끼지 않고 내뱉는다. 한경희의 이마가 좁혀지며 조갯살이 잡힌다. 고민의 빛이 역력하게 안면에 드러난다. 주춤거리며 흔들리던 상체를 꼿꼿이 하며,

[한경희 - Positive]

"처음 드리는 말씀입니다만, 사실 저는 지난해부터, 신성 인터내셔널 수출부서의 모든 경영 자료, 특히 1부 3팀의 매출 자료 및 인사 자료를 받아 보았습니다."

끊고 입을 다물며 주위를 둘러본다. 박 과장을 포함 찬성 쪽, 반대 쪽 모든 팀원들이 순간 멈칫 하며 술렁인다. 도대체 혹시 Royal Family(경영진의 친인척)로 팀에 합류한 사람은 아닌가 하는 의구심이 팀원들에게 가득 찬다. 팀원들의 눈빛이 분주하게 흩어진다. 허 전무의 추천이라고 했고, 성씨도 연관이 없다. 더구나 허 전무도 자수성가로 직장 생활의 최고 자리에 오른 사람이 아니던 가. 팀원들은 갈피를 잡지 못하고 고 팀장과 한경희를 번갈아 바라보며 '해명'의 시간을 기다린다. 한경희는 분위기를 살피며, 특히 고 팀장의 표정 변화를 읽으려 노력한다. 이해를 부탁하는 간절한 빛이 눈동자에 가득 실린다. 고 팀장은 아는지 모르는지 미동도 없다.

[한경희 - Positive]

"먼저 사과의 말씀을 드리겠습니다. 저는 학부 때부터 조직관계학에 대해 굉장히 많은 공부를 했었습니다. 그런 가운데 개인적으로 허 전무님과 연관이 되어, 그분의 조직 운용 및 경영의 고민 상담을 우연히 의도치 않게 하게 되었습니다. 그 대상이 제가 속해 있는 우리 영업 3팀이었고, 사실 저는 제 의견을 허 전무님께 이야기했을 뿐, 이렇게 제가 팀에서 업무를 하리라고는 상상도 하지 못했습니다."

팀원들은 한편으로 실망하고, 다른 한편으로 안도한다. 실망하는 측은 순식간에 생겨 버린 비밀을 은밀하게 유지하지 못하고 노출시켜 버린 것에 대한 것이고, 안도하는 측은 다분히 선임 급들이다. 간혹 부서장이나 팀장들도 사원 추천을 하기 때문에, 추천되어 입사된 대상자에 대하여 대부분 부담을 갖지는 않는다. 역시 홍 대리가 팀을 대변하듯 한경희를 본인의 방법으로 질책한다.

[홍남규 - Negative]

"니 마, 무슨 프락치 같은 느낌이라 기분 안 좋구마. 여튼 니 마, 그 자료를 을매나 봤는지는 모르겠다만, 우리 하는 일을 다 그 자료로 파악했다는 기이 난 이해할 수가 읎다. 그기 마, 쉬운 기 아닌 기라. 내도 볼 때마다 헷갈리고 힘든데, 더구나 그기로 몰 또 준비했단 말이가? 차마 내 기가 막힌다."

아이러니하게 홍 대리가 결국 코너에 몰린 한경희에게 물꼬를 터 준다. 돌파구를 찾은 듯 한경희는 바로 맞받는다.

[한경희 - Positive]

"사실 처음에 자료를 받고는 내용을 파악하기도 힘들었고, 더구나 제조를 이해하기도 어려웠습니다. 그렇지만 최선을 다해 집중했습니다. 8개월을 하루도 빠짐없이 경영 자료를 분석했고, 경쟁사를 분석했으며, 조직 개선에 대한 분석을 했습니다. 여러분께서 학부 때 시험공부를 하듯이 그렇게 8개월을 몰두했습니다. 진심, 가장 치열하게 집중했던 기간이 아니었나 생각이 듭니다. 제겐 단풍의 가을도 없었고, 크리스마스도 없었고, 연말도 없었고, 물론 설날도 없었습니다. 물론 업계에서 수년간, 심지어 10년이 넘도록 경험을 쌓아 오신 대리님들, 과장님들에 비해는 초라할 것이라 생각합니다. 그렇지만 궁극적인 내용에는 정석으로 파고들었고, 핵심 규명을 위해 모든 가능성에 대하여 수십 번 시뮬레이션도 돌려 보았습니다. 그 내용에 대한 자문 및 검수 또한 받았습니다. 물론 제가 가장 잘할 수 있는 분야에만 집중했고, 그 부분이 오늘의 주제인 관계성, 바로 리더십인 것입니다. 특히 리더십이 성과를 어떻게 창출할 수 있는가에 이르러서는 많이 좌절을 하기도 했는데요, 하지만 현실적으로 팀 내에서 어느 정도 실행 가능할지에 대한 확신을 얻으며 이 부분을 공유하기에 이르렀습니다. 마지막 워크숍 발표 D조에서 '실행'에 대한 발표를 하는 것과는 다릅니다. 업계에서 진행될 수 있을 만한 수준인지에만 집중하여 만들었습니다."

불현듯 한경희는 자리에서 일어나 방을 향해 걸어간다. 워크숍을 올 때부터 둘둘 말려 차에 실어져 있던 달력과 같은 뭉치를 들어 내온다. 새해 처음 받은 달력과 같이 둥글게 말려 있는 것을 편편하게 해서 벽에 붙여 낸다. 전지 사이즈의 그림이 칼라로 프린트되어 있다.

피라미드 두 개가 팀원들에게 모습을 드러난다. 박 과장과의 대립 구도로 평정심을 잃을 수도 있었고, 고 팀장을 본의 아니게 속인 듯한 느낌에 다소 허둥댈 만도 하지만, 침착하고 표정으로 일관되어 있다. 여유와 자신감. 그녀가 싸우고 있는 무기.

관계성

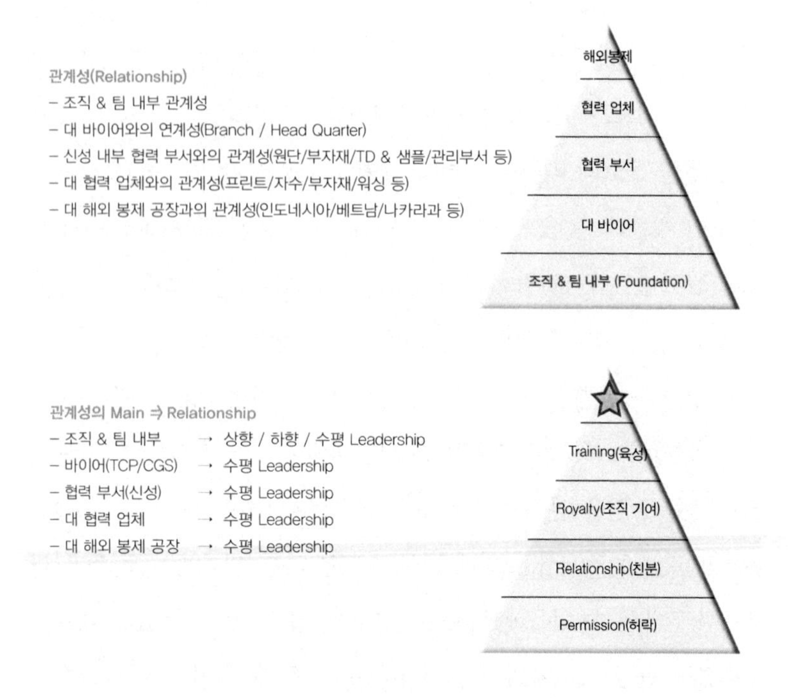

[한경희 - Positive]

“이전 A조에서 발표했던 개인 역량에 대하여 많이 공감한 것은 사실이나, 그 개인 역량이 200% 이상 발휘되기 위해서는 여기 보시는 것과 같이 조직 역량이 절대적으로 필요합니다. 왜냐하면 여기 관계성이라 칭한 곳의 하단을 보시면 알겠지만, 우리는 모든 업무의 프로세스(Process)가 다른 부서, 혹은 다른 기업 집단과 밀접하게 연관되어 있기 때문입니다. 우리가 업무를 진행해야 하는 상대를 구분한 것에 불과하지만, 업무가 연관되는 순간 '관계성'은 생성된다고 여기면 되겠습니다."

한경희는 관계성을 크게 다섯 가지로 구분했다. 구성원이 속해 있는 조직 내부 관계성과 나머지 네 파트를 별도로 떼어 놓았던 것이다. 영업 사원으로 가장 빈번하게 교신을 하는 바이어, 내부적으로 밀접하게 업무를 공유하는 협력 부서, 또한 도움을 받아야 하는 협력 업체, 마지막으로 모든 것을 조합하는 곳인 해외 공장이 그것이었다. 그 관계성의 예시를 단도직입적으로 들어 설명을 시작한다.

[한경희 - Positive]

"예를 들어 보겠습니다. 어떤 한 조직원이, 홍남규 대리를 예로 들면 좋겠네요. 홍 대리님이 영어도 유창하고, 사실 사투리가 좀 있지만요. 또한 추진력이 뛰어난 것은 아까 한 대리님이 설명 했다시피 여러분들도 아실 겁니다. 또한 섬유 경력이 8년도 더 넘었기 때문에 섬유나 무역 지식, 또한 바이어 지식이나, 신성 시스템 지식에도 일정 수준 이상이란 것은 여러분 모두들 인정하실 것으로 생각합니다. 그……, 그 홍 대리님이 만약 그 출중한 개인 역량을 가졌음에도 불구하고 관계성에 문제가 있다고 억지로 가정해 보도록 하겠습니다.

대표적으로 대 바이어와 관계가 좋지 않다고 해보면 어떨까요? 대 협력 부서, 특히 원단 팀, 부자재 팀 등과의 관계가 원활하지 않다면 어떨까요? 대 협력 업체나 해외 봉제공장과의 관계가 서툴러, 원하는 것을 이룰 수 없다면 어떨까요? 아무리 개인 역량이 뛰어나도 관계성의 한계에 부딪치면 업무 성과를 이루어 내기 어려울 것입니다. 홍 대리님이 이겨낸다고 가정한다 할지라도, 아마도 굉장히 큰 도전을 받아가며 업무를 해야 하는 상황이 발생할 것입니다. 이 얼마나 큰 조직적인 손실이 발생하는 것일까요?”

사실 홍 대리는 근래 바이어 및 해외 공장과 여러 다툼을 겪고 있다. 특히 홍콩의 담당 MR(업무 담당자)은 홍 대리와의 업무가 어렵다며, 박 과장에게 담당자를 교체해 주기를 요청하기도 했다. 협력 업체와의 트러블도 있었다. 궁극적으로 홍 대리 본인이 느끼고 있었고, 자구적인 노력을 하고는 있었지만 개선되지 않고 홍 대리를 괴롭히고 있었다. 홍 대리는 당돌한 한경희의 예시를 의외로 참아 넘겨 낸다.

[한경희 - Positive]

“그렇지만 반대로 어떤 대리 분께서 개인 역량은 부족해서 꼼꼼하지 않고, 매일 서류도 늦고 샘플도 늦지만, 우리가 바로 전에 이야기했듯이 개인 역량이 부족한 직원이겠죠. 그렇지만 그분께서 관계성이 제법 탁월하다면 어떨까요? 어릴 때부터 작은 관계에 최선을 다해 진심으로 대하는 사람들로 주위가 가득하다면 말입니다. 그렇게 관계성이 탁월하다면요? 이 부분을 우리는 꼭 짚고 넘어가야 하겠습니다. 그 대리님은 본인의 실수도 커버해 주는 바이어, 협력 부서 직원, 협력 업체 직원, 해외 봉제공장 사장님에 둘러싸여 일을 한다고 보시면 되겠습니다. 결과론적으로 업무를 성공적으로 마무리할 가능성도 훨씬 높아지는 것입니다. 물론 개인 역량의 중요성을 충분히 인지해야 하겠지만, 그렇게 관계성은 또한 굉장히 중요한 부분을 차지한다고 감히 이야기할 수 있을 것입니다."

조직에 관련된 내용으로 다시 논제가 흐른다. 한경희는 한 치의 물러섬 없이 꼿꼿하다. 박 과장에게 크게 한 방 맞아 케이오 당한 한경희가 다시 오뚝이처럼 일어나 맞서는 것이다. 보통 확신이 부족한 상태에서 내공까지 약하면 큰 공격에 주춤하고 물러서며, 종국에는 회복하기 어려운 지경으로 빠진다. 권투에서 한 번 케이오 당하고 나면 주눅 들고 기세가 꺾여 결국은 지는 것과 비슷하다. 그렇지만 한경희는 다시 홍 대리와 맞선다. 은연중에 암투를 벌이고 있는 것이다. 학술적 기반의 무기가 있는 한경희가 유리하다. 하지만 뚝심 강한 홍 대리의 맨손도 만만치 않게 대등하다. 한 치도 기가 꺾이지는 않는다. 추후 인정을 할 수도 있다. 그렇지만 당장 꺾지는 않는다. 맨손의 홍 대리가 되받는다.

[홍남규 - Negative]

"참……, 답답하네요 답답해. 업체가 마 쉽습니까? 내부 협력 부서는 만만하다 한데요? 그 사람들 와가 업무하는 기이 그 사람들의 보이지 않는 꿍꿍이수작을 한번이라도 마 경험해 본 적이 있는 기가요? 마 수천 년 묵은 구렝이가 그마들 속에 한 천 마리는 기드가 있을 끼다 말입니다. 잘 당해 내기 어렵다 안 합니꺼! 쉽게 볼 기이 아닌 기라요!"

눈빛이 튄다. 한경희도 홍 대리도 순순히 물러서지 않는다. 마치 칼을 맞대고 힘으로 서로를 밀고 있는 형상이다. 한 치라도 허점을 보이면, 팀원이 모두가 지켜보고 있는 가운데 치명상을 입을 수도 있다. 원단 자르다가 손가락 정도 잘리는 것은 상처도 아니다. 영혼에 치명적인 상처를 받을 수 있는 것이다. 논리의 칼은 심장이 두 동강 날 수 있을 정도로 그렇게 날카롭다. 한경희는 싸움의 방법에 익숙하지 않지만, 두려움이 없다. 두려움이 없으니 당당하고, 당당하니 기세 강건하다.

[한경희 - Positive]

"교활하고 능청맞은 사람들. 본인의 안위에만 집중하여 배타적인 사람들. 그런 사람들이 있다고 하죠. 홍 대리님 말씀과 같이요. 그렇다면 그 사람들과 대립해야 하겠습니까? 대립하여 싸워 이기면 마음이 시원한 것인지요? 밟아 눌러야 하는 것인가요? 공자 일화가 있습니다. 불량배에게 괴롭힘을 당하는 그를 보고 주변에서 이야기했습니다. 왜 맞서지 않느냐고 말이죠. 공자가 그런 답을 합니다. 당신은 지나가는 개에 물렸다고 그 개를 물어 복수하느냐고 말이죠. 너무 비약이 심한 예일 수도 있겠지만, 핵심은 짚어야 하겠습니다. 교활한 사람들을 이겨 내는 방법은 맞서 싸우는 것이 아닌 것입니다. 그 교활한 사람을 내 사람으로 만드는 것입니다. 그 모자란 사람을 내 사람으로 만들고, 그 부족한 사람을 내 사람으로 만드는 것이 가장 큰 힘을 얻는 일이란 말입니다."

직설적인 예를 들어 한경희가 대응한다. 홍 대리의 울퉁불퉁한 얼굴이 팽팽하게 붉어진다. 박 과장과의 대립에 연이은 홍 대리와의 재대립이다. 엉뚱하게 김인경이 끼어든다.

[김인경 - Negative]

"예가 적절해 보이지 않습니다. 그렇게 상황을 심플파이(Simply, 간단하게 만들어 버리는 일)하면 우리가 논의하고 토의할 것도 없어질 것입니다. 개에 물리면 당연히 개에 대한 복수를 해야겠죠. 똑같이 물지 않더라도 복수를 해야, 우리도 만만치 않다는 것을 보여줄 수 있는 것입니다. 이래도 홍 저래도 홍 그랬다가는 우리를 물로 보고 쉽게 대할 수 있습니다. 그들은 절대 만만치 않습니다."

김인경의 언급에 한경희는 한 걸음 물러선다. 더 깊은 감정의 싸움은 감정에 상처를 줄 수 있고, 그 상처의 치료는 긴 시간을 필요로 한다는 것을 그녀는 잘 안다.

[한경희 - Positive]

"네. 그렇습니다. 세상에 만만한 상대는 없을 것입니다. 세상이 만만하다면 우리 모두 여기서 이렇게 업무에 치어 고군분투하고 있지는 않을 것입니다. 제가 말씀드린 의도는 '균형'을 기본으로 한 관계성이라 말씀드릴 수 있습니다. 인지상정. 세상의 이치는 인지상정으로, 쌍방향으로 상호간 흐른다고 말씀드릴 수 있을 것입니다. 교활하고 속내가 시커먼 상대가 양의 가면을 쓰고 여러분을 상대한다고, 여러분은 그 양의 탈에 속아 넘어가십니까? 그 정도로 사회생활 짬빱이 부족하십니까? 그렇게 여러분이 쉬운 상대인 것입니까? 저는 절대 그렇게 생각하지 않습니다. 관계를 좋게 유지하는 사람들은 무조건 적인 수용만을 절대 가치로 여기지 않습니다. 때로는 강하게 반대도 하고, 자신의 의견을 관철시키기도 합니다. 그렇지만 좋은 관계를 유지합니다. 관계의 또 다른 핵심은 '진심'인 것입니다. 그런 관계성이 어찌 중요하지 않겠다 할 수 있겠습니까!"

한경희가 '균형'이라는 단어를 이용하여, 홍 대리와의 대립각을 낮춘다. 그의 사회생활 경력을 암시하며 존중해 주며 손을 내민 셈이나. 마음에 차지는 않는 홍 대리도 더 이상 소모적인 싸움은 피하고 싶다. 대응을 하지 않는다. 자연스럽게 한경희의 의지가 발표를 통해 구체화되기 시작한다.

[한경희 - Positive]

"관계성이 다섯 파트로 구성되고, 네 파트는 대략적인 설명을 드렸습니다만, 여기 보이는 부분은 제가 언급하지 않았죠? 바로 조직과 팀 내부 관계성인데요, 이는 관계성에서 절대 중요시되어야 하는 부분입니다. 바이어와 관계가 좋지 않아도, 회사 내부 협력 부서와 관계가 좋지 않아도, 협력 업체와 관계가 좋지 않아도, 또한 해외 봉제공장과 관계가 좋지 않아도, 팀 내부적으로 관계성이 훌륭하다면 아이러니하게도 충분히 버텨 낼 수가 있습니다. 왜냐하면 관계가 좋은 직원의 도움을 받으면 되는 것이니까요. 굉장히 간단하죠. 그런데 만약 팀 내부 관계성에 문제가 생긴다면, 이는 절대 회복이 불가능합니다.

근래, 오늘도 네이버에 기사로 뜬 내용인데요, 직장에서 힘들어 그만두는 사람의 70% 이상은 같이 일하는 사람과 맞지 않아서 그만둔다고 하네요. 이 기사가 팀 내부 관계성의 중요성을 대신 설명해 주는 것이라 볼 수 있겠습니다. 그런 관계성은 각각의 조직 구성원의 이해도는 물론 서로를 배려하려는 진심, 또한 이로 이한 소통을 기본 중심 단계로 보는데요, 이것은 결국 리더십으로 귀결된다고 할 수 있겠습니다. 다시 말씀드리면, 관계성의 기본은 내부 조직이 그 바탕이 되고, 그 바탕의 기준은 리더십 개념으로 설명된다는 것입니다. 연결하여, 팀 내부적으로 리더십은 다섯 단계로 나뉠 수가 있거든요. 이 리더십은 존 맥스웰의 리더십 단계를 기준으로 적용시킨 것인데요, 이에 대한 설명을 이어 나가도록 하겠습니다. 잠시만요."

한경희는 서서 발표하는 자리를 벗어나 냉장고를 향한다. 그녀는 영어를 유창하게 잘하지도 않고, 변변한 연수나 인턴 경험도 없다. 그런 그녀의 전공은 영문학인데, 조직 역량을 설명하는 모습은 자신감에 충만해 있고, 목소리 및 몸짓에 리듬이 있다. 자연스럽고 세련되어 있다. 다소 통통한 모습이지만, 외모를 지식의 크기가 압도해 버린다. 냉장고에서 물을 컵에 부어 벌컥 들이켠 후 천천히 팀원들의 시선을 받아 내며 돌아온다. 이미 집단 토론의 단계를 벗어났다. 강연이라 해야 옳을 정도로 홀로 전 팀원을 상대한다.

[한경희 - Positive]

"이제 말씀드린 바와 같이 리더십에 대하여 추가로 내용 설명을 드리도록 하겠습니다. 두 개의 피라미드 중에 여기 밑에 그려져 있는 피라미드를 보아 주세요. 맨 꼭대기에는 별이 그려져 있고, 맨 하단에는 Permission(허락)이라 표시가 되어 있습니다. 상단의 별은 리더십의 절정 단계로, 개인이 그 단계에 오르게 되면 속해 있는 집단의 산업이나 경제가 정치의 흐름이나 판도를 아예 바뀔 수 있을 정도의 상당한 영향력의 리더십입니다. 정치적으로 보면 노무현 대통령의 리더십이 그렇다고 볼 수 있을 것입니다. 그분의 열정은 많은 사람들의 의식을 깨고, 정치가 바뀔 수 있을 정도의 임팩트를 주었죠. 삼성의 이건희 회장도 마찬가지의 리더십을 보여주었다고 평가 되는 리더입니다. 지금은 비록 병상에 누워 있지만 말입니다. 더 범위를 구체화시켜 심유시장의 틀로 본다면, 우리 회장님 또한 그 리더십의 절정 단계에 있다 할 수 있을 것입니다. 미얀마 진출, 새로운 브랜드의 공격적인 내수시장 진입, 또한 기존 브랜드의 중국 진출 등, 큰 영향력으로 업계의 판도를 뒤흔들고 있기 때문입니다. 절정의 리더십은 한 개인이 조직을 리드하고 산업 전반에 영향을 미칩니다. 그렇지만 좋은 리더십도 조직에 상당한 영향을 미칠 수 있습니다. 절정의 리더십은 일단 제쳐두고, 나머지 하단을 살펴보도록 하겠습니다. 피라미드 표를 한 번 보아주세요. 여기 보시는 것과 같이, 가장 기초 단계인 Permission(허락)에서 Relationship(관계), 그리고 Royalty(조직 기여)를 거쳐 Training(육성)으로 연결되는데요, 절정의 리더십을 보이는 것은 타고난 재능이라 하니, 우리는 네 단계만 보도록 하지요. 일단 처음 단계부터 살펴보도록 하겠는데요, 여기 보시면 설명드린 바와 같이……."

조직 역량을 관계성으로 풀어내고, 관계성의 중심을 팀 내로 좁혀 '리더십'을 귀결 짓는다. 리더십은 다섯 단계로 나누어 하나는 신의 몫으로 남겨 두고, 나머지 네 개의 단계로 팀원들을 몰아 세웠다. 그렇게 긴 과정을 거쳐 온다. 이제 마지막 과정을 앞두고 있다. 날이 어둑

해진 지 오래되었으나 한경희의 눈빛은 환하게 빛난다. 지치지도 않듯 그녀는,

[한경희 - Positive]

"여기 보시면 합니다. 맨 밑에 적혀 있는 문구는 가장 처음 베이스(Based) 단계라 할 수 있는 Permission Level(허락)입니다. 조직이 처음 생성되기 시작하면서 자연적으로 생성되는 직급과 유사하다고 여기시면 되고, 이는 다분히 수동적인 관계입니다. 간단하게 풀어 보면, '내가 시키는 것을 밑의 직원인 너는 해야지'라고 볼 수 있을 것입니다. 현재 우리 팀은 물론 어떤 조직에서도 기본적인 이 리더십 단계는 적용이 됩니다. 박 과장님이 시키면 홍 대리님은 해야 하고, 홍 대리님이 시키면 박성은 씨는 따라야 하는 것을 굳이 풀어 설명해 놓을 것이죠. 이는 조직의 피라미드라고 달리 표현될 수 있을 정도로, 사실 리더십과는 큰 관계가 없을 수도 있겠습니다. 왜냐하면 조직은 상호 양 방향으로 자유롭게 흘러야 하기 때문인데요, 처음 단계에서는 다분히 한 방향으로 집중된다고 볼 수 있기 때문입니다. 여기 피라미드의 위 단계를 보시면 알겠지만, 많은 리더십의 단계가 있습니다. 조직은 반드시 이 첫 단계를 넘어 진화되고 또한 업그레이드되어야 합니다. 앞서 설명드린 최고의 단계에 올라가지는 못한다 하더라도, 그 전 단계까지는 반드시 이르러 강한 조직으로 거듭나야 할 것입니다. 그 전체적인 것을 마음속으로 그려 보시고, 우리의 위치는 어디에 있을까 생각해 볼 필요가 반드시 있습니다. 아마도 현재에서 다음 친분 단계(Relationship)의 중간 정도에 위치하고 있지 않을까 그렇게 보는데

요, 그렇다면 우리는 아직 가야 할 길이 많다고 볼 수 있을 것입니다. 단계를 넘어가는 고개마다 굉장히 큰 의식의 변화 속에서, 생소함의 고통을 받을 수도 있습니다. 개인의 감정적 희생이 동반 될 가능성도 크고, 이에 따른 부작용도 우려되지만, 일단 첫 단계에만 집중해 보면, 친분으로서의 업그레이드는 조직 성장의 가능성을 안겨 줄 것입니다."

한경희는 단숨에 리더십 단계를 풀어내 버린다. 바로 전에 연습해서는 쉽사리 나올 수 없고, 동시에 확신이 불투명한 단기간의 사고로 이루어질 수 없는 수준이다. 8개월간의 사고, 내면의 상충되는 의식의 고통을 겪고 많은 지식과 또한 수십 차례의 수정을 통해 정립된 의견이기 때문에, 이를 풀어 나가는 방법은 연습하지 않았음에도 물 흐르듯 자연스럽고, 유연한 것이다. 그런 그녀의 자료 및 지식 근거의 접근은 팀원들의 집중력을 높여 주었고, 그 점을 꿰뚫고 있다는 듯이 한경희는 발표를 여유롭게 이어 나간다. 6월 중순 아리스타에서 고 팀장에게 이야기했던 부분, 즉 Relationship(친분)이 어떻게 조직의 성장할 수 있는 근간이 되는지를 설명하고, 적절한 예를 들어 구체화시킨다. 결국 조직의 첫 번째도, 두 번째도, 세 번째도, 네 번째도, 다섯 번째도 사람이란 강한 메시지가 입을 통한 말로, 몸짓을 통한 제스처로, 팀원에게 전달된다.

[김보람 - Negative]

"그런데요, 잘 알겠지만, 휴……. 그런 게…… 아니, 서로의 관계가 좋아지는 것은 알겠고요, 또한 시켜서 하는 일이 스스로 하는 일에 비해 효율이 떨어지는 것도 알겠는데요, 그래서 음, 서로 서로가 친해지면 우리도 좋겠지만요. 그런데요, 그렇게 한다고 우리 실적이 좋아지고, 그렇게 해서 회사에, 아니 우리 팀에 이익이 나는 건 아니잖아요. 다음 단계로 보이는 게 조직 기여란 건데요, 우리가 일단 열심히 일하는 거, 홍 대리님이 이야기한 거, 우리가 열심히 일해야 일단 돈이, 아니 이윤이 더 남는 거 같은데요."

표현하는 방법이 서툴지만 한경희의 논리 중에서 가장 취약한 점을 김보람이 건드린다. 조직적인 합의가 이루어질 경우, 누구보다 열정적으로 그 만들어진 룰(Rule)을 따르고 본인 스스로 매진 할 것이지만, 여전히 현재 상태로는 방어적으로 무언가 다르고 생소한 것에 대한 반문이다. 서투른 표현 방법이 설득력이 뛰어나듯, 다른 팀원들도 김보람의 지적에 고개를 다수 끄덕인다. 한경희는 본인보다 한 살 더 나이가 많은 김보람에게 긍정의 고갯짓을 내보이며,

[한경희 - Positive]

"네. 보람 씨의 질문 잘 이해했습니다. 이제 조직 역량의 성과에 접근할 때가 되었습니다. 여러분, 지금 이 토론을 시작할 때 제가 경상이익과 매출에 대한 설명을 드렸었죠. 그 부분을 개선할 수 있는 핵심적인 역량이 조직이라 말씀드렸고요. 네, 그 부분은 지금 보시는 여기의 '조직 기여'에서 그 성패가 좌우된다고 볼 수가 있습니다. 이 '조직 기여'란 부분은 섬유 수출 회사의 모든 조직에 해당된다고 볼 수는 없습니다. 물론 당연히 논리적으로 근거는 충분하지만, 그 부분이 없다 하더라도 큰 이익을 내는 집단이 있을 수 있다는 이야기입니다. 비근한 예로, 신성 수출 1부 1팀이나 2팀의 경우, 현재의 조직 기여란 리

더십의 단계가 없어도 많은 수익을 창출합니다. 또한 Target이란 바이어를 하는 어떤 수출 회사의 조직 또한 매한가지입니다. 이는 바이어와 조직과는 밀접한 관계가 있다는 반증이 되는 것이죠. 그렇다면 현재 수출 1부 3팀의 바이어와 구매 구조(Sourcing Tool)를 먼저 살펴볼 필요가 있다고 생각합니다. 간략하게 TCP란 바이어에 관하여 박도준 과장님께서 설명을 해주시면 어떨까, 부탁드립니다. 가능하시겠나요?"

수변을 좌우로 한번 훑고는 박도준 과장이 일어난다. 처음 바이어를 시작하면서 숱하게 겪어 왔고 숱하게 느꼈던 부분을 어떻게 요약해서 설명을 해야 할지, 고민의 모습이 잠깐 비춰진다. 그래도 중간 관리자의 시각으로 보는 바이어, 그 설명은 간단하면서도 명료하다.

[박도준 - Negative]

"글쎄요……, TCP는 다분히 디자인에 치중된 바이어라고 할 수 있지 않을까 싶습니다. 그것이 정답이 아닐까 싶은데요. 사실 저희는 Sourcing(구매) 쪽과 대부분의 업무를 하고 있지만, TCP의 현재 CEO인 Jane은 디자인이 TCP의 Sales(매출)를 궁극적으로 결정짓는 중요한 요인으로 여기고 있기 때문에, Sourcing(구매)이나 Merchant(상품기획)에서의 힘이 디자인을 따라가지 못하고 있습니다. 그렇기 때문에 제조의 충분한 이해도 없이 마지막 단계의 변경이라든가, 디자인 위주의 Develop(개발) 등 굉장히 많은 업무가 벤더에게 가중되는, 그런 구조를 가진 바이어라 할 수 있지 않을까 싶네요. 그 정도가 키가 아닌가 싶은데요. 더 설명하자면 한도 끝도 없지만, 한경희 씨가 원하는 답은 얼추 되지 않았나 싶습니다."

뇌동을 하며 이곳저곳에서 박도준 과장의 말에 동조한다. 특히 업무 담당자들은 자신들끼리 그런 경험을 이야기하느라 웅성대고, 수군대고 긍정하느라 바쁘다. 한경희는 박도준 과장에게 허리 숙여 감사의 표시를 하고는, 자리로 돌아가도록 손짓 안내를 한다. 처음부터 묵묵부답, 팔짱을 끼고 좀처럼 표정의 변화가 없이 서 있던 뒤쪽의 고 팀장이 고개를 보일 듯 말 듯 끄덕인다.

[한경희 - Positive]

"그렇습니다. 우리와 같이 일하고 있는 카운터 파트(Counter Part)는 구조적으로 구매(Sourcing)를 진행하기에는, 우리와 같이 전문적인 제조 회사의 입장에서 본다면, 무리가 있는 매출 및 수익의 한계가 명확한 바이어라고 볼 수 있습니다. 그렇다면 단 두 가지의 심플한 방법이 남을 것입니다. 그쪽을 바꾸거나 아니면, 우리가 바뀌거나. 그쪽을 바꾸려는 노력은 허 전무님을 통해, 또한 고 팀장님이나 홍 대리님이 양유진 씨와 동영상을 찍어 가며 노력했지만 구체적인 개선의 방향이 보이지 않고 있습니다. 답보 상태입니다. 구매(Sourcing) 쪽에서 그 내용을 충분히 공감하고 있음에도 불구하고, 디자인의 힘에 밀려 변화를 시키는 것이 단번에 일어나기 어렵다는 이야기가 되는 것입니다. 그렇다면 우리가 바꾸어야 가능한 이야기입니다. 이 조직 기여는 궁극적으로 변화를 대처할 수 있는 가능성이라 저는 확신합니다. 현재의 조직으로, 현재의 조직상 업무로는 변화를 대처해 나가는 데 한계가 뚜렷하기 때문입니다. 그런 조직 기여는 두 가지의 방향으로 설명될 수 있는데요. 첫째는 조직 변경에 대하여 구성원은 객관적으로 받아들이고, 최대한 Full Support(협조)를 해주어야 합니다. 그 자체는 또한 Relationship(친분)에서 나오는 신뢰를 바탕으로 해야 합니다. 조직의 변경은 궁극적으로 모두를 위한 변화이며, 이 변화는 수시 때때로 일어난다 해도 긍정적으로 수용할 수 있어야 하는 것입니다. 완벽한 조직은 존재하지도 않고 학문적으로도 불가능하다는 것이 이미 오래 전에 입증되었습니다. 조직은 개인 구성원의 조합인데, 개인의 능력과 성향이 모두 다르고, 같은 경우는 절대 있을 수 없기 때문입니다. 그렇게 완벽한 조직은 없다면, 개인을 기준으로 볼 때 기존의 조직에서의 장점과 단점, 좋았던 것과 싫었던 것, 그런 호불호, 또한 변경되는 조직에 대한 장단점과 호불호가 극명해진다는 이야기와 같습니다. 그런 것을 치열하게 분석하고 냉정하게 판단하여 결정을 내리고, 또한 조속한 변화를 이끌어 내야 하는데, 개개인의 사사로움에 연연한다면 조직은 움직임이 느리고 둔해져 절대 바이어의 변화를 따라갈 수가 없습니다. 그렇기 때문에 리더십의 제2단계인 Relationship(친분)이 바탕이 되어야 하고, 그 바탕으로 다음 단계로 올라갈 수가 있습니다.

또한 두 번째는 조직은 가장 기본적인 린(Lean)의 형태로 최소화되어야 합니다. Toyota Lean(토요타의 린 시스템)의 또 다른 핵심은 최소화이기 때문에, 그런 단어를 생각해 냈는데요. 다시 말하면, 움직임이 Heavy(무겁고 둔한)한 조직은 멀리해야 하는 것입니다. 바이어의 규모가 일정하게 크고 Sourcing Tool(구매 구조)이 체계적이어서 관리의 측면으로 보는 경우라면 얘기가 다르겠지만, 다분히 TCP는 그렇지 않기 때문에 간결한 조직이 구성되어야 절대 승산이 있습니다."

조직의 구성에 대한 이야기가 나오자 특히 홍남규 대리와 조광진 씨는 불편한 듯 표정이 밝지 않고, 박도준 과장은 묵묵하다. 팀원들은 벌써 팀 구조가 변경되기라도 한 것 같이, 어떤 Division(소규모 부서)을 어떻게 분할하는지, 또 누구와 일하는 것일지 가볍게 술렁댄다. 조직은 가볍게 구성되어야 한다는 가장 기본적인 내용에는 대부분 공감한다. 그러나 김보람이 언급한 내용에 대한 답으로는 불충분하다. 조직 역량은 관계성, 핵심은 팀 내 관계성이고, 한경희는 리더십의 중요성을 계속 역설하지만 이로 인한 성과 창출에 대한 답을 미루고 있는 것이다. 대신 한경희는 바이어의 특성으로 김보람의 답을 할 준비한 셈이다. 바이어의 구매 구조의 한계성에 대한 대응책으로 팀 조직의 변동성에 대한 조직원의 적극적 수용이 필요하다는 점과, 돌려 설명을 했지만 피라미드 형태의 사원, 대리, 과장으로 이어지는 수직 조직은 현 바이어의 오더를 수행하는 데 적절치 못하다는 결론을 설파한 것이다. 이제 김보람의 '성과'에 대한 답이 나올 차례인 것이다. 멀리 돌아온 셈이다.

[한경희 - Positive]

"정리하겠습니다. 그렇게 조직적으로 친분을 바탕으로 하고, 조직 변경에는 구성원의 최대한의 협조가 이루어진다는 가정 하에, 물론 고 팀장님이나 팀 과장님들이 사전에 구성원들의 의견을 충분히 받아들이고 그 부분이 조율되어야 한다는 점이 있지만, 그렇게 되면 팀은 충분히 경쟁력 있는 싸울 수 있는 조직이 되는 것입니다. 그런 가벼운 조직의 장점은 실행의 속도가 굉장히 빨라 업무 보고, 업무 대기 등의 프로세스 상의 Loss(손실)가 줄어듭니다. 전쟁터에 나가 밑의 이등

병이 위 상병에게 '상병님, 적군이 몰려오는데, 총을 쏠까요?'하고 물어볼 수 없는 것과 마찬가지입니다. 바로 총구 들이대고 따당땅땅땅 쏴대도, 승산이 있을지 없을지 모르는데요. 어찌 이런 저런 것을 물어보고 확인받고 하겠느냐는 이야기이지요. 그렇게 혼자 쏴대려면 물론 그 현업의 주체는 업무에 대하여 최소한의 지침과 기준이 있어야 할 것입니다. 하늘로 총 쏴대 봐야 아무런 소득이 없기 때문입니다. 즉 자수적인 결정을 할 수 있는 조직이 되어 Loss Management(손실관리)의 결정적인 이득을 볼 수가 있습니다. 다시 말하면, 조직의 변화가 자유로워야 하며, 그 바탕은 관계성이어야 합니다. 그 조직 변화로 인하여 조직이 자주성을 갖고 업무에 임한다면, 바이어 TCP를 해내기 위한 최적의 조직이 될 것입니다."

이어 조직 기여에 대한 설명과 육성(Training)에 대한 중요성을 한경희는 역설했다. 그것이 바로 조직역량의 핵심이었기 때문이었다. 구성원 스스로 특성과 장점에 입각한 조직적인 기여는 Productivity(생산성)와 밀접하게 연관이 있다. 그 부분이 조직의 성공에 큰 기능을 할 수가 있음은 설명에서 제외했는데, 조직이 준비되는 시점에 단계적인 절차를 밟아 심층적으로 내용을 공유할 심산이었다.

사실 한경희가 구성해 온 조직 역량의 키는 '행복'과도 밀접한 연관이 있었다. 이는 경영보다는 심리학에 더 가까운 이론이다. 사람이 행복할 수 있는 조건은 돈이나 명예, 안정된 노후는 아니었다. 은퇴한 다수의 불특정한 사람을 대상으로 행복하다고 느끼는 사람을 대상으로 사회 활동의 종류를 조사한 결과, 의외로 가장 행복한 사람들은 '봉사'나 '기부 활동'을 하는 측이었다. 그 점을 심층 깊게 파고들어 나온 결론은, 인간 본연의 행복은 스스로의 소유물이나 겉으로 보이는 모습, 즉 명예나 권위 등이 결코 아니라는 사실이었다. 즉 타인이나 특정 집단, 사회나 국가 등 본인이 속한 소속에서의 '기여'가 존재감 및 행복을 궁극적으로 결정짓는다는 것이다. 기여를 심리학적인 접근으로 고찰해 보면, 조직적으로도 충분히 일리 있는 성과 창출의 한 가지 방법이었다. 조직 기여의 문화가 깃들어 있는 팀은 애착이 강했고, 성과가 뛰어났으며, 강한 조직력으로 경쟁 업체에서 대부분 우위를 점했다.

조직 기여의 또 다른 핵심적인 사항을 가슴속에 담은 채 한경희는 자리로 돌아온다. 그녀의 조직 역량 발표를 기점으로 금요일 워크숍 일정이 마무리된다. '실적을 위한 과감한 혁신'과 '실행'에 대하여는 다음날 아침 발표를 이어 하기로 팀원들 스스로 정해 버린다. 시간이 늦기도 했으나, 토론의 주체는 토론의 당사자들이었다. 고 팀장은 결정에서 배제된다. 결정권이 없다. 고혹한 불 빛에 현혹 된 나비와 풀벌레들이 무수하게 창가에 몰려든다.

7월 25일 금요일 Part V

'도시를 떠나면 도시가 그리워지고, 사람에게서 멀어지면 사람이 그리워진다'

커피 광고로 한 때 유명했던 문구가 머릿속에 아련하다. 정만호 과장은 어둠이 짙어져 버린 강원도에서 떠나온 도시를 떠올린다. 불과 3시간 남짓 서울과 떨어진 강원도의 밤은 색다르고 청초하다. 주변의 공기는 투명하게 맑고 바람은 상쾌하다. 맑은 계곡의 물소리는 시원하다. 도시의 인위가 섞이지 않은 자연의 소리는 부드럽고 불협화음이 없다.

저녁을 준비하는 팀원들은 수다스럽게 흩어져 분주하다. 몫을 제대로 헤아리지 못하고 무턱대고 쇼핑 카트에 주워 담은 고기와 야채, 소시지, 새우 등이 바비큐 테이블 위에 쏟아져 놓인다. 한태민 대리는 바비큐 통 안의 숯에 부채질하느라 여념이 없다. 팀 내 살림꾼 노릇을 하는 고윤경은 저녁 식사 준비를 진두지휘한다. 고윤경의 지시에 따라 누구는 상추와 고추 등 야채를 씻고, 누구는 냉장고에서 술을 꺼내 온다. 홍 대리는 맥주 캔을 들고 다니며 이곳저곳 참견이다. 디자인을 전공한 양유진은 박 과장의 종아리에 볼펜 문신을 새긴다며 실랑이를 벌이고 있다. 고윤경의 준비는 빈틈이 없다. 빈틈이 없는 대신 직급 상관없이 심부름도 많이 시킨다. 어느 결에 '나는 바보'라고 적힌 붙임 쪽지(Post-it)가 장난스레 고윤경의 등에 붙는다. 팀원들은 유치한 장난에도 쉽게 웃음보를 터트리고 깔깔대며 제각각 맡은 일을 해나간다.

자유로운 분위기가 정 과장의 눈에는 낯설다. 해외 원단 팀에서는 직급의 구별이 확연했다. 선임 이상은 책임지고 후임을 챙겨야 했으며, 이에 따라 선임은 또한 선임의 대접을 받았다. 12명이 넘는 팀원들을 이끌며 좋은 성과를 이루어 냈다고 부서와 본부 평가를 받았다. 중국 해외 원단 업체와의 관계, 업무 진행 방법, 또한 팀원 관리까지 정만호 과장의 업무 반경은 넓었다. 업무에 자신감이 붙었으며, 스스로의 자부심에 어깨에 힘이 들어갔었다. 그렇지만 해외 원단 팀은 정만호 과장의 야망에 비해 작은 협력 부서에 불과했다. 총괄이 되어 해외 원단 팀을 이끌던 정 과장에게 영업으로의 직무 전환은 기회였다. 접해 보지 않은 영업 업무에 대한 두려움이 다소 생겨나긴 했었지만, 도전해 보고 싶은 욕망이 더욱 컸다. 그나마 만만했던 고 팀장에게 의사를 전달하고, 영업으로의 전환을 이루기 위한 전략을 세웠다. 퇴사를 배수진으로 둔 계획에 인사이동은 일사천리로 진행될 수 있었다.

보직 이동 이전에 정만호 과장은 영업 1부 1팀장을 찾았다. 해외 원단을 진행하며 가장 가까워진 영업 팀장이기도 했고, 고 팀장과 가장 사이가 막역한 영업팀장이었기 때문이다. 영업에 대하여 보편적 이해를 하고 싶다는 의사를 전달하여 만난 1팀장은 의외로 진지했다.

"정 과장, 넌 이제 전부를 볼 수 있는 시각을 갖게 되는 것이다. 지금까지는 본의는 아니겠지만, 편협한 시각으로 회사, 오더, 영업부 및 유관부서 등을 바라보고 평가했을 가능성이 높다. 왜 그런지를 설명해 줄게. 매번 느끼는 거지만, 하여튼 그 얘기는 나중에 하자. 하여튼 예를 들어, 1불의 오더를 받았다고 가정하자. 그러면 30센트는 원단, 30센트는 임가공료, 이건 봉제료를 이야기하는 거고, 또10센트는 부자재, 10센트는 프린트나 자수 등 그렇게 하고, 나머지 우리 월급, 회사 임대료, 물론 우리 건물이지만 그것도 판관비에 속해 있는 거다. 그리고 하다못해 아침에 주는 간단한 샌드위치, 김밥, 정수기 물, 전기료, 수도세 등을 15센트로 쓰고. 그러면, 얼마가 남는 거지? 전부 95전 정도 되니까, 그렇지. 나머지 5센트를 회사에 남겨, 회사가 그 잉여 자금으로 월급을 올려 주든가 공장을 확장하든가, 짓는다든가, 디자인 R&D에 투자한다든가 하는 무형 유형의 잠재적인 가치에 재투자를 하는 셈이거든."

영업통인 1팀장의 머릿속으로 $1이 순식간에 깔끔히 쪼개져 나뉜다. 비용을 비율대로 나누고 다시 조합하는 과정은 그의 일상적인 업무다. 준비 없이도 자연스럽다. 타고난 침착한 성미와 차분한 말투가 일정한 톤을 유지한다. 정만호 과장도 머릿속으로 그림을 그려 보기는 했었다.

"넌 해외 원단에서 전체 오더의 30%, 즉 해외 원단 구매 비용으로 들어가는 30센트 업무를 집중해서 보았다고 여기면 될 거다. 나머지 70센트의 사용, 그리고 5센트를 남기기 위한 영업의 발버둥과 전략에 대하여는 크게 염두해 두지 못했겠지. 신경을 쓰기도 어려웠을 것이고. 이제 집중해서 배워야 하겠지만 말이다. 고 팀장이 어떤 생각으로 널 지목했는지 모르겠지만, 사실 나 같으면 다른 회사나 다른 부서의 영업 경력자를 영입했을 거다. 그 전체를 보는 눈을 키우는 것이 사실 쉽지 않거든. 영업도 대략 10년 정도를 해야 보편적으로 오더를 바라볼 수가 있거든. 정 과장 생각해 봐라. 너 원단 팀에 있을 때 2~3프로의 원단 가격을 깎기 위해 얼마나 노력했니? 그것 때문에 출장도 가고 상담도 하고 협박에 회유에 거꾸로 된 접대까지, 안 해본 일 없이 열심히 일했잖니? 사실 그런 모습이 보기는 좋지만, 결과적으로 생각해 보면 3%의 원단 가격 인하를 이루어 냈다고 한들 원단 비율이 30%밖에 안 되니까, 전체 오더로 보면 0.9%, 채 1프로도 안 되는 금액인 거다. 그렇게 노력을 기울여도, 금액으로 보면 1센트도 어려운 거지. 사실 3프로의 원단 단가 네고가 되기는 하냐? 그것도 어려운 거잖아. 그런데 기획을 철저히 하고, 각 원가 항목을 통합하고 조합하다 보면 2센트 3센트 영업에서, 그건 1$을 기준으로 이야기하는 거다. 만들어 내는 것은 어렵지 않거든. 그렇게 전체를 보려면 전체를 볼 수 있는 능력이 있어야 하는데, 그 능력을 키우는 것이 너의 과제가 될 거야. 하여간 미시적인 것에 묻혀 옹졸해지지 말고 잘 헤쳐 나가라."

정만호 과장은 김 팀장의 조언을 쉽게 받아들일 수가 없었다. 해외 원단 팀의 업무가 오더의 일부분일 수는 있지만, 전체를 감안하며 업무를 진행했기 때문이다. 또한 오더를 진행하거나 원단을 진행하거나 메커니즘은 똑같다고 굳게 믿었다. 미시적인 것에 묻힐 수가 없다. 해외 원단 팀에서 인정을 받았으니 당연히 영업에서도 인정받을 수 있다. 간단한 논리였던 것이다. 자존심이 강하고 야망이 굳건한 정 과장은 성장 과정부터 누구에게도 지지 않았다. 매번 도전하고 맞서는 삶에 익숙했다. 대학에서도 군대에서도 사회에서도 꼿꼿한 성정은 한결같았다. 부러질지언정 굽히지 않는 그의 성정은 업무 레벨에서 다소간의 효과를 가져왔다. 각 단위의 영업, 해외 공장과 맞서면서 하부조직의 단합을 이끌었고, 팀원에게 신뢰를 받았다. 그렇지만 관리자의 관점으로 그의 성격은 '불안 요소'라 할 수 있었다. 천성적으로 타협이 쉽지 않은 성격은 소통을 하기 어렵게 했고, 소통의 부재는 개인의 차원을 넘어 팀 간의 트러블로 이어졌다. 정 과장을 필두로 한 해외 원단 팀은 점차 사소한 다툼과 소모적인 힘겨루기로 스스로를 감당해 내기 어려울 정도로 치우쳐 갔다. 그렇지만 겉으로 보이는 팀의 모습은 타 협력 부서와 별반 다를 바 없이 평범하게 위장되어 있었다. 내막을 아는 영업부의 일부 직원들은 정 과장의 영입 결정에 대하여 굉장히 의아해 했지만, 아이러니하게도 고 팀장은 그의 빠른 성격으로 인한 업무처리 속도 한 가지에만 집중했다. 영업 팀 소속으로의 처음 워크숍은 정 과장의 기준과 상식으로는 쉽게 받아들일 수 없는 상황이 많이 연출되었다. 명확한 직급 체계가 있는 회사에서 팀장에서 과장, 과장에서 대리, 대리에서 사원에게 업무를 지시하고 업무를 관리하며 성과를 창출해 나가면 되는 것이다. 아르바이트는 도대체 왜 워크숍에 따라와야 하는 것이고, 무슨 사원이, 그리고 대리가 결정권을 가지고 업무를 주도적으로 진행하겠다는 것인지 도통 이해할 수가 없다. 신입사원에 불과한 한경희의 이상적인 변설을 끊을 수 없는 분위기도 못마땅하고, 이를 방관하는 고 팀장의 팀장 역량에 대해도 의심이 뭉게뭉게 인다.

자신이 속한 D조의 '실행'도 전혀 현실적이지 않다. 사원 대리급이 오더의 수주 여부를 결정하고 오더를 주체적으로 진행한다는 것은 있을 수가 없다. 그들이 상담, 해외공장 관리, 출장 등 모든 것을 마음대로 결정한다고 하는 '실행'의 의견은 말 그대로 의견일 뿐이어야 한다. 흐름을 일단 묵과하고 있지만, 전혀 바람직한 방향이 아닌 것이다. 그런 자주적인 방관이 재앙을 낳는 것이라 정 과장은 단정 지어 버린다. 자신이 합류하기 전에 있었던 바이어 상담은 자주성으로 인하여 문제가 생긴 대표적인 사례였다. 아무리 자주성에 입각한 일이라 하더라도, 입사한 지 3개월도 안 되는 윤지원이 회사의 Profile PT(회사 소개)를 바이어에게 한다는 것은 상상할 수가 없는 일이었다. 윤지원의 PT는 가관이었다. 정 과장의 기억이 상담 당시로 되돌아가며 얼굴이 벌겋게 화끈 달아오른다. 그녀는 기존의 PT와는 전혀 다른 방법으로 정형화되어 있던 Profile PT의 설명 방식 틀을 보기 좋게 깨부숴 버렸다. 신성의 설립 연도를 시작으로 순차적인 연혁과 사업 규모로 이어져야 했던 PT는 시작부터 달랐다. Carter's와 Oshkosh의 설립 연도 질문으로 PT가 시작되었던 것이다.

Mr. Chris Rork(EVP in Sourcing)! Do you know how old is Carter's and how old is Oshkosh?

크리스 씨, 당신은 Carter's가 몇 년 된 회사인지, Oshkosh가 몇 년 된 회사인지 아십니까?

Chris Rork는 Sourcing의 총괄 부사장으로, Carter's의 홍콩 지사 설립을 주도한 굉장히 높은 위치의 바이어였다. 2012년 1월에 경력으로 입사하여 홍콩 지사를 세우는 것에 집중하여 지사의 규모를 상당히 키워 놓은 소싱의 총 책임사였나. Carter's Oshkosh의 설립은 100여 년 이전이고, 연도를 정확하게 알고 있다 하더라도 윤지원의 방식은 옳다 할 수 없는 것이었다. 혹시나 정확하게 알지 못할 경우 당황스러운 미팅의 분위기를 만들 수 있기 때문이다. 윤지원의 질문은 답을 얻기 위한 것이 아니라 연혁을 풀어 나가기 위한 단계였고, 따라 분위기는 곧 부드러워졌지만 동석했던 바이어뿐 아니라 신성 측의 참석자들도 허둥댈 수밖에 없었다. Oshkosh VP, Nancy Jiang, 홍콩 지점장인 Alan Chan, 그리고 Sr. Sourcing Director인 Annie Kwong등 Chris Rork 주변의 눈빛에 아랑곳하지 않고 윤지원은 과감했다.

Let me introduce, Mr. John Huh who is Professional Sales Director, sitting next to me.

제 옆에 앉아 계신, 프로 영업이사 존 허를 소개 합니다

Conference Room(회의실)에서 인사를 나누었음에도 불구하고, 윤지원의 리드에 따라 허 전무는 다시 자리에서 일어나야만 했다. 더구나 명함에 있는 Executive Sales Director란 직함이 있음에도, 윤지

원은 허 전무를 Professional Sales Director로 소개를 했다. 다르게 해석하면, 프리랜서로 신성에서 Sales 역할을 해주는 느낌을 줄 수도 있었기 때문에 적절한 표현이라고는 할 수가 없었다. 더욱 주변을 경악하게 한 것은 윤지원의 그 다음 수순이었다. 소개로 어쩔 수 없이 자리에서 일어나 멋쩍게 인사를 하는 동안, 윤지원은 본인의 휴대폰을 이용하여 음악을 틀었다. 음악을 틀며 회사 Profile PT를 하는 경우는 세상 그 어느 곳에도 없었다. 노래는 Kenny G의 (Kenneth Bruce Gorelick) 'Forever in Love'였다. 익숙한 멜로디가 부드럽게 회의실에 퍼졌지만, 당황한 팀 선임들의 이마에는 땀방울이 송글송글 맺혀 떨어졌다. 음악의 리듬에 맞추어 윤지원의 본격적인 PT가 시작되었다.

The Oshkosh was established in 1895. We respect he has been living through over 1 century and still quite healthy and actively giving us big energy to the people all over the world including us. Back in 1956, when Oshkosh was 61years old, the famous saxophonist Kenny G was born in Seattle, you are listening to his music right now through this phone. And in the meantime, here, Mr. John Huh was born in same year of 1956. It is 2014, and both Kenny G and Mr. John Huh will have great 60year old birthday party in coming next year. When Kenny G has been succeeded in his field, Mr. John Huh has been achieved his current position as a professional sales director. It is an honor to have great opportunity to start working with Oshkosh and Carter's.

Oshkosh는 1895년에 설립되었습니다. 무려 1세기 동안 기업을 유지하고, 이렇게 긍정적으로 새로운 비즈니스를 시작한다는 것에 경의를 표합니다. 이 음악을 들어 보십시오. 유명한 색소폰 연주자인 케니 지(Kenny G)의 Forever in Love입니다. 그는 1956년 Oshkosh의 나이가 61세일 때 미국의 시애틀에서 태어났습니다. Oshkosh의 손자와 같은 연배가 되겠죠. 동시에 같은 해 한국에서는 여기 계시는 John Huh(허 전무)가 신성을 위하여 세상에 태어나기도 했습니다. 그 후 같은 60년의 시간에 걸쳐 케니 지가 음악적인 분야에서 성공을 거두는 동안, 여기에 계시는 John Huh도 현재의 분야에서 최고의 자리를 차지하고 있는 것입니다. 굉장히 긴 시간을 기다려 온 오늘, 여러분께 저희 회사를 소개할 수 있어 영광입니다.

전혀 예측할 수 없었던 윤지원의 접근에 안절부절 못 하는 고 팀장은 입술을 꾹 다물었고, 허 전무 또한 경직된 채로 PT시간을 감당해내야 했다. 윤지원의 PT는 그 정도로 끝나지 않았다. 회사의 규모를 설명하면서는 타 경쟁 벤더와 자사의 매출을 비교 분석하며 유난을 떨었고, 해외공장 소개 차례에서는 전 세계의 지도를 펼쳐 놓고 점을 찍어 가며 공장 및 해외의 특성을 강조했다. 고 팀장은 미팅 전날 윤지원이 타 회사의 매출을 물어본 이유를 그제야 깨달았다. 하지만 이미 상황을 되돌릴 수는 없었다.

회사의 소개에 이어서 미팅은 전략적인 2014년의 비즈니스 계획을 서로 공유하는 것으로 끝이 났지만, 참석자 모두 참담한 심정이었다. 조직

이동 발령 이전이었지만 미팅에 참석한 정만호 과장은 그런 상황을 방임한 고 팀장이나 박 과장을 이해할 수가 없었다. 아무리 영어 발음이 좋다 하더라도 사원인 윤지원에게 회사 소개를 맡기는 것도 납득할 수가 없고, 설령 그렇다 하더라도 사전에 충분히 연습 및 리허설 과정을 거치지 않은 것은 직무 유기라 볼 수 있었다. 정 과장은 절대 용납할 수 없는 직무 유기와 방관이 자신이 추후 몸담을 영업 팀에서 일어났고, 결국 상담을 형편없이 망친 것이라 쉽게 치부해 버렸다. 지난 상담의 자리에 고역스럽게 머물던 정 과장의 기억을 윤지원이 현실로 돌려 놓는다.

"다 모여서 단체 사진 한 장 찍어요!"

윤지원이 해맑게 웃으며 팀원 전체를 향해 소리 지른다. 빈 테이블에 놓여 있던 카메라를 들고 전원을 켠다. 앵글을 조절한다. 디지털 카메라의 화면을 주시하며 점점 뒷걸음질 치며 거리를 맞춘다. 저녁 탁자의 주변으로 팀원들이 화면에 전부 나올 수 있도록 이리저리 분주한 가운데 고 팀장이 장난스러운 말투로 농을 던진다.

"지원아, 케니 지 음악 한 번 틀어 봐라."

그의 메타포(Metaphor, 은유) 가득한 한 마디에 팀 분위기가 한껏 달아오른다. 팀원 전체가 웃음을 동반한 환호와 진정 어린 박수를 윤지원에게 보낸다. 한태민 대리는 휘파람을 삑 하고 불고 있고, 고윤경은 파이팅 모션으로 목소리를 크게 울린다. 정 과장이 눈을 번뜩이며 상황을 파악하려 노력한다. 지난주 윤지원의 PT이후의 진행 상황이 갑자기 궁금하고 의심스럽다. 고 팀장의 음악 요청이 그것을 의미하고 있는 것이다. 그렇다면 분명히 좋은 상황은 아니어야 하는데, 분위기는 정반대로 활기차다. 정만호 과장이 상담을 마치고 해외 원단 팀으로 돌아가고, 팀 합류가 이루어지기 전 수요일, 그러니까 워크숍을 오기 이틀 전에 바이어의 회신은 상당히 고무적이고 긍정적이었다.

Dear Mr. Isaac Koh and Jiwon Yun,

We are pleased to inform that you will be our strategic business partner to be successful in the market. Over the past years, Carter's continued to strengthen its leadership position in the young children's apparel market. In 2013, we achieved a record level of sales and earnings, incased our market share, improved our sourcing structures, and enhanced production planning and forecasting to get long term visibility.

· Grew consolidated net sales by 11% to $2.6 billion
· Improved the leading market share position in USA from 15% to 16%
· Strengthened vendor matrix by centralizing sourcing hub in Hong Kong

With Shinsung's valuable experiences in knit garment manufacturing business, we hope we will surely be making mutual benefits for both parties. As Kenny G has self-devoted himself to be successful on instrumental musician of the modern era, we strongly believe you will also be professional manufacturer to support valuable products to share the vision together with Carter's and Oshkosh.

Best Regards,
Chris Rork, EVP, Sourcing Carter's and Oshkosh

고학구, 윤지원 씨 안녕하세요?

지난번의 미팅은 상당히 인상 깊었고, 그 결과를 귀사와 함께 공유할 수 있어 기쁘게 생각합니다. 카터스와 오시코 시는 미국 내 유아용 옷 시장에서 가장 큰 위치를 점하고 있으며, 2013년에는 전체 매출은 물론 구매의 구조를 개선했으며, 더욱이 정확한 계획으로 시장을 선도하고 있습니다.

· 연 매출 2조 6천억, 판매율 11% 증가

· 미국 시장 점유율 1% 증가(15%에서 16%)

· 홍콩 지사를 중심으로 구매의 집중화 시현

귀사, 신성의 오랜 제조 경력으로 말미암아 귀사와 함께 성장할 수 있음을 기대하겠습니다. 윤지원 씨가 이야기한 바와 같이, 케니 지가 그의 영역에서 최고로 성장할 수 있었듯이, 귀사도 귀사의 영역에서 전문적인 프로의 정신으로 가치를 창출하고 이를 공유하기를 희망합니다.

고맙습니다.

크리스 로르크, 소싱 부사장, 카터스 오시코시

메일에 명확하게 윤지원이 수신으로 되어 있었고, 내용 중에 케니지를 구체적으로 언급했던 것이 팀원 모두에게 큰 반향을 일으켰다. 연달아서 홍콩의 지점장으로부터 구체적으로 2014년 하반기부터 시작하여 2015년에는 200억을 목표로 전략적으로 비즈니스를 계획하자는 별도의 메일이 날아왔다. 팀원들은 윤지원의 이야기를 같이 공유하며 그녀를 격려하고 응원했으며, 뒤늦게나마 그녀의 공을 치하했다. 사실 바이어의 결정은 전체적인 신성의 규모, 신성의 가능성을 전제로 했고, Oshkosh의 VP와 고 팀장과의 관계도 비즈니스결정에 적지 않은 영향을 미쳤다고 볼 수 있었다. 그렇다고 해도 이렇게 극적으로 순식간에 비즈니스의 형태가 갖추어지는 경우는 드물었다. 경쟁사인 다른 벤더들은 더욱 세련되고 전문적인 PT및 자사 홍보를 한다. 그것만을 위한 전담 팀을 운용하기도 한다. Sales Coordinator라는 직책을 만들어 외국인(한국계 미국인)을 몇 명 두고 바이어 상담용으로 그들을 활용한다. 제조와 무역을 몰라도 그들의 영어는 훌륭했으며, 영어 콤플렉스에서 허우적대던 임원들은 책임에서 자유로워지고, 더욱 세련된 겉모습으로 본인들을 치장할 수 있었다.

윤지원의 접근은 틀에서 벗어난 방법이 분명했고, 결국 바이어에게 강한 인상을 남길 수 있었다. 그녀의 방법이 좋은 결과를 만들어 낸 하나의 원인이었음을 결국은 누구도 부인하지 못했지만, 상담 직후의 주위 반응은 그렇지 않았다. 팀 내부의 시선도 그렇거니와 허 전무 및 동석했던 디자인 팀의 냉담함은 순수한 열정을 가진 윤지원에게는 감당해 내기 힘든 상처였다. 새벽까지 연도를 그려 가고, 세계지도를 훑어가며 발표의 틀을 짜내고, 그 동선에서 가장 크고 강한 인상을 남기기 위한 노력. 그녀가 깨달았던 '다름', 그 '다름'에 집중했고 지푸라기라도 잡는 심정이었는데, 그 노력이 아무런 효과가 없어진 상실감이 너무도 컸다. 그렇게 바이어에게 집중했던 상담이 끝나자 그녀는 공황 상태로 주말을 맞았다. 마치 모든 기를 소진한 아빠 가시고기와 같이 무기력해졌던 것이다. 이는 주중으로도 이어져, 업무에 복귀해서도 맥아리 없이 시간을 때우듯이 수동적으로 임했었다. 의외의 긍정적인 결과를 받은 수요일에 그 모든 것이 극적으로 반전되었다. 윤지원이 메일 한 통에 눈물을 흘린 것도 그렇거니와, 팀 자체적으로도 수요일의 메일은 굉장히 큰 의미를 지닌 것이었다. 지난 4월 상담에서의 고 팀장의 확신, 그들도 어떤 돌파구가 필요하고 선택의 여지가 없다고 판단했던 것의 필연적 상황에 대한 결과인 것이다. 매출은 한 마리의 토끼다. 그렇지만 매출이 증가하면 손익 관리가 용이해지고 오더 및 생산의 유연성이 증가하기 때문에 더욱 성과 창출에 매진할 수 있다. 또 다른 한 마리의 토끼잡이가 수월해지는 것이다. 그 기본적인 유리함을 가져갈 수 있는 틀이 성공적으로 만들어져 가고 있다는 것에 고 팀장도 한껏 고무되었던 것이다.

"한 장 더 찍습니다. 앞쪽에 좀 앉아 주세요."

다른 한 장의 사진을 찍고 박성은이 윤지원과 자리를 맞바꾼다. 박성은이 사진을 찍고, 윤지원은 풍경의 안으로 들어온다. 풍경 속 정만호 과장의 모습이 윤지원과는 다르다. 고양이 무리에 강아지가 섞여 있듯, 흰 비둘기 무리에 까마귀가 섞여 있듯, 드러나게 어색하다. 불현듯 정 과장을 휩싸버린 소외감도 그렇거니와, 내면의 기준과 가치의 상충이 더욱 정 과장을 외롭게 한다. 형체가 없는 것들이 정 과장을 좌지우지하고 있는 것이다. 문득 홍 대리를 홱 돌아본다. 그는 지극히 단순하게 술자리를 즐기고 있다. 해맑게 단순하게 깔깔깔 웃으며 분위기에 젖어들어 있다. 외로운 정만호 과장은 혼자 소주를 따라, 혼자 소주를 들이켠다. 연이어 들이켠다.

7월 26일 토요일

<C조 - 실적을 위한 과감한 혁신>

조광진 사원(1982년생): 2014년 2월 10일 팀 합류(경력 입사)

고윤경 사원(1988년생): 2014년 2월10일 팀 합류(경력 입사)

박성은 사원(1989년생): 팀 창립 멤버(2012년 9월 신입 입사)

김양희 사원(1988년생): 2014년 2월 17일 신입 입사

<D조 - 실행>

박도준 과장(1977년생): 팀 창립 멤버(경력 10년, 과장 3호봉)

정만호 과장(1977년생): 2014년 7월21일 팀 합류(해외 원단 팀에서 전입)

김인경 사원(1986년생): 팀 창립 멤버(경력 4년, 사원 말 호봉)

윤지원 사원(1991년생): 2014년 4월 28일 신입 입사

고기를 구웠던 저녁의 술자리에서는 격렬한 토론이 벌어졌었다. 숯불이 자신의 화력을 감당하지 못해 막아 놓은 고기 불판 위로 위협적으로 솟아오르듯 그렇게 산발적으로 격렬했다. 어찌되었든 간에, 퉁퉁 아무렇게나 올려놓았던 돼지 목살은 금세 익어 열일곱 명 전부의 안주로는 부족함이 없었고, 프린트 업체 최 사장이 지원해 준 소주 한 박스와 맥주 스무 통도 토론을 부드럽게 만들어 주는 윤활제 역할을 했다.

"이렇게, 여기서 피 토하며 떠들어 본다 한들, 회사는 눈 하나 깜짝이지 않을 거예요."

김보람이 술기운을 빌어 혁신과 실행에 대하여 부정적인 입장을 표출했다.

"그래도, 무언가 시도는 해볼 수 있을 것 같지 않을까 싶어! 의미가 있을 것 같아."

한태민 대리는 긍정적으로 변화에 대한 두려움이 없었다. 이를 시작으로 반박과 동조가 난무했다.

"우리 회사는 모든 것이 관리 쪽에만 집중되어 있어서, 우리 영업은 손발 묶여, 아니 손발이 잘린 채로 영업하는 느낌이에요. 다른 부서에서 협력을 해도 모자를 판에, 왜 어디를 가든 실적, 실적, 실적만 얘기하는지 도대체 모르겠어요. 뭐, 지네들이 우리가 얼마나 힘들게 일하는지 알지도 못하면서."

"그러니까, 우리가 뭔가를 보여줘야 하는 거 아니냐고……, 본때를 확실하게 보여줘야지."

"마……, 그런 기이 다 신경 쓸 필요 읎다. 은제 우리가 마, 그네들

신경 쓰며 살았단 말고?"

"그래도 다른 데는 뭐, 30억인가 남기고, 또 뭐 40억인가 남기고. 그랬다는 얘기 듣고, 너네들은 왜 그렇느냐 할 때면 정말 스트레스 받아요."

"인제 시작일 수도 있지. 새로 시작해서 무언가 그렇게 빨리 성과를 보이기가 뭐 쉬운 일은 아니니까. 작년 프로야구에서도 NC가 꼴찌 했잖아. 신생 팀이 기존 팀과 붙어서 이기려면 당장 실력을 쌓아야 하는 거지. 의지로만도 안 되는 거니까."

"뭐, 야구하고 비교할 수는 없지만, 그런데 그렇게 우리가 죽도록 하는 것을 회사가 알아주기나 할까요? 야구 얘기가 나오니 생각이 문득 드는 느낌이, 꼭 우린 외진 외야석에 오골오골 앉아 있는 것만 같아요."

"뭐 죽도록 하는 거지, 하하하. 누가 언제 알아줘서 일했냐. 그리고 죽도록 했는지도 한 번 다시 생각해 봐야지. 한 잔 하자. 자, 자……."

"근데, 우리가 이번에 어떤 결론을 내면 팀장님은 그것을 다 Confirm(용인)해 줄 수 있는 거예요? 당장 사람 필요한데, 인원 충원이라든가 이런 거 되게 민감한데 말이죠 어려운 거 아니에요?"

"사람은 마, 은제 우리가 사람 다 써가매 좋은 조건에서 일했나? 다 그냥 죽어라 하는 기다."

"그나저나, 우리 교육도 이제 매일, 매일 해야 하면, 일찍 나와야 되는 건가?"

"아침에 커피 시간 가지면서 좀 편안하게 친목을 다지는 건 어때요? 그리고 짝짝이 마니또를 정해서, 서로 고민 등을 들어 주고 같이 풀어 보려 노력하는 거나, 뭐 이런 것도 굉장히 좋은 것 같아요."

"고 팀장님이 준 '원인'에 나온 것이요, 야구 선수들은 자신들의 본 경기를 위한 자기계발에 80% 투자한다는 거요. 시즌 끝나고부터 계산하고, 연습 경기며 시범 경기, 개인 트레이닝 다 치면 본 경기는 20%밖에는 안 된다는 게 실제 맞는 거예요? 네 배를 연습한다는 거잖아요. 근데, 대부분 직장 생활을 하는 사람들은, 우리는 1%밖에 자기계발에 투자를 안 한다니 원……."

"우리 엄마가, 매번 지푸라기 잡을 생각 하지 말고요, 당당하게 헤엄쳐 나오라고 해요. 물에 빠지면요."

"근데 마니또가 머고? 먹는 기가?"

"아 진짜. 그건 마카롱이라고요. 정말 홍 대리님 무식해서는 정말. 같이 말이 안 통해요, 증말."

"야, 야, 놔둬라, 홍 대리 다른 거 생각할 틈이 당최 없는 애다. 근데 문득 생각이 났는데, 우리 실적 나오면 우리끼리 자축하는 것도 좋을 것 같다. 매출 1,000만 불 넘어가면 회식. 그리고 2,000만 불 넘어가면 또 회식. 하하하, 그렇게 팀 히스토리를 만드는 거야."

"근데, 회식도 이제 맨날 소주만 찾아 헤매지 말고, 이태원이라든가 어떤 맛집 탐방. 이런 것 도 좋지 않아요? 조광진 씨가 그런 데 정말 많이 알고 있는 것 같아요. 근데 하하하, 팀장님이 그렇게 안 할 것 같기도 해요. 맨날 소주에 족발, 소주에 치킨, 소주에 삼겹살. 가끔 옥생짬뽕. 하하하."

"우리 출장 가는 거도 줄여야 되는 건가요? 만약에 내일 발표에서 그런 것도 의견이 있는 것 같던데요. 차라리 그럴 거면 우리 인도네시아에 사무실 만들어 다 거기 가서 차라리 영업하든가요, 나 빼고. 하하하 전 안가요. 아니, 차라리 홍콩 사무실에서 방 하나 얻어 놓고 사람 보내는 것도 좋을 것 같아요. 홍콩은 방값이 어떤가 모르겠네요."

논리의 단계를 거치지 않은 의견이 쉴새없이 쏟아지고, 그 의견을 반박하고 다시 동조하는 실제 브레인스토밍이 지난밤에 오랜 시간 지속되었다. 사무실에서 묵묵히 특별할 것 없이, 평범하게 직장 생활을 해온 팀원들의 모습이라고는 믿어지지 않을 정도의 소통이 갑작스레 이루어졌던 것이다. 이를 고 팀장은 끈기로 지켜보았고, 한경희를 비롯해 한태민 대리, 고윤경 씨 등은 적극적으로 토론을 즐겼다. 그 오랜 시간의 토론 끝에 C조와 D조의 발표는 통합해서 진행하는 것이 더 좋을 것 같다는 결론에 이르렀다. 주량 이상으로 마신 술의 숙취를 없애려는 듯 생수병을 들고 나란히 한 모금씩 물을 마신 고윤경과 김인경은 서로 마주 보며 간단한 인사를 한 후,

"C조와 D조는 서로 밀접하게 연관되어 있어, 발표를 동시에 진행하도록 하겠습니다. 저희 조에서 실적을 위한 과감한 혁신의 테마를 주제로 나열하면, 이에 대한 실행 방법을 D조에서 구체적으로 설명드리는 방법입니다. 질문은 생각하시는 것을 바로 받도록 하겠으니, 주저하지 않으셔도 되겠습니다. 첫째로,"

고윤경이 서두를 끊는다. 고 팀장의 목울대가 움찔 위로 올라갔다가 내려온다. 개인 역량과 조직 역량의 험난한 단계가 팀원들의 자주성을 의식 밖으로 끄집어내는 역할을 해온 것이라면, 즉 칼을 갈아 놓은 과정이라면, 이후의 과제는 칼을 휘둘러야 하는 시간인 것이다. '실행'은 가장 실질적인 단계라 할 수 있다. 아무리 좋은 의견이 많아

도 이를 실행하지 못하면 의미가 없다. 그렇지만 좋은 의견이란 것은 태초부터 없는 것이다. 의견이 효과를 발휘하기 위하여는 인력과 자금이 반드시 필요하다. 인력과 자금이 들지 않는 의견은 그 효과를 장담할 수가 없다. 단 한 가지, 인력과 자금이 들지 않아도 효과적인 의견이 있을 수 있다. 타 영업 팀이나 타 부서의 인력이나 업무를 빼앗아 오는 것이 그것이다. 그 모든 경우를 통틀어 팀장은 조직을 대표해야 한다. 비겁한 모습을 보이거나 도망치는 일이 없어야 한다. 회사와 궁극적으로 싸워야 하는 것이다. 팀장은 스스로 결론을 도출하지 않는다. 조직원 스스로 자주적으로 만들어 낼 수 있는 조건을 충족시켜 줘야 하는 것이다. 이는 고통스러운 과장일 것이다. 만약 충원이 필요하다면 고 팀장이 대표하여 이루어 내야 한다. 명분을 앞세워 반드시 이루어 내야 하는 과제가 되는 것이다.

또한 조직적으로 필요한 업무의 과정 변화가 팀원들의 결론이라면, 마찬가지로 이루어 내야 한다. 예를 들어 TD의 업무를 영업부에서 한다고 하는 경우가 그렇다. 또한 원단 구매 혹은 부자재 구매를 팀에서 자체적으로 소화하겠다고 한다 해도 마찬가지 경우가 된다. 회사와 조직적인 측면에 대하여 팀의 생명, 또한 고 팀장의 자리를 걸고 싸워야 하는 상황이 되는 것이다. 뼈를 깎는 고통이 예상된다. 긴장을 하지 않을 수 없는 시점이 된 것이다. 고 팀장 또한 고윤경과 같이 생수 한 모금을 들이켜고 발표에 집중한다.

"첫째로, 실적을 개선하고 건강한 원가 구조를 이루기 위해서는 모든 조직적인 Loss(손실)를 줄여야한다는 것이 저희 조의 가장 핵심 결론입니다. 왜냐하면 매 시즌별 오더가 확정되는 시점과 우리가 원단 및 부자재를 발주하는 시점과는 대략 일주일에서 열흘 정도의 차이가 있습니다. 그 시간 동안 담당자는 오더 수량을 정리해야 하고, 원단의 폭, 가격 등 디테일을 확인해야 하며, 또한 Develop(개발)해 왔던 것과 같이 오더가 되었는지도 모두 확인을 해야 합니다. 그리고 전 담당자가 해외 원단 팀의 세희 씨에게 발주 요청을 하기 때문에, 세희 씨도 발주를 한 번에 마무리할 수 있는 시간적인 여유가 없습니다. 그렇게 발주가 늦어지면, 원단 납기도 문제가 있을 뿐더러 봉제의 투입이 연이어 늦어지기 때문에, 생산을 충분히 할 수가 없어집니다. 당연히 연동되어 경쟁력을 잃을 수밖에 없습니다. 그 부분은 궁극적으로 가장 급하게 개선되어야 한다고 저희 조는 생각했습니다.

두 번째가 되겠는데요, 해외 공장의 Factory Preproduction Sample(공장에서 본 작업 투입 이전에 제작하는 견본) 진행 과정에서 빈번하게 발생하는 Loss도 우리가 시급히 개선해야 하는 부분이라 할 수 있겠습니다. 늦는다는 이야기인데요, 우리 바이어는 모든 샘플을 직접 New Jersey(뉴저지 - TCP Headquarter, 바이어 사무실 본사)에서 Confirm(진행에 대한 승인)을 하기 때문에, 이 부분이 저희로서는 불합리하다고 생각이 들지만요, 하여튼 늦어서 사실 우리 투입은 Confirm(승인) 없이도 진행된 것이 너무 많았거든요. 여러분 잘 아실 겁니다. 그래서 결론은 투입 준비 시간의 Loss를 줄여야 한다는 것입니다. 샘플의 Confirm없이 작업이 진행되어, 중간에 디테일이 바뀌어 우리가 받는 클레임(Claim-손해 청구)의 금액만 줄여도 그 금액이 크지만요, 더 중요한 것은 봉제공장들이 하루라도 더 오랜 기간 봉제를 해서 생산성을 올리고, 그로 인한 오더의 경쟁력을 가질 수 있게 만들어야 하는 것도 큰 포인트입니다."

두 가지로 요약하여, 실적 향상을 위한 조직적인 문제를 심플하게 파헤쳐 버린다. 사실 어제의 조별 브레인스토밍에서는 새로운 바이어의 발굴, 오더 단가 높여서 수주하기 등 실제로 현실성이 떨어지고 비록 의견이 좋다 하지만 장기간의 시간과 인력의 투자가 필요한 건도 다수 있었다. 하지만 결국 조원들은 현실 가능한 부분, 즉 조직적인 변화로 이루어 낼 수 있는 부분에 집중했고, 더 이상의 발표가 무의미할 성노의 과제, 핵심적 과제를 도출해 냈다. 김인경이 말을 받는다.

"C조의 의견을 공유했는데요, 그 조직적인 Loss를 줄이는 방안에 대한 실행은 전사적인 팀 내 동의 및 협조, 협력이 필요하다는 결론을 얻었습니다. '실행'에서 이야기할 부분은 아니지만, 고윤경 씨, 현재 문제점 도출을 이야기했는데요. 그 혁신, 즉 그 방법에 대해도 팀 내에서 논의된 것이 있으면 연이어서 발표해 주시죠. 그 실행은 저희 조의 과제라기보다는 저희 팀의 과제가 되는 것이거든요."

고윤경은 특유의 자신감 충만한 어조로,

"일단 발주의 지연은 저희 스스로의 시간 관리가 유일한 답이 될 것입니다. 오더가 여유 있는 시간에 오지도 않고, 우리를 배려하여 순차적으로 오지도 않습니다. 그렇다면 오는 순간에 모든 것을 맞춰야 한다고 생각했습니다. 따라서 오더가 풀리게 되면, 원단 및 부자재의 발주를 그 오더가 풀리는 날에 마무리 짓는 방법이 유일할 것입니다. 어떻게든 해야 하는 거고요. 해외 공장의 샘플 지연도 마찬가지입니다. 공장에서 서둘러 샘플이 진행되어 본 작업 투입이 가능하도록 끊임없이 지속적으로 붙잡고 설득하는 방법이 최선의 방법일 것입니다. 샘플실 Capacity(수행 능력)를 늘리도록 유도해야 할 것 같아요."

김인경이 말을 이어 받는다. 표정이 의미심장하다.

"이것이 실제로 실현 가능할지 모르겠습니다. 그렇지만 저희 조에서 내린 결론은 해야 할 수밖에 없다면, 어떤 방법을 가리지 않고 해야 한다, 그리고 무언가 중요한 것을 할 때는 전부를 걸고 해야 한다, 현재 내가 가지고 있는 것을 지키려 한다면 절대 이루어 낼 수가 없다라는 결론입니다. 팀장님이 처음에 서두를 꺼냈듯이, 저희는 이제 벼랑에 몰려 있습니다. 더 이상 물러날 곳이 없을 뿐더러, 다시 되돌아갈 수도 없습니다. 모든 것을 걸고 싸워야 하는 것입니다. 이순신 장군의 유명한 말, '살려 하면 죽을 것이요, 죽으려 하면 살 것이요', 이런 기치로 하기를 생각해 보았습니다. C조의 두 가지 큰 맹점을 고치기 위한 방법으로."

잠깐 끊고 바닥의 생수 병을 들어 마개를 열고 목을 적신다.

"우리는 매 시즌 120스타일 정도의 오더를 수주합니다. 그 스타일을 홍 대리님이나 조광진 씨가 둘이 정리하고 디테일 확인하여 발주를 넣기에는 시간적으로 불가능한 것이죠. 따라서 만약 오늘 오더가 온다고 가정해서, 오더가 풀리면 전 영업부 직원 17명과 해외 원단 팀의 세희 씨는 물론 위의 유지연 과장, 그리고 새로 바뀐 구재천 팀장까지 스무 명이 하루에 모든 디테일을 정리하는 것입니다. 정리가 끝나면 그날로 바로 발주서를 원단 업체에 메일로 넣고, 이 친구들이 정확하게 일주일을 디테일 확인을 하게 한 후, 그 다음 주 발주의 담당자가 중국 원단 업체를 만나러 홍콩으로 날아가는 것이죠. 그곳에서 리드타임과 가격 네고를 공격적으로 하는 것입니다."

첫 번째 과제의 해결 방법이 원초적이고 단순하다. 그렇지만 또한

현실 가능하다. 듣고 있던 한태민 대리가,

"우리 팀이야, 뭐 그렇다 쳐도 해외 원단 팀에서 협조가 이루어질까요? 그리고 원단의 가격이나 리드타임은 해외 원단 팀 본연의 업무인데, 업무 영역 침범까지 이루어질 수 있는 사안이 될 것 같습니다. 또한 가격은 바이어가 다이렉트로 중국의 원단 업체와 네고가 끝난 것인데, 우리가 찾아간다고 네고가 될까요?"

워크숍 내내 침묵하던 정만호 과장이 슬그머니 자리에서 일어난다. 팀원들의 시선이 집중된다.

"될 겁니다. 아니, 됩니다. 충분히 가능한 이야기입니다."

긍정의 말이 정만호 과장의 입에서 흘러나온다. 의외의 상황이 연출된다. 더구나 청중에 대한 예의를 갖추었다. 더 이상 반말이 아니다. 정만호 과장은,

"제가 해외 원단 팀에 오래 있어 보았고, 그들의 생리나 그들의 업무 방법에 대해 잘 파악하고 있다고 생각하는데요, 리드타임은 굉장히 승산이 높습니다. 바이어의 오더 풀리는 시점은 신성뿐만 아니라 다른 벤더와도 동일합니다. 그들도 동일한 시간이 우리와 같이 필요할 것이 분명합니다. 우리가 바보라서 그렇게 시간 잡아먹고 늦었던 것은 아니니까요. 그렇다면 먼저 발주하는 벤더가 당연히 케파 선점에 유리한 고지에 있을 것이고, 분명히 이는 리드타임을 줄이는 확실한 방법이 될 것입니다. 제가 지난주까지 해외 원단 팀에 있으면서 가장 많이 쌓였던 것은, 오더는 늦게 정리해서 가져오면서 왜 리드타임은 당겨 달라 하는지, 영업 팀에 대한 불만이었습니다."

영업 팀에 대한 불만이란 어휘를 서슴없이 뱉는다. 순간 위치를 망

각한 채 해외 원단 팀의 입장과 현재의 위치를 혼동한다. 비난의 눈빛이 흘러나오는가 싶더니만, 어느새 사실에 집중하여 질문의 대답에 충실한 답을 이어 나간다.

"가격 네고도 어렵지만 가능합니다. 반대로, 바이어가 신성에 찾아와 가격 미팅을 한다고 예를 들면 되겠습니다. 메일이나 전화 통화로는 한계가 분명히 있겠지만, 책임자와 얼굴을 맞대고 큰 금액은 아니지만 네고를 하게 되면 당연히 가격은 내려갈 수 있습니다. 제가 작년에 홍콩에 대략 6번 정도 갔는데요, 한 번 비행기 값 50만 원, 호텔비 10만 원 해서, 이틀 자고 돌아온다고 해도 70만 원, 밥 먹고 맥주 한 잔 한다고 해도 한 명은 100만 원, 두 명까지는 150만 원이면 충분합니다. 가서 10만 킬로 오더의 3전만 깎아도 3,000불인데요……, 당연히 됩니다. 이게 안 되는 게 더 이상합니다."

말이 끝나자마자 홍 대리가 반문한다.

"근데, 왜 지금까지는 안 깎아 줬어요? 우리도 마 그래 깎아 달라 하지는 않았지만서도, 알아서 깎아 주면 좋았을 끼를…… 마. 지금 와가 갑자기 된다는 기이 이해가 안 돼요."

"네, 맞습니다. 저희는 협력 부서이기 때문에 실적에 직격탄을 맞지 않습니다. 가격 몇 전보다는 납기나 품질 등의 관리가 해외 원단 팀의 본연의 업무인 것이죠. 그것으로 평가를 받기도 하고요. 메일로 가능한 단가 인하 요청은 하지만, 원단 가격 깎는 것은 사실 해도 되고 안 해도 되는 사항이 되는 겁니다. 한새가 그래서 잘하는 겁니다. 한새는 영업부 자체에서 오더를 진행하기 때문에, 원단뿐 아니라 오더의 전체적인 것을 가지고 판단하기 때문에 그렇게 악랄하게 하기도 하는 거지요. 그렇게 되면 물론 회사 전체의 해외 원단 규모를 가지고 효율적으로 업무를 진행할 수 없겠지만…… 아! 이런 거라 보시면 됩니다. 1부 3팀에서도 홍콩 출장, 2부 2팀에서도 홍콩 출장, 3부 1팀에서도 홍콩 출장, 이렇게 각각의 영업부에서 중복 업무를 할 경우 효율이 떨어지잖아요. 이는 판관비 인상에도 영향을 미치는 거고요. 하여튼 네고는 확실히 된다 말씀드릴 수 있습니다."

실행에 대한 구체적인 김인경의 발표, 정만호 과장의 조언 및 확신, 또한 다른 소소한 문제점으로도 이야기가 흐른다. 빈번한 출장에 대한 관리 팀의 제지, 해외 원단 팀에서의 지속적인 협조 및 동행, 실행을 위한 최종 각 부서의 협조는 고 팀장이 받아 내야 할 과제다. 고 팀장은 묵묵하다.

"또한 해외 공장 샘플 지연에 대한 궁극적인 해결 방안을, 지속적인 교육 등이라고 C조에서 설명하셨는데요, 더욱 파격적인 방법이 필요해 보입니다. 실행의 방법은 다시 충분한 절차를 거쳐야 하겠지만, 물론 이 방법이 어려울 수도 있겠지만……."

김인경이 긴장한다. 같은 D조의 박도준 과장, 정만호 과장, 윤지원은 김인경의 도톰한 입술에 집중하고 있다. 그녀의 도톰한 입술이 소리 없이 움직인다.

"영업부 직원 파견이 필요합니다."

김인경의 입에서 뜨거운 호박이 쏟아져 버린다. 만지지도 먹지도 못하는, 이러지도 저러지도 못할 덩어리 큰 뜨거운 호박이다. 순식간에 팀이 술렁인다. 영업부 파견은 전혀 생각해 보지도 못한 강력한 한 수라서, 말을 들은 고 팀장도 당황한다. 해외 법인에는 각 오더 담당이

기획 담당으로 근무를 한다. 영업부에서 샘플 진행을 목적으로 영업부의 직원을 파견한다면, 더욱이 로테이션을 돌린다면, 이는 조직적인 절차와 승인을 거쳐야 하는 중대한 사안인 것이다. 법인에서는 1부 3팀 오더를 포함, 전 바이어의 오더를 진행하고, 바이어 군으로 묶어 공장 기획 담당 직원이 두 명 상주하고 있다. 그런 가운데 1부 3팀 오더만 챙길 직원을 그것도 파견으로 보낸다는 것은, 당장 영업부의 인력 부족도 문제가 되겠지만, 부서장과 본부장, 특히 법인 장을 설득할 수 있는 명분도 문제가 되는 것이다. 성격 급한 홍남규 대리가 다짜고짜 김인경에게 반박을 쏟아낸다.

"니 미쳤나? 니 거기 나갈 낀가? 파견은 무슨 파견이고? 그게 뭐 쉬운 일이가?"

홍 대리의 격한 반응을 받아 내면서도 김인경은 흔들림 없이 묵묵하다. 팀원들은 무언가 내용의 결과를 기대한다. 고 팀장은 침묵을 유지한다. 고심하는 표정이 역력하다. 예상했던 일 중에 하나이긴 했다. 마음을 단단히 먹기도 했다. 어떤 일이 있어도 그 실행을 이루어 내겠다는 오진 각오도 했었다. 그렇지만 숨이 턱 막힌다. 자리를 걸고 싸워도 될 듯 말 듯한 것이기 때문이다. 이전의 토론의 경우 조직 내 변화를 스스로 받아들이면 되는 것이었다. 아니, 심지어 그렇지 못한다고 해도 강제성을 띨 수도 있었다. 그렇지만 실행의 단계는 다르다. 원단 팀과 협의하여 발주를 당일 마무리하는 것도 유관 부서의 절대적 협조를 받아야 한다. 그 정도는 그래도 고 팀장과 같은 레벨에서 이루어지는 일이다. 그렇지만 조직의 큰 틀을 흔드는 '파견'의 결정을 팀에서 해버린다면, 이는 본부장의 자리를 흔드는 것과 같다. 법인장의 자리를 흔드는 것과 같다. 조직의 위계 및 틀의 상위층은 '인사권의 침범'을 도전으로 받아들이고, 조직에서 제거해야 할 조직원이라 받아들인다. 그 선두에 고 팀장이 서야 하는 것이다. 고 팀장은 침묵에서 좀체 벗어나지 못한다. 고 팀장이 박 과장을 잠시 부른다. 팀원에게 잠시의 시간을 달라 요청하고, 둘은 창가로 담배를 지닌 채 나간다.

"팀장님, 이거 죽는 거 아시죠? 이건 정말 큰 결정이에요. 이거 함부로 여기서 이렇다 저렇다 말씀하실 거리는 아닌 것 같아요. 애들이 생각의 틀을 깨긴 했지만, 해야 할 일이 있고……, 좀 막아야 할 것이 있고, 그런 거 중심 잡아 줘야죠. 제가 좀 나서서 어찌 해볼게요."

고 팀장은 박 과장을 불러 놓고는 거꾸로 말이 없다. 박 과장이 몇 가지 부연 설명을 더욱 강한 어조로 고 팀장에게 피력한다. 논의를 하자고 나온 고 팀장은 담배만 빨아 태운다. 꽁초가 다 된 담배를 튕겨 버릴 때까지도 벙어리처럼 아무 말이 없다. 끝내 침묵하던 고 팀장은 결국 아무 말도 하지 않고 뒤돌아 들어간다. 현관으로 들어가기 전 뒤따라오던 박 과장을 다시 돌아 쳐다본다. 미소를 씩 짓는다. 이내 들어온 고 팀장은 자신이 줄곧 서 있던 뒤쪽을 거쳐 앞으로 뚜벅뚜벅 걸어 나온다. 고윤경과 김인경의 사이를 갈라 돌아선다. 결론을 선포하듯 무겁게 입을 연다.

"말씀드린 바와 같이 전 여러분을 대표하는 자리에 있습니다. 이 자리에서 다시 한번 말씀드립니다. 여러분이 옳다라고 생각하는 부분을 뒤로 미루어 놓고 회피하지 않겠습니다. 여러분께 약속드립니다. 제가 나서서 해야 할 일이라면, 제 자리를 걸고 이루어 내겠습니다.

진심으로 맞서 보겠습니다."

고 팀장의 자그마하면서도 찢어진 눈이 가늘게 떨리더니 순간 불길이 지나가듯, 눈동자에 섬광이 지나가듯 번쩍 빛난다. 박 과장은 고개를 숙이고 홍 대리는 밖을 쳐다보며 얕은 숨을 내쉰다. 막내 팀원들은 아랑곳없이 진지하다. 선임들과 달리 초롱초롱한 눈빛을 발산한다.

9월 2일 화요일

복숭아가 한여름의 무더위를 고스란히 받아 무르익고, 그렇게 한여름의 무더위도 절정에 달했다. 풍성해져 버텨 내던 복숭아도 더 이상 영양가를 채워 주지 못하는 나뭇가지에서 툭툭 떨어질 때즈음 더위도 수그러들었다. 한낮에는 여전히 햇빛이 사방으로 튀었지만, 해가 넘어가면 선선한 기운이 제법 쌀쌀했다. 그렇게 계절은 변함없이 흐르고, 자연은 순리를 따른다. 무덥고 습한 여름을 견뎌 내야 과실이 익어 달콤한 과즙을 품듯이, 시간을 건너 뛰어 만들어지는 열매는 없을 것이다. 무더운 여름의 습하고 눅진눅진한 날에 3팀의 조직의 변경이 이루어졌다. 그 반대적인 급부가 모아져 생겨난 독즙을 고통스럽게 중화시키는 중이다. 박성은은 그렇게 순식간에 선임이 되어 습한 여름을 보냈다. 선임의 자리를 유지하는 것은 쉬운 일이 아니었다. 섬유 지식과 경험으로 무장한다 해도, 윗사람의 자리에서 영令을 세우기는 쉽지 않은 것이다. 게으른 모습을 보이지 말아야 하고, 지시가 일관되어야 한다. 생활이 무질서하고 지시가 번복되면 안 되는 것이다. 더욱이 박성은보다 윗사람의 결정으로 업무가 번복되면, 같이 일하는 후임에게 신뢰를 얻지 못한다. 사소한 일에도 신경이 쓰일 수밖에 없는 것이다. 박성은은 조직 변경 후 조바심하며 무더위의 여름을 견뎌 냈다. 기존에 같이 박자를 맞춰 오긴 했지만, 선임으로서 처음 후임을 책임지는 위치에 섰던 것이다. 워크숍 당시 박성은은 '실적을 위한 과감한 혁신'의 방법으로 조직 변경을 집중해서 주장했었다. 고윤경이 주제를 발표하고 Loss를 줄이기 위한 여러 방안에 분위기가 집중되었다. 결국 해외 파견이 묻혀 큰 반향을 불러일으키지는 못했지만.

"저희 조에서 그렇게 Loss를 줄이는 것 이외에도, 조직 변경에 대해서 이야기도 더 구체적으로 논의했었어요. 어저께 B조의 조직 역량 발표를 할 때 조직이 더 가볍게 가야 한다고 했었는데요, 저희 조에서 그 부분을 '실적을 위한 과감한 혁신'에 적용시켜 보니 딱 그 말이 맞는 거예요. 그래서 이번에 Loss를 줄이는 그 방법에 조직의 변경도 고려가 되고, 염두에 두어져야 한다고 저희 조는 결론지었습니다."

조직을 간결하고 움직이기 쉽게 변경하는 것은 박 과장의 의도와도 부합되었지만, 사실상 필요한 팀의 선결 과제였다. 사실 최종 논의를 거쳐 이루어진 조직 변경의 끝에는 해외 파견의 함정도 있었다. 조직 변경이 이루어지고 파견에 대한 과제를 고스란히 떠안은 고 팀장은 터질 듯한 여름 내내 그 절차와 방법에 대하여 분주했다. 일과 시간이 끝나고 지루한 전체 미팅도 수차례, 개인 면담도 팀원들을 돌아가며 차례차례 불러 진행을 했고, 결국 고 팀장은 박성은 포함한 모든 사원 급 팀원의 파견 동의를 이끌어 냈다. 해외 파견이란 게 쉽게 생각할 수 있는 문제도 아니거니와, 조직 내 절차를 수월하게 거쳐 내야 하는 문제는 남아 있었지만, 그의 장미가시와 같은 집요한 의지가 날카로웠다. 내부적으로 파견에 대한 결정적인 기간의 타협은 3개월로 이루어 냈다. 파견 기간이 가장 민감할 수밖에 없었지만, 고 팀장으로서는 가장 현실 가능한 타협안을 찾아낸 셈이었다. 팀 내부의 결정도 그렇거니와 회사 조직 내 절차를 이끌어 내는 과정은 그야말로 더욱 처절했다. 부서장과 본부장의 승인을 이끌어 내기 위한 팀의 1년치 자료를 찾아 조합해야 했으며, 그럼에도 불구하고 고 팀장은 회사의 조건부 인정을 수용해야만 했다. 파견에 대한 성과가 미미할 경우 책임을 지겠다는 조건인데, 말 그대로 성과를 보이지 못하면 그만두겠다는 각서 같은 조건이었다. 결국 부서장, 본부장을 거쳐 마지막 법인장과의 화상회의가 있었는데, 그 자리에 박성은이 참석했었다. 그녀는 무슨 용기가 생겼는지 당위성을 주장하기도 했었다. 화상회의에서 법인장인 강 상무는,

"현재 인도네시아 현지 공원은 2,398명 55개 라인이며, 이에 맞도록 인원 구성이 되어 있습니다. 사원 급으로 샘플 진행을 하기 위한 파견이란 것을 받아들일 수 없습니다. 영업 팀의 의지는 잘 알겠지만, 이는 조직적으로 법인도 굉장히 위험천만한 일이 아니겠습니까? 현재 1부 3팀 바이어를 담당하여 생산 기획을 하고 있는 유 대리의 입지도 그렇거니와, 만약 인원이 필요하다면 정식으로 법인 소속으로 근무하는 인원이 필요한 것이지, 어떻게 영업부 직원을 파견하여 영업부의 업무만 할

수 있다고 생각하시는지, 저로서는 받아들이기가 어렵습니다."

리틀 자이언트란 별명이 있을 만큼 작지만 꼿꼿한 강 상무의 반대에 맞서 고 팀장은 꽤 끈질기게 인내하며 버텨 냈다.

"영업 팀이 도대체 왜 본사의 업무 과중을 안고, 본사의 피 토하는 조직의 손실을 안고 파견의 결정을 고통스럽게 내렸는지 다시 한번 고려해 주십시오. 저희 팀은 이제 마지막의 심정으로 모든 것을 걸었습니다. 현재 본 공장 이외에 1부 3팀의 오더가 진행되는 외주 하청이 네 곳입니다. 본 공장의 유 대리는 물론 메인이 그곳에서 진행되고는 있지만, 본 공장의 오더를 관리하고 있습니다. 외주 공장은 업무과장이 진행하고 있지만, 인도네시아 특성상 공장 간의 거리가 멀고, 또한 이 과장이 저희 팀 오더만 관장하는 것이 아니기 때문에 한계가 명확합니다. 지금 보내 드리는 화면을 주목해 주십시오."

고 팀장은 바이어의 근래 공문을 공유하려 마우스를 움직인다. 워크숍에서도 가장 중요한 사안으로 치부된 샘플 리드타임 단축은 바이어도 지속적으로 신성에 요구해 왔던 것이고, 워크숍이 끝나는 시점에 때마침 공문이 날아와 있었다.

Commitment to our Partnership

Given the current landscape and continued evolution of our business, a mutual commitment to our partnership is required

- **PP Approvals –** timely flow of samples for approval prior to production start and allowing reasonable production leadtimes
- **Product Safety –** diligent internal processes to ensure regulatory compliance
- **Revision of Payment Terms from 45 to 65 days –** effective for all BTS '15 shipments
- **CSI Color Process –** purchase of color standards effective BTS '15
- **Update of Fit Standards and Mannequins –** effective for all Hol '15 sample development
- **GTN Factory Pack & Scan –** begins February 2015

커서로 샘플과 연관된 첫 번째 항목을 강조하며,

"팩트만 보아 주십시오. 나머지 우려 사항은 저희가 짊어지고 가겠습니다. 팩트라 함은 모든 사항을 둘째로 두고 샘플 리드타임을 줄여야 한다는 것입니다. 이것이 되어야 저희가 살 수 있습니다. 금년 상반기에……,"

더 들어 보지도 않고 말을 끊으며 강 상무는,

"아니, 그 상황은 알겠지만, 새로 영업부가 온다고 해도 일이 매끄럽게 되겠는가가 문제지요. 영업부 직원을 3개월간 파견한다고 했잖아요, 사실 고 팀장 잘 아시겠지만, 여기 법인 파견된 친구들 적응하는데 만 6개월씩 걸려요. 언어 배워야 하고, 음식 적응해야 하고, 물론 한국 음식이 다 있지만 문화도 다르고, 거 인도네시아 세관이 좀 까다로워요? 그런 것을 다 적응하는 데 걸리는 시간도 있는데, 무턱대고 3개월간 영업부 직원 파견한다고 업무적으로 효과를 볼 수 있다고 생각하고 밀어붙이는 영업 팀을 사실 이해하기 어렵습니다."

강 상무는 밀어붙이는 고 팀장이라 칭하려다 영업 팀이라 바꾸어 뒤튼다. 사실 법인에서 강하게 부정하면 영업 팀에서 이겨 낼 명분이 부족하다. 사실 그대로 인원이 필요하다면 조직적으로 절차를 거쳐 진행하고 충원해야 하는 것이 조직의 절차이기 때문이다. 강 상무의 발언 뒤에 벼락같이 박성은은,

"강 상무님 안녕하세요. 저 성은인데요, 잘 지내셨죠?"

"응, 그래 박성은 씨구나, 잘 지냈지? 일 열심히 하고 있지?"

인사 모드로 회의의 내용이 잠시 바뀐다. 강 상무가 본사의 부서장으로 근무할 때 박성은이 입사를 했고, 자그마한 체구에 활달한 성

격, 그리고 이목구비 오밀조밀 귀여운 상의 박성은은 강 상무가 아끼던 신입 공채 중 한 명 이었다. 화상회의의 끝자락에 있어서 박성은의 존재를 강 상무는 몰랐던 것으로 보인다.

"네, 저는 잘 지내요. 근데 이번에 파견하게 되면 제가 나갈 수 있을 것 같아요. 저 음식 가리는 것도 없고, 염통 이런 것도 막 먹고, 닭발도 좋아하고요. 그리고 언어는 말레이 인도네시아어가 쉬운 편이잖아요. 제가 처음 나갈 것 같아서 서점에서 책 하나 샀는데, 어렵지 않게 적응할 수 있을 것 같아요. 근데 공장에 가면 또 한국 사람들 있으니깐, 그 사람들하고 일하면 되고요, 또 현지인 사무실 직원들 웬만큼 영어는 다 통하니까 언어적인 문제는 없을 것 같아요."

이야기를 하다가 고 팀장을 흘끗 쳐다본다. 이어서,

"저희 매시즌마다 샘플 받아 내는 것 너무 어려워요. 공장에서 샘플 진행이 안 되니까, 아니 좀 늦어지면 저희가 서울에서 만드는데요, 그것도 너무 너무 힘들어요. 공장에서는 사전에 준비를 하면 된다고 하지만, 사실 저희가 본 작업 원단 뜨면서 샘플 원단을 받기 때문에 정말 일찍 작업을 해야 하거든요. 유 대리님이 잘하지만 프린트 같은 것도 저희가 Develop(개발) 했던 거니까, 저희가 바로 바로 의사결정 할 수 있고요. 그리고 베이직의 경우, 더 일찍 샘플을 만들어 다음 시즌 준비가 가능한데요, 사실 그 시점이 바로 전 시즌의 출고랑 딱 맞아서 법인 기획 팀에서 커버하기는 어려운 실정이고요."

박성은은 본인이 가야 하는 당위성과 명분을 스스로 깨달은 것인지, 오래 전부터 그런 생각을 하고 있었는지, 워크숍이나 이후의 면담에서는 이야기하지 않았던 실무적인 부분에 집중한다.

"그리고 안 된다고 생각하면, 다 안 될 거예요. 법인장님께서 안 되는 이유만 꼽으라면 100가지도 더 뽑으실 수 있을 거예요. 그렇지만 제 생각에는 그 무게를 재봐야 하지 않을까 싶어요. 안 되는 이유를 뽑아 추려서 한 쪽에 놓고, 또 그렇게 저희가 가서 이득이 되는 부분을 뽑아서 놓고, 그 무게를 재보고 어느 쪽이 무거운지 '사실'만 보고 가면 좋겠어요. 어느 쪽을 선택하더라도 완벽하지는 않겠지만, 영업부에서 이렇게 출혈을 감행하여 진행하는 것이라면, 당장 그 방법이 정형화되지 않더라도 시도를 해보고 평가하는 것이 어떨까도 싶고요. 상황 논리로 보지 말고, 사실 논리로 접근해 주시면 정말 좋겠어요. 법인장님, 제가 갈 때 담배 사갈게요."

그리고는 웃었다. 환한 웃음이 티끌 없이 맑고 순수했다. 자체 모공으로 꽃의 향기가 뿜어져 퍼지듯이, 박성은은 사람을 끌어들이고 수긍하게 하는 매력이 있다. 분위기의 흐름을 밝게 이끄는 힘이 있다. 다른 직원들이 그녀의 향기를 시샘할 때도 있었는데, 어찌 되었건 간에 박성은의 발언은 강 상무의 감정을 상당 부분 움직였다. 연이어 고 팀장의 고집스런 당위성 주장이 다시 반복되었고, 동시에 박도준 과장의 사실에 근거한 영업 자료가 제시되었다. 지난 두 번의 시즌 동안 해외 공장에서 전체적으로 진행된 스타일 수와, 그 스타일들의 샘플 진행 기간, 또한 이로 인한 전체 생산 기간의 단축과 공장의 손실 내역의 공유가 이루어졌다. 여러 자료가 구체적으로 전달되고, 영업의 의지가, 확고한 의지가 변함없이 팽팽하게 법인에 전달될 즈음에,

"허 참……, 일단, 다시 한번 고민해 보도록 합시다. 영업부의 의지는 잘 알겠고, 또 박성은 씨 파견이 아니라도 자주 연락하자고. 그리

고 고 팀장은 별도로 자리에 돌아가서 내게 전화 한 통 넣어 주시고. 달리 할 얘기도 있으니 말이야."

화상회의에 이어 내부적으로 팀 조직 변경과 박성은의 비행기 스케줄이 정해졌다. 법인의 메인 사무실에 자리를 마련하는 것 포함, 영어가 가능한 현지인 직원, 또한 프린터 와 모니터 등 요청 사항도 이어서 이루어졌다.

그렇게 시간이 흘러 출발해야 하는 그날이 가을과 함께 성큼 다가와 버렸다. 박성은은 아직 그녀의 부모에게 이야기도 꺼내지 못한 상태다. 심란한 마음과 함께 돌아오는 화요일 자카르타 발 비행기에 몸을 실어야 한다. 스무 살 후반의 나이는 마음이 올곧게 일정치가 않다. 팀의 합의 사항을 따라야 하는 것이 이성이라면, 떠나지 않은 채 가을을 한국에서 맞고 싶은 만만치 않은 감성이 있다. 차라리 파견을 간다 하고 아무도 모른 채 사라져 발리의 해변에 몸을 맡기고 싶은 반항심도 마음속에 뻗친다. 그녀는 다른 사람들의 기대에 따라 행동할 것을 본인 스스로 잘 안다. 남에게 사소한 피해나 불편함을 주지 않고, 그렇게 튀지 않는 평범한 삶을 살아 왔고, 앞으로도 그럴 것임을 안다.

마음도 심란한데 프린트 업체 정 주임도 골칫거리다. 그의 장미꽃 구애는 박성은의 마음을 불편하게 만들었다. 그것도 더욱 눈치 보이게 이 어려운 판국에 사무실로 장미꽃을 보낸 것이다. 생일 따위도 아니다. 정 주임 스스로 박성은에게 좋은 감정이 생긴 100일째라는 접근이 역정 나게시리 어설프다. 벌써 몇 번째 좋게 이해시켜 포기하려 해도, 허리밴드 같이 질기고 끈질기다. 그냥 해외 법인에 상주를 해버릴까 하는 도피 심정도 생겼었다. 프린트 업체의 정 주임은 예의 바르게 싹싹하고, 잘생긴 얼굴은 아니지만 외모도 준수한 편이다. 만약 사귀게 된다 해도, 친구들과 만나는 자리에 데리고 나가는 데도 크게 마음이 걸리지는 않는다. 다만 매일같이 다투며 일해야 하는 관계에서 자신뿐 아니라 팀원 모두들 사귀는 것을 알게 되면 굉장히 불편할 것이란 것을 안다. 그런 상태에서 신경을 쓰는 것이 너무 싫은 것이다. 가당치 않은 것은 애초부터 시작하지 말아야 한다. 박성은의 불편한 마음이 꽃다발에 그대로 전달된다. 장미꽃 다발을 성의 없게 쥐어들고, 꽃이 바닥에 향하는 것을 전혀 개의치 않는다. 휘적휘적 흔들리던 꽃다발이 결국 박성은과 함께 실내로 흘러들어 소파 유리 테이블에 던져진다. 함부로 내동댕이친 꽃다발을 앞에 둔 그녀가 소파에 무너진다. 인사도 없이 무너져 눈을 감고 있는 그녀의 옆으로 엄마가 다가와 대각선 소파에 자리를 잡는다.

"늦었네. 어디 힘들어서 회사 다니겠니?"

"엄마……."

자그마한 체구가 소파에 파묻히듯, 언뜻 보면 초등학생이 앉아 있는 듯 아담하다. 고개를 뒤로 젖히고 눈을 감은 채 혼잣말을 하듯 중얼거린다.

"엄마. 나 말이야. 해외 나가면 어떨 것 같아?"

"……."

"인도네시아 말이야."

박성은이 힐끔 엄마의 표정을 훔쳐본다.

"왜? 지금 출장 이야기하는 거야?"

"아니……."

"아니라고?"

"만약 말이야……."

"……."

"한 2년 정도…… 나갔다가 오는 거 말이야. 파견인 거지……."

"뭐? 미쳤어? 회사에서 너보고 나가래?"

"응……, 뭐 대충 그런 건데……."

"……왜? 언제?"

의도하지 않았지만 박성은의 대화 방법은 상대를 리드한다. 방법을 아는 것이다. 언젠가 한경희가 하워드 가드너의 '대인 지능'이란 말을 박성은에게 했었다. 그녀는 태생적으로 타인이나 사회 조직 구성원을 향한 심리적인 통찰력이 뛰어나다. 대인 지능이 높은 것이다. 만약 그녀의 엄마에게 파견 3개월을 처음 그대로 이야기했다면, 그 3개월의 출장도 부정적으로 다가왔을 것이 분명하다. 그러나 먼저 2년의 기간을 던져 놓은 후, 타협 느낌의 3개월은 다행스러운 결과로 느껴지는 것이다. 박성은은 손가락 세 개를 엄마에게 펴 보인다.

"3년 간다고?"

"으흐흐 엄마……, 아니야. 우선 3개월 정도만 먼저 다녀와야 할 것 같아."

"그러면 다녀와서 다시 2년 가는 거야?"

"그건 더 상황 봐야 할 것 같아."

"그러면 언제 가야 하는데? 너희 회사는 그렇게 출장이 많니? 너 입사한 지 2년도 안 되는데 그렇게 중요한 자리에 있는 거야? 하긴 매일 새벽에 오느라 고생은 많지만서도……."

박성은은 소파에서 느릿하고 무겁게 일어나며,

"엄마 나 쉴래. 다음 주 화요일 출발할 거야. 근데, 언니 왔어? 나 디카 받아 놔야 하는데. 수영복하고 말이야. 좀 빌려가면, 제대로 갖다 놓는 적이 없어! 언니는 당최."

문을 쾅 닫으며 방에 들어간다. 컴퓨터를 켜고 사내 컴퓨터와 원격으로 연결하여 메일을 본다. 보낸 FIT 샘플의 Confirm(승인)이 오늘 미국에서 떨어져야 작업 진행에 문제가 없다. 마음에 걸려 메일 확인을 하려는 것이다. 접속한 받은 편지함의 메일이 주르륵 화면에 떨어진다. 익숙한 제목의 메일 중간에 낯선 메일 제목이 섞여 눈에 띈다. '복근'이라는 제목의 메일을 클릭한다. 박성은이 사무실을 떠난 후 보낸 고 팀장의 메일이다.

성은 씨 수고 많다.

짧지 않은 기간의 파견이라 하지만 긍정적으로 받아들여서 고맙다는 이야기를 하고 싶다. 사실 그곳에서 이루어야 할 일이 굉장히 도전적일 것이고 새롭기 때문에 쉽지 않을 것이다. 공장은 우리가 좋아서 개인적인 관계로 오더를 진행하지는 않는다. 다분히 비즈니스이기 때문에 겉으로는 양의 모습으로 웃을지언정, 이해관계가 얽힐 경우는 늑대의 모습으로 성은 씨를 대할 수도 있을 것이다. 법인 강 상무가 심정적으로 많은 도움을 줄 수 있을지 모르겠으나, 결국은 성은 씨가 헤쳐 나가야 할 문제일 것이다. 만만치는 않은 것이다.

권투 선수들은 복근을 일부러 만든다고 한다. 상대의 주먹을 몸이 이겨 낼 수 있도록 근육을 일부러 키우고, 극도의 고통을 견뎌 낸다고 한다. 그렇게 내성이 길러지면, 선수는 더욱 강해지는 것이다. 그렇게 복근을 만들어 나가는 과정이라고 생각하자. 어느 바이어의 오더를 진행하든, 어떤 공장의 사장님들과 상대를 하더라도 이겨 낼 수 있는 힘을 길러 보자. 그렇게 복근을 만들어 보자.

현재의 법인은 법인의 의무를 제대로 수행하고 있다고 생각하지 않는다. 법인의 직원이라면, 인도네시아에서 근무를 한다면, 영업에 궁극적인 도움이 될 수 있는 자료를 지속적으로 제공하고, 또한 업데이트해서 제공을 해야 한다고 생각한다. 그것은 법인의 의무인 동시에 우리 영업부의 권리라고도 할 수 있을 것이다. 그런데 우리 영업은 그런 자료를 요청하기는커녕, 필요성에 대해서도 인지하고 있지 못하는 것 같다. 금번 성은 씨의 파견은 그런 점을 총 망라해서, 정리하는 시초로 삼는 것도 굉장히 중요한 과제가 될 것이다. 이는 '인도네시아 개관'이란 명칭이 되어야 할 것이다. 자료는 인도네시아의 지리적 특성, 민족성 등으로 시작이 되어야 하며, 섬유업계의 그림을 그릴 수 있는 전체 자료가 되면 좋을 것 같다. 앞으로 성은 씨의 파견으로 끝나는 것이 아니고, 연속성, 지속성 있도록 팀원들이 이제 그곳에 나갈 것이니, 그 자료의 취합은 굉장히 중요한 또 하나의 업무라 생각한다.

첨부에 이것과 관련된 틀을 준비해 놓았으니 참고하고.

알다시피 내일 내가 출장이라 떠나는 것 못 보지만, 부모님께 잘 말씀드리고, 또 직원들과 어울려 맥주 한 잔 하든가, 자리 한 번 마련하도록 해라.

수고!

박성은은 메일을 읽고는 픽 웃는다. 고 팀장이 뭐가 고맙다는 이야기인지, 고 팀장이 오버하고 있다. 박성은 본인은 스스로를 위하여 업무를 한다. 파견도 마찬가지 맥락이다. 고 팀장을 위하여 업무를 하고 있지 않다. 상의를 벗어 던진 박성은이 씻지도 않은 채 넓은 침대에 기지개를 펴며 늘어진다. 위태한 긴장감이 박성은의 몸과 함께 침대에 녹아들며 사르르 옅어진다.

11월 5일 수요일

허 전무가 가을 낙엽과 같이 쓸쓸하게 물러났다. 수출 본부를 지탱하던 강한 뿌리가 통째로 흔들려 뽑힌 셈이었다. 허 전무가 이루어 놓은 조직의 틀도 하루아침에 흔들렸다. 수출 본부의 영업 팀들은 세계 경기 침체 상황에 속수무책이었다. 매출을 유지하기가 힘들었고, 경상이익의 축소에 움츠렸다. 어려운 국면을 타계해 나가기 위해서는 영업의 전략이 치밀했어야 했다. 영업 3팀을 제외하고는 매출이 증가하는 영업 팀이 없었다. 매출이 증가한 영업 3팀마저도 경상이익 창출에 몸부림을 치는 상황이었다. 주력 아이템이 박리다매, 즉 심플한 스타일에 집중되어 있었기 때문에 경상이익의 창출은 쉽지 않았다. 결국 수출 본부의 큰 틀로 보면 균형 잡힌 오더 수주에 실패한 셈이다. 경기가 좋을 때는 어떤 것이라도 상관없었다. 바이어의 가격 압박도 거세지 않았다. 그렇지만 경기가 어려워지면서 상황이 순식간에 돌변한 것이다. 기본적인 제품의 가격이 압박을 받았고, 그마저도 수월하게 수주할 수가 없었다. 경영에 어려운 전 세계 벤더들이 벌떼 같이 달려들어 가격이 푹푹 꺼지며 경쟁이 심화되었다. 회사의 입장에서는 돌파구가 절실했다. 영업의 전략을 다시 세워야 했으며, 전략에 발맞추어 생산 라인을 특화시켜야 했다. 결국 허 전무 총괄의 구조로는 어려운 상황을 타계해 나가기 어렵다고 판단한 것이다. 냉정한 사회의 현실에 맞닥뜨리며 영업부는 비통해 했다. 다소 세조의 현실감이 떨어져 업무에 괴리감이 있긴 했지만, 그의 탁월한 영업 능력은 부인할 수 없었다. 그를 대신하여 새로운 전무가 본부장으로 부임해 왔다. 순식간에 조직의 수장이 바뀐 것이다. 축구 감독이 바뀌면 주전 공격수가 바뀌고, 야구 감독이 바뀌면 선발 투수도 바뀐다. 조직 체계란 그런 것이다. 방향이 바뀐다는 것은 조직에서 가장 민감한 일이 아닐 수 없다. 사실 논리가 상황 논리로 전환된다. 상황에 맞게 정치적 색깔이 강하게 드러나며 사실이 왜곡될 확률이 많다.

변함없이 3팀은 격렬한 몸부림을 치고 있다. 3팀의 안간힘과는 상관없이 가을은 청명하고 고요하다. 가을의 고요함이 회의실에도 전염되듯 이어진다. 그는 실적 파일을 정리하여 회의실에 늘어놓는다. 노란 파일에는 3팀의 당해 월별 실적이 차곡차곡 정리되어 있다. 고 팀장은 팀원들과 매월 실적 공유를 하고, 전체 흐름을 공유한다. 9월의 실적은 마이너스 폭이 줄었다. 플러스로 전환되지 못한 숫자는 여전히 빨갛게 경고의 메시지를 강하게 전달한다. 그렇지만 그 폭이 줄어들었다. 파일 정리가 끝나는 시점에 팀원들이 하나둘씩 회의실로 들어온다. 입구의 자료를 챙겨 자리에 앉아 긴장된 눈길로 자료를 응시한다. 팀원들이 자리에 앉아 준비가 되자 고 팀장은 서두를 꺼낸다.

"지겨우실 겁니다. 수차례 이야기해서 다들 인지하고 있는 내용이기도 합니다. 지난해 우리 팀의 경상이익은 마이너스 1억 2천이었습니다. 올해의 목표는 또한 잘 아시겠지만, 400억 매출에 8억 경상이익입니다. 지난 1월부터 지난 달, 그러니까 9월까지의 누적 경상이익은 마이너스 2억 8천입니다. 올해 초 베트남 파업으로 인한 손실이 우리 팀에 다소 많이 잡혔고, 미얀마의 새로운 공장 투자에 따른 팀별 손익 배분이 지난 해 12월부터 매월 3만 불, 그러니까 쉽게 월 3,000만 원씩 팀에 꽂혔습니다. 결과론적인 이야기이지만, 미얀마의 2억 7천만 원이 손실에서 잡히지만 않아도, 우리는 Break Even(손익 평형)을 현재까지 이루고 있는 셈입니다."

굳은 표정으로 팀원들을 직시한다.

"잘 아시겠지만 지난달을 마지막으로 허 전무가 회사를 떠났습니다. 이는 조직이 얼마나 냉정한지를 보여주는 극명한 예라고 할 수 있습니다. 조직은 실적을 바탕으로 합니다. 지난 해 수출 본부의 실적은 상당히 고무적이었습니다. 그렇지만 올해 들어서며 각 영업 팀에서 매출이 줄고 경상이익의 폭이 대폭 꺼졌습니다. 벌써 올해의 매출은 마무리되었습니다. 12월 출고 분까지 벌써 시스템에 모두 입력되어 있습니다. 사사분기에 일말의 희망을 기대했지만, 결국 매출 증가에는 실패했습니다. 영업 팀 중 매출 증가가 뚜렷한 팀은 저희 팀이 유일합니다. 그렇지만 자료에도 충분히 설명되어 있듯이, 아직 만들어 내야 할 것이 태산입니다. 이제 하반기 인사 고과의 시점입니다. 저를 포함해 여러분 모두 직장 생활을 하는 사람들입니다. 실적을 감안할 때, 연말 성과급은 우리 팀에 없을 가능성이 높습니다. 물론 바이어 별로 특성이 있고, 여러분이 특히 원해서 우리 팀에 온 것은 아니란 것을 압니다. 또한 성과급이 실적만으로만 평가되어 지급되면 불합리하다고 생각될 수도 있을 것입니다. 그렇지만 회사의 입장은 명확하고 흔들리지 않습니다."

고 팀장은 노란 파일을 열어 펼친다. 9월 실적 마감 자료에 시선을 가져간다.

"회사가 흔들리지 않듯이, 우리도, 흔들리지 말고 우리의 길을 갑시다!"

고 팀장은 오른쪽에서 왼쪽으로 시선을 옮기며 각 팀원을 주시한다.

"지난 상반기, 우리는 솔개의 깃을 빼고 부리를 갈아치우듯 고통을 감내해 왔습니다. 절대적으로 부족한 인적 지원, 절대적으로 부족한 Capacity(봉제처)의 한계점을 안고 우리는 고군분투해 왔습니다. 그 가운데 또한 7월의 워크숍을 통해 우리는 우리의 방향을 설정하고, 다시 한번 살을 에는 변화를 이끌어 내고 있습니다. 점 조직으로의, 2인 1조의 오더 조직 변경을 만들어 냈고, 또한 박성은 씨의 파견을 이루어 냈으며, 또한 오더 수주 당시 발주를 마무리하는 시스템을 구축했습니다. 그 결과가 이제야 서서히 나오고 있습니다. 무더운 여름에 실행했던 그 핵심적인 변경, 고통스러웠던 변화의 결과가 이제 9월부터 서서히 나오고 있는 것입니다. 가능성에 가슴이 뜁니다."

조직이 변경되면 조직원들은 주변의 변화에 민감하다. 사실적인 내용보다, 더욱 확대하여 상상할 수 있는 어떤 변화에 대하여 더욱 더 많은 관심을 가진다. 이미 새로 부임한 박 전무의 거취, 그의 방향에 대하여 팀원들은 관심이 집중되어 있다. 뒤로 뭉실뭉실 피어나는 근거 빈약한 이야기들, 또 어떻게 조직이 통합이나 분할, 변경이 될지에 더욱 관심이 많다. 이런 진정 솔깃한 이야기를 고 팀장은 철저히 배제한다. 아무리 그렇다 해도 이미 분산된 정신은 집중을 쉽게 이끌어내지 못한다. 그래도 고 팀장은 변함없이 무식하다.

"올해 저와 박 과장, 그리고 정 과장. 이렇게 선임들은 방법을 찾아, 우리가 할 수 있는 것이라면 모든 것을 해볼 생각입니다. 실적, 즉 경상이익을 플러스로 돌릴 수 있는 그 어떤 방법이라도 주저하지 않을 것이며, 우리 팀의 실적에 따라 여러분이 받을 감정적 상처를 최소화시키려는 노력을 할 것이란 이야기입니다. 현재 우리 팀의 실적이 그대로 유지된다면 우리는 성과급이 없을 것이며, 있다고 해도 최소 금액이 될 것입니다. 그 부분을 팀장으로서 박 과장, 정 과장은 선임으로서의 역할을 할 것이지만, 이에 따라 여러분들도 마지막까지 박차를 가해 주십시오."

아랑곳없는 자세와 태도에 흔들림이 없다. 우직하다.

"그렇게 우리가 열심히 하고, 그렇게 우리가 우리의 기준을 세우는 이유가 무엇일까요? 물질적인 욕구를 채우기 위함이 아님을 여러분은 잘 알고 계실 것입니다. 제가 부탁하는 것은, 우리가 세운 기준이 변화를 만들어 낼 수 있도록 최선을 다하자는 것입니다. 변화의 고통으로 힘들게 거쳐온 시간들에 대한 예의를 지켰으면 하는 것입니다. 가능성을 보고 심장이 뛰는 그 희열을 맛보자는 것입니다. 그래서 여러분이 어느 팀에서 일을 한다고 해도, 우리 팀이 어떤 벤더의 팀과 경쟁한다고 해도, 이길 수 있는 그런 강한 조직으로 거듭나자는 이야기입니다. 저는 9월 실적을 보면서, 그 가능성에 가슴이 뛰는 제 자신을 되돌아보며 강한 확신을 얻었습니다. 우리의 노력과 변화는 진정 의미 있고 가치 있는 일이었다는 것입니다. 이런 과정을 거치며 우리가 가야 할 가치는 도대체 어떤 것이며, 우리가 다른 영업 팀과 다른 벤더의 영업 팀과 다른 것이 무엇인가를 집중해서 고민해 보았습니다."

비장한 의지가 안면에 차오른다.

"지난 8월 말에 Summer(여름 시즌)의 오더 수주가 되는 시점에, 우리는 업무 프로세스 상의 손실을 줄이기 위하여, 워크숍에서 이야기한 바와 같이 전원이 모여 원단 발주를 밤새워 마무리했습니다. 또한 2인 1조의 한 팀 당 32스타일씩 오더를 그 자리에서 배정했으며, 그 선임인 홍 대리, 광진 씨, 윤경 씨, 보람 씨가 원단의 종류를 구별했고, 홍 대리와 윤경 씨가 대표로 원단 공장을 일주일간 방문했습니다. 원단 팀에서의 구 팀장과 세희 씨도 저희의 변화를 적극 지원했으며, 홍콩으로의 출장에 동반했습니다. 그 결과 원단 생산 Capacity 선점을 우리 팀이 먼저 할 수 있었으며, 전체 스타일의 원단 납기를 1주일 당길 수 있었습니다. 그뿐 아니라, 각 세 군데 원단 공장에서 대략 18,000불의 단가 인하를 이루어 내었습니다. 관행적으로 이루어지는 출장이 아니었습니다. 이렇게 실질적인 결과를 이루어 낸 것은 여러분입니다. Downtime(공정간 손실)을 줄이자는 것도 여러분이었고, 출장으로 직접 원단 관리를 하자는 것도 여러분의 의견이었습니다. 저는 그 실행을 위해 원단 팀 구 팀장의 협조를 요청한 것, 또한 출장에 대한 승인을 윗선에서 받아 낸 것뿐입니다. 이렇게 빨리 움직였던 것의 결과를 보십시오. 원단이 벌써 인도네시아 및 베트남 공장에 들어가 있습니다. 또한 인도네시아로 떠난 박성은 씨의 샘플 준비가 벌써 한창입니다. 결국 작년 11월 중순에 투입되었던 작업이 올해는 벌써 10월 말에 투입이 되었습니다. 또한 봉제 단가 협의를 위해 지난 달 박도준 과장의 출장이 있었습니다. 박 과장의 출장으로 다섯 공장 1만 불 이상씩, 거의 5만 불에 육박하는 실적을 또한 이루어 낼 수 있었습니다. 빠른 시점의 의사 결정과 실행, 또한 누군가가 시키는 것이 아닌 자주적으로 그 모든 과정을 진행했다는 것, 그 점을 저는 가장 큰 의미로 두고 싶습니다. 여러분, 다시 한번 말씀드리지만 우리가, 우리 팀이 만들어 낸 가치를 스스로 존중하고 지켜 나가지도록 최선을 다해 봅시다."

고 팀장은 토하듯 온 기를 다해 의미를 부여했다. 절박하지만 희망에 깃든 의지를 감추려 하지 않았다. 허 전무의 퇴사와 뒤숭숭한 분위기 속에서도 이루어 내야 할 것은 자명했다. 팀원들의 의지를 지속적으로 유지해야만 했다. 이야기를 마친 고 팀장이 박도준 과장과 함께 밖으로 나온다. 무언가 팀원들이 받아들이는 정도가 약한 것 같아 찜찜하다. 날은 깨끗하고 청명하다. 국화는 노랗고 하얗게 건물 주위의 화단에 피었고, 가을 벌들이 그 주위를 맴맴 맴돈다. 국화의 색깔이 흰색인지 노랑색인지 벌들은 전혀 아랑곳하지 않는다. 꿀의 향기가 가을 벌들의 오감을 자극할 뿐이다. 우두커니 서서 담배를 피우는 고 팀장의 휴대폰이 진동하며 울린다. 전화를 받고 고 팀장은 박 과장을 바라본다."

"박 전무님이네……."

"왜요? 무슨 일 있는 거예요?"

고 팀장이 피우던 담배를 퉁겨 부숴 버리고는,

"뭐, 이제 9월 실적 관련해서 압박 들어오지 않을까?"

"이제 우리 나아지고 있잖아요?"

"응, 그래. 확실히 나아지고 있지."

"뭐라 혹시 할까요?"

고 팀장이 영업부 팀장 중에는 제일 마지막 면담이다. 각 영업 팀장들은 이미 한 차례씩 보고 형식의 면담을 마무리했다고 했다. 차례를 기다리며 긴장했던 동료 팀장들이 서로 발 빠르게 내용을 공유했고, 서로를 경계했으며 자기 보호에 충실했다. 그들은 어느새 쉽게 박 전무의 휘하로 편입되었다. 박 전무는 수출 본부의 수장으로 본인의 의지를 영업부에 반영하려 할 것이다. 고 팀장 또한 영업 팀장으로 그의 의지를 팀에 반영한다. 그렇지만 고 팀장의 의지는 자못 다르다. 각 구성원에게 주도성과 주체성을 부여하는 것이 그의 의지이기 때문이다. 만약 고 팀장의 의지를 본부장이 수용하지 않는다면, 기나긴 직장 생활의 여정에 종지부를 찍어야 할 수도 있다. 상사의 지배를 벗어나고 싶다면 길은 단순하다. 고 팀장이 씁쓸한 웃음을 지으며 건물 안으로 향한다. 박 과장이 뒤따른다. 영업 3 팀이 노란색인지 흰색인지 보여줄 수 있을까? 박 전무가 색깔에 만족할 것인가? 노랗고 흰, 제각각 색깔에 의미를 부여하지 않고, 꽃 안쪽 깊은 곳 흐르는 꿀에만 집중한다면 결과는 뻔하다. 마음이 편하지 않다. 팀원들은 그 기운을 미리부터 느낀 것같이 현명하다. 마치 비오기 전에 두꺼비가 보금자리를 옮기려 분주한 것처럼 소리 없이 묵묵하다. 박 전무의 방으로 들어가기 전, 우두커니 서서 저마다 바쁜 팀원들을 바라본다. 보일 듯 미소를 짓는다. 박 전무는 일부러 염색을 하지 않은 듯, 흰색 머리가 적당히 섞여 노련한 인상을 준다. 안경은 적당히 작아 세련되고, 와이셔츠 깃이 빳빳하다. 빨간색 체크 넥타이가 그의 센스를 보여준다. 미국 시민권자인 그들 스카우트하려 굉장히 많은 노력을 기울였다는 풍문은 주변을 다소 주눅들게 했다. 겉으로 보이는 것에 자부심을 찾으려 한다면 단연 돋보일 것이다. 자리에 앉자 특별하게 사적인 이야기 없이 바로 업무 보고를 지시한다.

"네, 전무님. 1부 3팀 9월까지의 매출 및 실적 보고드리겠습니다. 매출 312억에 경상이익 마이너스 2억 8천이며, 올해 말까지 사업 목표는 400억에 경상이익 8억으로서……."

"그래서!"

날카로운 음성으로 말을 끊는다. 고 팀장의 보고가 한마디의 시퍼런 말의 칼로 삭둑 잘린다. 그는 움츠린 맹수다. 어쩔 수 없이 궁지에 몰린 상황이며 피해갈 수 없는 현실이다. 올가미에 걸리면 움직일 수가 없다. 이빨을 드러내며 다가오면 어깨를 내줘야 하고, 팔을 내줘야 하고, 허벅지와 다리를 내줘야 한다. 오직 심장만은 최후의 보루로 간직하고 버텨 내야 한다. 조직의 맹수는 심장을 겨냥하지만 공격하지 않는다. 암시할 뿐이다. 붙잡힌 먹잇감은 심장을 겨냥당한 채 버둥거리며 생존을 위한 복종과 굴복을 맹세해야 한다. 그것이 사회의 법칙이고, 조직의 생리다. 처절하게 가혹하다. 그 한복판에 고 팀장이 맹수의 먹이로 처참하게 놓여 있다. 신음한다.

"올해 말까지 3개월 남았는데, 8억 경상이익 실적 달성할 수 있겠나?"

그는 3팀의 처절한 역사를 모른다. 그는 3팀의 절박한 눈물을 알지 못한다. 그가 알고 있는 것은 2014년 9월 정 마감 자료, 누계 자료의 숫자가 전부이다. 그 숫자의 이면에 숨겨진 그 무엇도 그 숫자를 대신해 줄 수가 없다. 고 팀장은 웃으며 다가오는 날카로운 이빨에 전율한다. 상대가 예상하는 답을 또 해야만 한다. 어쩔 수 없는 복종의 절차이며 굴복의 절차다.

"2014년 굉장히 어려운 한 해입니다. 사실 9월까지 대부분의 손실은 해외 공장……."

"해외 공장 손실은 영업 3팀에만 꽂히나?"

"그것은 아니지만, 새로 시작한 미얀마 공장의 경우 Set up하는 단계인데, 그 비용이 저희 신생 팀에게 주로 반영된 것도 이유 중에 하나입니다.

"그러면 미얀마 Set up 비용 감안해 줄 테니, 한번 실적 맞추어 볼 텐가?"

"……."

"내 경영 실적 자료를 보니, 허 전무가 방만하게 자네 팀을 용인해 주었던 것 같더군. Direct 바이어의 특성을 잘 살려 내지 못한 것으로 보이는데 말일세. 자네는 어떻게 생각하나?"

대답할 근거가 마땅치 않다. 누구도 지원해 줄 사람이 없고, 누구도 도와 줄 사람이 없다. 직장 생활 하는 사람의 가장 큰 무기는 '사직', 그것을 담보로 하지 않는다면 팔뚝만 떼어 주고 굴복해야만 한다. 팀장으로 가져 왔던 열정과 가능성, 자존감과 가치, 심장에 어렵사리 쌓아 놓았던 그 모든 힘줄이 툭툭 터져 버린다. 치명적인 상흔을 주지 않았음에도 암시 하나만으로 고 팀장은 이마에 힘줄에 뻗어난다.

적당히 타협하고 팔뚝을 주어야 하는가, 박 전무는 팔뚝으로 만족할 수 있는 사람인가, 아니 고 팀장이 조직의 가치를 가지고 타협할 권리가 있는가.

"……."

"Direct는 말이야, 바이어의 마인드를 가진 사람이 더 적합할 걸세."

"……."

"자네가 보여준 3/4분기의 누적 실적은 경영진을 실망시켰네."

"……."

"다른 영업 팀에 비해 3팀은 관리적인 부분이 상당히 약하더군."

"……."

"자네뿐 아니라 팀원까지 해이해져 있어. 관리가 안 되는 팀이더군."

"……."

영업 팀장이 본부장을 상대하여 이길 수 있는 가능성은 희박하다. 실적이라는 명백한 족쇄를 발목에 차고 이겨 낼 수 있는 방법이 없는 것이다. 관례상 절차는 단순하다. 숫자에 대한 사죄, 또한 간곡한 도움 요청, 이어지는 맹목적인 충성. 고 팀장에게 선택의 차례가 돌아온다. 이길 수 없는 싸움. 상처는 줄 수 있지만, 숨통을 끊기는 불가능하다. 이는 일방적인 싸움이다. 사회 조직에 핑계는 없다. 무례하고 자질이 부족해도 숫자가 좋으면 살아남는다. 검증된 리더라 할지라도 숫자로 증명하지 못하면 승리할 수 없다.

"자네 팀 직원들 말이야, 그런 식의 업무 방관으로 어디 가서 제대로 적응이나 하겠나?"

고 팀장의 눈에 번뜩이며 불길이 오른다. 번쩍이는 눈에 박 과장이,

고윤경, 박성은과 김인경이, 윤지원과 한태민이 넘실거리며 탄다. 팀원들이 고 팀장의 안에서 불길을 일으킨다. 이미 틀렸다.

퇴근

2015년 1월 14일 수요일

싸늘한 겨울의 기운과 함께 2015년의 둘째 주에 접어든다. 팀의 인원은 열아홉 명으로 대폭 증가했고, 아르바이트생까지 포함하면, 전체 스물네 명이다. 2월 말이면 홍 대리가 니카라과 법인으로 파견을 나간다. 김인경은 베트남 법인으로 장기 파견을 간다. 홍 대리는 진짜 영업을 더욱 진지하게 하고 싶다며 자원했고, 김인경은 현지 공장장과 법인장의 적극 구애와 추천으로 정식 파견의 당사자가 되었다. 그 핵심적인 두 명의 결원을 대비해 다른 직원을 충원받았지만, 전력의 누수는 피할 수가 없다. 올해는 지난해를 거울삼아 또한 변화의 결과를 궁극적으로 이끌어 내야 하는 한 해인 것이다. 2014년의 마지막 정마감 자료는 2주 후에 나오겠지만, 가마감된 결과는 이미 경영 기획실을 통해 받았다. 가마감은 정마감과 거의 차이가 없다.

· 1부 3팀 매출: 4,641만 불(한화 490억 원 - 환율 1,030원 기준)
· 경상이익: 마이너스 5억 6천 5백만 원(마이너스 1.2%)

고 팀장은 말없이 모니터를 응시한다. 해외 법인의 손실이라는 항목이 전체 손익을 마이너스로 만들었지만, 결국 결과는 결과로 받아들여야 했다. 숫자는 말이 없이 가혹했고 잔인했다. 고 팀장은 눈물을 흘렸다. 고 팀장뿐 아니라 박 과장을 비롯한 모든 팀원들은 회의실에서 아쉬움의, 탄식의 눈물을 삼켜야 했다. 팀의 자주성에 근거하여 민주적인 절차를 거쳐, 역동적인 업무 시스템을 만들어 내었던 그 기세당당했던 자부심이 무너지는 아픔을 겪는 것이다. 본부장은 침묵했으나 부서장은 격려 했으며, 타 부서는 선방했다고 영업3팀을 평가했다. 성과급은 기본 지급될 것이고, 조직은 새로운 해를 시작했다. 새로운 해를 시작하며 조직도 새로운 변화의 기로에 서 있다. 새로운 팀원들이 합류하고, 새로운 가치를 공유하고, 그 부분을 매뉴얼화해서 연속성을 가져야 하는 새로운 중요한 업무가 생겨난 것이다. 퇴근하는 길, 고 팀장은 차라리 홀가분하다.

"나는 그래도 행복하다. 습관처럼 직장 생활을 했었는데……. 지난해 출장이 19번, 전체 해외에서 머물렀던 날이 89일. 이렇게 팀원들과 어울려 무언가 이루어 내기 위한 시간을 공유했던 것만으로도 가슴 벅차게 행복한 거지. 또 다른 길을 가더라도, 지난해의 경험이 어찌 잊힐까? 1974년 이래로 가장 흥미진진한 한 해를 2014년에 보낸 것 같네. 생각의 틀이 더욱 커지기도 했지만, 조직을 어떻게 변화시키고, 어떤 긍정적인 에너지로 리더십을 발휘해야 하는지, 사실 전율이 돋도록 많이 배우고 느낀 것 같네. 그만큼 치열했기 때문에 더욱 더 기억에 남는 해가 아닐까 싶네. 주희, 양희, 성은, 윤경, 박 과장, 정 과장과 한 대리. 홍 대리와 경희, 베트남으로 떠나는 인경이, 보람이, 또한 지원이, 팀원들이 너무 소중하다. 그들과 함께했던 시간이 진정……, 가을에 위기가 있었지만, 그래도 무게에 못 이겨, 중압감에 못 이겨 포기하지는 않았으니 다행이네."

퇴근을 하며 고 팀장은 창을 열어 겨울의 찬 공기를 맞는다. 한겨울의 차가운 바람이 더없이 상쾌하게 얼굴을 때린다. 고 팀장이 퇴근하고 난 한참 후에 박성은이 다시 불 꺼진 사무실로 복귀한다. 앞의 유난히 깨끗한 고 팀장의 자리가 눈에 들어온다. 순간 박성은은 멈칫하며 자리에서 움직이지 못한다. 흰 봉투가 고 팀장의 접힌 노트북 위에 놓여 있다. 허둥대며 박성은이 고 팀장의 자리로 들어선다.

'사직서'

깨끗하게 정리된 고 팀장 자리, 검은색 노트북 위의 사직서는 더욱 도드라져 보인다. 덩그러니 놓여 있는 사직서를 보면서 박성은은 미간을 모으며 고민한다. 누구에게 알려야 하는 것인지, 어찌해야 하는지 갈피를 잡지 못하고 허둥댄다. 휴대폰을 만지작거리다가 이내 컴퓨터를 켜고 메일을 연다. 공지 메일이 화면에 뜬다. 고 팀장의 메일 공지 양식이다. 메일을 클릭하여 열어 본다.

<공지 - 2015 0114>

여러분, 수고 많습니다.

아마도 이렇게 여러분께 공지를 하는 날도 오늘이 마지막이 아닐까 싶습니다.

저는 지난 11월에 오늘 이 날을 제 마지막 날로 정했습니다. 운명이 정해져 있다면, 그 운명의 날은 제가 만들고 싶었습니다. 누군가의 압박으로 인해 물러나고 싶지 않았고, 또한 제 스스로 도피하듯 피하고 싶지 않았습니다. 진정 여러분께 팀장의, 리더의 모습으로 마지막까지 기억되고 싶었습니다.

마지막 2014년의 마지막 경영 방침 자료를 보고 눈물을 보여 여러분께 미안하다는 말 드립니다. 여러분이 모두 눈물을 보인다 해도 저는 꿋꿋해야 하거늘, 마지막까지 그렇게 굳센 모습을 보여드리지 못했네요. 막상 떠나는 자리에 서니 가슴이 먹먹해서 여러분 얼굴을 제대로 쳐다보지도 못하겠습니다. 사무실 퇴근하신 여러분의 자리에 환영이 떠오릅니다. 웃고 즐겁게, 힘들지만 이겨 냈던 여러분의 모습이 눈가에 들어와 눈가가 흐릿해집니다. 미안합니다. 저만 가서 진심으로 미안합니다. 여러분께 더 큰 힘으로 남아 주지 못해, 든든한 팀장이 되지 못해서 미안합니다. 그렇지만 여기까지인 것 같습니다, 여러분.

돌이켜보면 힘들고 버거운 직장 생활이었지만, 오랜 기간 함께할 수 있었다는 것에 또한 감사한 마음이 듭니다. 신성에 입사해서 낳았던 첫 애가 어느새 초등학교 3학년이 됩니다. 어릴 때의 모든 기억이 함께한 직장입니다. 제겐 그런 소중하고 추억이 가득한 직장이네요. 위기도 많고 개인적으로도 어려운 상황이 많았지만, 그래도 항상 묵묵했던 동료들, 위로했던 동료들, 그렇게 우린 함께하지 않았나 싶습니다. 그렇게 마지막의 자리에 여러분이 있어 진심으로 감사하다는 말씀을 드리고 싶습니다. 여러분의 팀장으로서, 리더로서 제가 이 자리에 있었다는 것이 영광입니다. 또한 단순히 윗사람이 아닌 리더로 만들어 준 여러분께 진심으로 고맙다는 이야기를 전하고 싶습니다.

지난 2014년이 저에게는 가장 의미가 깊은 한 해였습니다. 여러분과 함께 무언가를 만들기 위한 노력을 한 것도 그렇지만, 제 마음 깊이 잠들어 있던 꿈을 찾게 해준 한 해였기 때문입니다. 조직과 성과에 치우쳐 제가 진정 원하는 것을 찾지 못한다면, 너무도 아쉬운 삶이 될 것 같다는 생각을 했습니다. 성공의 반대말은 실패가 아니라고 합니다. 성공의 반대말은 도전하지 않는 것이라고 어디에선가 그러더군요. 전 지난 한 해를 보내며, 제가 진정 원하는 것을 찾아 도전해 봐야겠다는 굳은 각오를 했습니다. 또한 저와 제 가족을 위한 삶을 위한 것이 무엇인가에 대한 고민도 치열하게 했습니다.

영원한 조직은 없고, 변하지 않는 조직도 없습니다. 제가 물러나면서 박 과장이 그 역할을 충분히 하리라 저는 믿습니다. 다소간 시간적인 차이는 있겠지만, 박 과장 또한 훌륭한 인성을 가진 인재로서, 최고의 영업 팀장으로서 역할을 잘 해낼 것입니다.

저는 당분간 마음을 정리하고 돌아오겠습니다. 돌아오는 날은 마지막 짐을 챙기고, 여러분과 마지막 악수를 위한 자리가 될 것입니다. 개인적으로 마음은 굳혔으며, 윗분들에게 오늘의 제 거취는 이미 통보드린 상태입니다. 신성을 떠나게 되면 조만간 해외 근무를 적극적으로 알아볼 생각입니다. 그곳이 인도네시아가 될지 베트남이 될지 모르겠습니다. 다만 여러분과 함께했던 경험으로 공장의 1000명, 2000명을 움직이는 또 다른 리더로 거듭나고 싶다는 생각을 간절히 했습니다.

또한 될지 모르겠지만, 어느 시간이 되면 우리 가족만의 시간을 갖고 싶다는 생각이 들더군요. 모든 것을 접고 온 가족과 함께 1년간 세계 여행을 하면 어떨까 신나는 상상을 해보기도 합니다. 앞날의 정해진 틀에 얽매이지 않고, 매순간 원하는 것에 집중해 보고 싶다……, 하는 생각이 또 떠나는 마당에 불현듯 들더군요.

다시 한번 제 곁에서 '우리'라는 것을 느끼게 해주신 여러분께 진심으로 고맙다는 말씀 드리고 싶습니다. 그리고 직접 하지 못했던 말도 드리고 싶습니다.

사랑합니다.
2014년 신성 인터내셔널 수출 본부 1부문 영업 3팀, 리더 고학구 올림.

2015년 2월 6일 금요일

연락이 갑자기 두절된 박성은의 빈자리는 예상 외로 컸다. 박성은과 함께 업무를 했던 이주희는 거의 정신적 공황 상태이다. 신성에서의 1년. 어떻게 1년이 흘렀는지, 어떤 일들이 그녀 곁에 일어났는지 너무도 정신이 없는 하루하루의 연속이다. 그 사이 남자친구와도 헤어지고, 몇 번의 위기는 있었지만 아직 회사와의 싸움에서 지지는 않았다. 박 과장은 지난주에 섬유 명언이라며 문장을 서툰 영어로 풀어 이야기했다.

"Things can easily be changed."

매 3개월마다 쇼킹한 일들이 발생하며, 3개월이 지나 쇼킹한 일이 일어나지 않았다면, 그 충격적인 일이 본인에게 일어날 것이라며 대수롭지 않게 웃으며 이야기했다. 근래 그 충격적이고 쇼킹한 일이 본인에게 일어날 것만 같이 위태위태하다. 특히 TD팀(기술팀)과의 불화가 이주희에겐 더 견뎌 내기 어렵다. 업무를 하는 것은 어떻게든 해낼 수 있겠는데, TD팀의 막내 직원은 도무지 이주희의 상식으로 이해가 안 되는 캐릭터이다. 화가 치밀어 가슴이 막혀 버릴 듯 망연자실한 적이 한두 번이 아니다. 겉으로는 안 그런 척하며 다니는 그의 이중적인 모습이 더욱 밉다. 이주희보다 나이는 많지만 어제는 크게 쏘아붙이며 다투었다. 그런 뒤가 마음이 개운치가 않다. 지난번 프린트 업체의 정 주인도 그렇지만 같은 회사의 협력부서 직원까지, 또한 근래는 같이 일하는 홍 대리님도 자꾸 눈치를 주는 것 같다. 분명 본인은 잘못한 것이 없는데.

"니 와 그리 느리노? 좀 빨리빨리 움직이라 자슥아!"

팀원들도 다 있는데 이주희의 자존심을 건드렸었다. 이번 달 말이면 니카라과로 떠날 사람이라 조금만 참아 보자 스스로 위로도 했었다. 이미 떠나 버린 고 팀장이 한때 '영혼'을 팔아야 한다는 이야기가 문득 생각나지만, 근래는 이것도 저것도 다 신경을 끊어 버리고 싶다. 무뚝뚝한 홍 대리도 밉고, 자신을 아껴 주지 않고 혼자 바쁜 박 과장도 밉고, 바빠서 정신없는 양희, 윤경은 물론 연락이 두절된 채 어디론가 가버린 박성은도 다 밉다. 이주희는 본인만 철저히 혼자인 것이다.

"주희 씨, 잠깐 회의실에서 보자."

뭉게뭉게 펴져 가는 외로운 상상을 깨고 박 과장이 자리에서 일어나 다이어리를 챙기며 이주희에게 이야기한다. 발송이 끝난 오후 다섯 시. 한가한 짬이 조금 생기는 시점이다. 발송은 매일 오후 4시 30분이 마감이다. 마치 발송 시간에 맞추어 모든 업무를 짜놓은 것처럼, 항상 자투리 시간조차 모자라다. 이주희의 하루는 두 번의 시간으로 나뉜다. 하나는 아침 8시 30분 출근 시간이고, 또 하나는 오후 4시 30분 발송 마감 시간이다. 아침에 잠깐의 시간이 있듯이, 오후 발송 이후에도 잠깐의 시간이 허용된다.

"……."

이주희는 말없이 다이어리와 볼펜을 챙겨 박 과장을 따라 회의실에 들어간다. 이주희의 입술이 비뚤어진다.

"주희야, 요즘 성은이 가고 업무가 좀 버겁지?"

"아……, 네. 조금……."

"그래. 원래 같이 일하는 사람과 업무의 틀을 맞추어 놓고 다소 익숙한 상태에서 다른 사람과 일하면 그렇게 좀 더 어려울 수 있다."

박 과장은 이주희가 같이 일하는 홍 대리와의 관계에서 어려움이 있다고 판단한 모양이다. 홍 대리는 밀어붙이는 힘이 강하고 겉으로 보기엔 주변을 둘러보며 가지 않는 것 같지만, 사실은 제 식구에 대해서는 나름 세심하게 대하려 하는 편이다. 조금 시간이 지나면 괜찮아질 거라 박 과장은 생각했고, 이주희에게 에둘러서 이야기한다.

"네."

이주희는 아직도 박 과장이 어렵다. 입사 때부터, 떠난 고 팀장과 함께 본인을 탐탁하게 생각하지 않았다는 것을 잘 알고 있다. 스스럼없이 임의롭게 박 과장을 대하는 고윤경이나 동기인 김양희, 김인경 등이 이주희는 부럽다. 하다못해 몇 살이나 어린 아르바이트 해정 씨도 가끔 박 과장과 농을 주고받으며 편해 보이는데, 이주희는 그런 관계가 상상만으로도 어색하다. 태생적으로 친근감을 나타내는 것이 어려운 것이다.

"주희는 본인의 강점을 뭐라고 생각하니?"

박 과장과는 이전에도 가끔 면담을 했지만, 고 팀장이 떠나고 그 자리를 이은 후로는 처음이다.

"네? 아, 저요, 조금 디테일한 거요?"

"그렇구나, 그럼 스스로 생각하는 약점은?"

"아, 그건……."

입을 씰룩이며 망설인다. 최근의 고민이 어찌 보면 스스로의 약점일 수도 있겠다 했지만, 털어놓기가 싫다. 스스로의 약점은 작정만 하면 충분히 감춰질 수 있을 것 같은데, 굳이 이야기하고 싶지 않은 것은 자연스러운 것이다.

"떠나간 고 팀장은 말이다, 어떨 땐 너무 이상적인 것을 추구하고, 현실의 구체적인 사실을 근거로 하기보다는 감성에 치우칠 때가 많다는 것이 가장 큰 약점이었던 것 같다. 바이어와 상담을 할 때도, 그 사람들을 사실로 대하기보다는 감성으로 대하는 때가 많아서 말이야, 그래서 나중에 구체화시키기가 어려운 경우들이 있었어. 근데 그 사람의 그런 감성이 떠나고 난 후, 근래 그 부분이 나의 약점이 된 것과 같이 아프다. 고 팀장의 약점이 오히려 어느 측면에서는 장점이나 강점이 될 수도 있는 거였던 거야. 그 어떤 누구도 약점 없는 사람은 없으니 말이다. 나도 마찬가지야. 내 주변머리가 말이야, 가끔 장황하고 속도가 느린 것이 약점이거든. 그런데 반대로 바로 바로 발끈하지 않게 되니까 관계성에 좋은 결과를 주더라고. 그래서 그 부분에 너무 집중해서 스트레스 받지 않으려고한다. 주희가 힘들어 하는 것이 혹시 본인의 약점에 관한 것이라면, 얘기한 것과 같이 드러내 놓고 편안하게 여기는 것도 하나의 방법이 될 수 있다. 혹여 또 장점이 될 수 있을지 모르잖아. 모든 것을 가슴에 품고 살아갈 수는 없으니 말이야."

이주희는 설명을 들으며 몸에 긴장이 풀리듯 편해진다. 박 과장이 자신을 외면하고 있지는 않았다고 느낀다. 친숙함이 생기니 얼굴이 편안해진다. 운을 띄운다.

"사실 사람들하고 잘 친하게 못 지내겠어요. 내가 실수하면 어떻게 하나, 또 협력 부서도 그렇고……."

"왜, 누구랑 다툼이 좀 있었니?"

"아니요. 아, 네. TD팀이랑 요즘 싸워서, 오더 진행하기가 좀 어려워서요."

"뭐, TD 팀이나 원단 팀 등 생산이나 관리 팀 하고는 애초 부터 다툼이 많은 관계니까."

"네. 그런데 그렇게 해서 관계가 안 좋아지는 게 일에도 영향이 있는 것 같아서요. 한 번이 아니라 자주 그렇게 되니까, 주변이, 아니 회사 내부 협력부서 이외에도 프린트도 그렇고 부자재 업체도 그렇고. 양희나 이전에 성은 씨는 안 그런 것 같은데, 저만 그러는 것 같아서요. 혹시 이 사람들이 저를 어떻게 생각할까 두렵기도 하고. 그런 생각도 들고, 팀 내에서도 혹시 제가 조금 늦거나 틀리면 사람들이 절 어떻게 생각할까, 그것도 두렵고."

잘 내려가던 엘리베이터가 쿵 하고 멈추는 듯한 심장의 충격을 박 과장은 받는다. 이주희의 '팀 내 사람들'이란 표현에는 박 과장이 분명히 있다. 이주희의 눈빛이 그것을 말해 주는 것이다. 동시에 이주희의 입사부터 탐탁하게 여기지 않았다는 것을 누구에게도 이야기하지 않았기 때문에 이주희는 모를 것이라 선불리 여겼던 것도 충격으로 다가온다. 긴 머리에 화장을 하고 샘플 및 거친 일에는 어울리지 않는 이주희의 옷차림과 모습, 그래도 그런 옷차림을 유지한 채 그녀도 입사 후 지금까지 1년을 넘게 묵묵히 견딘 것이다. 박 과장의 첫인상은 분명 잘못된 것이다. 그 애초의 생각을 이주희가 모르리라 생각했던 것, 그녀가 지금 털어놓는 고백 같은 이야기에 박 과장은 당황한 것이다. 박 과장은 팀 내부적인 기치를 다시 떠올린다. 가장 자주적이고 민주적이고 역동적인 것은 진심, 그리고 믿음을 바탕으로 해야 한다는 것을 느낀다. 그는 이주희를 앞에 두고, 불러 본다.

"주희야!"

입사할 당시의 이주희에 대한 박 과장의 기억. 더욱이 팀 구조가 무너져 어려워 심적인 불안을 가지고 있을 때의 기억은 사라진 지 오래다. 이후 열심히 그리고 본인의 방법대로 처음의 예상과 달리 일하는 이주희가 매력 있는 팀원이라 여기고 있다. 더욱이 열심히 조직에서 본연의 역할을 하는 구성원이 그런 불신은 팀장으로서의 자격까지 거론될 만큼 무거운 것이었다. 관계의 통로는 소통이고, 소통은 솔직함을 바탕으로 묵직해야 하듯이.

"주희야! 업무를 하면서 여러 도전이 있을 수 있다. 이는 개인적인 부족함으로 야기될 수도 있고, 상대방과의 관계로 인하여 생길 수도 있다. 아까 이야기했듯이, 나는 너희들을 기만하지는 않을 거야. 주희야, 주변의 그 어떤 사람이 너를 불신하고, 심지어 팀 내 주희가 혼자 외톨이로 남는다고 해도 나는, 적어도 나는 주희에게 손을 내밀고 너에게 힘이 되어 주어야 하는 사람이라 생각한다. 약속할게. 내가 힘이 되어 줄게. 서로 믿고 한 번 가보자."

이주희의 눈이 충혈된다. 그렇지만 눈물이 흘러내리지는 않는다.

고 팀장이 떠나고 난 후 박 과장은 팀장의 자리를 이어 받았다. 팀의 모든 오더를 주도적으로 진행했기 때문에 박 과장은 팀장의 역할에 큰 부담을 느끼지 않았다. 다만 전체 섬유업계에서 회사의 위치를 자각하고, 또한 그 가운데에서 가치를 찾아내는 데 꽤나 절박하게 고심을 했다. 업무량이 많고 압박이 세며 내부적으로 시스템적인 문제에 봉착하는 등, 일련의 도전은 언제나 일어나는 일상적인 일이었다. 그렇지만 그 바탕의 중요한 가치는 박 과장 본인 스스로도 필요했다. 그렇게 마음속으로 일어나는 조바심을 감추며 박 과장은 거의 한 달여간 팀의 가치를 만들어 냈다.

· 신성 인터내셔널 역대로 가장 민주적인 팀
· 신성 인터내셔널 역대로 가장 자주적인 팀
· 신성 인터내셔널 역대로 가장 역동적인 팀

가치를 찾아내어 가치를 만들어 낸 후, 박 과장은 팀원들과 회의실에서 그것을 공유했다.

"여러분, 우리는 굉장히 버거운 고통의 시간을 버텨 냈습니다. 고통이 동반하지 않는 달콤한 결과는 오래 가지 않습니다. 시련 이후에 진정한 강한 정신과 외형이 만들어지는 것입니다. 우리는 굉장히 큰 시련을 겪어 오늘에 이르렀습니다. 고 팀장이 떠나갔고, 팀의 목표에서 좌절해야 했으며, 아직도 많은 압박을 받고 있습니다. 그렇지만 우리 팀은 분명히 한 팀으로 거듭났습니다. 할 수 있는 기본 바탕을 만들어 냈다고 할 수 있습니다. 이제 이루어 내면 되는 것입니다. 우리가 세운 기치는 비단 신성에만 해당하지 않는다고 봅니다. 감히 이야기하겠지만, 어떤 벤더와도, 비단 이것이 다른 나라의 벤더라 할지라도, 어떤 팀과 경쟁을 해도 이길 수 있는 그런 강한, 그런 무서운 조직으로 거듭날 수 있다는 이야기입니다. 저는 이 자리에서 자랑스러운 팀의 새로운 팀장으로서 절대 여러분을 기만하지 않겠다고, 그런 팀장이 되겠다고 다짐하고 또한 약속드립니다."

고 팀장이 떠나가고, 강동구에는 어김없이 봄이 찾아왔다. 이른 봄에 김인경과 홍남규가 해외 법인으로 전출되었고, 박성은이 홀연히 자취를 감추었다. 새로운 2015년의 4월은 영업 3팀과 상관없이 맑고 따뜻하다. 뉴스에서는 연신 예년보다 따뜻한 날로 인하여 벚꽃이 일찍 피었다며 수선을 피운다. 천호대교 밑 한강의 물살은 잔잔하고 태연하게 일상적이다.